"十一五"国家重点图书出版规划项目　　　　大连市软科学资助出版项目

21世纪
科技与社会发展丛书
（第五辑）
丛书主编　徐冠华

典型海岛生态安全体系研究

张　勇　张　令　刘凤喜　等／著

科学出版社
北京

内 容 简 介

本书系统地研究了长海县海岛生态系统，对长海县生态环境基本情况、存在的主要生态环境问题、可持续发展的优势和制约因素、未来经济发展趋势和生态环境压力、环境承载力等问题进行了客观的分析。应用"3S"技术在 GIS 平台上进行了陆域、海域生态功能区划和分区控制规划。在上述研究基础上，进行了生态产业、自然资源、生态安全、环境保障、生态人居和生态文化等方面的研究。

本书可供国土、海洋、环境、遥感、地理、水产及相关领域研究人员阅读参考。

图书在版编目（CIP）数据

典型海岛生态安全体系研究／张勇等著 . —北京：科学出版社，2011. 7
（21 世纪科技与社会发展丛书／徐冠华主编 . 第 5 辑）
ISBN 978-7-03-031330-0

I. ①典… Ⅱ. ①张… Ⅲ. ①岛－生态安全－安全体系学－研究 Ⅳ. ①X21

中国版本图书馆 CIP 数据核字（2011）第 103638 号

丛书策划：胡升华 侯俊琳

责任编辑：汪旭婷 杨婵娟 马云川／责任校对：张凤琴

责任印制：赵德静／封面设计：黄华斌

编辑部电话：010-64035853

E-mail：houjunlin@mail.sciencep.com

科学出版社 出版

北京东黄城根北街 16 号
邮政编码：100717

http://www.sciencep.com

中国科学院印刷厂 印刷

科学出版社发行 各地新华书店经销

*

2011 年 7 月第 一 版 开本：B5（720×1000）
2011 年 7 月第一次印刷 印张：18 1/4
印数：1—2 000 字数：350 000

定价：60.00 元

（如有印装质量问题，我社负责调换）

总　　序

　　进入 21 世纪，经济全球化的浪潮风起云涌，世界科技进步突飞猛进，国际政治、军事形势变幻莫测，文化间的冲突与交融日渐凸显，生态、环境危机更加严峻，所有这些构成了新世纪最鲜明的时代特征。在这种形势下，一个国家和地区的经济社会发展问题也随之超越了地域、时间、领域的局限，国际的、国内的、当前的、未来的、经济的、科技的、环境的等各类相关因素之间的冲突与吸纳、融合与排斥、重叠与挤压，构成了一幅错综复杂的图景。软科学为从根本上解决经济社会发展问题提供了良方。

　　软科学一词最早源于英国出版的《科学的科学》一书。日本则是最早使用"软科学"名称的国家。尽管目前国内外专家学者对软科学有着不同的称谓，但其基本指向都是通过综合性的知识体系、思维工具和分析方法，研究人类面临的复杂经济社会系统，为各种类型及各个层次的决策提供科学依据。它注重从政治、经济、科技、文化、环境等各个社会环节的内在联系中发现客观规律，寻求解决问题的途径和方案。世界各国，特别是西方发达国家，都高度重视软科学研究和决策咨询。软科学的广泛应用，在相当程度上改善和提升了发达国家的战略决策水平、公共管理水平，促进了其经济社会的发展。

　　在我国，自十一届三中全会以来，面对改革开放的新形势和新科技革命的机遇与挑战，党中央大力号召全党和全国人民解放思想、实事求是，提倡尊重知识、尊重人才，积极推进决策民主化、科学化。1986 年，国家科委在北京召开全国软科学研究工作座谈会，时任国务院副总理的万里代表党中央、国务院到会讲话，第一次把软科学研究提到为我国政治体制改革服务的高度。1988 年、1990 年，党中央、国务院进一步发出"大力发展软科学"、"加强软科学研究"的号召。此后，我国软科学研究工作体系逐步完善，理论和方法不断创新，软科学事业有了蓬勃发展。2003～2005 年的国家中长期科学和技术发展规划战略研究，是新世纪我国规模最大的一次软科学研究，也是最为成功的软科学研究之一，集中体现了党中央、国务院坚持决策科学化、民主化的执政理念。规划领导小组组长温家宝总理反复强调，必须坚持科学化、民主化的原则，最广泛地听取和吸收科学家的意见和建议。在国务院领导下，科技部会同有关部门实现跨部门、跨行业、跨学科联合研究，广泛吸纳各方意见和建议，提出我国中长期科技发展总体思路、目标、任务和重点领域，为规划未来15年科技发展蓝图做出了突出贡献。

在党的正确方针政策指引下，我国地方软科学管理和研究机构如雨后春笋般大量涌现。大多数省、自治区、直辖市政府，已将机关职能部门的政策研究室等机构扩展成独立的软科学研究机构，使地方政府所属的软科学研究机构达到一定程度的专业化和规模化，并从组织上确立了软科学研究在地方政府管理、决策程序和体制中的地位。与此同时，大批咨询机构相继成立，由自然科学和社会科学工作者及管理工作者等组成的省市科技顾问团，成为地方政府的最高咨询机构。以科技专业学会为基础组成的咨询机构也非常活跃，它们不仅承担国家、部门和地区重大决策问题研究，还面向企业提供工程咨询、技术咨询、管理咨询、市场预测及各种培训等。这些研究机构的迅速壮大，为我国地方软科学事业的发展铺设了道路。

软科学研究成果是具有潜在经济社会效益的宝贵财富。希望"21世纪科技与社会发展丛书"的出版发行，能够带动软科学的深入研究，为新世纪我国经济社会的发展做出积极贡献。

徐冠华

2009年2月11日

第五辑序

随着经济与社会的发展，软科学研究的体系和成果为经济与社会发展的科学决策提供了重要支撑。"21世纪科技与社会发展丛书"的出版，旨在充分挖掘国内地方软科学研究的优势资源，推动软科学研究及其优秀成果的交流互补和资源共享，实现我国软科学研究事业的健康发展，为我国经济与社会发展的科学决策做出积极贡献。

大连市有着特殊的地缘位置，地处欧亚大陆东岸、辽东半岛最南端，东濒黄海，西临渤海，南与山东半岛隔海相望，北依东北平原，是东北、华北、华东及世界各地的海上门户，与日本、韩国、俄罗斯、朝鲜等国往来频繁。作为著名的港口、贸易、工业、旅游城市，大连市的经济社会发展对于东北地区、全国乃至整个东北亚地区都有着重要的战略意义。这个大背景为大连市软科学的发展提供了肥沃的土壤，同时大连市还拥有众多大学、科研院所及高水平的科研队伍，因此，大连市发展软科学有着得天独厚的优越条件。近年来，大连市的软科学事业发展很快，已经在产学研合作、自主创新、体制改革、和谐社会建设、公共管理、交通运输、文化交流等领域，开展了深入而广泛的软科学研究，取得许多令人瞩目的成绩。

通过"21世纪科技与社会发展丛书"的出版，大连市软科学研究的优秀成果及资源得到了科学整合。一方面，能够展现软科学事业取得的进步，凝聚软科学研究人才，鼓励多出高质量、有价值的软科学成果，为更多的决策部门提供借鉴和参考；另一方面，能够通过成果展示，加强与其他城市和地区软科学研究人员的沟通和交流，突破部门、地方的分割体制，改善软科学研究立项重复、资源浪费、研究成果难以共享的状况，有利于我国软科学研究的整体健康发展。

第五辑编委会

2011 年 2 月 5 日

前　言

　　当前海洋经济迅猛发展，资源需求增长与生态环境保护之间的矛盾日益突出。海岛相对孤立地散布于海上，面积相对狭小、经济构成单一、生态环境脆弱，如不合理开发，极易造成严重的生态失衡，破坏良好的生态系统。受地理因素和生态保护观念落后等影响，我国对海岛生态系统的重视不足，研究起步较晚。因此，加强海岛生态系统管理势在必行，而进行海岛生态系统研究则是开展海岛生态系统管理工作的基础和依据。

　　长海县位于辽东半岛东侧的黄海北部海域，是东北地区唯一的海岛县，也是全国唯一的海岛边境县。长渝县境内包括122个岛屿、5处岛礁和51处明礁，统称长山列岛，又称长山群岛，是特殊的海洋资源和环境的复合区域，是典型的海岛生态系统。作为海洋生态系统的重要组成部分，其生物资源、旅游资源、港口资源等十分丰富。

　　本书以长海县为研究对象，开展海岛生态系统的研究，客观地评价自然地理概况、社会经济概况、主要资源概况、生态环境概况及主要生态环境问题等；分析海岛生态系统可持续发展的优势和劣势；对经济发展趋势、人口发展趋势、自然资源供给压力、环境压力等进行计算与分析；计算海岛生态承载力和海岛人口容量、水资源承载力、岸线资源承载力、海洋环境承载力、海域养殖容量、大气环境承载力等；应用"3S"技术，在GIS平台上进行了陆域、海域生态功能区划和分区控制规划。在上述研究的基础之上，本书进行生态产业、自然资源、生态安全、环境保障、生态人居、生态文化等方面的研究，是为了更加科学地、合理地、可持续地开发海岛资源、保护海岛生态系统。

　　研究结果表明，随着岛内经济的快速发展和人口增加，长海县土地资源匮乏，人地矛盾形势严峻；淡水资源短缺，岛间淡水资源分布不平衡；海岛生态系统稳定性差，生态环境脆弱，环境压力日增；海域养殖容量基本饱和，浅海养殖资源的开发潜力已经很小。以上现状直接制约海岛的可持续发展。

　　通过生态足迹的计算，长海县人均生态仍有盈余，主要是因为大面积的海域所提供的生产力提高了生态承载力，但其人口数应控制在 13 万以下。本书通过生态功能区的细分，进行分区指导和控制，建设生态环境安全和资源保障体系，保护海岛生态环境和资源，改善海岛环境质量。针对港口资源浪费现象严重且区域开发不平衡、港口资源未得到充分开发利用等情况，在未来发展中，岸线资源利用率有待提高，建议科学规划利用岸线资源，使旅游岸线得到合理开发。在海域养殖容量饱和的情况下，建议采用生态养殖模式等实现养殖业的可持续发展。详细划分产业功能区划，形成大长山组团、小长山组团、广鹿组团、獐子组团和海洋组团，并确定各个组团的发展方向。

　　以上研究成果在《长海生态县建设规划》编制过程中已被充分采纳，为长海生态县的创建奠定了坚实的理论基础，为长海县未来规划、建设和管理提供了科学指导。2008 年《长海生态县建设规划》通过了专家评审，获得了高度评价，这是对包括生态承载力分析结果、海域养殖容量计算结果、生态功能区划方案、生态产业发展方向、海岛生态防护方案、自然资源保护方案等研究成果的充分肯定。

　　本书是集体智慧的结晶。参加撰写的人员有张勇、刘凤喜、王德河（第一至三章），张令、阎振元、刘凤丽（第四至七章），严良政、何远光、张晓光、张萍萍（第八至十章），刘巍巍、颜淼、曾宗鹏、单光、孙娜（第十一、十二章）。全书由严良政、刘巍巍校稿修改，由张勇、张令、刘凤喜主审定稿。

　　本书得以顺利出版，需要特别感谢大连市科学技术局的资助。

　　本书希望能为海岛生态系统的开发、利用和保护提供科学依据，促进海岛实现可持续发展。受著者水平的限制，疏漏与不足之处在所难免，敬请读者批评指正。

张　勇　张　令　刘凤喜

2011 年 4 月

目　　录

第一章　概　　论

第一节　海岛问题及其研究的重要性

我国共有 17 个海岛县（区）（表 1-1），它们是我国领土的重要组成部分，也是划分领海及其他管理海域的重要标志。在实施海域环境、资源和权益管理上，县（区）域海岛有着重要的支柱作用。

表 1-1　我国海岛县统计

序号	所属省（直辖市）	海岛县名称
1	辽宁	长海县
2	山东	长岛县
3	上海	崇明县
4	浙江	嵊泗县
5	浙江	岱山县
6	浙江	普陀区
7	浙江	定海区
8	浙江	玉环县
9	浙江	洞头县
10	福建	平潭县
11	福建	东山县
12	福建	金门县
13	福建	鼓浪屿区
14	台湾	澎湖县
15	广东	南澳县
16	广东	万山县
17	海南	南沙、西沙、中沙办事处

海岛是特殊的海洋资源和环境的复合区域，是海洋生态系统的重要组成部分，其生物资源、旅游资源、港口资源等十分丰富。

海岛的特殊环境形成了与大陆经济特征不同的海岛经济，主要表现在以下四点：①海岛经济是开放型经济，它依赖内陆的资源和市场，对内陆具有依赖性。②海岛经济是资源经济，经济发展主要依赖海洋资源。③海岛经济的发展要以基础设施建设为前提条件，不论是开发海岛资源，还是发展经济贸易、旅游等，都必须解决交通、通信、能源、水源等问题。④海岛经济需要科学技术支撑。

随着海洋经济的迅猛发展，资源需求的增长与保持生态平衡之间的矛盾日益突出。由于海岛相对孤立地散布于海上，岛屿面积狭小，造成海岛经济构成单一、生态环境脆弱，如不合理开发，极易造成严重的生态失衡，破坏良好的生态系统。因此，加强海岛生态系统管理势在必行，而进行海岛生态系统研究是开展海岛生态系统管理工作的基础和依据。

由于地理因素和生态保护观念落后等因素，我国对海岛生态系统的重视和研究起步较晚，海岛生态系统的研究工作开展得较少，现有研究多集中在海岛、岛陆以及潮间带生物群落调查和变化上，因此海岛生态系统研究将是今后研究的一个重要方向（肖佳媚和杨圣云，2007）。

本书以大连市长海县为例开展典型海岛生态系统研究。长海县位于辽东半岛东侧的黄海北部海域，是东北地区唯一的海岛县，也是全国唯一的海岛边境县。境内122个岛屿、5处岛礁和51处明礁，统称长山列岛，又称长山群岛，是典型海岛生态系统。长海县陆域面积119 km^2，海域面积7720 km^2，海岸线长359 km。长海县现管辖2镇3乡；至2005年年底，全县总人口74 874人，地区生产总值21.9亿元，三次产业结构比例为72.3∶8.5∶19.2，经济主要以渔业为主，属资源型经济。渔业经济包括海水养殖业、海洋捕捞业和育苗业。工业以水产品加工为主。2005年进岛旅游人数突破60万人，旅游综合收入1.75亿元。我们通过研究海岛生态系统，以期为协调海岛经济发展与环境保护、对今后长海县海岛生态系统的规划和管理提供依据。

第二节　本书研究范围及内容

研究范围为长海县行政辖区范围，包括大长山岛镇、小长山乡、广鹿乡、獐子岛镇、海洋乡，陆域面积119km^2，海域面积7720km^2（图1-1）。

研究的主要内容如下：

（1）综述长海县海岛生态系统概况，包括自然地理、社会经济、主要资源、生态环境等。

（2）分析海岛生态系统可持续发展的优势和劣势。

（3）分析社会经济发展趋势和未来生态环境压力。

（4）计算生态承载力、水资源承载力、岸线资源承载力、海域环境容量、大气环境承载力等。

（5）开展生态功能区划和分级控制研究。

（6）生态产业体系研究，提出生态渔业、生态工业和生态旅游业发展方案。

（7）自然资源与生态安全体系研究，进行了空间布局规划、陆域生态安全、海岸带和海洋生态安全、自然资源保障（土地资源、林业资源、生物多样性资源保护与自然保护区、水资源、矿产资源、新能源、无人居住岛屿的生态环境保

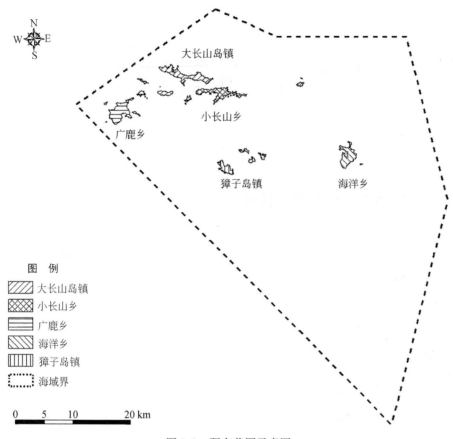

图 1-1 研究范围示意图

护）等研究。

（8）环境安全体系研究，提出了近岸海域环境、大气环境和固体废弃物污染治理等措施。

第二章 海 岛 概 述

第一节 海岛的概念及其种类

一、岛屿概念的形成与演变

1. 最初定义

1930 年，海牙国际法编纂会议称："每个岛屿拥有其领海。岛屿是一块永久高于高潮水位的陆地区域。"（魏敏，1987）

2. 国际法委员会的定义

1956 年，国际法委员会的报告提出："岛屿是四面环水并在通常情况下永久高于高潮水位的陆地区域。"（Malcolm，2003）该报告特别强调，岛屿应该是四周环水、永久高于高潮水位的陆地区域，除非异常条件，也不应有领海。例如，仅在低潮时高于水面的陆地，即使该陆地上建有永久高于水面的设施，如灯塔、用于大陆架开发的设施等，均不应有领海。

3.《领海及毗连区公约》中的定义

1958 年，《领海及毗连区公约》中第十条第一款规定：岛屿者四面围水、潮涨时仍露出水面的自然形成的陆地。该定义删除了原来定义中的"永久"和"在通常情况下"的条件，为了区别人工岛屿，在定义中增加了"自然形成"的限定条件。

4.《大陆架公约》中的定义

1958 年，在《大陆架公约》中，虽然没有对岛屿作明确的定义。但是，它在实践中承认了《领海及毗连区公约》中对岛屿的定义。因为在其第一款中规定：岛屿拥有大陆架的权利与大陆国沿岸的领土是相同的。

5.《联合国海洋法公约》中的定义

1982 年，《联合国海洋法公约》在第一百二十一条第一款中规定："岛屿是四面环水并在高潮时高于水面的自然形成的陆地区域。"这一定义与《领海及毗连区公约》中的定义基本上是一致的，只不过是增加了"区域"二字。由于对岛屿的定义不同，特别是对海岛的界定不同，对维护一个国家的海洋权益会产生不同的影响，鉴于本书只是对海岛的经济模式进行探讨，因此，对于不同定义产生的权益的不同不作详细分析。

二、海岛的种类

海岛与大陆的标准是相对的，通常人们把澳大利亚大陆定为最小的大陆，将比之面积小的称为岛屿。但是各个海岛的面积相差悬殊，面积超过几万乃至几十万平方公里的大岛，世界上不足百个，更多的是面积较小、尤其是不足 1km² 的小岛，星罗棋布，成千上万，不计其数（杨文鹤等，2000）。

1. 海岛按成因可分为大陆岛、海洋岛和冲积岛

大陆岛是大陆地块延伸到海底并露出海面而形成的海岛。大陆岛在历史上是大陆的一部分，由于地壳运动引起陆地下沉或海面上升，部分陆地与大陆分离而形成的岛屿，地质构造同大陆相似或相联系。中国绝大多数海岛都属于大陆岛，约占海岛总数的93%。国外的格陵兰岛、新几内亚岛和马达加斯加岛等也属于大陆岛。大陆岛一般靠近大陆，地势较高，面积较大。从某种意义上说，海岛开发的核心是大陆岛的开发。它在我国海岛的开发利用中占有极其重要的地位。辽宁省的海岛都是大陆岛，浙江、福建、广东和广西等省（自治区）的大陆岛分别占全省（自治区）海岛数的99.9%、97.7%、92.7%、90.6%，江苏省占88.2%，山东省占72.1%，台湾地区占50.2%，所占的比例最低的是上海市，占全市海岛数的30.8%。

海洋岛又称大洋岛，是指在地质构造上与大陆没有直接联系，是从海底上升露出海面的岛屿。它又分为火山岛和珊瑚岛。火山岛主要是由海底火山爆发出来的熔岩物质堆积形成的，一般面积不大，海拔较高，山岭高峻，地势险要。火山岛有单个火山形成的岛屿，如黄尾屿就是圆形的死火山顶；有的则成群分布，如澎湖列岛就是第四纪初期火山喷发形成的群状火山岛。火山岛主要分布在太平洋中部和西部、印度洋西部和大西洋东部，如太平洋的夏威夷群岛。我国的火山岛数量较少，约占全国海岛总数的0.1%，均分布于我国台湾地区的海域，它们是赤尾屿、黄尾屿、钓鱼岛、大南小岛、大北小岛、南小岛、北小岛和飞濑岛等。我国的火山分布远离大陆，岛屿本身面积不大，如钓鱼岛面积 4.3km²、赤尾屿 0.06km²、黄尾屿 0.87km²、大南小岛 0.30km²、大北小岛 0.31km²、北小岛 0.05km²、南小岛 0.01km²，这几个岛屿除钓鱼岛有淡水外，其他岛屿均无淡水，

也无人居住。但是这些岛屿在海洋划界中的地位很重要，这些岛屿附近海域中蕴藏着丰富的海洋油气资源。所以，这些岛屿的重要性不完全在于岛屿本身，主要是它附近海域中所拥有的海洋资源。

冲积岛又称"堆积岛"，集中在江河入海口处，是由江河冲积物堆积而成的岛屿，地势低平。中国的第三大岛——崇明岛就是典型的冲积岛，所在的地方曾经是长江口外的浅海，由长江携带泥沙日积月累逐渐在此堆积形成的，现仍在不断向北扩大。

2. 海岛按分布的形态和构成可分为群岛、列岛和岛

群岛是指岛屿彼此相距较近，成群地分布在一起。中国共有 10 个群岛，分别是长山群岛、庙岛群岛、舟山群岛、南日群岛、万山群岛、川山群岛、东沙群岛、西沙群岛、中沙群岛和南沙群岛。群岛既是岛屿构成的核心，也是岛屿组成的最高级别，往往包括若干个列岛。例如，万山群岛由万山列岛、担杆列岛、佳蓬列岛、三门列岛、隘州列岛和蜘蛛列岛组成，每个列岛又包括若干岛屿。有些大的群岛还包括次一级的群岛和列岛。舟山群岛是我国最大的群岛，它由崎岖群岛和中街山区群岛两个次一级的群岛和马鞍列岛、嵊泗列岛、川湖列岛、浪岗山列岛、火山列岛和梅散列岛 6 个列岛组成。群岛的本岛往往形成岛屿开发的中心，也形成该区的政治、经济、文化的中心。

列岛是指成线（链）形或弧形排列分布的岛群。中国共有 45 个列岛，包括石城列岛、外长山列岛、里长山列岛、嵊泗列岛、马鞍列岛、浪岗山列岛、川湖列岛、火山列岛等。其中，辽宁有 3 个，浙江有 14 个，福建有 8 个，广东有 18 个，海南有 1 个，台湾有 1 个。

岛是海岛最基本的组成单元，既可以组成群岛或列岛，也可以单个或几个形成相对独立的孤岛。

3. 海岛按离大陆海岸远近可以分为陆连岛、沿岸岛、近岸岛和远岸岛

陆连岛原来是一个独立的海岛，由于离大陆海岸比较近，为了开发利用和交通的方便，修建了堤坝或桥梁等与大陆相连。实质上是一种特殊的沿岸岛。中国陆连岛的数量约占全国海岛总数的 1%。例如，山东的养马岛、大堡岛、小青岛、凤凰尾岛、褚岛、黄岛、杜家岛等；江苏的羊山岛；福建的厦门岛、东山岛、江阴岛、青屿、小屿等；浙江的玉环岛；广东的东海岛、海山岛、黄毛州、三灶岛、金鸡岛等；广西的龙门岛等。

沿岸岛是指海岛分布的位置离大陆的距离小于 10km，中国沿岸岛的数量占海岛总数的 66% 以上。其中浙江最多，福建次多，其后依次是广东、广西、山东、辽宁、河北、上海、江苏和天津等。由于沿岸岛离大陆较近，交通方便，开

发利用程度一般较高。

近岸岛是指海岛分布位置离大陆的距离大于10km、小于100km的海岛。中国近岸岛的数量约占海岛总数的27%以上。其中浙江最多,福建次之,其后依次是广东、海南、辽宁、山东、河北、江苏、上海和广西等。

远岸岛是指海岛分布位置离大陆的距离在100km以上的海岛。中国远岸岛的数量占海岛总数的5%以上。这类海岛由于远离大陆,带来许多不便,但是它们在我国与相邻或相向国家海上划界时,具有特殊的意义。这类海岛主要分布在海南省东部、西部和南部,广东省的东沙岛及台湾地区的海岛。

4. 按物质的组成可以分为基岩岛、沙泥岛和珊瑚岛

基岩岛是由固结的沉积岩、变质岩和火山岩组成的岛屿。我国基岩岛屿约占全国海岛总数的93%。基岩岛分布很广,除河北省和天津市无基岩岛外,其他沿海各省(自治区、直辖市)均有分布。其中浙江省最多,这些岛屿的面积大,海拔一般都较高,是海岛的主体。基岩岛由于港湾交错,深水岸线长,是建设港口和发展海洋运输业的理想场所;由于岩石与沙滩交替发育,是发展渔业与旅游业的好地方。我国海岛中那些面积大、开发程度高、经济发达的大多数为基岩岛。我国第四大岛,舟山岛为基岩岛,面积为476.2km^2,岛屿岸线总长170km,其中基岩岸线和人工岸线占97%以上,水深10m以上的深水岸线长20.8km,沙砾质岸线长3.7km。

沙泥岛是由砂、粉砂和黏土等碎屑物质经过长期堆积作用形成的岛屿。这类海岛一般分布在河口区,地势平坦,岛屿面积一般较小,但有的沙泥岛面积也很大,如崇明岛。我国沙泥岛占全国海岛总数的6%左右,其中河北最多,山东次之,其后依次为广东、广西、海南、福建、上海、江苏、浙江、台湾和天津。河北和天津的岛屿均分布在滦河口、大清河、蓟运河、漳卫新河等河口外,所以这两个省、市的全部岛屿均为沙泥岛。上海市处在长江口,泥沙来源较丰富,沙泥岛占全市海岛总数的62%。而大河流较少,泥沙来源也少,海岸曲折的其他省(区、市),沙泥岛占的比例则较低。

珊瑚岛是由珊瑚虫遗体堆积而形成的岛屿,一般面积较小,地势低平,结构较复杂。它的基底往往是海底火山或岩石基底。西沙群岛、中沙群岛、东沙群岛、南沙群岛和澎湖列岛都是在海底火山上发育而成的珊瑚岛。由于珊瑚虫的生长、发育要求温暖的水温,故珊瑚岛在我国只分布在海南、台湾地区和广东。海南省有珊瑚岛屿59个,主要有永兴岛、石岛、东岛、中迷岛、金银岛、甘泉岛、琛航岛、太平岛、北子岛、南子岛、中业岛、南威岛、马欢岛、弹丸礁、黄岩岛等。台湾地区约有珊瑚岛屿60个,主要有澎湖岛、渔翁岛、白沙岛、吉贝屿、虎井屿、将军澳屿、火烧岛、七星岩和兰屿等。广东省的岛屿为东沙岛。我国的珊瑚岛占全国海岛总数的 1.6% 以上。珊瑚岛一般地势低平，多珊瑚砂，面积均不大。我国最大的珊瑚岛为台湾地区的澎湖岛，面积约 82 km^2。海南省最大的珊瑚岛为西沙群岛的永兴岛，面积 2.0km^2。南沙群岛的珊瑚岛面积较小，露出海面的高程也较低，最大的太平岛仅为 0.43km^2，高 7.6m。虽然南沙群岛的岛礁面积不大，但它是我国南海诸岛中分布面积最广，沙洲、暗礁、暗沙、暗滩数量最多，地理位置最南的一个群岛。它控制着广阔的海域，海底油气资源量约 160 亿 t，海洋渔业资源蕴藏量约 180 万 t，年可捕量为 50 万~60 万 t。又因为它位于新加坡、马尼拉和香港之间航路的中途，是沟通印度洋和太平洋的重要通道，因此，在政治、军事、交通运输和经济上都具有极其重要的作用。珊瑚礁有三种类型：岸礁、堡礁和环礁。世界上最大的堡礁是澳大利亚东海岸的大堡礁，长达 2000km 以上，宽 50~60km，十分壮观。

5. 按面积的大小可分为特大岛、大岛、中岛和小岛

特大岛是指岛屿面积大于 2500km^2 的海岛。我国这类海岛仅有台湾岛和海南岛 2 个。台湾岛是我国第一大海岛，南北长 438km，东西宽 80km，面积 3.578 万 km^2，海岸线长 1139km，最高点海拔 3997m。海南岛为我国第二大海岛，面积 33 907km^2，海岸线长 1528km。

大岛海岛的面积为 100~2500km^2，我国这类海岛共有 14 个，其中广东 4 个，福建 4 个，浙江 3 个，上海 2 个，香港 1 个。

中岛的面积为 5~99km^2，我国共有 133 个，其中浙江 40 个，广东 23 个，福建 26 个，山东和台湾各 9 个，辽宁 8 个，香港 6 个，江苏、上海和广西各 3 个，海南 2 个，澳门 1 个。它们绝大多数都是乡级海岛，在全国海岛开发利用中具有重要的作用。

小岛面积为 500m^2 至 4.9km^2，我国这类海岛最多，约占全国海岛总数的 98%，其中浙江居第一，其后依次是福建、广东、广西、山东、辽宁、海南、香港、台湾、河北、江苏、上海、澳门、天津。这类海岛绝大多数都是无人常住岛，岛上淡水资源奇缺，开发条件较差。但有些海岛则是我国的领海基点，在确定内海、领海和海域划界中具有重要作用；有些海岛，如蛇岛、大洲岛、南麂列岛和东岛等，则是重要物种的海洋自然保护区。

6. 按所处位置可分为河口岛和湾内岛

河口岛是指分布在河流入海口附近的岛屿。这些岛屿一般都是由河流携带的冲积物经过多年堆积形成的。这类岛屿数量较少，约占全国海岛总数的 3%，其中广东最多，其后依次是海南、福建、浙江、广西、上海、辽宁、江苏、天津等。

湾内岛是指分布在海湾以内的岛屿。由于许多海湾都是建港和发展海洋渔业的良好场所。所以，这些海岛在发展海洋交通运输业和海洋渔业等方面都起着重要的作用。我国湾内岛约占全国海岛总数的 17%，其中浙江最多，其后依次为广东、辽宁、山东、福建、河北、广西、海南、江苏和上海。

7. 按有无人常居住可分为有人岛和无人岛

有人岛是指长年有人居住的岛屿。这类海岛一般面积较大，资源丰富，有一定的行政隶属关系，是目前我国海岛开发活动最重要的区域。我国的有人岛约占全国海岛总数的 8%，其中浙江最多，其后依次是福建、广东、山东、辽宁、台湾、海南、广西、江苏、上海和河北。

无人岛是指无人常年居住的岛屿。它既包括无人常住的岛屿，也包括季节性有人暂住的岛屿。我国的无人岛占全国海岛数的 93% 以上，其中浙江最多，其后依次为福建、广东、广西、山东、海南、辽宁、台湾、河北、江苏、上海和天津。

8. 按有无淡水资源可分为有淡水岛和无淡水岛

有淡水岛是指岛上有淡水资源分布的海岛。因为淡水是人类赖以生存的必要条件，所以有淡水岛绝大多数都是有人居住的岛屿。我国有淡水岛约占我国海岛总数的 9%，其中浙江最多，其后依次是福建、广东、台湾、辽宁、山东、海南、广西、江苏、上海和河北。

无淡水岛是指上没有淡水资源分布的岛屿。这些岛屿面积较小，一般都是无人居住的岛屿。我国的无淡水岛屿约占全国海岛总数的 91%，其中浙江最多，其后依次为福建、广东、广西、山东、海南、辽宁、台湾、河北、江苏、上海和天津。

第二节　海岛生态系统

海岛生态系统是海岛及受其影响的整个环境，简称海岛系统。海岛生态系统不仅包括海岛陆域部分，还包括其水下部分及周边一定范围内的海域。其中陆域部分包括海岛上土壤、植被、景观等方面的资源；海域部分包括一定范围内水文、气象、生物、化学等方面的环境状况，以及渔业、旅游等方面的资源（高俊国和刘大海，2007）。

海岛生态系统是一个复杂的大系统，其内部又可按组成成分划分为若干子系统，每个子系统是由若干组成成分构成，仍可继续划分。根据系统论中子系统划分应遵循的原则，即差异性、内聚性和相对独立性，海岛的岛陆、潮间带、近海各子系统功能明确，在生物构成、环境状况、地质、地貌等方面存在很大差异。

因此，海岛生态系统被划分为岛陆、潮间带及近海三个子系统是较为合理的。

就单个海岛而言，它是由海岛陆地（岛陆）、海岛潮间带、海岛基底（岛基）和环岛浅海组成。海岛陆地是指海水高潮时海岛露出水面的部分（含岛内的水域部分）。海岛潮间带是指高潮线下、低潮线上的海岛陆地和水域部分。海岛基底是指承载海岛并淹没在水下的固体岩石部分。环岛浅海是指分布在岛陆周围较浅的海水区域。环岛浅海是海洋生物的栖息地，是海岛发展渔业的主要区域。环岛浅海的水文状况对群岛区域生物资源（渔业资源）的空间分布和产业区位选择起着关键作用。

海岛生态系统是一个集陆地、湿地和海洋三类生态系统特征于一体的特殊系统，与其他生态系统相比，更加复杂。为了更清晰地表征生态系统的组分与组分间的相互关系，本书在分析海岛生态系统组成的基础上，根据环境、生物、水文、地质状况等不同特征，将海岛生态系统划分为三个子系统：岛陆子系统、潮间带子系统和近海子系统（由于海岛岛基是水下的固体岩石部分，因此不作为海岛生态系统研究的范围）。

（一）岛陆子系统

岛陆子系统为海岛生态系统中的陆地部分，岛陆的面积一般较小，物种的丰富程度不及大陆，生物种类主要为哺乳类、鸟类、昆虫、植物等，其生态系统的结构和功能比陆地更为简单，而且易受自然灾害的干扰和破坏，生态系统较为脆弱，恢复力也比较弱。我国海岛岛陆土壤以溶盐土为主，经长期雨水淋溶逐渐脱盐，草本植物生长茂盛，继而滨海盐土可能变为潮土。海岛地形地貌简单，生态环境条件严酷，植被建群种种类贫乏，优势种相对明显。岛陆生态系统的生境类型一般有林地、园地、农田、水域等多种。岛陆是人类生产、生活的主要区域，因此受到人类干扰的影响最为显著。

（二）潮间带子系统

海岛的潮间带是指高潮线与低潮线之间的地带，我国具体指海岸线与海图零米线之间的地带。潮间带是一个特殊的生态环境区域，处于海陆交汇区域，交替地暴露于空气和淹没于水中。它既受岛陆的影响，又受海水水文规律的支配，处于一个水陆相互作用的地带，是岛陆生态系统与近海生态系统相互连接的纽带，既是缓冲区，又是脆弱区。绝大多数潮间带水流和水位是动态变化的，因此潮间带生态系统既有水体系统的某些特征，如厌氧环境的藻类、脊椎动物和无脊椎动物；潮间带也具有微管束植物，其结构与陆地系统植物类似。尽管潮间带、岛陆与近海生态系统在结构和功能上具有某些相似性，但潮间带与其他类型的生态系统具有明显差异。由于环境的复杂多变，潮间带生物都是对恶劣环境有很强适应性的种类，它们不仅适应广湿性和广盐性，而且对周期性的干燥环境有很强的耐受力。潮间带濒临陆地，污染物容易在这里累积。表层长期或季节性积水、土壤水分饱和或过饱和，适应湿生环境的生物存在是潮间带生态系统的基本特征。潮间带区域的波浪、潮汐的冲刷作用很明显，底质也很复杂。潮间带生物资源丰富，不同类型的底质都栖息着与之相适应的生物，形成各具特色的生物群落。

（三）近海子系统

海岛近海生态系统的范围是自潮下带向下至陆架浅海区边缘，由于受岛陆与潮间带子系统的影响，其盐度、温度和光照的变化比外海大。温度变化受岛陆的影响，且与纬度有关。总的来说，这些变化的程度从近岸向外海方向逐渐减弱。我国海岛周围海域受沿岸流、暖流和上升流的交汇作用，水体交换频繁。潮间带海水自净能力较强，有利于维持水质量的稳定。近海由于靠近岛陆和营养盐较为丰富，初级生产力较高，有利于渔业资源的汇集，水生资源丰富多样，成为鱼类的理想栖息生长场所，可形成众多的渔场。

（四）海岛生态子系统间的联系

海岛三个子系统间的物质流动与能量循环较为密切，岛陆子系统中的有机物随着河流、雨水或人工进入潮间带和近海区域，为潮间带和近海生态系统提供了营养盐，同时也可能输入污染物质。

潮间带子系统处于岛陆子系统和近海子系统的交界地带，易受这两个子系统的影响，潮间带子系统为岛陆子系统提供丰富的生物资源，为近海子系统提供了营养物质，同时也可能输入污染物质。

近海子系统为潮间带和岛陆子系统提供海洋生物资源，调节岛陆和潮间带子系统的温度、湿度。另外，海洋动力环境直接影响海岛和潮间带的动态变化。例如，风暴潮将可能给海岛和潮间带生态系统带来破坏性的灾难。

海岛生态系统之间的相互关系极为错综复杂，三个子系统之间存在能量流动与物质循环，关系十分密切，某一子系统的变化都会引发与它有关的系统发生变化，而被影响的子系统又可能引起与之相关的子系统发生改变。

第三节 海岛资源

海岛是一种不可再生资源，既不同于陆域，也不同于海域，而是兼有陆域、海域的双重特性。海岛自然资源主要包括以下四个类型。

（一）海岛陆域资源

海岛陆域资源包括土地资源、森林资源、港口资源、矿产资源、生物资源和淡水资源。

1. 海岛土地资源

我国海岛土地资源丰富、类型多样。土地资源利用现状，按大小顺序依次为滩涂用地、林地、未利用地、城乡工矿用地、岛陆水域、园地、特殊用地、草地和交通用地。其中滩涂用地占 36.4%，交通用地仅占 19%。

我国海岛土地资源的利用率很低，主要是由海洋资源灾害频繁、淡水缺乏、交通不便、资金不足、对海岛重要性认识不够等诸多原因造成的。海岛土地资源未利用部分占 15.38%，而海岛滩涂未利用的部分高达 82.75%，同时一些河口岛和珊瑚礁岛正在继续增大，如果我们注意保护，海岛土地资源将会逐渐增加。可见，海岛土地资源开发利用的潜力是巨大的。

2. 林业资源

我国海岛陆地总面积 4 178 733hm²，森林总面积为 3 943 103hm²。

在我国海岛林地中，有 90% 以上是新中国成立以后造成的。总的来看，海岛森林基本上是以防护林为主，比较适应海岛这种特殊的生态环境。许多海岛先后建立了一批有林场或集体林场，引种了木麻黄、桉树、台湾相思树等树种，为海岛植物树木积累了丰富的经验。例如，浙江省海岛兴建国有林场和集体林场43 个，经营有林地 4330hm² 以上。广东省海岛兴建了东海、东简、南三等多个规模较大的林场。其中东海林场面积 1382hm²，有林地 12 203hm²，林木蓄积量4.96 万 m³，该林场结合实际、改造低产林、营造丰产林，已成为以林为主，多种经营的综合性林业基地。此外，在广东省南澳岛的黄花山林场有世界珍稀的竹柏林和国内外珍贵的红枫、杜鹃、瑞香、黄杨等各种野生盆景植物，已于 1992年被国家林业局批准建立为国家森林公园。

新中国成立后 40 多年的努力使海岛环境条件得到了很好的改善，乡镇级以上和住人较多的海岛已基本建成了林网、林带、林片相组合的防护林体系，对防风固沙，改善和维护海岛的生态环境起了良好的作用。但是，我国海岛现有的林带树种单调、层次单一，许多地段林带老化、稀疏，已经影响了防护作用。此外我国海岛森林资源利用率低、分布也不平衡，海南、浙江、广东、福建四省海岛林地面积占全国海岛总面积的 97%。因此，我们还应该继续抓紧建设综合性的海岛防护林体系，这是非常必要的。

3. 矿产和海盐资源

我国海岛金属矿产资源比较贫乏，非金属矿产资源则相对丰富，特别是建筑材料矿产的分布较广、储量也很大。海岛矿产种类主要包括黑色金属、有色金属、稀有金属、冶金辅助原料、化工原料、建筑材料、燃料、其他非金属矿产等。已经探明储量的矿产有32种，共有矿床46个，其中大型矿床10个，中型矿床6个，小型矿床30个。我国海岛矿产资源的分布相对比较集中，因此开发条件较好。目前，上海、江苏、山东、天津、辽宁等省（直辖市）的海岛还没有发现有工业价值的金属矿产。矿产资源主要分布在广西、广东、海南、福建、浙江、河北等省（自治区）的海岛，其中海南岛、福建的海坛岛和东山岛、河北曹妃甸诸岛的矿产资源在海岛矿产资源中占有重要位置，有些矿种的储量在全国也名列前茅。优势矿种是型砂、钛铁矿、标准砂、玻璃砂、花岗岩、黏土、建筑砂、石油、天然气、煤炭等。这些矿产的储量较多、组合条件好，有利于开采，为矿产资源的开采和加工提供了良好的条件。有些矿产已形成较大开采规模。

我国有些海岛滩涂广阔、自然条件优越，这对于海盐的生产极为有利。我国海岛盐业生产的历史悠久，特别是新中国成立以后，海岛盐业发展迅速。到20世纪90年代初期，海岛盐业的盐田生产面积已经达到70 745km²。此外，山东滨州近岸岛群还有极为丰富的地下卤水资源，分布面积为180.2km²，总储量为4.62亿m³，食盐储量为3260万t，浓度高于海水3~5倍，而且埋藏浅、容易开采，是制盐的理想原料。

海水中含有90多种元素，目前我国已经开发利用并达到工业规模的只有海水淡化、海水晒盐、从海水和制盐卤水中提取镁、溴、钾等元素的工艺。

我国海岛的海盐和盐化工资源相当丰富，制盐的天然条件良好，发展盐业和盐化工业的潜力巨大，发展前景十分广阔。

4. 岛陆经济生物资源

岛陆经济生物资源包括经济植物和经济动物两种。其中，经济植物主要包括红树林、药用植物及珍稀濒危和保护植物。经济动物主要包括珊瑚类、两栖类与爬行类、海鸟类、哺乳类、珍稀濒危和保护动物。我国海岛共有红树和半红树植物27种，占地面积约2440km²，分布在海南、广西、广东、福建、浙江和台湾地区等。海岛的药用植物共有1000多种，其中数量较多，并且被普遍应用的有200种左右，广泛分布于海岛上。在我国海岛植物中，已被列入国家级保护的珍稀濒危植物共有29种，其中属国家一级保护的植物有2种，即桫椤树和金花茶，均分布在广西；属国家二级保护的植物有9种，其中有浙江普陀山普陀鹅耳枥，目前仅存一株；属国家三级保护的植物至少有18种。海岛上的动物以鸟类最多，约有400种，个体数量也较多，其中80%以上为候鸟和旅鸟，留鸟较少。此外，海岛的两栖动物、爬行动物和哺乳动物都较少。

近些年来，岛陆生物资源遭到严重的破坏，特别是珍贵稀有物种，遭破坏的程度更加严重，例如，药用植物被乱采滥挖；围海造田毁坏了红树林资源；在珊瑚礁上炸鱼，甚至取珊瑚礁用作建筑材料等。生物资源是人类生存和发展的物质基础，它们在科学、合理的开发利用下可以不断更新、繁衍和增殖。反之，在恶劣的超负荷开发的环境条件下就会衰败，甚至使某些物种消亡。因此，重视对生物资源的科学管理和永续利用特别重要。近年来，在一些具备条件的海岛，已经计划种植经济植物或饲养动物。例如，河北打算在曹妃甸岛群放养野兔或杂交兔；江苏竹岛上蝮蛇很多，岛上无人居住，可以进行扩大养殖和开发利用；许多海岛种植了木麻黄、黑松等防护林，为了改变潮滩环境普遍试种大米草等。然而，上述这些经济开发活动只是开始，规模较小。

（二）海岛滩涂资源

滩涂是海岸带上大潮时中高潮线以下、低潮时在低潮线以上的地带。因为海岸带地形不同，所以滩涂的宽窄也是不一样的。有些地方的山丘直逼海岸，礁岩矗立，滩涂可能只有几十米、几米宽，甚至没有。即使有的话，在这样的地方仅有的滩涂坡度也很陡，且铺满砾石、沙子。而另外一些平原、大河河口，滩涂宽阔低平，宽度可达几百米，甚至 10～20km。

我国海岛滩涂资源主要包括滩涂土地资源和滩涂生物资源。其中，滩涂土地资源可被看做空间资源或者综合资源，具有自己独特的自然景观和生态环境。滩涂生物资源是指适宜在低盐度的淤泥滩上生活的生物，如蛏、蚶和蛤等贝类，芦苇和红树林等植物。它们组成了滩涂上独特的生物群落。

（三）海岛水域资源

海岛水域资源包括渔业资源、海洋能资源、海水化学资源、海水和水域空间资源。

我国岛屿众多，浅滩滩涂及近岛海域宽阔，沿岸岛区入海河流也较多，为海洋水产资源的生长、肥育和繁殖提供了丰富的有机质，是多种鱼、虾、蟹、贝、藻的产卵、育仔、索饵和生长的优良场所，有大量可供食用、药用和宜于增养殖的海洋水产资源。近岛海域鱼类种类繁多，组成复杂，资源极为丰富。海岛周围生态环境呈多样性的特点使海岛水产资源的生态类型也呈多样性，其中就有洄游性种类，也有区域性类群，还有河口性、近岸性和盐礁性多种类型。就海洋水产资源的适温性来看，具有暖水性、暖温性、温水性和冷温性多种种类。这些海洋水产资源广泛分布在我国渤海、黄海、东海和南海岛屿周围海域。许多鱼类具有生长速度快、适应性强、繁殖量大、性成熟早的特点。资源容易更新，有强大的恢复能力，从而使我国海岛周围水产资源非常丰富。因此，海岛周围水域成为我国海洋渔业生产活动的主要场所。

（四）海岛气候资源

海岛气候资源包括太阳能资源和风能资源等。

一方面，海岛在海洋生态系统中起着重要的作用，是海洋生物多样性的主要载体；另一方面，海岛蕴藏的丰富资源可为沿海经济的可持续发展提供资源保障。

目前，我国太阳能的利用已经取得了可喜的成就，如太阳灶、太阳能热水器、太阳能温室等，无论在式样上，还是在数量上均居世界首位。我国太阳能热水器年产量超过了发达国家太阳能产品的年生产总量。但海岛太阳能的开发利用还很薄弱。

我国海岛风能资源丰富、开发利用条件好、发展前景广阔。目前，我国除了拥有 12 万台户用微型风电机外，有些海岛还建设了较大的风电场，如辽宁长兴岛、山东荣成、浙江嵊泗和下大陈、福建海坛、广东南澳等岛。我国海岛海洋能资源异常丰富，根据我国海洋能开发的历史和现状，海洋能开发利用应以潮汐能开发利用为重点，兼顾海浪能和潮汐能的开发利用研究。

第四节 世界海岛概况

世界上的海岛有 20 多万个，总面积达 996.35 万 km^2，约占全球陆地总面积的 6.67%。由于各国对海岛的认定标准不尽相同，还有的国家从未公布过海岛的数量，因而这个数字并不十分准确。

世界上海岛的分布并不均匀，太平洋的海岛最多，有 2 万多个，面积约为 440 万 km^2，约占世界岛屿总面积的 45%；北冰洋的海岛面积约为 400 万 km^2，约占 41%；大西洋中的海岛面积约为 90 万 km^2，约占 9%；印度洋中的海岛面积约为 40 万 km^2，仅占 5% 左右。

世界最大的海岛是格陵兰岛，面积达 217.56 万 km^2，约为世界最小的大陆（即澳大利亚大陆）面积的 30%。世界第二大岛是新几内亚岛（伊里安岛），面积约为 75.5 万 km^2。世界上最大的群岛是马来群岛，面积就有 243 万 km^2，有大大小小岛屿近 2 万个，约占世界岛屿总面积的 25%。世界上最大的半岛是阿拉伯半岛。

目前，从已统计或估计的情况看，拥有海岛最多的国家是三面环海的挪威，有 15 万个以上的海岛，被称为"万岛之国"；其次是位于太平洋和印度洋之间的印度尼西亚，拥有海岛的数量 1.7 万个左右，其中大约 6000 个海岛上有人居住，有"千岛之国"的美称。其他海岛数量在 1000 个以上的国家还有菲律宾、中国、芬兰、英国、古巴、日本、越南、韩国、希腊、马来西亚、马尔代夫等。

第五节 中国海岛概况

一、中国海岛的数量与规模

中国是世界上海岛最多的国家之一，中国的岛屿总面积约 8 万 km^2。据国家海洋信息中心统计，中国面积超过 $500m^2$ 的海岛共有 6961 个（未含海南岛、台湾岛及台湾地区的 224 个海岛、香港的 183 个海岛和澳门的 3 个海岛），岛屿岸线长 12 710km，总面积 66 910km^2，约占陆地总面积的 7%。其中有常住人口的海岛 433 个，占海岛总数的 6%，面积占海岛总面积的 98% 以上，常住人口约 452 万人。

中国海岛面积超过 3 万 km^2 的有台湾岛和海南岛 2 个；超过 1000km^2 的有崇明岛 1 个；$200 \sim 500km^2$ 的有舟山岛、东海岛、海坛岛、东山岛 4 个；$100 \sim 200km^2$ 的有玉环岛、上川岛、厦门岛、金门岛等 9 个；$50 \sim 100km^2$ 的有六横岛、金塘岛等 14 个；$20 \sim 50km^2$ 的有石城岛、桃花岛等 20 多个；$10 \sim 20km^2$ 的有南长岛、泥洲岛等 30 多个；$5 \sim 10km^2$ 的有大鱼山岛、大万山岛等几十个；陆域面积在 5km^2 以下的中国海岛占绝大部分。大的群岛有舟山群岛、长山群岛、庙岛群岛、南日群岛、万山群岛、西沙群岛和南沙群岛以及韭山列岛、鱼山列岛、礼是列岛等 40 多个列岛。

二、中国海岛的空间分布特征

中国海岛的空间分布范围相当广。中国的海岛位于亚洲大陆以东，太平洋西部边缘。东部与朝鲜半岛、日本为邻，南部周边为菲律宾、马来西亚、文莱、印度尼西亚和越南等国家所环绕。海岛到分布在南北跨越 38 个纬度，东西跨越 17 个经度的海域中，宽 1700 多公里，都有属于中国的海岛散布海面。中国的岛屿所占海域面积有 100 多万 km^2。它们多数呈断断续续的岛链镶嵌在大陆近岸，少数呈群岛形式星罗棋布在远海之中。

三、中国海岛的海区分布特征

在邻近中国的四个海域中，东海岛屿个数最多，约占全国海岛总数的 2/3，仅浙江沿海就有 3000 多个，而且分布比较集中。大岛、群岛也较多，并沿近海分布，如台湾岛、崇明岛、海坛岛、东山岛、金门岛、厦门岛、玉环岛、洞头岛及舟山群岛、南日群岛、澎湖列岛等岛群。只有钓鱼岛、赤尾屿等几个小岛分布在东海东部。

南海岛屿数量居第二，有 1700 多个，占全国海岛总数的 1/4 左右。其中绝大部分靠近大陆，主要的大岛和群岛有海南岛、东海岛、上川岛、下川岛、大壕岛、香港岛、海陵岛、南澳岛、涠洲岛和万山群岛，只有属于珊瑚岛群的南海诸岛远离祖国大陆。

相比之下，黄海岛屿较少，只有 500 多个，主要分布在黄海北部、中部的祖国大陆一侧和渤海海峡，多为陆域面积在 30km² 以下的小岛，并主要以群岛形式分布。

渤海是中国海岛数量最少的海域，只在沿岸有零星的分布，面积更小，主要有菊花岛、石臼佗、桑岛。分布格局上，在山地、丘陵海岸及河口附近较多，在平原海岸外很少有岛屿存在。

四、中国海岛的地区分布特征

若以各省（自治区、直辖市）海岛分布的数量而论，浙江最多，岛屿数约占全国海岛总数的 43.9%；其次是福建、广东和广西，分别占 22.2%、10.9% 和 10.4%；海岛最少的省（直辖市）是天津、上海和江苏，其总和仅占全国海岛总数的 0.50%（表 2-1）。

表 2-1　中国海岛在沿海省（自治区、直辖市）分布

沿海地区	海岛总数/个	居住人数/人	岛屿陆域面积/km²	岸线长/km
辽宁	265	93 112	191.54	686.70
河北	132	54	8.43	199.09
天津	1	0	0.015	0.56
山东	326	81 914	136.31	686.23
江苏	17	14 476	36.46	67.76
上海	13	810 509	1 276.19	356.13
浙江	3 061	1 478 366	1 940.39	4 792.73
福建	1 546	1 321 586	1 400.13	2 804.30
广东	759	679 274	1 599.93	2 416.15
广西	651	42 696	67.10	860.90
海南	231	4 586	48.73	309.05
台湾	224	—	247	—
香港	183	—	311.50	—
澳门	3	—	23.50	—
合计	7 412	4 526 576	7 287.225	13 179.6

注：人口统计中不包括海南岛、台湾地区、香港和澳门的岛屿的人口。

第六节　海岛的自然环境特征

一、海岛地质

（一）地质构造形成海岛的基本构架

我国的海岛，特别是基岩岛，它们的形态、面积、地质构造、矿产资源等均受沿海大陆地质的影响，是在地球内、外综合作用下形成的。地质构造运动是形成海岛的内营力。中生代的印支运动，对海岛的分布轴向奠定了基础，强烈的地壳运动，形成了一系列 NE 向的隆起和拗陷带。它决定了我国海岛的分布基本上呈 NE 向延伸。燕山运动早期，大规模的酸性岩浆侵入活动，形成了较多由花岗岩岩体构成的隆起。喜马拉雅运动产生了一系列 EW 向断裂，把 NE 向隆起带分裂成若干个孤立的山地，便决定了我国海岛分布位置的概貌。第四纪的冰后期，海平面逐渐上升，使原来与我国大陆连为一体的较低陆地变为浅海大陆架，而当时较高的山地、丘陵则露出海平面变成海岛，这时候我国海岛的基本形态和面貌就形成了。因此，我国的海岛绝大多数为大陆岛，其形成原因、年代、构造性质和资源等都与大陆雷同。海岛分布走向基本上为 NE 向，我国一些大的岛群，如外长山列岛、里长山列岛、庙岛群岛、舟山群岛、韭山群岛、渔山列岛、南北麂山列岛、四礵列岛、马祖列岛、澎湖列岛、担杆列岛、佳蓬列岛等的分布均为 NE 向。

（二）地层岩性和矿产资源的基本特征

我国海岛的地层与沿海大陆地层密切相关。虽然海岛的地层从太古界至新生界均有分布，但其范围和面积则很有限，地层层序出露不全。辽宁省和山东省所属黄海、渤海的岛屿由华北地层组成；江苏省和上海市所属的黄海、长江口一带岛屿由扬子地层组成；浙江、福建、广东、广西、台湾和海南所属东海、南海的岛屿由华南地层组成。

我国海岛分布南北跨度大，岩性构造也较为复杂，但概括而论，渤海、黄海各岛屿基本上由变质岩、沉积岩和大面积燕山期花岗岩组成；东海、南海各岛基本上由火山岩和燕山期侵入岩及变质岩组成。不同时期构造岩浆活动等地质成矿机制和水动力筛选，形成了海岛各种矿产资源，主要有黑色金属、有色金属、稀有金属、冶金辅助材料、化工原料、建筑材料及其他非金属矿产资源40余种，其中大型矿床10处，中型矿床12处，小型矿床39处，矿点253处。但由于岛陆面积相对狭小，我国海岛矿产资源相对贫乏。

海岛陆域空间一般较为狭窄，地质环境的调节性、抗扰性十分有限，各种脆弱生态系统难以抵御人类活动的干扰。海岛隆升地区普遍遭受剥蚀作用，明显地阻碍了土壤的发育和半干旱气候下的森林、植被的生长，使陆域生态系统脆弱性显著增大。

（三）水文地质基本特征

我国海岛水文地质条件受地质构造、地貌、大气降水、地层岩性、植被覆盖和海面升降等多种因素的控制，再加上人为干扰，地质条件十分脆弱，地表水和地下水资源都相当贫乏。

我国海岛由于分散孤立，降水量小于大陆地区，加之降水季节分布不均，大部分地区夏季降水量占全年的50%～80%，集水面积小，拦蓄条件差，地表水往往大部分流失，而得不到很好利用；冬季、春季雨量不足，干旱严重，加重了海岛缺水的程度。我国海岛地表水总量约46.7亿 m^3，其中上海、浙江、辽宁、江苏等省（市）所属海岛地表水资源相对较好。

我国海岛地下水资源，主要由以下四种类型组成：①松散岩类孔隙水，主要分布在河北、天津、山东西部和长江口地区的冲积岛上。潜水接受降水、地表水和基岩裂隙水补给。地下水的水位及水量与全年大气降水的分配关系密切。地表水垂向或侧向渗析及山麓基岩裂隙水补给，对孔隙潜水影响甚大。这种类型的地表水资源较丰富，是这些岛屿开采的主要的地下水。②基岩裂隙水，这是基岩海岛地下水资源开发的重要部分，构造裂隙水主要分布在浙江、广东、辽宁等省的海岛上；风化网状裂隙水主要分布在浙江、辽宁、广东、广西、海南、福建等省（自治区）的海岛上；玄武岩孔洞裂隙水，主要分布在广东、广西部分海岛上。这几种类型地下水资源较丰富，现已普遍开采。③碎屑岩类孔隙水，主要分布在山东的土阜岛、竹岛、泥岛和浙江的朱家尖岛，由于这些岛屿属丘陵低山地带，岩性致密、裂隙不发育、地下水赋存和补给条件差，开采的价值不大。④碳酸盐类裂隙溶隙水，主要分布在辽宁、山东和江苏北部部分岛屿上，由于碳酸岩发育的裂隙溶隙水分布也很有限，对海岛地下水的供应也受到一定限制。

我国海岛地下水资源总量约18亿 m^3，其中广东、上海、福建、江苏、浙江等省（直辖市）地下水资源相对较多。

二、海岛地貌

现今海岛的地貌是千万年以来地球内部构造运动（内应力）和海面升降、河流塑造、海洋侵蚀、大气作用、人为活动（外应力）综合影响的结果。海岛地貌对海岛的开发利用关系甚大。

（一）内应力决定海岛地貌的基本框架

我国海岛处在太平洋板块、印度洋板块与亚欧板块的交接带上。太平洋板块向下斜插到亚欧板块下以及印度板块与亚欧板块的撞击作用，是我国海岛地貌形成的内应力。中生代时，太平洋板块与亚欧板块的冲撞作用，形成了一系列 NE 向的隆起带和拗陷带。与此同时，由于印度板块与亚欧板块的相互作用，原来属于华南地块的海南岛和南海诸岛陆块解体张裂，与南海岛分离并下沉，南海岛却不断上升。新生代的断裂运动、火山喷发和地震活动，为我国基岩海岛的形成奠定了初步基础。更新世的喜马拉雅运动产生了 EW 向断裂，琼州海峡断陷，使海南岛与大陆分离。海南岛中部的穹隆断块急剧抬升，逐渐形成了现今海拔大于1000m 的山地。台湾岛是早更新世前形成的，受板块的强烈冲击，在原来褶皱、断块的基础上，再次抬升而形成的现今的中央山脉。位于台湾海峡南部的澎湖列岛，是第四纪火山喷发形成的；东海大陆架上的钓鱼岛、黄尾屿等也是由火山形成的。

（二）外应力进一步塑造海岛地貌

海岛地貌外应力有以下五种，它们的影响有的是全局性的，有些则是局部的。

1. 海面升降

海面升降变化对海岛地貌的影响是全局性的。盛冰期时，我国东部沿海的海面比目前低 120m 左右，当时我国海岛除西沙群岛和南沙群岛外，几乎都和大陆连成一片。冰后期海平面不断上升，大陆边缘逐渐被海水淹没，距今 1 万年时，台湾岛和海南岛再次与大陆分离形成岛屿，在其低山、丘陵被海水淹没后，形成现今分布在我国东南部的基岩岛屿。

2. 河流塑造

河流对海岛地貌的塑造作用表现在两个方面：第一，我国大陆河流每年带入海中的泥沙量巨大，黄河每年入海输沙量就达 10.6 亿 t，长江为 4.7 亿 t。大量泥沙入海后，由于水动力条件改变，便在海中堆积形成岛屿。我国沿海的冲积岛就是入海河流带来的沉积物堆积成的。所以，河流的堆积作用，对冲积岛的形成和变化至关重要。第二，在基岩大岛上，如台湾岛、南海岛和海坛岛等上发育的河流，在岛屿抬升的同时，产生强烈的切割和冲刷作用，在局部改变海岛地貌。冲刷的物质又在山丘的坡麓形成洪积扇，较大的河流则在河口处形成冲积岛。

3. 海洋侵蚀

海洋侵蚀表现为波浪、海流、潮汐、风暴潮、冰冻等对海岛的侵蚀作用，其作用的大小取决于这些要素的强烈程度。就我国海域而言，渤海的侵蚀作用最弱，黄海和南海次之，东海最强。海洋的侵蚀作用，可使海岛部分海岸线不断蚀退，甚至使某些冲积小岛逐渐消失。

4. 大气作用

大气作用通过太阳的辐射热传导和风吹雨淋等对海岛地貌产生影响。在南海某些区域，气候适宜，为珊瑚礁、红树林的生长创造了有利的条件，对某些珊瑚岛的形成则起了重要的作用。

5. 人为活动

人对海岛地貌的影响，总体而言是局部性的。但在特殊情况下，人能造岛，也能毁岛。天津的三河岛是 20 世纪 70 年代拓宽永定新河与蓟运河汇合处河段而造出的岛屿；渤海的一些冲积岛，由于大量采沙，在不到 10 年时间，哈坨岛面积缩小了 2/3，而草木坨岛则全部消失。

（三）多样的海岛地貌

我国海岛地貌类型齐全，虽不如大陆地貌典型，然而几乎大陆有的地貌类型，海岛上均有，主要有侵蚀剥蚀地貌、冲积地貌、洪积地貌、火山地貌、地震地貌、海成地貌、湖成地貌、风成地貌、黄土地貌、重力地貌、冰川地貌和人为地貌等。

我国海岛地貌类型的多样性，为海岛的开发利用提供了多种选择。许多基岩海岛在地貌上有很好的水深和避风条件，又有锚着力好的海底沉积物。即使在长江口及其以北的冲积岛分布区，虽然岛屿地势平坦、避风条件欠佳，但作为航道、锚地和港址仍不失为选择佳址。南海珊瑚岛礁多呈环状，中间有与外海沟通的晰湖，避风条件好；岛的外侧水深常达 500m 以上，加之地处南海航路要冲、是捍卫祖国海疆主权的重要区域。各河口冲积岛水域以及珊瑚礁、红树林生物群落发育海域，由于有丰富的营养物质、合适的地貌条件，往往成为面积广大的高产渔场。许多基岩海岛，大多由中生代花岗岩和古老变质岩构成，由于节理发育，经长期侵蚀，形成了千姿百态的地貌，具有很高的观赏和旅游价值。

（四）地貌类型分布的规律性

我国海岛的中部一般高度最高，在较大较高的基岩中心，分布着各种侵蚀剥蚀山丘。水系从海岛中央向周围放射状排列，在山丘出口处形成洪积雨、冲积扇和各种平原；再向外，是以侵蚀基岩海岸为主要特征的潮间带地貌及延伸到浅海水域的海底地貌。在较小较低的冲积岛地区，一般中部是风或沙丘、沙地及贝壳沙坝，其周围则是潟湖、海滩、沙堤、潮滩等潮间带地貌；延伸到水下的则是各种砂、淤泥等物质组成的正负海底地貌。

三、海岛气候

我国海岛跨越热带、亚热带和温带三个气候带。由于地理位置的不同，各岛气候不仅受纬度的影响，也受大陆和海洋的影响。因此，各岛的气候特征、气象要素的分布和变化，差异比较大。

（一）基本气候特征

由于海岛之间地理位置的差别，形成了各自的气候特征。

（1）渤海、黄海区各岛，一年四季分明。冬季，严寒、少雨雪；春季，冷暖多变、风多雨少；夏季，温差高、湿度大、降水多；秋季，天高云淡、风和日丽。各岛日照充足，降水量较少，风和降水有明显的季节变化。灾害天气比较频繁，以大风、暴雨、大雾和干旱为主。

（2）东海各岛，该区气候和渤海、黄海区基本相似，除最南部区域无冬季外，四季分明，气温比较高。冬季无严寒，夏季少酷暑，光照充足，降水充沛，无霜期长，灾害性天气比较频繁，南部受热带气旋影响较重。

（3）台湾海峡及南海北部海域，该区属亚热带和热带季风气候，光照充足，热量丰富，终年气温较高，长夏无冬，基本无霜冻，季风较明显，降水充沛，干湿季分明，降水集中在湿季，多灾害性天气。

（4）西沙群岛、南沙群岛，光照时间长，气温高，全年都为夏季，降水比较多，干季、湿季分明，灾害天气比较频繁，多热带气旋、暴雨、大风和干旱。

（二）气象要素

气象要素主要包括：光照、气温、风、降水、湿度、蒸发、雾及能见度。

1. 光照

（1）太阳总辐射。全国各海岛年太阳总辐射为 $5000 \sim 6200 MJ/m^2$。渤海、黄海区域海岛，年太阳总辐射为 $4995 \sim 5462 MJ/m^2$，多数海岛在 $5000 MJ/m^2$ 以上；东海各岛，年太阳总辐射多在 $50\,000 MJ/m^2$ 以下；南海诸岛，年太阳总辐射为 $3999 \sim 6179 MJ/m^2$。

（2）日照时数和日照百分率。日照时数是在可照时间间隔内有太阳光照射的时数，它和云、雾等天气状况有关。由于阴雨天气的影响，对同一区域来说，日照时数远小于可照时数，我国海岛的日照时数为1700～2900h，为可照时数的40%～65%。

2. 气温

（1）年平均气温：各岛年平均气温为9.0～27.0℃。年平均气温由北向南递增。北部的渤海、黄海各岛最低，年平均气温均低于15.0℃，东海各岛年平均气温在15.0℃以上，南海各岛年平均气温最高，各岛都在21.0℃以上。

（2）年平均最高、最低气温：各岛年平均最高气温为15.0～29.5℃，以石臼坨为最低，年平均15.0℃，海南的万宁—三亚一带海岛为28.0～29.5℃，西沙群岛为28.0～29.6℃。年平均最低气温为6.8～25.0℃，也以石臼坨最低，西沙群岛最高。

（3）日平均气温稳定通过界限温度的积温：气温对自然界的影响，明显表现在植被和农作物的生长发育上。日平均气温低于0℃，土壤开始冻结，植物生长停止，冬小麦进入越冬阶段。日平均气温稳定通过大于或等于0℃，草木萌动，冬小麦开始返春。因此一般用大于或等于0℃持续的日数及积温表示这一地区的农作物总生长期和总热量。

（4）日平均气温稳定通过不低于0℃的积温：渤海、黄海各岛为3800～5000℃，东海各岛为5000℃以上；南海各岛全年各月平均气温都在5℃以上，积温都在8000℃以上，热量资源十分丰富。

3. 风

平均风速：风速在各海区的分布呈向外海增大趋势，因此，海上各岛风速明显大于陆岛和湾内岛，受"狭管效应"影响的海岛风速明显增大。渤海、黄海各岛年平均风速为3.7～7.4m/s，海上各岛风速较大，年平均风速在5.8m/s以上；东海各岛年平均风速2.5～9.1m/s；南海年平均风速2～6m/s；西沙群岛年平均风速5～6m/s。

由于各岛地理位置的差异，以及它们所受天气系统影响程度的不同和差别，风速的季节变化比较复杂。渤海各岛年平均风速以春季最大、秋季最小。春季平均风速为5.6～6.5m/s，其中4月年平均风速达到全年最大。黄海各岛中，成山头两侧的养马岛、刘公岛和镆铘岛，春季平均风速最大，为4.4～5.2m/s，其他各岛冬季平均风速最大，平均风速都在5.5m/s以上；各岛风速最小出现在夏季，为3.3～6.0m/s，以近陆岛最小，约在4.0m/s以内。东海各岛中，由于锋面和热带气旋的影响，平均风速的季节变化更加复杂，各岛月平均风速最大和最小的月份出现的月份相差较大。南海两广海域各岛，多在冬半年的 10 月至翌年 3 月风速达到最大，广东沿岸最大风速出现在 10 月、11 月，而广西沿岸多在 1 月、2 月；夏半年的 4~9 月，一般风速较小，除珠江口各岛平均风速达 6.0m/s 外，其他海域各岛都在 4.0m/s 以下。

最大风速：海岛大风主要由两种天气系统造成，一为强冷空气，一为台风（热带气旋），此外温带气旋和局部对流天气也会导致大风。因此渤海、黄海各岛最大风速多出现在强冷空气和气旋频繁活动的秋、冬、春三季，而东海和南海一带最大风速一般出现在夏、秋之交的热带风暴季节。

渤海、黄海各岛多年最大风速为 25~40m/s，渤海南部、渤海海峡及辽东沿海沿岸各岛风速较大；东海各岛，年最大风速为 19.0~46.0m/s，长江口各岛风速较小，在 20m/s 左右；南海的两广海域各岛，年最大风速为 29.3~44.0m/s。

4. 降水

降水量是表征一个地区湿润状况的重要因素，是重要的气候特征之一。我国海岛降水分布有以下基本特征：降水量南多北少，等雨量线大致呈西南至东北走向；降水量夏季多于冬季；海岛降水量一般少于大陆沿岸，海外岛少于近岸岛或湾内岛；平常气旋路径通过的海岛和热带气旋频繁活动区域的海岛，年平均降水量较多。

降水的地理分布：渤海、黄海各岛年平均降水量在 900mm 内，渤海各岛年降水 550~620mm，黄海北部各岛在 750mm 以内，黄海南部各岛较多，一般都在 700mm 以上。东海各岛年平均降水量，除长江北支岛群的永隆沙为 923.7mm 外，其他各岛都在 1000mm 以上。南海各岛年平均降水量最多，一般在 1200mm 以上。

降水的季节变化：主要受东亚季风的影响，一年中降水分配极为不均匀。渤海、黄海降水多集中在夏季 6~8 月，东海和南海多集中在湿季 4~9 月，12 月至翌年 2 月各海区降水量最少。

四、海洋水文

(一) 海水温度

水温是海洋中最基本的要素之一，许多海洋现象都与水温有关。海水温度除因太阳辐射有规律的变化、引起周期性的冬冷夏暖变化外，不同性质的水团和流系也使海水温度的分布和变化更加复杂。影响我国沿岸水温分布与变化的流系主要有黑潮的浙闽分支（台湾暖流）、对马西分支（黄海暖流）和沿岸水。

1. 海水温度的分布

海水温度平面分布差异悬殊。冬季渤海和黄海北部表层水温最低可在0℃以下，有冰冻发生，而南海平均水温在15℃以上，南沙海域在27℃以上，南、北水温差可达30℃。北部各岛水温低于南部，等温线梯度基本与等深线一致。

海水温度随深度变化，大体为垂直均匀型和负梯度型。由于多数海岛周围水深较浅，从秋到冬，表层降温引起的对流混合和大风引起的涡动混合比较强烈，一般可以达到海底，导致水温垂直变幅很小，分布比较均匀。春季以后，由于表层增温很快，海水出现变化，垂直分布出现梯度，一般在5月以后形成跃层。

2. 海水温度的年变化

海水温度大致从3月开始升温，一般到7月、8月，个别区域在9月，水温达到最高，10月水温开始下降，到翌年2月或1月，水温降到最低；渤海、黄海各岛海域，表层水温年变幅在15℃以上，最大在29℃左右，以浅水区和湾内岛变幅最大。东海各岛海域，表层水温年变幅为12~23℃，变幅由北向南逐渐变小。南海海域，广东沿岸年变幅为12.4~13.7℃，广西沿岸年变幅为12~18℃。

（二）海水盐度

1. 海水盐度的分布

我国海岛区域海水盐度的地理分布和年变化比较复杂，总体是受低盐的沿岸流和外海高盐水所制约，另外蒸发和降水也产生一定的影响。

海水盐度平面分布：渤海岛区，各岛海域表层盐度为19.00~31.50。黄海岛区，各岛海域表层盐度多为21.00~31.50。东海岛区，由于长江径流量的影响，盐度变化幅度最大，一般为0.20~32.00。南海岛区，盐度由近岸向外、由湾内向湾外增大，一般盐度为8.00~34.25。

海水盐度垂直分布：盐度随水深分布，可分为垂直均匀型和垂直梯度型。渤海、黄海、东海和南海在不同季节均有盐度跃层出现。跃层强度最大值出现在南海的淇澳岛以东水域，达14.33m。

2. 海水盐度的变化

海水盐度年变化：渤海、黄海各岛海域，多以夏、秋季盐度最低，春、冬季盐度最高，各岛盐度年变幅为0.37~11.30，河口附近年变幅最大，为7.40~11.30，海上各岛年变幅较小。东海，浙闽沿岸流和外海高盐水相互消长的变化，是形成盐度年变化主要原因。冬季盐度低，春季以后盐度回升，7~8月达到最高，10月盐度降到全年最低。南海，粤东海域盐度以 4～5 月和 9～10 月最高，6～7 月和 1 月最低；粤西海域在 1～2 月和 7～8 月盐度较高，1～2 月最高，6 月和 9～10 月较低；西沙群岛由于远离大陆，没有径流影响，盐度变化不大，降水是影响盐度变化的主要因素。

海水盐度日变化：引起盐度日变化的主要因子是潮流，通常在高平潮前后，盐度可达最大值，在低平潮附近，盐度最低。盐度日变幅的变化比较复杂，一般来说，夏季大于冬季，大潮期大于小潮期。沿岸水和外海水交界的锋面附近变幅最大。

(三) 海洋潮汐

1. 潮汐类型

渤海各岛海域为不正规半日潮区。黄海和东海，除刘公岛、镇锣岛、大榭岛和东山岛海域为不正规半日潮外，其余各岛海域均为正规半日潮区。南海各岛海域潮汐类型比较齐全；广西沿岸主要为不正规半日潮；红海湾 – 碣石湾和海南的铜鼓嘴以南至感恩角、后海至东营以及西沙群岛为不正规全日潮区；海南的感恩角以北之后海域和广西各岛海域为正规全日潮区；南沙海域东南部，包括南沙大部分海区为不正规全日潮，它的西北部为正规全日潮，西南部大约 5°N 以南、曾母暗沙以西的小部分海区为不正规半日潮。

2. 潮差

潮差是反映潮汐特征变化的一项重要标志，潮差的大小直接反映出潮汐的强弱。潮差以东海最大，渤海和南海最小。

渤海各岛海域平均潮差在 220cm 以内，最大潮差不超过 390cm，以岔尖堡岛群和菊花岛海域潮差最大。

黄海各岛海域平均潮差在 300cm 以内，最大潮差不超过 400cm，以大鹿岛海域潮差最大。

东海海域潮差最大，各岛平均潮差在 350cm 以上，最大潮差不超过 500cm。潮差总的分布趋势是由东向西、由北向南、由湾口向湾顶逐渐增大，最大潮差区在浙江南部的乐清湾和福建北部海域。

南海各岛海域潮差比较小，平均潮差在 250cm 以内，位于北部湾顶部的白龙尾岛区最大潮差不超过 570cm。潮差总的分布趋势是由东向西、由南向北逐渐增大。

3. 平均海平面

平均海平面的变化比较复杂，各岛之间变化的量值难以找出其内在联系，但各岛平均的逐月变化规律，确有明显的共同性。平均海平面虽然年变幅不同，但其最高值均出现在夏季、秋季的 7~9 月，最低值出现在冬季，年变化呈现峰 - 谷型。

五、海洋生物

（一）初级生产力

海洋初级生产力是指海植物进行光合作用制造有机物的能力。它的变化在很大程度上决定着水产资源的盛衰。

春季，全国沿海诸岛（包括各省、自治区、直辖市和计划单列市沿海诸岛[①]）海域"叶绿素 a 平均含量"（本节中，以下简称"含量"）范围为 0.81~3.87mg/m³。以东海南部最高，为 3.87mg/m³，南黄海北部青岛市最低，为 0.81mg/m³。其余含量在 1.17~1.91mg/m³ 内变化。总的分布趋势从高到低为东海、渤海、黄海诸岛海域。

夏季，"含量"总的趋势与春季相似，其变化范围为 0.79~3.42mg/m³。东海的宁波市、福建省和厦门市均为高值分布区；青岛市仍为最低，为 0.79 mg/m³；山东省和辽宁省"含量"相近，分别为 1.35mg/m³ 和 1.19mg/m³。

秋季，"含量"范围为 0.82~2.31mg/m³。最高在东海南部，福建省为 2.31mg/m³。最低在东海北部，浙江省为 0.82 mg/m³。其他省（自治区、直辖市）在 1.16~1.64mg/m³ 之间波动。总的分布比较均匀，东海略高于黄海诸岛海域。

冬季，全国沿海诸岛海域普遍降温，随着海水的降温，"含量"也明显降低，在 0.71~2.05mg/m³ 之间变化，福建省最高为 2.05mg/m³，青岛市最低为 0.71mg/m³。其他依次为厦门市、山东省和辽宁省。总的分布趋势仍然是东海诸岛海域高于黄海诸岛海域。

南海中、南部"含量"总的趋势是春季为高峰期，夏秋季节居中，冬季最低，其幅度变化为 1.0~5.0mg/m³。

（二）浮游生物

海洋浮游生物数量大、分布广，种类组成十分复杂。浮游生物是海洋经济动物的诱饵基础，其产量和分布对水产动物的繁殖、洄游和渔业产量都有重要影响。

1. 浮游植物

浮游植物种类组成及分布：全国海岛海域共有浮游植物 633 种，种类组成以

---

① 在计算各省叶绿素 a 平均含量量，没有计入各计划单列市的值，这些省包括福建省、浙江省和山东省。

硅藻和甲藻为主。硅藻门 81 属 413 种，占总种数的 65.24%；甲藻门 18 属 160 种，占总种数的 25.28%；裸藻门、黄藻门、蓝藻门、绿藻门和金藻门等，占总种数的 0.02% ~ 4.26%。

在浮游植物种群结构中，硅藻所占比例由北向南呈减少趋势，而甲藻所占比例则由北向南增多。浮游植物中以角藻属的种类最多，占甲藻总数的 52.5%；其次是角毛藻属，占硅藻总数的 15.98%。

浮游植物种类分布：广东省种类最多，为 406 种，占总种数的 64.14%；其次福建省 346 种，占总种数的 54.66%；上海市和辽宁省最少，分别为 63 种和 50 种；其余地区的种类为总种数的 13.59% ~ 45.66%。各海岛海域之间共有种比例低。浮游植物种类数量、种群结构都具有明显的区域性差别和季节更替。

2. 浮游动物

浮游动物种类组成及分布：全国海岛海域共有浮游动物 615 种，浮游幼虫 1 种，文昌鱼仔鱼 1 种。浮游动物的种类组成和分布随海区而异。各岛海域都以甲壳虫种类最多，占浮游动物总种数的 46.09% ~ 84.78%，其中桡足类在各岛海域中种类多、数量大，是海岛海域最重要的类群。其次是腔肠动物、被囊动物、原生动物、毛颚动物，而软体动物和棘皮动物的种类则在浮游幼体组成中占优势。

平均总生物量分布：全国海岛海域，"浮游动物总平均生物量"（本节中，以下简称"总量"）的平面分布具不均匀性。

春季，"总量"为 317.23mg/m³，分布范围为 100.7 ~ 779.0mg/m³。高生物量分布区出现在长江北支至海州湾一带的江苏省海岛水域。

夏季，在长江北支的江苏省诸岛海域，由于蚤体幼体、鱼卵、仔稚鱼的出现，使夏季的"总量"远远超过春季，高达 2730.0mg/m³。

秋季，"总量"最高分布区出现在南海诸岛海域，珠江冲淡水与外海是交汇区生物量为 500 ~ 700mg/m³。

冬季，在长江北支苏南海域，生物量比秋季有大幅度上升，最高"总量"可达 1060mg/m³。

（三）潮间带生物

1. 种类组成特点

全国海岛潮间带共有动物、植物 2377 种，分别隶属 15 门 329 科。

各海区潮间带生物的种数，以东海的福建和浙江海岛为最多；其次是南海的广东、广西、海南；黄海的山东、江苏海岛位居第三；渤海海岛最少。以长江口为界，呈北少南多的趋势。在种类组成中，南海和黄海的海岛以软体动物和藻类占优势；东海和渤海的海岛则以软体动物和甲壳类动物为主。海岛潮间带的生物种类组成和分布趋势，基本上反映了各海区潮间带生物类群特点。

2. 数量分布

全国各海区潮间带生物量和栖息密度很高，大大超过了浅海底栖生物。可见海岛潮间带是生产力较高的海域，是发展海水增养殖业的良好场所。

全国海岛潮间带生物量平均为 $1213.16g/m^2$ ，栖息密度为 2342.77 个$/m^2$ 。其平均生物量以海南省海岛潮间带最高，上海市最低；栖息密度以江苏省海岛潮间带最高，上海市最低。海岛潮间带生物量组成中，以软体动物最高，平均占总生物量的 55.01% ；其次是藻类，占 22.20% ；甲壳动物居第三，占 16.3% ；棘皮动物和环节动物均很低，分别占 0.80% 和 0.68% 。栖息密度则以甲壳动物居首，占平均总密度的 63.99% ；其次是软体动物，占 33.42% ；多毛类占 1.68% ；棘皮动物最低，仅占 0.08% （杨文鹤等，2000）。

（四）底栖生物

1. 种类组成特点

全国底栖动物 1780 种，隶属 13 个门 367 科 819 属。其中软体动物种类最多，为 531 种，占底栖动物总种数的 29.83% ；其次是甲壳动物，为 468 种，占总种数的 26.29% ；多毛类 346 种，占总种数的 19.44% ；棘皮动物 134 种，占总数的 7.53% ；鱼类 164 种，占总种数的 9.21% ；其他还有腔肠动物、苔藓动物、海绵动物、星虫和文昌鱼等。

海岛底栖动物种类以福建省海岛海域最多，计 928 种；上海市最少，仅有 35 种。

底栖藻类：山东省各岛海域底栖海藻种类最多，计有 92 种。隶属于绿藻门 13 种，占海藻总数的 14.0% ；褐藻门 21 种，占总种数的 23.0% ；红藻门 58 种，占总种数的 63.0% 。种类组成中红藻类占明显优势。广东省和海南省海岛底栖海藻分别为 54 种和 27 种；辽宁省和广西壮族自治区均很少，分别为 4 种和 1 种。

2. 数量分布

底栖动物数量分布：全国海岛海域底栖动物总平均生物量为 $24.11g/m^2$ 。其他的分布趋势是南部海域高于北部海域，各省、市和自治区之间差别显著。厦门市海岛海域底栖动物生物量最高，达 $95.32g/m^2$ ；上海市最低，仅 $0.61g/m^2$ ，高低相差大约 156 倍。各类群的生物量也很不均匀，软体动物最高，平均达 $9.92g/m^2$ ；棘皮动物次之，为 $8.92g/m^2$ ；多毛类 $1.40g/m^2$ ；甲壳类 $1.38g/m^2$ ；其他软体动物生物量仅为 $3.07g/m^2$ 。

全国海岛海域底栖动物总平均密度为 99.9 个$/m^2$ ，栖息密度总的分布趋势也是南部海域高于北部海域，各省市间差别显著。浙江省海岛海域底栖动物栖息密度最高，达 326 个/m²；江苏省最低，仅为 0.57 个/m²；高低相差近 572 倍。各类群的栖息密度也很不均匀，多毛类最高，平均达 38.59 个/m²；软体动物 24.46 个/m²；甲壳动物 11.82 个/m²；棘皮动物 11.08 个/m²；其他几类动物平均密度仅为 10.68 个/m²。

底栖藻类数量分布：以山东省各岛域的底栖藻类种类最多，共有 92 种，其次广东和海南，分别为 54 种和 27 种，辽宁和广西最少，分别只采到 4 种和 1 种。

（五）游泳动物

1. 鱼类

全国海岛海域内，鱼类 1126 种，隶属 34 目 139 科 310 属。其中小条天竺鲷等 42 种鱼是我国首次记录的。种类组成和分布随海区而异，春、夏季种类多于秋、冬季。

2. 大型无脊椎动物

全国海岛海域共有大型无脊椎动物 290 种，其中甲壳类 264 种、头足类 26 种。浙江省海岛海域种类最多，有甲壳类 133 种、头足类 25 种，辽宁省海岛海域种类最少，甲壳类 2 种、头足类 3 种。

六、海岛土壤

（一）土壤类型

全国海岛共划分为 20 个土类，即滨海盐土、沼泽土、潮土、风沙土、火山灰土、粗骨土、石质土、水稻土、磷质石灰土、薄层土、紫色土、灰化土、棕壤、褐土、黄棕壤、黄壤、红壤、赤红壤、砖红壤、燥红土。

（二）土壤分布

1. 山地丘陵土壤

海岛的山地丘陵有棕壤、褐土、黄棕壤、黄壤、红壤、赤红壤、砖红壤、燥红土、紫色土、火山灰土、薄层土、粗骨土、石质土、灰化土和高山草甸土等 15 个土类。

2. 平原土壤

海岛的平原土壤有滨海盐土、沼泽土、草甸土、潮土、水稻土、风沙土和磷质石灰土 7 个土类。

3. 潮间带土壤

海岛潮间带已发现的土壤类型有滨海盐土和潮土两个土类。滨海盐上在海岛潮间带有潮滩盐土和红树林潮滩盐土两个亚类；海岛潮间带潮土有潮滩潮土和沼泽潮滩潮土两个亚类。

七、海岛植被

（一）种类组成

海岛地形地貌相对简单，但生境条件却较为严酷，在历史上人为破坏严重，目前人为干预仍较大。因此，海岛植被建群种种类较贫乏，优势种相对明显，显示出海岛植被以人工植被为主。

海岛现状植被均以针叶林、草丛、农作物群落为主体。从各海岛区残遗的次生常绿阔叶林、海岛次生灌丛、草丛、人工栽培植物以及植物区系组成的分析结果来看，地带性植被常绿阔叶林的建群成分的典型代表与同纬度大陆地区相比明显不同。

海岛植被在种类组成上最显著的特点是群落的各层片中往往拥有一定的滨海或海岛特有优势（建群）种和伴生种。这是由海岛地区滨海植物区系较丰富所决定的。

（二）种类分布

海岛植被的分布特征有明显的地带性和非地带性两大特点。其中地带性分布的植被多为成林的高等植物；而非地带性的广布种多为草甸、沼泽和水生、盐生的植被，它们是各海岛共有的主要植被。

1. 滨海盐生植被

滨海盐生植被是指生长在滨海盐土上，由具适盐、耐盐等的盐生植物所组成的植物群落。它是一种生长在特殊生境基质上的植被。该类植被分布广泛，遍布全国南北的海岛滨海潮滩上。

滨海盐生植被类型组成种类简单，且多为单种群落，可划分为草木盐生植被和木本盐生植被两类。

2. 滨海沙生植被

滨海沙生植被由沙生植物和耐沙植物组成，主要分布在海岛的砂质海滩上，紧邻高潮线上。虽然全国海岛从南到北均有分布，但分布范围和面积均较小。滨海沙生植物可划分为沙生草丛和沙生灌丛。

3. 沼生植被和水生植被

海岛沼生植被和水生植被是指分布在海滨和水域，由特有的沼生植物所组成的植被类型。沼生植被的重要代表是芦苇群落和大米草群落。

第七节　海岛的价值地位

海岛是海陆兼备的重要海上国土，是海洋生态系统的重要组成部分，是特殊的海洋资源和环境的复合体。随着《联合国海洋法公约》的生效，以及世界范围内人口、资源、环境问题的日渐凸现，世界各国对海洋权益、资源、空间的争夺日趋激烈，各沿海国纷纷从抢占 21 世纪本国、本民族生存和发展制高点的战略高度来重新认识海洋，纷纷从国家发展战略、海洋立法、海洋管理和海上力量等方面加紧了对海洋的控制，而海岛正是由于特殊的价值地位而成为各国争夺的焦点。

一、海岛的海洋权益价值

海岛是维护国家海洋权益的基石。根据《联合国海洋法公约》确定的领海和岛屿制度，海岛在确定国家领海基线、划分内水、领海、毗连区和专属经济区时具有关键性作用。因此，海岛的重要性已不仅仅局限于海岛本身的经济、军事价值，而且直接关系到沿海各国管辖海域的划分、海洋法律制度和海洋权益的确立。

1982 年，联合国海洋法公约会议通过的《联合国海洋法公约》确立了岛屿制度。按照公约规定，凡有人居住、可以维持经济生活的岛屿，可以同大陆一样，划定海里领海、海里专属经济区和按照自然延伸原则扩展到大陆架边缘的更加广阔的大陆架。按此规定，一个开阔海域的小岛可以拥有 43 万 km^2 的专属经济区和更加广阔的大陆架，拥有该岛的国家将对这一广大区域的生物资源和海底矿产资源拥有主权权利。中国对南海诸岛，特别是南沙群岛的主权拥有不仅涉及群岛的岛、沙洲、滩、暗沙的主权归属，而且也涉及南沙群岛周围广大海域的管辖权及其自然资源的主权权利的获得。通常说中国有 300 万 km^2 的"蓝色国土"，其中有一大部分是基于中国的海岛来计算的，维护海岛安全就是维护海洋国土的安全。

海岛在国家间的海域划界中的地位尤为重要，对于相邻或相向国家间的海域划界问题，国际海洋法及国际海域划界的实践表明，除非相邻国家另有协议，在划定国家之间中间线时，所有海岛都应予以考虑。因此，海岛在海域划界中具有特殊的地位。在国际实践中，还有的国家主张海岛在划界中具有与大陆相同的地位。总之，海岛在海域划界中的地位，根据历史、地理、经济等因素的考虑，已经形成了复杂多样的国际实践。不论海岛大还是小，在维护国家海洋权益中的地位并不因其本身拥有多少资源而定。

二、海岛的军事价值

海岛是国防安全的天然屏障，散布于辽阔海域中的群岛、海岛具有重要的军事利用价值。海岛的军事利用价值是指在海岛上建立军事驻地、军事训练基地以及建设军事设施等。在战争准备和实施过程中，海岛所起的军事作用主要由海岛的位置、大小、形态以及在国家政治、经济和军事活动中的地位所决定的。从军事利用的角度来看，作为特殊的战场空间，海岛是控制海权的重要保障。例如，有的海岛可以建成军事要地；有的海岛可以控制海域的战略通道；有的海岛可以建成濒临大陆架的海防前哨。中国海岸线绵延数千公里，由海岛组成的岛弧或岛链，构成了中国海上的第一道国防屏障，诸如长山群岛、庙岛群岛、舟山群岛、万山群岛和南海诸岛，都是中国国防的要塞。

三、海岛的经济价值

海岛的经济价值是指海岛的资源开发和利用价值。"21世纪是海洋世纪"已成为众多国家的共识。开发和利用海洋资源也已成为临海国家经济和社会发展的重要战略。海岛是海洋经济开发的重要基地，海岛及其周围海域是个巨大的能源宝库，拥有丰富的渔业资源、旅游资源、岛陆生物资源、矿产和海盐资源以及再生能源等，为发展海洋经济提供了得天独厚的优势。同时，良好的建港条件和区位优势，可带动海岛外向型经济和高技术产业发展，成为海洋开发的海中基地。另外，海岛经济作为国民经济、海洋经济重要的组成部分，其发展对于海洋经济的进一步增长具有不可替代的作用，并且海岛可以作为海洋经济向远海发展的踏板，对海洋经济的长远发展具有重要意义。

四、海岛的科学研究价值

海岛的科学研究价值是指海岛在对专业人员的教学和实习，研究海岛生物、海岛地貌、地质作用过程、人文遗迹以及进行科普教育等方面所具有的价值。海岛因为其独特的自然环境，蕴藏着丰富的生物资源和生态环境资源等，具有很高的科研和科普价值。同时，海岛的地质构造、地貌类型包罗万象，在形态上，千姿百态、高低悬殊，对于了解海平面的变化、海岛的形成与变迁具有很高的科学研究价值。另外，散布在海岛上的考古遗迹、古建筑、宗教庙宇、纪念故址等人文历史遗迹，对于研究人类历史、社会事件以及社会演变等具有重要的科学研究价值。还有一些独立的、没有或者较少有人类活动干扰的海岛，较好地保存了原始的自然环境和资源体系，这些均是研究地质演变、生物进化、海洋灾害和生态平衡的天然实验室。

第八节　海岛的保护与管理

一、海岛生态保护

（一）海岛生态基本特征

海岛生态是海岛生物群落与其周围环境相互构成的，影响这种关系的自然因子主要有气候、水文、生物、地质、地貌等。我国海岛区大部分在沿岸海域，其中距离大陆小于10km的海岛约占66%，面积小于5km^{2}的小岛数量最多，约占总岛数的98%，海岛生态受大陆沿海自然因子的影响较大，其基本特征与大陆近岸水域较相似。

1. 海洋性季风气候

我国是典型的季风国家，海岛气候主要是受季风控制。冬季盛行偏北风，冷高压气团向南扩散过程中，冷空气强度不断减弱；夏季盛行偏南风，含有充沛水汽的暖湿气流随之而来，形成全年降水量最多的季节，这种雨热同季是我国海岛气候的一个明显特征；春秋两季是陆上气候向海上气候转变或海上气候向陆上气候转变的过渡期。沿岸海岛地处海陆过渡带，由于海陆的差异，海岛气候的特征与内陆有明显的差别，海洋起着调节作用，使海岛气候冬暖夏凉，具有海洋性气候的特色。

海岛水热分布随着纬度的增加而递减，同时大部分地区热量和雨水分配良好，使植被和生物的多样性相应的也随纬度增加而减少。

但海岛海域自然灾害较多，主要有台风、大风和风暴潮等。夏秋季节经常受到台风和风暴潮的侵袭，危害较大；大风大浪几乎全年在各岛均会造成不同程度的灾害。

2. 海水自净力强，初级生产力高

我国海域受沿岸流、暖流和上升流的交汇作用，水体交换频繁，海水自净能力较强，有利于维持水质量的稳定。各种流溪交汇处，营养盐丰富，海水溶解氧呈饱和状，初级生产力较高，水生资源丰富多样，成为鱼类的很理想的栖息生长场所，有利于渔业资源的汇集，形成了一些著名的渔场。

3. 各具特色的生态景观

我国海岛种类齐全，既有大陆岛，又有沙泥岛和珊瑚岛，地质构造复杂，地貌类型多样，形成了各具特色的海岛生态景观。

我国的海岛大多数为大陆岛，大陆岛的组成物质绝大多数为基岩，基岩岛数量约占我国海岛总数的93%，分布范围遍及全海域。这类岛屿的面积大，高程较高。基岩岛周围由于岩石与沙滩交替发育，形成良好的生态环境，利于生物多样性的发展，岛礁构成的天然渔礁更成为生物资源的良好养护场所。

沙泥岛是由江河径流入海携带泥沙堆积而成的岛屿，这类海岛一般分布在河口区，地势平坦，面积较小，由于土质肥沃，生态环境良好，常是一些候鸟的栖息地或是海洋鱼类洄游产卵的场所。沙泥岛位于长江口冲积到的水域，就是被称作"软黄金"鳗鱼苗的高产区域。沙泥岛约占海岛总数的6%。

珊瑚岛是由珊瑚碎屑物堆积和凝固并露出海面形成的，它的基底往往是海底火山或岩石基底。珊瑚岛只分布在亚热带和热带的海南、台湾和广东等。这类岛屿全国共有60多个，占全国岛屿总数的1%。珊瑚岛面积小，露出海面的高度较低，水热条件好，生物多样性指数高，特别是南海诸岛水域有着大面积珊瑚暗沙、暗礁。它们离海面较近，面积又大，大风时常形成波浪，加上生长旺盛的珊瑚礁生物群落，吸引许多鱼类，成为面积广大的高产渔区。在众多的珊瑚岛礁常形成半封闭的潟湖，构成独特的生态环境，是建设海洋牧场的好场所。

但我国的许多基岩岛山高坡陡，常有顺坡的节理面和地层面，极易发生滑坡等灾害；基岩岛的岩石和砾石是建筑的优良材料，由于人为无节制的开采，已出现了海岛萎缩、生物资源锐减、海洋灾害加剧等恶性趋势；位于河口的冲积岛，由于径流的减少，沙量也相应减少，海洋动力相对增强，造成侵蚀，使海岛面积日渐缩小，甚至消亡；珊瑚岛礁常因人为采掘过度，其稳定性受到严重破坏。

4. 生物多样性繁盛

我国海岛海域初级生产力高，东海区有众多河流、径流注入，使浙江海岛海域成为初级生产力最高区，水生资源也相对特别丰富。

海岛海域浮游植物有600余种，其中近岸生态类群的种类数量最大，大多数优势种都生长在这一生态类群中；河口生态类群的种类，大都是淡水种；外海生态类群的种类，个体密度一般都很低，很少出现优势种。上述各生态类群的种类数量由北向南显著递增，而优势种的分布则呈相反趋势。

海岛海域浮游动物有 600 余种，各岛海域都以甲壳类种类最多，优势种以渤海和黄海较为突出，东海岛区种类最多，南海近大陆诸岛海域，个体数量较少，优势种不显著。

岛屿海域微生物中，异养细菌在数量和种类上占绝对优势，其分布明显呈近岸海域数量多于远岸海域，养殖海区多于非养殖海区，与人类生产活动关系密切；表层沉积物泥样中的异养细菌数多于水中，反映出沉积物中有机质丰富。

潮间带是海岛最富活力的生物区，岛区潮间带动、植物约 2400 种，生物量和栖息密度均很高，超过了浅海底栖生物。生物量组成中，以软体动物最高，占总量的 55%，藻类占 22%，甲壳类动物占 16%，棘皮动物和环节动物分别为 0.8% 和 0.7%；栖息密度则以甲壳动物最高，占平均密度的 64%；软体动物占 33%，多毛类占 2%，棘皮动物不足 0.1%。

海岛海域底栖生物量较低，但种类多达 1800 种，以软体类和甲壳类所占比例较大，其次是多毛类和棘皮动物，底栖鱼类所占比例最少；各海区底栖动物种类组成和优势都有明显差异，其中福建诸岛海域最多，有 1000 余种，上海市海域还不足 40 种。

海岛海域鱼类约 1200 种，近岸性种类最多，分布广，数量大，定居在近岸水域作短距离游动中的中型、小型鱼类，是岛礁周围沿岸渔场的主要捕捞对象；河口性种类主要由咸淡水和广盐性种类构成，大中小型鱼类均有，其特点是分布广，繁殖力强，生长速度快，有许多是增养殖品种，也是主要捕捞对象；洄游性种类主要由一些从近海季节性进入河口、海湾沿岸水域进行繁殖和幼仔鱼生长阶段的种类构成，我国主要经济鱼类如带鱼、大小黄鱼大都属于此类；定居性种类，一般为岛礁性种类和盐礁性及沿岸栖居性的种类，特点是种类多、数量少、分布散，很多为经济价值高的名贵鱼种。

大型无脊椎动物是海岛海域主要的渔业资源之一，很多具有较高经济价值，分布较广且产量较高的有中国对虾、梭子蟹、乌贼等，但各岛区产量差异较大。

5. 生态系统脆弱

我国海岛岛陆土壤以溶岩土为主，经长期雨水淋溶逐渐脱盐，草本植物生长茂盛，继而滨海盐土上升为潮土。在有些海岛的山地丘陵区，遭到砍伐和烧荒，植被破坏殆尽，土壤侵蚀严重，丘陵山地土壤转而形成粗骨土和石质土。从各类型土壤质量看，各海岛的土壤含盐量均比大陆高，海岛的丘陵山地比例较大，山高坡陡，水土流失普遍，大多数土层肥力低。

海岛地形地貌简单，生态环境条件严酷，植被建群种种类贫乏，优势种相对明显。海岛植被在种类组成上最显著的特点是各群落的各层片中，往往拥有一定量的滨海或海岛特有优势种和伴生种，是海岛滨海植物区系较丰富的反映。滨海盐生植被是一种特殊生态环境基质上的植被，遍布海岛滨海潮滩。该类型组成种类简单，多为单种群落，其草木盐生植被耐盐性较强，主要有碱蓬群落等；北方常见木本盐生植被有怪柳群落，南方则以红树为主。滨海沙生植被由沙生植物和耐沙植物组成，主要分布在沙质海滩，分布范围和面积均较小。沼生和水生植被分布在潮间带及岛陆水域边缘地带的滩涂上，主要类型有芦苇群落、大米草群落等。水生植被仅少数岛屿有大面积分布，主要类型有菱群落、浮萍群落等。

由此可见，海岛四周被海水包围，每个海岛都相对地成为一个独立的生态环境地域小单元。其岛陆、岛滩、岛基和环岛浅海分别构成不同类型的生态环境，都具有独特的生物群落，保存了一批珍稀物种，形成了独立的生态系统；又因海岛面积狭小，土地单薄贫瘠，地域结构简单，又与大陆分离，物种来源受到限制，生物系统的生物多样性相对较少，稳定性较差，生态系统脆弱，极易遭受损害。我国众多海岛的成因各不相同，气候、水文、生物、地质、地貌等条件各有差异，因而构成了各异的生态系统。

（二）海岛生态破坏状况

近几十年来，由于滥捕，主要经济鱼类的生长受到严重影响，一些著名渔场已遭破坏，资源量显著下降，鱼类个体变小，已形不成鱼汛。鱼的种类变异，导致一些杂鱼成为主要资源种群，这些鱼类生长周期短，多以集群出现，产量较大，成为主要捕捞对象。

同样，海岛的开发利用以及全球气候异常带来的自然灾害，加速了对海岛生态环境的破坏，导致某些珍稀物种减少，甚至绝迹，一些海岛生态失衡严重。

（1）人口密度过大、无限制的开发给海岛生态环境和持续发展造成极大的压力。目前在400多个有人岛上，人口密度比全国高出5倍以上，造成海岛生产和生活陆域空间异常紧张，加之海岛资源有限，生态脆弱，有些珍稀物种受环境污染，生态景观遭到较大破坏。海南省万宁县大洲岛原是燕窝的主要产地，由于岛上居民日益增多，林木被砍伐，植被遭破坏，水土流失，生态环境恶化，金丝燕越来越少。许多珊瑚礁由于缺乏管理，任意挖掘珊瑚现象屡禁不止，岛礁受到严重破坏，有些已挖到岛基，威胁到岛礁的存在。一些海岛上的珍稀生物资源被滥捕滥杀，资源量急剧下降，甚至濒临绝迹。号称"鸟类天堂"的西沙群岛，原有40多个品种，现仅剩下不到10种，其中属于国家二级保护动物的玳瑁已属罕见。在许多无人小岛上，渔民在季节性进驻时，无节制地破坏岛陆生态环境，滥杀珍贵物种和过量捕捞，使这些小岛生态环境日益恶化。

（2）全球气候异常、海平面上升、自然灾害频繁给海岛生态环境带来新的危害。赤潮是一种复杂的生态异常现象，近年来由于城市废水以及养殖场自身废水大量排入海中，废水中的某些金属和有机物刺激了赤潮生物的增殖，加上全球气候变暖，温度上升等条件的变异，极易造成海域的富营养化，引起赤潮发生，使生态环境遭到破坏，造成大量鱼虾贝类死亡。据不完全统计，近几年赤潮发生时间早、持续时间长、范围广、频率高、受灾重，每年损失在亿元以上。而全球气候异常、海平面不断上升，是高程较低的海岛面临的威胁；同时海平面的上升使海水入侵，改变岛陆和岛滩的生态环境，严重的地区已使某些生态系统遭到毁灭性的破坏。

（三）海岛生态综合评价

我国海岛分布幅员辽阔，地处温带、亚热带和热带三个不同气候带和渤海、黄海、东海、南海四个海区。岛屿呈明显的链状或群体分布，大多数以列岛或群岛的形式出现，与大陆岸线基本平行，受大陆海域影响大，位于河口、海湾的岛屿受大陆沿岸影响更为突出。海岛区的生态比较复杂，因岛屿的大小、离岸远近以及开发程度的不同，各海岛生态状况差异较大。总的来看，气候水文条件南北差异显著，类型多样，季风主导因素强。冬季盛行东北风，南北温差大，夏季受西南风控制，温差显著减少，气候的年较差从南向北增大；夏秋季受热带气旋影响严重，极易造成灾害，但也带来了丰沛的降水。岛区水文条件具有明显的区域性特征，靠近大陆水域受季风影响，夏季南北水温相差不大，冬季等温线走向基本与大陆岸线一致。海水盐度受入海径流、降水等因素影响明显，河口区盐度年变化大。水域受沿岸流和暖流交互影响，具有明显的季节和地区性变化，特别是高温、高盐的黑潮，对海岛水文气象条件以及渔场都产生直接或间接的作用。海域溶解氧呈饱和状，营养盐丰富，为岛陆、岛滩、岛基和环岛水域创造了良好的生态环境，使这些小生境都具独特的生物群落，保存了一批珍稀物种，而岛陆面积狭小，地域结构简单，土层单薄，生物多样性指数小，稳定性差，生态系统十分脆弱，极易遭到损害。海岛四周为海水包围，其独特的生态环境有利于水生生物的繁殖生长，在沿岸流与暖流交汇海域是鱼类栖息、繁衍的良好场所，形成了众多的渔场，特别是岛屿的鱼礁作用使岛礁区周围形成复杂的海水涡流，水体上下对流旺盛，营养盐丰富，初级生产力高，为鱼类提供了避风浪侵袭和觅食的场所，起到了保护水生资源和生态环境的作用。位于上升流区的岛礁更是海洋生产率高值区，一些著名渔场大都位于这些岛礁海域内，如舟山渔场正位于舟山群岛强上升流区，年海洋捕获量占全国的1/5。在河口冲积岛水域，由于有合适的沉积物和丰富的营养物，也是海洋鱼类洄游产卵的好场所。由于长江口诸岛水域成为捕鳗鱼苗的"战场",每年渔民为争夺鳗鱼苗常有伤亡事故发生。在热带、亚热带海岛潮滩生长的红树林,是一种具有保护生态功能的植被,其枝叶繁茂、根系发达,扎根在淤泥滩上,形成天然屏障,有效地保护岛岸。红树林掩蔽的滩涂上浮游生物特别丰富,是鱼虾蟹贝类繁殖生息的聚集地,也是形成海岛高生态区的优良场所。珊瑚岛礁区生产率很高,一些热带珍稀海产品常栖息此地,也成为高生态区。

总的来看,海岛生态受大陆海域环境影响明显,自然条件良好。岛陆土地类型多样化,土层薄而贫瘠,肥力低,陆域资源贫乏,植被、土壤呈相应的地带性分布特征。海洋生物的种类组成、区系分布取决于自然环境特征,生物的多样性随纬度增加而递减。海域受流系控制明显,在流系交汇区水体活跃,营养物质丰富,初级生产力旺盛,水产资源量大,种类繁多,形成众多渔场,特别是盐礁和潮间带的生态环境最佳,保存了一些珍稀濒危物种。但是,由于许多海岛开发缺乏统筹规划或管理不善,各地出现了很多破坏海岛生态的事例,有的已造成不可弥补的损失,有的还呈日趋加剧的倾向,特别是无人岛的原始生态正在受到挑战。面对海岛生态的危境,人们已深刻认识到,海岛生态在总体上是丰富的又是脆弱的,特别是对一个岛而言,因其面积小带来的生态问题更为突出,一旦造成危害,很难逆转。

(四)海岛生态管理和保护

海岛无序化的开发利用,导致岛陆林木、草地等植被破坏严重,水土流失,生物多样性受损,环岛水域水产资源捕捞过度,局部水体受到污染,水生资源锐减,生态环境日趋恶化。加强海岛生态管理和保护,是保持生态平衡、保障海岛生态资源持续利用的必要性举措。

1. 加强海岛开发利用的法制管理

海岛开发与海岛生态环境保护有着极为密切的关系。因此,在促进海岛开发的同时,要加强有关的立法工作,使开发利用走向法制化,任何开发利用活动必须以生态保护和资源持续利用为原则,要注意生态效益与经济效益的统一,保证再生资源有休养生息的机会,使海岛生态系统得到健康的发展。

2. 合理开发利用资源

开发利用自然资源必须因岛制宜,从实际出发,依照海岛功能区划,合理安排开发项目,充分发挥各海岛独特的功能作用,实现综合效益,开发方案要建立在科学论证基础上,避免盲目性。

3. 严格控制入海污染物

采取有效措施，强化对主要污染源的管理，对重要污染海域实行污染物总量控制制度。加强对倾废区、排污区的管理，制定突发性事件的应急管理办法。

4. 努力保护水生资源

强化渔业生产活动的法则管理，是防止群众渔业无序化生产的有力措施。加强宣传教育，增强广大群众对保护生态重要性的认识；加强组织建设，充分调动管理部门的积极性，健全执法队伍，提高执法人员素质，配备必要技术装备，完善环境监测手段。

5. 建立种类多样性的生态建设工程

生态建设工程是从现代生态学的观点出发，对海岛的开发建设，选择既开发又保护、既利用又养育的最佳方案。根据各海岛具有的独特生态，分别建立各具特色的综合性生态保护区，如生态岛、环岛海域生态渔业、海岛森林公园保护区等，以及建立专项性的生态保护区，如珍稀濒危植物、珊瑚礁、红树林保护区等。

二、海岛环境保护

（一）环境质量基本特征

我国海岛环境质量，除一些位于河口、海湾和近湾的岛屿遭受到一定程度的污染外，总体是良好的或是基本良好的，其主要特征如下。

（1）局部海域有机污染较严重。在岛陆排放的和邻近陆源入海的污染物中，有机污染物占绝大多数。海岛周围水体普遍受到有机物的污染，在有的地区污染物和COD（化学需氧量）的超标率达到100%，个别海域COD含量高，引起水体的富营养化，其中以河口区和养殖区内最为严重。

（2）油污染日益严重。由于沿海油田开发、港口码头建设以及各类船舶频繁活动，进入海域的含油废水日益增多，一些海岛周围油类污染呈增长趋势，其中潮间带水域油类污染，平均含量已超过Ⅰ类或Ⅱ类海水标准。

（3）重金属污染较普遍。长江口以南岛屿海域沉积物中铅、锌污染范围较广，超标率高；广东、海南等省岛屿海区沉积物以镉超标严重；生物体受铅、镉等重金属污染已出现超标现象。

（4）存在有机氯农药污染。在调查中，从海岛的土壤、海域沉积物和生物体内，均已析出有机氯农药。在某些岛区，其残留量还较大，有超标现象。

（二）污染源和岛陆污染状况

1. 污染源的类型、特征及其评价

污染源的类型主要有工业污染，以有机污染物为主；其次是工业废水。生活污染主要是生活污水；在农业上，估计有80%的农药和60%～70%的化肥未被作物吸收，进入海域造成污染。陆源性污染，主要是邻近陆源污染物流入海域，估计为海岛污染物总量的4倍。

污染源的基本特征主要是：污染源广，邻近陆源污染源输入量大，污染物中以有机污染为主，重金属污染甚微。

污染源评价主要是比较和衡量不同污染源和各种污染物对海岛海域的影响程度。油类、耗氧有机物和有机氯农药是主要污染物；入海污染物中，陆源输入和岛屿排放对海岛海域环境质量影响基本相当；岛屿污染源中，港口、船舶的负荷比为57.64%，对环境污染的影响最大；工农业排放源和江河入海源的负荷比为21.39%和20.97%。

2. 岛陆污染状况

在地面水中，井水、水库水和溪水的水质良好，河流水次之，塘池水最差。但各类地面水中重金属和有机氯农药含量均低于地面水卫生标准规定的最高允许浓度。在地面水中有机物污染是主要污染，油类污染轻微但较普遍。

土壤中重金属元素的污染较轻，平均超标率为6.79%；油类污染普遍并有增长趋势；有机氯农药污染仍未消除，六六六（六氯环己烷）和滴滴涕（双对氯苯基三氯乙烷）均超标10%左右。

（三）潮间带和近海域的环境质量

我国海岛水域环境质量基本良好，位于河口、港口和近岸的某些岛屿污染较严重，主要污染物为油类和有机物，近海水域的水质明显优于潮间带。

1. 潮间带水域水质状况

影响海岛水域环境质量的入海污染物中，COD的量占97.8%。各海区海岛潮间带水域的COD平均含量均不高，符合Ⅰ类海水标准，但潮间带水域的油类污染很普遍，一些渔港和捕鱼集散地的岛屿水域污染较严重，其中嵊泗、台州、南麂等岛潮间带超标率达100%。海岛潮间带海水重金属含量很低，除上海市几个岛污染较为严重外，其余各岛区水域水质基本良好，含量均低于Ⅰ类海水标准。总的来看，全国海岛潮间带水域的水质尚属良好，Ⅰ类、Ⅱ类水质占75.6%。其中南海最好，东海较差，最差的是长江口几个岛的潮间带，水质严重

受到污染，全部为Ⅳ类水质；渤海湾湾顶的三河岛Ⅲ类和Ⅳ类水质各占一半，水体处于富营养化状态；江浙海域，多数岛屿潮间带水质亦较差，Ⅲ类和Ⅳ类水质占46%左右。

2. 近海水域水质状况

海岛近海水域较潮间带开阔，水动力条件较好，有利于污染物的扩散和输送，其污染物的含量相比潮间带低，其降低程度与海岛的离岸远近和区域环境有关。海岛近海水域 COD 含量比潮间带水域有不同程度的减少，但天津市三河岛和长江口北支两沙洲分别增加了 6.1% 和 21.1%，这可能与物源和海岛区域环境有关。近海水域的油类污染较潮间带减轻较多，但一些位于油田开发区和捕鱼船队集中地附近的海岛水域，油污染则较邻近的潮间带严重。全国海岛近海水域的水质总体上属良好状态，Ⅰ类和Ⅱ类水质合计占93%。一些海岛潮间带水质受到严重污染后，经径流的稀释和搬运，岛屿近海水域的水质有了显著的变化，如上海市几个岛的潮间带水质全部为Ⅳ类，而近海水域的水质经径流作用，已达到Ⅰ类、Ⅱ类水质标准的约占93.2%；但有些岛屿情况恰好相反，如天津市三河岛近海水域水质反而比潮间带差。

3. 潮间带沉积物状况

沉积物中的有机质含量是反映沉积物污染的重要指标，正常值为 1.0% ~ 1.5%。例如，超过 3.4% 则认为沉积物已受到污染。全国海岛潮间带沉积物中有机质的平均含量为 0.94%，而平均含量较高的海岛有海南北港岛（19%）、广东区头岛（6.29%）等。沉积物中的硫化物含量大于 300mg/kg，表明沉积物已受污染。超标值以广东大亚湾盐州站最为严重，达 1225.47mg/kg，汕头海山站和山东大黑山岛分别为 389 mg/kg 和 368mg/kg，含量大于 1000mg/kg 时生物就难以生存。

沉积物中油类平均含量为 108mg/kg，山东省滨州近岸岛群超标严重，其中赵沙子岛、南长山岛最高测值为 1384mg/kg 和 1240mg/kg，已造成局部污染。这与胜利油田废水以及码头、船舶排放含油污水有关。

六六六和滴滴涕均属于有机氯农药类。六六六在环境中较易降解，在沉积物中积留少，而滴滴涕不溶于水，难降解，多吸附于悬浮物上，沉降于沉积物中。东海区海岛沉积物普遍受到滴滴涕污染，少数岛屿污染严重，如厦门岛员当湖、长江北支两沙洲等区域。

沉积物中的重金属元素污染，只有铅的总平均值超过评价标准，超标率达到50.6%，说明铅的污染是严重的，浙江以南几个省的岛区污染更为严重。沉积物中总汞量较低，但铜的污染较普遍，锌与铅的分布相仿，只是污染程度较轻。

从潮间带沉积物污染状况来看，主要超标污染物是重金属和滴滴涕。重金属和滴滴涕的超标率依次为铅 50.6%、锌 38.2%、铜 32.5%、镉 16.3% 和滴滴涕 22.0%。

4. 近海海域沉积物状况

全国海岛近海沉积物中，有机质平均含量为 0.9%，仅少数岛屿超标。硫化物各海区平均值为 35.6 ~ 99.4mg/kg，以东海区最高；油类在沉积物中的含量平均值为 85mg/kg，低于评价标准；滴滴涕含量以厦门岛为最高。在重金属元素污染中，汞平均值低于评价标准；铜超标率为 26.6%；铅接近评价标准，超标率为 44.3%；锌均值 77.7mg/kg，超标率为 54%，以浙江宁波区域为重污染区；镉超标率为 19.1%，重污染区为广东、海南和江苏省岛区。总的来看，超标的各污染物依次为：锌、铅、铜、镉、滴滴涕、硫化物。

5. 海洋生物对污染物的蓄积

海洋生物在整个代谢期内，通过吸附、吞食、吸收等各种过程，从周围环境中蓄积某些成分。在生态系食物链中，高级生物以低级生物为食，因此生物体内的这些成分随着营养级的提高而逐步增加，从而使机体内的含量显著地超过环境中的含量。

海洋生物体内重金属元素的含量水平，以锌、铜较高，铅、镉较低，大致与海区沉积物中的含量相一致。鱼类、甲壳类、软体类的生物体内汞含量没有明显差异，均低于评价标准，仅个别岛区有超标：近海鱼类以广西、甲壳类以浙江玉环岛、软体类以浙江洞头岛超标严重。海洋生物体内铜的均值差异较大，鱼类含铜明显低于甲壳类和软体类，特别是软体类中的牡蛎对铜有较强的富集能力。铅的含量以甲壳类为最高，其中江苏省和广东省一些岛屿更加明显。锌的含量以软体类最高，甲壳类其次，鱼类最低，其中牡蛎富集锌的能力远高于其他软体生物。

生物体的富集系数受生物种类和各种环境的影响，同一种生物对不同物质的富集系数会有很大差别。各类生物污染状况，在近海污染程度由重到轻依次为甲壳类、鱼类、软体类，而在潮间带这三类生物污染程度差异则不大。

（四）海岛环境质量综合评价

海岛环境质量总体良好，地处河口、港湾和近岸的某些岛屿较差，有些岛屿随着开发活动的开展出现环境质量的下降。水资源贫乏是海岛开发面临的一大难题，流经城市和工业区附近的河流，受有机污染较严重，局部区域受油类污染也较为严重，地面水的水质基本属良好。岛陆土壤的油类污染则呈增加趋势，重金属污染在少数开发岛屿较为突出。

海岛海域油类污染较普遍，有些海域污染严重；入海污染物中，有机污染物占 98%，海岛区水产养殖的兴起已加速有机物的污染。沉积物在不同程度上受重金属和有机氯农药污染，有的相当普遍和严重。

生物体内污染物的积蓄，已使某些海域生物体内重金属和滴滴涕超标。

随着海岛的开发，环境污染有加重的趋势，特别是沉积物中的污染物，由生物体内的富集而影响人体健康的危害，要给予特别的重视和采取必要的措施。

三、海岛自然保护区

（一）建立海岛自然保护区的必要性

海岛远离大陆，为海水分隔，成为一个独立完整的生态环境地域系。岛陆、岛滩、岛基和环岛浅海四个小生态环境，都具有特殊的生态群落，构成其特殊的生态系。海岛面积狭小，地域结构单一，生态系统十分脆弱，生物多样性指数小、稳定性差，极易遭到损害。为维护生态平衡，保护生物物种，促进再生资源的繁殖、恢复和发展，消除和减少人为的不良影响，选择一些具有特殊保护意义的海岛，建立各种类型的自然保护区，是一项关系百年大计的基础性工作。为此，宋健同志在 1990 年全国自然保护区工作会议上指出："对自然生态系统区域、野生生物，特别是珍稀濒危动植物的集中分布区，具有重要科学价值的海域、海岸、岛屿、湿地……凡能划出来的都应坚决地划出来，列入自然保护区，依法加以认真保护。"

（二）海岛自然保护区的建设

我国海岛自然保护区的建设，最早可追溯到 1963 年在渤海划定的蛇岛自然保护区。它是我国第一个海洋自然保护区，也是第一个海岛自然保护区。而大规模的兴建则始于 1988 年年底国家海洋局制定了《建立海洋自然保护区工作纲要》之后，该局会同沿海省市区进行翔实勘查，提出初选对象，广泛征求专家和群众意见，充分论证，进一步筛选，提出了上报国务院审批的国家级海洋类型自然保护区建设方案。1990 年 9 月，经国务院批准建立昌黎黄金海岸、山口红木树林生态、大洲岛海洋生态、三亚珊瑚礁以及南麂列岛五处国家级海洋类型自然保护区。三亚珊瑚礁自然保护区，保护面积约 $60km^2$，位于热带北缘的特殊生态环境，珊瑚资源丰富，品种有 80 余个，伴生有大量鱼虾贝藻，构成一个独特的海洋生物群落，具有典型的岛礁生态。南麂列岛海洋自然保护区面积近 $200km^2$，是由 23 个海岛、14 个暗礁、55 个明礁、21 个半礁组成，保护贝类 344 种，占我国贝类总数的 30%；底栖海藻 174 种，占我国海藻类总数的 20%，还有其他一批珍稀动物，真正成为一个生物多样的王国。

1992 年国务院又相继批准了福建晋江深沪湾海底森林遗迹自然保护区和天津古海岸自然保护区。目前这七个国家级海洋类型自然保护区，在各级政府有关部门领导下，建立了相应的管理机构，完善和健全了有关法规和制度，加强了执法管理，充分发挥了当地广大群众的积极性，使保护区的工作扎扎实实开展起来，并利用保护区内自然资源的优势，因地制宜、合理地开发和经营，使保护区得到正常的发展，已将这些具有典型意义的海洋生态系统和特殊的科学、经济价值的自然区域推向世界。与此同时，沿海省市区有关部门还建立了地方级海洋类型自然保护区近 40 个，其中有很大部分属于海岛类型的保护区。

（三）海岛自然保护区的规划

海岛独特的生态以及大多数海岛生态状况良好，为制定海岛自然保护区规划创造了条件。从我国已建成的七个国家级海洋类型的自然保护区和一批地方级的海洋自然保护区来看，大多数是选择在海岛及其附近海域建立的。这说明做好海岛自然保护区规划，有其突出的现实意义和重要作用。

海岛自然保护区规划是针对某种海洋保护对象划定的海岛区段，目的是防止海岛生态恶化，保障海岛开发获取最佳效益和持续发展。海岛保护区根据保护对象和开发利用的特殊性，可分为海岛自然保护区和海岛特别保护区两类。自然保护区是保护海岛生物多样性和防止海岛生态恶化的有效手段之一，依据某种或多种保护对象进行规划。特别保护是根据海岛生态的特殊性以及海岛开发利用对区域的特殊需要来规划的。

海岛自然保护区规划还分为国家级和地方级两类，以发挥中央和地方两个积极性。国家级主要是选择一些在国内外具有重要影响和突出价值的海岛，需要较大资金的保护项目；地方级主要根据地方的需要来选划，主要资金来源于地方。

海岛是一个综合性地理单元，在制订规划时涉及因素较多，必须邀请多部门、多专业人员的广泛参与，协调好各方面的需求和矛盾，使规划能得到社会各方面的支持和关心。

（四）海岛自然保护区的保护措施

加强对海岛自然保护区保护，需要广泛动员群众参与的积极性。通过各种教育方式和多种媒体宣传，提高海岛群众保护海洋生态重要性的认识，培养岛民参与保护区工作的自觉性，形成职能部门和广大群众共同保护海岛生态的新局面。

加速海岛自然保护区的立法工作。在贯彻国家有关海洋职能部门制定相应的海岛自然保护区管理条例和有关规定，使海洋生态保护工作有法可依的同时，要加强执法力量的建设，大力抓好现有执法人员的培训，完善各种相关技术装备的建设。

积极制订海岛自然保护区规划。充分利用全国海岛自然资源综合调查的成果，从实际需要出发，选划出一批具有特色和价值的保护区进行规划，提交有关职能部门审定，列入各级政府社会经济发展规划，给予适时实施。

强化海岛自然保护区管理。根据保护区存在的主要问题，有针对性地提出强化管理的措施，重点是防止生态退化，特别是岛礁岸滩和近岸海域环境退化，坚持预防为主原则，对造成或可能造成危害生态的行为，要预先采取行动，防患于未然。

加强海岛自然保护区的科学研究。开展海岛自然保护区生物、环境和生态系统变化的科学研究，编制保护区内的生物名录，特别是对濒危物种和珍稀物种的现状、数量及其变化规律的研究，提出相应评级标准和保护规范，并积极为开发和保护提供信息。

积极开展国际和区域间的合作。某些保护区内的珍稀和濒危物种及其生境，往往具有国际性研究价值，是一些相关国际组织的跟踪研究对象，有利于促进国际或区域间的交流和发展。

四、无人岛的管理和保护

（一）无人岛的基本状况

我国无人岛占海岛总数的94%，而其面积仅为海岛总面积的2%左右。这说明无人岛绝大多数是远离大陆、交通不便、面积狭小、资源单一、生产和生活条件很差的岛屿，长期无人居住。有些岛屿也只有在渔业生产季节，渔民临时居住，岛屿基本没有得到开发利用。众多的无人岛屿是我国领土的重要组成部分，其具有的社会、经济、政治和军事价值是无可估量的，是我国的宝贵财富。无人岛的资源、环境有很大的潜在价值。岛上有良好的植被，可供鸟类、蛇类及其他珍稀动物栖息生存。有些无人岛蕴藏着丰富的矿物，尤其是处于油气资源盆地的岛屿，更被人们视为海上明珠；有些无人岛是军事天然屏障，一旦启用将成为海上不沉落的阵地；有些岛屿位于领海前沿，成为维护海洋权益的重要标志。从战略意义上看，众多的无人岛屿是我国海洋可持续发展的重要基地。按《联合国海洋法公约》有关规定，海岛对于沿岸国的重要性已不仅仅局限于海岛自身的经济、军事价值，而是直接关系到沿岸国管辖海域范围的划分、海洋法律制度和海洋权益的确立（刘伯恩，2004）。

长期以来，无人岛由于处于无人管的状态，存在着一系列严重问题。有些岛屿资源、环境受到自然或人为的破坏。许多小岛只是渔民季节性用地，由于缺乏管理，植被遭破坏、礁滩被毁、滥捕已使渔业资源逐渐枯竭。南海的许多珊瑚岛，受挖掘之害，已严重威胁到岛礁的存在。西沙群岛著名的玳瑁等珍稀动物濒临绝迹，一些鸟类栖息的岛礁已形不成鸟群，有些具有特殊生态环境的岛礁已失去其特征；有的岛屿主权遭到严重的侵犯，目前南沙群岛已有40个岛礁被周边一些国家无理侵占，钓鱼岛及其附近岛区的实际控制权也遭侵犯。大多数无人岛屿地势低洼，极易受海平面上升和海洋风暴潮的侵袭，也亟须加强预防性保护措施。因此，加强无人岛的管理和保护已到了刻不容缓的状态。

无人岛的开发和管理具有极大的难度。在当前条件下，应贯彻"先保护、后开发"、"重点保护、适度开发"和"多自然发展、少人为改造"等保护原则。首先要在海洋立法方面，把无人岛的管理和保护提上日程。

（二）无人岛立法

目前已有的各种与海岛有关的法规，大都未涉及无人岛的管理和保护问题，这是海岛立法方面的一个薄弱环节。随着无人岛的政治、经济、军事意义的日益突出，加强无人岛的立法工作是一项紧迫的任务。

联合国海岛会议对海岛立法问题异常重视，强调要想保持海岛生态平衡和长期持续发展，必须有适当的法律制度，通过法律手段调整部门间的权利配置。

加强我国海岛的保护和管理急需有专项法规，这样才能加强海岛生态的保护，确保海岛资源的持续利用。在海岛立法时，要特别强调保护海岛的地质、地貌、植被、土壤以及水域内的水生资源。因此，海岛立法要以保护生态为核心。按可持续发展的要求，坚持已开发利用服从生态保护的原则，制定海岛生态保护的有关法律。很多无人岛的原始自然状态就是宝贵财富，一旦这些原始面貌遭到破坏，海岛的价值就会大幅降低甚至不复存在。海岛立法还要从尽快明确无人岛的法律地位和管属权限入手，制定相关法规，以利于有关职能部门有法可依。海岛立法是一项长期性的基础工作，要在实践经验的基础上总结提高、不断完善。

（三）无人岛的管理与保护

加强无人岛的管理与保护，第一是要转变观念，增强对无人岛未来可持续发展和战略地位的认识，以及当前对无人岛遭到破坏和侵占严重性的认识；第二是从立法、执法和行政管理入手，明确无人岛屿归属管辖权限，制定管理与保护条例，在法律上巩固无人岛屿的地位，把无人岛的管理和保护纳入有关职能部门的日常工作范围，制订计划，强化管理；第三是对无人岛的资源、环境状况及其被侵占和破坏的状况进行深入调查，为开发和保护提供依据；第四是制订无人岛及其周围海域资源开发区的区划和规划，实施开发利用许可制度，做到科学适度；第五是建设无人岛资源、环境动态监测和信息管理系统。

五、海岛权益的维护

(一) 海岛权益争端状况

我国是世界上岛屿最多的国家之一,仅面积大于 500m^2 的岛屿就有 7000 余个。这些岛屿环绕着我国东南沿岸形成一道天然屏障,自古以来就是我国神圣领土的一个重要组成部分。但是,近几十年来,相继在我国一些岛屿海域附近发现了丰富的石油资源。随着《联合国海洋法公约》的生效,岛屿的地位愈加突出,因而导致某些国家无端挑起对我国一些岛屿主权归属的争端,主要表现为对我国的南海诸岛、东海的钓鱼岛诸岛等挑起主权归属争端。

1. 南海诸岛

南海诸岛是由 200 多座岛屿、沙洲、暗沙和暗礁组成,分为东沙、南沙、西沙和中沙四组岛群以及位于中沙东南的黄岩岛,东西间距约 900km,南北间距约 1800km。在诸岛中岛礁最多、分布最广的是南沙群岛,东西间距近 800km,南北约 900km,露出水面的岛屿和沙滩有 30 余座。群岛地处西太平洋与印度洋之间,是东亚通往西亚的必经航线,群岛及其海域,蕴藏着极其丰富的海洋资源,特别是石油资源,据估计含油盆地约占总海域面积的一半,是全球海底油气资源最丰富的地区之一。鉴于南沙群岛在政治、经济和军事上的重要战略意义,在近 200 多年间,不断遭到一些工业发达国家的觊觎,他们使用种种卑劣手段,干扰我国行使主权。到 20 世纪 60 年代,周边几个国家相继对南沙群岛及其附近海域,提出全部或部分主权要求,形势日益尖锐。西沙群岛是我国南海诸岛中距大陆最近的一组群岛,它是由宣德、永乐两个岛群的约 30 多座岛礁沙滩组成,岛屿面积约 10km^2。这些岛屿是中国的领土本无争议,但到了 60 年代,西方石油公司运用先进勘探手段,获得了中国海域里拥有丰富石油资源的论断,继而导致南海周边某些国家对我国固有主权的岛屿垂涎。在西沙之战以前,南越当局不顾我国多次声明,公然把南威、太平岛等 10 多个岛屿划归自己的版图,并抢占了我国 6 个岛屿。1974 年 1 月 15 日当时的南越当局 1 艘军舰侵入永乐群岛袭扰我国渔船,炮击甘泉岛,其后又增派多艘军舰侵占甘泉、金银两岛,取下中国国旗。我国在忍无可忍的情况下,击沉来犯的军舰 1 艘,击伤 3 艘,终于收复了上述两岛。目前南海海域被无理侵占的岛礁有 40 余处,邻近的海域也被瓜分,已经或正在大肆掠夺海域的自然资源、油气资源。据不完全统计,在海域内已发现有钻井 600 余口,使南沙群岛的权益争端愈演愈烈。更为突出的是近 10 多年来,我国在南沙群岛及其海域行使主权的行动中,多次遭到周边某些国家的非法干预和阻拦。与此同时,一些所谓的国际知名人士在不同场合,大肆喧嚷要把南沙问题提交到国际会议上讨论，妄图使南沙问题国际化，以达到非法侵略合法化的目的。

2. 钓鱼岛诸岛

钓鱼岛诸岛位于东海，距台湾基隆约 190km，由 11 个无人岛屿组成，包括钓鱼岛、黄尾屿、赤尾屿、北小岛、南小岛、大北小岛、大南小岛等，总面积约 6.3km^2，岛屿周围海域约 12 万 km^2。诸岛中最大的为钓鱼岛，其南北宽 1.5km，东西长 3.5km，面积约为 4.3km^2。钓鱼诸岛及其附近海域自古以来就是我国劳动人民捕鱼、采药和避风的场所，是我国的固有领土。

1894 年日本向清政府宣战，爆发了中日甲午战争，中国战败，被迫于次年签订《中日马关条约》，中国割让台湾地区、澎湖及附属岛屿给日本，钓鱼岛是台湾的附属岛屿，也包括在割让之内。1945 年，日本无条件投降，日本把台湾地区归还中国，但钓鱼岛等岛屿却被美军霸占作为靶场。1968 年西方石油公司证实钓鱼岛附近海域有大油田，日本和美国勾结，企图霸占钓鱼岛诸岛。我国政府于 1971 年 2 月发表声明，美国将钓鱼岛"归还"日本是对中国主权的侵犯，同时美日的勾结也遭到全球海内外华人的强烈抗议，掀起了声势浩大的保钓运动。美国政府迫于舆论压力，于 1971 年发表声明，有关该岛主权的任何争执应由中日双方自己解决。时隔一年以后，1972 年美国正式把琉球交还日本，同时把钓鱼岛诸岛等一起移交。正在钓鱼岛主权问题进行争议的时候，日本政府加快了实际的侵占步伐，在琉球群岛管辖权移交之前，抢先在岛上树立起所谓的主权碑，并建立无人气象站和直升机降落场等。中日建交时，中国政府从大局出发，同意将这一问题搁置起来，留待日后解决。但日本则将该岛视为己有，对其施行军事控制，不断采取一些不友好的敌对行动，造成多次争端。

（二）《联合国海洋法公约》生效为解决海岛争端提供了机遇

1996 年 5 月 15 日，我国第八届全国人大常委会第 19 次会议决定，批准《联合国海洋法公约》，并同时发表四点声明：第一，按照《联合国海洋法公约》的规定，中华人民共和国享有 200n mile[①] 专属经济区和大陆架的主权权利和管辖权；第二，中华人民共和国将与海岸相向或相邻的国家，通过协商，在国际法基础上，按照公平原则划定各自海洋管辖权界限；第三，中华人民共和国重申对 1992 年 2 月 25 日颁布的《中华人民共和国领海及毗连区法》第二条所列各群岛及岛屿的主权；第四，中华人民共和国重申：《联合国海洋法公约》有关邻海内无害通过的规定，不妨碍沿海国按其法律规章要求外国军舰通过领海必须事先得到该国许可或通知该国的权利。这为我国解决与周边国家关于一些岛屿的争议指明了方向。

---

① 1n mile = 1852m。

《联合国海洋法公约》是联合国有史以来最重要的、比以往任何国际条约都更为广泛的多边条约，是当前维护海洋新秩序和解决海洋冲突唯一的、最具权威的法律文件。该公约对各海洋区域、海洋划界等几乎所有与海洋有关的领域作了规定，其中许多规定有利于我国维护自身的海洋权益。例如，关于领海和大陆架，该公约分别规定，沿海国对专属经济区内的自然资源等拥有较广泛的权利，这些无疑对维护我国海洋权利是有利的。当然，由于《联合国海洋法公约》是历经多年的谈判结果，有一些方面也是发展中国家与发达国家的相互妥协产物，因此要使此公约对任何国家都有百利无一害是不可能的，某些方面也可能给我国带来一些不利的影响。"有取有舍"是我国处理有关国际事务的一个原则，在处理与周边国家有关岛礁争端时，必须按《联合国海洋法公约》的规定趋利避害，在维护主权的前提下，进行有理、有利、有节的斗争，谋求以和平手段解决争端。

（三）"搁置争议、共同开发"方针的实施

我国与周边邻国发生的所谓海岛争端，完全是由于一些国家垂涎我国某些海岛及其附近海域潜在的石油资源及海岛所处的重要战略地位而挑起的。面对这些无理行径，我国政府和领导人多次严正声明，中国拥有主权是无可争辩的，主张通过双边谈判解决争端，并提出可以"搁置争议、共同开发"的主张。这些举措都是出于维护世界和平、社会进步和繁荣经济的目的，也是符合各方利益的。

1986年邓小平同志曾经对来华访问的菲律宾副总统表示，南沙群岛主权属于中国，现在菲律宾提出主权问题，我们暂不谈，留待以后适当时解决。江泽民主席在1994年访问马来西亚时，重申我国政府对南沙问题的一贯立场，并明确指出：中国主张通过双边谈判来解决有关的争端。关于南沙的主权，中国早已多次明确声明，是无可争辩属于中国的。中国提出可以将主权的争议搁置，南沙等群岛周围的资源可以共同开发。我国政府倡议"搁置争议、共同开发"，不是承认有关国家强占的合法性，也不表明我国对主权的让步，而是出于我国与邻国创造和平环境、谋求共同发展的需要。

实施"搁置争议、共同开发"方针的可能性是存在的。因为引发岛礁争端的周边国家，大多为发展中国家。和平与发展是共同的目标，虽然某些国家不时在争端区域制造一些事端，但经过我国政府的抗议和谈判，这些国家政府领导人屈于当今世界的潮流，也不得不表示无意于爆发新的热点。在这种大环境下，我国提出的"搁置争议、共同开发"方针，对解决热点问题无疑起到了降温作用。

我国政府提出的这个方针，充分体现了和平的诚意，也体现了用和平的方式解决争端的愿望。为尽早促使这个方针的实现，一方面要寄希望于当事国能够识大局，不要一意孤行。另一方面我国要积极采取措施，制订出共同开发的规划方案，划出几块共同开发区，在承认主权属我国并签订条约的前提下，即可进入共

同开发阶段；组织国内各方面力量，加强对争议区域进行考察，为共同开发创造条件；在有争议的岛礁区，加强管理，扩大和巩固我国行使主权的权利；采取先易后难，区别对待的策略，加速局部争端的解决，以利于有关当事国尽早谈判达成共识。

第九节 关于海岛保护的法律

一、海岛环境保护立法

（一）国外海岛环境保护立法的两种体例

1. 针对污染源和环境要素的立法体例

针对污染源和环境要素的立法体例是国际上通行采用的立法方式。它从污染源与环境要素的角度将海岛的环境问题大体分为几类，即水污染、土地资源的污染、工业污染、废物倾倒和海岛生物多样性的损坏。美国加利福尼亚州立法机构于1976年制定的《海岸带法》就是从这个角度进行规定的，其第四部分，"海洋环境"中第30231节提出应采取一切措施减少排放废水，并促进废水的回收，保证此类水域的水质；第五部分，"土地资源"第30240～30241节规定了对环境敏感的栖息地区和农业用地的保护；第六部分第30251节对风景、观赏价值的保护；第七部分，"工业开发"第30261节对油船的使用、油气的开发、炼油及石油化工设施等的使用规定。这种立法体例是立足于环境污染产生的原因，有利于控制污染源，在污染产生的开始予以预防、监督和治理。它将防治、监督污染的各项工作分给不同的负责部门，使职责的分担具体明确（宋婷和朱晓燕，2005）。

2. 针对环境保护的级别确定的立法体例

根据海岛的生态环境问题所需采取的保护措施的不同，可以将海岛的环境保护问题划分为不同的保护级别进行立法。例如，韩国《公有水面及海岸带管理法纲要》将海岸带划分为四种区域：保护区域，水产资源的保护育成、自然景观、生态系、文化遗产保护等自然资源的持久性保护措施所必需的海域；开发调整区域，作为开发潜力很大，且有可能多目标开发的海域，为选址调整所必需的海域；港湾管理区域，港湾、渔港设施的保护和船舶的安全运行等，为港湾、渔港的维持管理所必需的海域；准保护区域，海水水质、侵蚀、浸水及海岸线等，在海岸环境保护上有显著障碍或有潜在障碍海域的保护及未指定为功能区的海域。该纲要第十条规定了各区域的利用计划及适用法律。该纲要第十六条规定了在各功能区划中开发行为的限制，包括废物的倾倒、废水的排出、港湾设施和矿物的开采等基于环境保护而禁止的行为。这种立法体例是建立在对海岛的保护与利用进行功能规划的基础上的。因为不同的资源利用方式所产生的环境问题和应采取的保护措施是有差异的。所以，将具有相似环境问题的"功用区"划归为同一类保护级别，由法律分别对各级别中有关环境保护的管理和开发行为进行限制和引导。这种体例既有利于突出海岛环境保护的重点区域，如海岛的工业区所造成的环境污染的危害比其他利用方式大，又有利于在不同的区域中抓住环境保护的重点问题，如海岛的农业区中农药的使用。但这一体例要求对海岛的开发有一个综合性、科学性和持久性的规划，对海岛的综合管理机构和各职能部门之间的合作提出了较高要求（宋婷和朱晓燕，2005）。

（二）我国海岛环境保护立法的建议

我国的环境法主要是从水、气、声、渣等角度对陆地和海洋环境进行保护，如《中华人民共和国大气污染防治法》、《中华人民共和国水污染防治法》、《中华人民共和国环境噪声污染防治法》、《中华人民共和国固体废物污染环境防治法》、《中华人民共和国海洋环境保护法》等，它们都是采用以污染源为划分标准的立法体例。

海岛是中国经济社会发展中一个非常特殊的区域，既是海域的特殊组成部分，也是重要的海洋资源类型，具有很高的资源、生态、经济和军事价值，对维护国家海洋权益具有重大意义。但是由于海岛具有独立、封闭、生态系统脆弱、土地资源有限等特点，且其分布范围广，地区跨度大，海岛利用的方式因岛而异。因此，对于分布在海域上的海岛，其生态环境和自然资源兼具陆地环境和海洋环境的特点，同时又区别于两者，具有一定的特殊性，使用保护级别体例对我国更加适宜。

多年来中国在海岛保护与管理方面积累了许多宝贵的经验，特别是 2003 年，国家海洋局、民政部和总参谋部联合发布了《无居民海岛保护与利用管理规定》，开始了中国无居民海岛管理制度建设。2007 年，启动了海岛保护规划的编制、海岛法律制度的建设、海岛经济社会发展政策的制定以及海岛特别保护区的建设等工作。《无居民海岛保护与利用管理规定》的颁布实施，使海岛保护与管理有章可循。《中华人民共和国物权法》的颁布实施也为海岛保护与管理提供了重要依据。然而，中国海岛保护与管理仍有不足之处，有待于在海岛立法中予以完善。

2009 年 12 月 26 日，十一届全国人民代表大会常务委员会第十二次会议通过了《中华人民共和国海岛保护法》，自 2010 年 3 月 1 日起施行。海岛保护区建立的五项主要制度，一是海岛规划制度，二是海岛生态保护制度，三是无居民海岛国家所有权及有偿使用制度，四是对于特殊用途海岛设定的特别保护制度，五是海岛保护监督检查制度。以上五项制度的设立，对从根本上改变我国海岛利用和管理工作中存在的"无偿、无序、无度"的现状，切实按照法律第一条所指出的"保护海岛及其周边海域的生态系统，合理开发利用海岛自然资源，维护国家海岛权益，促进经济社会可持续发展"，将会产生直接推动作用。

二、海岛开发许可制度

（一）国外海岛开发许可制度的立法实例

英国的海岛土地开发许可制度规定：海岛所有权人或海岛开发者欲从事地中、地表、地下及地上建筑、土木工程、采矿或其他工程，或对土地、建筑物任何使用做实质性改变的开发行为，都必须向地方规划机关申请开发许可；地方规划机关根据相关政策和对公共利益的影响程度分别决定是准许开发，还是有限制条件地准许开发或是不准许开发。这种先审查后开发的开发许可制度，是为了确保把开发建设活动对环境的影响降到最低，更加有效地利用资源。英国的海岛土地规划虽然也对不同地块进行功能分区，但是所有权人或开发者要改变海岛土地的用途，即使与发展计划不冲突，也必须得到规划机关的开发许可。1956年日本颁布的《海岸法》，对海岸工程措施也作了相似的规定。例如，第七条第一款规定："非海岸管理者准备在海岸保护区内设置海岸保护设施以外的设施、作业物或占用海岸保护区时，必须按主管省令规定，经海岸管理者许可。"第八条第一款规定，准备在海岸保护区内从事属于下列各项之一活动者，必须按照主管省令规定，经海岸管理者许可，但是，政令规定范围内的行为不受此限：①开采土石（含砂）；②新开辟水面或新设其他地区的其他设施，改造水面或其他地区的其他设施；③挖掘土地、堆土、铺土及政令规定限制的其他行为。

（二）海岛开发许可制度的内容和意义

"对一项经济开发的重要检验，是考察计划的影响所造成的长期损失，是否大于社会福利和经济状况的收益。"（宋婷和朱晓燕，2005）海岛的开发利用是一项重要的经济开发计划，海岛环境在此过程中的损害程度是评价该项计划成功与否的重要指标之一。政府在倡导和管理海岛开发的过程中，应该协调好经济发展和环境保护这一矛盾，这就需要环境管理计划（EMP）。"其基本思想在于通过计划保证开发与环境保护沿着经济进步的开放式途径共存。"（宋婷和朱晓燕，2005）这一计划思想强调对开发项目的批准要针对每个海岛可利用资源的特点，对单个海岛或海岛群作科学部署。如果说环境影响评价制度是对环境管理计划决策的内容科学性的保障，那么海岛开发的开发许可制度就是对这一计划得以有效实施的程序科学性的保障。

从国外的立法规定中可以看出，海岛的开发许可制度是指从事开发利用海岛资源活动之前，必须向有关环境资源管理机关提出申请，经审查批准，发给许可证之后才能进行该活动的一整套管理措施。"这一制度可以把影响环境资源的各种开发、建设、经营、排污活动纳入国家统一管理的轨道，并将其严格控制在法律规定的范围内，使国家能够有效地进行环境资源管理。"（宋婷和朱晓燕，2005）

（三）我国海岛开发概况

我国海岛的原始开发多处于无序状态，大多采用经济优先原则，而考虑到的生态环境因素很少，许多海岛都曾经走过"先污染、后治理"的道路。无居民海岛的开发则更加混乱，随意地捕鱼，在岛上无限量地开采挖掘矿物、珊瑚礁的行为对海岛的危害很大，个别案例中甚至威胁到海岛的存在，所以建立海岛开发许可制度对保护我国海岛生态环境是刻不容缓的。

三、海岛环境影响评价制度

海岛环境影响评价制度是指对规划和建设项目实施后可能造成的环境影响进行分析、预测和评估，提出预防或者减轻不良环境影响的对策和措施，进行跟踪监测的方法与制度。这一概念包括三层含义：首先，环境影响评价的客体是规划和建设项目，这是我国环境影响评价法的一个创新，因此在海岛法中，无论是海岛的功能区划，还是海岛个岛的中长期规划、具体建设项目都必须进行环境影响评价；其次，环境影响评价是对规划和建设项目实施后可能产生的环境影响进行分析、预测和评估，提出预防或者减轻不良环境影响的对策和措施，因而它属于预测性的评价；最后，环境影响评价制度与一般预测性的评价不同，它对于保障海岛的保护型开发有着极其重要的意义。

海岛环境影响评价制度的宗旨是为了实施可持续发展战略，预防因规划和建设项目实施后对环境造成不良影响。在保护的前提下实现海岛的科学合理开发，促进海岛经济、社会和环境的协调发展。

《中华人民共和国环境影响评价法》明确规定，无论是建设项目还是发展规划，都必须纳入环境影响评价的对象范围，都必须执行"先评价，后建设"的规定，也就是说规划也要经过环境影响评价。《中华人民共和国环境影响评价法》专设第二章"规划的环境影响评价"，对规划进行了分类，并对不同规划的评价程序、评价文件的法律地位、规划实施后的跟踪评价等，作了明确规定。

对于海岛建设项目环境影响的评价，可以根据其对环境影响程度的区别分为两类，实行分类管理：第一类是可能造成重大海岛环境影响的建设项目。这类建设项目必须编制环境影响报告书，对其产生的环境影响进行全面评价，并设计出对海岛环境的保护方案及出现海岛环境风险时的应对预案。第二类是可能造成轻度海岛环境影响的建设项目。这类建设项目必须编制环境影响报告表，对其产生的环境影响进行分析或者专项评价。

四、国外海岛生态环境保护法律制度对我国海岛立法的借鉴与意义

（一）采用划分保护级别的海岛环境保护立法体例

海岛环境保护立法的目的是为了通过对海岛管理和开发行为的规范，防止破坏海岛生态环境的状况发生。那么对于海岛生态环境污染的现象和导致这一现象产生的原因应有所了解，才能抓住规范对象的特点，制定行之有效的法则。"在立法实践中，承认认识客体的客观性，使立法认识符合客观实际，就成为提高立法质量的根本前提。"（汪永清，2000）因此，为了保证海岛环境保护立法的质量，我们应从中国海岛的实际状况出发进行分析。

我国海岛具有如下特点：首先，海岛生态环境问题具有多样性。海岛的开发过程中面临诸多的环境问题，如农业占用沿海湿地、农药污染沿海水体、水产养殖污染浅海水域，使海洋生物再生能力下降；林业毁坏沿岸红树林，造成海岛森林中生态平衡的破坏；重工业和基础设施的排污；海滨采砂和珊瑚采挖造成海滩岸线的侵蚀后退；石油工业带来油污染；港口与旅游码头占用土地、倾倒、溢油；旅游业造成自然损耗，还有生活废物、废水的倾倒等。这些海岛利用中的问题纷繁复杂，使原有的环境法体系不能适用于海陆结合的特殊性。但从污染源和环境要素的角度入手进行分类立法也十分困难，难以把握核心问题。其次，海岛开发功用具有单一性。由于我国98%的海岛面积小于5km^2，岛上可利用面积的有限，决定了大部分海岛的开发功用单一，如只适用于作港口或渔业养殖或开垦采挖。这就决定了一个面积有限的海岛或海岛群只适用环境保护法某一方面或几方面的规定。另外，我国大部分岛屿是以列岛或群岛的方式散布于沿海，其地理构成和资源特点大体相同，环保的特点和级别也相似。因此，采用划分保护级别的立法体例会使海岛生态环境保护的行政管理更加简便易行。再次，由于海岛面积有限，又处于地方行政区划的综合管理之下，所以其资源和财政上可负担的行政管理活动有限。因为海岛开发功用的单一性导致了环境保护问题的单一化、明确化，使单个海岛或海岛群的环保工作趋于单一。所以，没有必要全面建立水资源、土地资源、大气、港口等各职能部门，应成立精简的环保机构，针对开发中重要的环境问题进行监督、管理，即可保证其可持续发展。

实际上我国早有类似管理方面的实践——上海"三岛"的开发：崇明岛划

分为农业区、工业区和港口区；长兴和横沙两岛成为旅游观光区和自然保护区。各区域的管理均已上轨道，并运行良好，经济效益和环境状况均得到了保障。因此，划分保护级别的体例适用于我国海岛环保的实际状况，它为简化行政行为，节约行政资源提供了法律上的可操作性，体现了科学性和简易性。

建议我国海岛环境保护级别立法体例的编制分为以下五个部分：①保护区域；②港湾管理区域；③农业区域；④工业区域；⑤准保护区域。各区域中环境问题突出，职能部门明确，行为限制具体而有针对性。应用于各海岛上不仅节约了行政资源和成本，也保障了法律适用的灵活性。

（二）实施海岛环境影响评价制度

环境影响评价制度贯彻了"预防为主"的原则，是保护海岛生态环境的"保险丝"和"警报器"，能有效防止污染和破坏环境的情况发生。在我国海岛开发的历史和现状中"边开发、边污染"的现象普遍存在。有的海岛发展海水养殖，却导致环境污染日益加重，富裕县变成了贫困县。有的海岛因非法过度开采几近消失。因此，建立海岛环境影响评价制度是刻不容缓的。

但环境影响评价也面对以下几个问题。首先，环境影响评价报告书在审批时有一定的标准，符合审批标准的报告书才可能使审批项目得到通过。但是由于海岛生态环境的敏感和脆弱，现有的标准对保护海岛环境来说显得过于宽松，也没有针对性。其次，影响海岛环境的因素涉及陆地、海洋、海岸等多个方面，对其进行环境影响评价要求技术的综合性和计划的全局性，单一的陆地监测技术或海洋监测技术均不能全面反映其环境保护的要求。环境影响评价是一项综合性的、复杂的技术工作，需要多学科配合和采用各种新技术。然而，因为海岛生态环境的特殊性又使这种技术需求更加复杂。仅仅按照《中华人民共和国环境影响评价法》所确立的环境影响评价资质审核标准而产生的评价单位在技术上是否可靠，需要作更多的思考，以使法律制度的规定具有可行性和安全性。最后，在海岛的环境影响评价制度中，无论是评价活动的过程还是环境影响评价报告书的审批均涉及平行职能部门间的协作。联合国海岛会议强调，保持海岛生态平衡和长期持续发展必须通过法律手段调整部门间权力的配置。以往我国各部门之间职权划分不明确，交叉管理或是相互推诿的现象屡有发生，严重影响环境监测工作的有效进行。所以，法律在一开始划分各部门之间的管理权限时就应明确、全面，对部门间的协作要有程序上的规定，不是一个"协商解决"即可了事的。尤其像海岛环境这样相对脆弱的管理对象，容不得忽视或是轻视，必须尽量给它们一个设置完全的保护制度。由此可见，在海岛的开发利用中生态环境的维护必须以建立海岛的环境影响评价制度为保障。而法律除了要给该制度以合法地位外，也要对这一制度中审批标准、评价单位的资质和职能部门间的协作等细节方面做出适合于海岛的特殊规定，才能保证发挥海岛环境影响评价制度的效用。

（三）建立海岛开发许可制度

从国际法的角度来看，海岛属于国家领土的范围。国家对其享有主权，有通过政府进行管理保护的权力。尤其作为领海基点的个别海岛直接影响到国家主权的利益，应给予重点保护。从物权法的角度来看，海岛及其上的资源属于国家所有。依据《中华人民共和国宪法》海岛上的"土地资源、矿藏、水流、森林、山岭、草原、荒地、滩涂等自然资源均属于国家所有或法定集体所有。国家保障自然资源的合理利用，保护珍贵的动物和植物。禁止任何组织或者个人用任何手段侵占或者破坏自然资源"。因此，那种无计划的开发行为是违背科学的，而随意的个人开采使用行为是违法的。作为国家利益代表的政府应当将规划使用海岛的权限收回，并依据一定的科学程序使用该职权，保护国家利益和海岛居民的集体利益，这一程序即是海岛开发许可制度。建立海岛开发许可制度能有效收回管理开发权限，保证开发权利按环境管理计划合理分配。它有利于政府在统筹管理经济开发的过程中，实行全局的生态环境保护策略，克服盲目的非控制性开发和开发经营者的短视及投机心理，维护社会的整体利益。

我国建立海岛开发许可制度的可行性：首先，《中华人民共和国宪法》的规定是建立海岛开发许可制度中政府管理权力的根本来源。其次，我国于2003年8月颁布的《中华人民共和国行政许可法》为其建立提供了行政法律上的依据。该法第十一条规定："设定行政许可，应当遵循经济和社会发展规律……维护公共利益和社会秩序，促进经济、社会和生态环境协调发展"。另外，环境影响评价制度为海岛开发许可制度提供了技术上的支持。环境影响评价制度所产生出来的环境影响报告书（表）是规划通过和开发项目得到批准的重要依据和必要条件。"如果适宜的话，环境评价中的诸要素可以在成本—效益分析中得以体现，重要的是要利用各种方法将环境评价要素列入规划过程之中。"因此，反过来，发挥环境影响评价制度的效用也需要海岛开发许可制度提供程序上的桥梁。只有两种制度相结合才能将对海岛开发中的环境保护提供有效的监测和有力的保障。当然，建立海岛开发许可制度尚需细节上具体的规定，我们可以参考国外的相关法律，将其规定在海岛的环境保护立法中，但更适宜规定在关于海岛开发与保护的综合立法之中。综上所述，海岛的开发利用必须要有海岛的生态环境保护法提供制度上的保护和引导，否则其经济开发将得不到长期的收益，不能实现可持续发展的要求。在海岛生态环境保护法律制度中，最重要的是采取海岛开发许可制度。在政府有效掌管规划、开发权限的情况下，应当配合环境影响评价制度，贯彻优先保护海岛环境的原则，实现经济发展和环境保护的协调发展。在具体的立法中，采用划分保护级别的立法体例能有效简化海岛行政机构设置，方便行政管理，节约行政资源，这适用于我国国情。

第十节　海岛开发与建设

一、海岛渔业

（一）渔业资源状况

我国岛屿众多，浅海滩涂及近岛海域由于入海河流多，为海洋水产提供了丰富的食物，是多种鱼、虾、蟹、贝、藻的产卵、育仔、索饵和生长的优良场所。近岛海域鱼的种类繁多，资源极为丰富，多样性的生态类型提供了大量可供食用、药用和易于养殖的海洋水产资源。这些海洋水产资源广泛分布在我国渤海、黄海、东海和南海岛屿周围海域，跨越的地理区域广，这些区域成为我国海洋渔业生产活动的主要场所。

（二）渔业发展状况

我国海岛水域渔业条件较好。因此，海岛的开发多是从渔猎生产开始的。渔业是我国海岛的传统产业，又是海岛经济的重点产业，在海岛经济中占有重要的地位。

多年以来，我国海岛渔业的发展虽然经历过起伏，但总体来看发展还是比较快的。过去，我国海岛渔业是以海洋捕捞渔业为主，生产结构比较单一。改革开放以后，我国海岛渔业认真贯彻"以养为主，捕捞加工并举"的方针，使海岛渔业的生产结构发生了巨大变化，具体表现在以下三个方面：第一，增加了海水养殖的比重，扭转了海岛渔业生产单一化的局面。第二，以近海捕捞为基础，发展了外海和远洋渔业。渔船的技术装备有所提高，中深海和远洋的捕捞能力得以加强，远洋船队可以达到菲律宾、东非索马里和西非等海域进行捕捞，采取多种作业方式，拓宽了鱼类品种，捕捞产量稳步提高，近岸和近海资源得到了保护。第三，利用海岛港湾和滩涂资源丰富的特点，开展品种多样的海水养殖。渔业经过多年的建设，海岛已经成为我国重要的渔业生产基地。

我国海岛的海洋渔业由于大范围的推广了渔船机械化等应用技术，大大提高了海洋捕捞能力和生产效率，特别是进入20世纪80年代以后，相应调整了海岛渔业的产业结构和生产重点，主要表现在以下三个方面：第一，改造和更新了大批渔船。第二，大力发展增养殖业，选育优良品种，提高了养殖技术和设备。第三，加强渔港建设，使渔业服务的配套设施得到了较大改善，提高了水产深加工能力。上述措施使海岛渔业生产继续保持了较大的增长势头。

我国海岛海洋捕捞作业区分布广泛，海洋捕捞量从大到小依次为浙江、福建、广东、辽宁、山东、上海、广西、江苏和海南。众多的海岛渔港是海洋捕捞的前沿生产基地。

我国海岛海水养殖业在经历了新中国成立初期的单一品种养殖和 20 世纪六七十年代的养殖品种增多期以后，目前已进入了综合发展阶段，养殖品种明显增多，养殖水域水深已突破 10m，并成功地进行了海洋上中下层的立体增养殖，海水养殖的分布也比较广泛，养殖品种主要有鱼类、虾类、蟹类、贝类、藻类等。养殖面积按大小依次为广东、浙江、福建、辽宁、山东、上海、广西和海南。此外，已开展毛虾等品种的放流，其中对虾放流规模较大，如舟山海域累计放流对虾达 2.5 亿尾左右，并开始逐年收获。

(三) 海洋捕捞业

我国海岛岛区海域地跨热带、亚热带和温带三个气候带，海域复杂多样，环境条件优越。自北向南已经形成了辽东湾渔场、渤海湾渔场、胶州湾渔场、长江口渔场、吕四渔场、舟山渔场、闽东渔场、闽南台湾浅滩渔场、汕尾渔场、万山渔场、北部湾渔场、昌化渔场等主要捕捞区。海岛星罗棋布在上述各渔场之中，成为开发利用这些渔场的最近的渔业生产作业区和加工地，有利于海岛捕捞业的发展。此外，我国海岛渔业历史悠久，海岛上的渔民逐年增多，渔民通过长期的劳动实践，捕鱼技术和装备得到了不断提高。目前，我国海岛已经拥有一支较为强大的捕捞和养殖队伍。与此同时，渔业后勤保障和加工业也得到了较大发展，这些对海岛海洋捕捞业的发展都非常有利。

海洋捕捞业是海岛的骨干产业，投入了大量的人力和物力，经济效益较好。海岛捕捞业的发展基本上呈持续稳定的增长趋势。在 20 世纪 50 ~ 70 年代，大小型渔船几乎全部是拖网作业，到 70 年代中期以后，由于拖网作业所捕捞的幼鱼比例不断增加，不仅降低了经济效益，而且使鱼类资源也遭到了严重的破坏。因此，从 70 年代开始，对各种渔船的捕捞作业进行了调整，将中小型渔船的拖网作业改为流网生产，大型渔船则采取近海和外海拖网相结合。这样不但降低了近海拖网作业的捕捞强度，而且也使幼鱼资源得到了有效的保护，同时开发了新的鱼类品种，稳定和提高了捕捞产量。70 年代末期，许多重要的海岛渔港又相继开辟了 125°E 以东和南沙群岛等外海渔场，提高了海岛捕捞业的经济效益，降低了近海的捕捞强度。例如，1989 年长海县在外海和对马海峡等外海渔场捕捞水产品 1.9 万 t，占当年捕捞量的 28%，产值 3000 万元。广东、海南、辽宁、浙江、山东等省的许多海岛渔港，组建远洋船队，对外合作作业范围已经扩展到菲律宾、韩国、索马里、毛里求斯等海域，取得了显著的经济效益。我国海岛海洋捕捞业已经形成拖、围、钓、刺、张等沿岸、近海和外海多种作业方式并举的海洋捕捞格局。从发展趋势看，沿岸捕捞量所占的比例减少，外海捕捞比例逐年增加，这既提高了海洋捕捞的产出率，也使水产品中的优质鱼比例增加。我国海岛渔港经过长期的建设，现在已经形成了40多个全国性或区域性的海洋捕捞基地。浙江省海岛形成了沈家门、台门、高亭、嵊山、大陈、坎门、洞头、东极、黄龙、东沙等渔港为中心的海洋捕捞基地，全国最大的渔场——舟山渔场就位于这里，历来都是我国重要的海洋渔业基地，海产品的年产量约占全国海产品总产量的1/10。浙江省海岛海洋捕捞以及为渔业服务的加工业基础好，远洋渔业已经起步，是我国最大的海洋捕捞基地。福建省以海坛、东山、南日、西洋等海岛为主要的海洋捕捞基地。海洋捕捞的年产量为16万t，仅次于浙江海岛，居全国海岛第二位。广东省以海陵、南澳、上川等海岛为主要的海洋捕捞生产基地，海洋捕捞基础雄厚，捕捞经验丰富，海洋捕捞年产量为10.5万t，居全国海岛捕捞产量第三位。山东省以庙岛群岛为主要海洋捕捞生产基地，地处黄、渤海渔场，背靠烟台、威海和青岛等城市，经济技术实力雄厚，又有众多的海洋科技人才优势，1990年海洋捕捞产量5.24万t。辽宁省以獐子、小长山、海洋、广鹿、大长山等海岛为主要的海洋捕捞生产基地，位于海洋岛渔场中心，渔业资源丰富，海洋捕捞年产量6.7万t，在海洋渔业中，居重要地位。此外，位于长江口的海岛和地处北部湾的龙门、涠洲等海岛，海洋捕捞业也有一定基础，应充分挖掘其潜力，提供更多的鲜活海产品，以满足上海市场和广西沿海城镇的需求。

（四）海水养殖业

我国海岛跨越三个气候带，海岛周围海域的环境和资源差异较大，大部分海岛紧靠大陆，适宜增养殖的浅海滩涂面积广阔，可供开发利用的大约有900km^2，这些浅海滩极适合不同种类的鱼、虾、蟹、贝、藻及海珍品的增养殖。

我国海岛浅海滩涂集中分布在海岛数量多的浙江、福建和广东三省，其中以舟山岛群、玉环岛群、洞头岛群、东山岛群、海滩岛群、东海岛群等的滩涂面积最多，这些岛群发展海水增养殖的条件良好。优越的自然环境条件，是我国海岛海域生物种类呈多样性的物质基础。例如，福建省闽江口至东山海域潮间带生物多达614种，其中最多的是南日岛，多达307种，有经济价值的种类为150多种。

我国海岛海水养殖业以养殖种类多而著称，养殖经验丰富，体现了环境与资源的多样性。发展海水养殖业的先决条件是繁育苗种。为了适应海水养殖业发展的需要，海水苗种这一新兴的产业在海岛迅速发展，特别是广东、浙江、山东、辽宁等省人工育苗技术发展很快，拥有一定数量的苗种繁育设施。一些主要海岛已经形成了大面积自然海区菜苗场。例如，辽宁省海洋岛、大长山岛、獐子岛周围建成了扇贝、牡蛎等自然海区采苗场，年采苗量达40亿枚，经济收入近千万元。

20世纪70年代以来，过度捕捞使浅海和近海水资源的再生能力减弱，促使海水养殖业得到了普遍的重视和发展。进入 80 年代以来，对虾养殖的发展是海岛海水养殖业发展的重要标志。广东、福建、广西、浙江等省（自治区）的海岛，已经发展成为海岛养殖出口基地。我国海岛的海水养殖已突破 10m 水深，并且成功地进行了上中下层海水的立体增养殖，海岛海水养殖面积和产量不断增加，我国海岛海水增养殖业发展到今天，已经在多个海岛建立人工鱼礁，先后开展了对虾、扇贝、鲍鱼、海参等品种的放流，其中放流规模最大的是对虾。

就我国海岛海水养殖的分布情况来看，目前主要是利用潮间带的泥沙滩和部分泥滩进行，大多局限在中低潮区。但是，值得关注的是，我国海岛周围的浅海扩大增养殖面积的潜力是相当大的。就我国海岛海水养殖的面积而言，广东海岛养殖面积最大。近年来，大多数海岛依靠科技，引进优良品种，不断开发新品种，逐步建立了养殖生产基地。

二、海岛港口

我国海岛港口资源非常丰富，是沿海港口的重要组成部分。海岛多数是基岩岛，绝大多数港口终年不冻，岸线漫长曲折，有众多避风条件良好的港湾，适宜建港的深水岸线长，天然锚地和淡水水道众多。我国海岛是大陆沿岸大型港口航线的必经之地，构成了东西南北交叉的海上交通网络。

（一）港口资源丰富

我国海岛岸线上共有 100 多处优良港址。这些港址深入海洋之中，深水岸线长，掩护条件好，加之离大陆又不远，适宜建大型港口或中转港口。但海岛建港也有不利因素：码头条件差、费用高、利用率不及大陆港口。

1. 深水岸线资源丰富

我国海岛岸线有近 300km 的深水岸线，主要分布在以下四个区域。

浙江省海岛不仅数量最多，深水岸线也最长，海岛岸线大于 10m 的深水岸线长 232.1km，其中大于 20km 水深的岸线有 92.8km，具有建设 30 万 t 级深水码头泊位的能力。浙江海岛的深水岸线又集中分布在舟山群岛地区，这里有深水岸线 180.2km，占浙江省海岛深水岸线总长的 77.6%。周山群岛的深水岸线已开发利用的只有 1.7km，不足 1%，因而资源潜力很大。

福建省深水岸线主要分布在厦门岛和东山岛等处。厦门岛的厦门港水深港阔，有深水岸线 43km，外行道水深可达 12～25m。厦门港湾深入内陆，呈一内湾形，港口门外又有大金门、小金门、大担、二担、三担、青屿等一系列岛屿作屏障，避风条件很好，为全国著名的天然深水良港之一。

东山岛位于东山湾南岸。东山湾是福建省六大天然深水港湾之一，口小腹大，湾内水域宽阔，航道既宽又深，无暗礁及浅滩，巨轮可自由出入；湾东北有古雷半岛屏障，屏蔽条件较好。

海南岛是我国第二大岛，海岸线长 1618km，在我国沿岸各省区中首屈一指。环岛岸线以北部、东部和南部最为曲折，港湾较多，西部港湾相对较少，共有大小天然港湾 84 个，其中 18 个港湾已辟为港口，但还有 60 多处潜在的建港区，港口资源潜力大，深水岸线主要分布在洋捕湾、海口湾等。

2. 深水岸线相对集中

我国海岛深水岸线主要在我国中部的舟山群岛，5 万 t 级以上的深水岸线大多集中于此。这一深水岸线弥补了我国经济中心长江三角洲大陆深水泊位不足，特别是大型石油码头、矿石码头和煤炭以及第 4、第 5 代集装箱码头建设。北方的里长山列岛、庙岛群岛、黄岛、东西连岛和南方的海坛岛、东山岛、南澳岛、万山群岛、川山群岛等从空间上为沿海港口的开发提供了新的基地。而另一方面，我国 17 个海岛县，其本身就是群岛的中心，又组成了一个小范围的综合性港口群。例如，辽宁省以大长山岛为中心，山东省以长岛为中心向其周围乡级岛扩展，成为建设海上辽宁和再建一个海上山东的中心基地。

3. 多优良航道

海岛集中分布的地区，在潮流、泥沙和地形之间长期相互作用下，形成了许多优良的航道，供各种类型的船舶航行。在岛陆和岛之间形成的内航道和外航道相通就形成了内外航道相连的整体，主要的航道有里长山水道、老铁山水道、长江南支水道、马迹山南侧水道、大西水道和琼州海峡等。

4. 锚地条件优良

我国沿海海运锚地多集中在群岛之间，锚地水深适宜、水域宽阔、海底平坦。锚地有一个至几个方向的岛屿作屏障，可避单向风或多向风，在被岛屿四周环抱的避风锚地也可以避台风。锚地浪小、水流缓、泊稳条件好，有些锚地可供开发水上作业。锚地的底质多为泥或泥质沙，锚抓力强。沿海锚地正因为有上述诸优点而成为国内、国际船舶的避风地。

（二）港口开发现状

1. 大型港口

海岛上已建成万吨级以上的大型港口不多，主要分布在三个区域，即舟山群岛、厦门群岛和海南岛。

2. 中小型港口

大长山列岛建有四块石港、蚆巴坨子港、菜园子湾港、鸳鸯坨子港和余家沟港；南长山岛西侧建有长岛港；崇明岛建有南门港码头等；玉环岛建有坎门港、大麦屿港和漩门港等。

三、海岛旅游

（一）我国海岛旅游资源

旅游资源是发展旅游业的基础。我国海岛旅游资源可分为两大类：自然旅游资源和人文旅游资源。所谓自然旅游资源是指那些具有较高美学、保健或科学价值的各种自然要素及其组合，能吸引人们去观光游憩，从而具有寓教于乐、陶冶情趣的功能。大多数自然旅游资源能长期重复使用，具有永续利用的功能，并带有一定的经济、社会和生态效益。所谓人文旅游资源是古今人类文化活动的结晶。它包括有观赏性和研究价值的历史文化遗迹及现代人类、经济和文化活动的产物两大部分。

我国海岛地处热带、亚热带和温带，大部分岛屿冬无严寒、夏无酷暑、四季分明，这种气候对开展游览、海洋游泳、垂钓和其他海上活动十分有利。我国海岛气候宜人、沙滩洁净、山石奇特还有天然的生物乐园，这些都是发展海岛旅游业得天独厚的条件。我国海岛自然旅游资源的特色是海岛景色风光秀丽，海湾沙滩水碧沙洁。

中国是世界上四大文明古国之一。从我国海岛上出土的文物已经表明，新石器时期的仰韶、龙山等各类文化遗迹在我国北从鸭绿江口，南到北仑河口的沿海岛屿均有分布。在海岛上留下了诸多历史文化遗迹、海防工程建筑、神奇的宗教庙堂以及渔乡民族风情，构成了色彩斑斓，绚丽多姿的海岛人文旅游景观。其中主要历史文化遗迹景点有长岛县的"东半坡"村落遗址和高栏岛大型岩画等。主要宗教庙堂名胜有普陀山的法雨寺、岱山岛上的"五公祠"和"海瑞墓"等。主要海防工程建筑有明清时代为抵抗外敌侵略的防御工程，如铜山岛鼓城和南澳岛雄镇关隘等。

（二）海岛旅游业发展现状

旅游业是凭借旅游资源，以旅游设施为条件发展起来的旅行游览服务行业。旅游业具有投资少、收益快和利润高等特点。特别是随着人们对海洋认识的增强和生活水平的提高以及西方旅游界提出的"回归自然"的影响，从20世纪80年代初至今，我国海岛旅游业出现了前所未有的热潮。以大海、阳光和沙滩为主的滨海及海岛旅游业得到了蓬勃发展。

近十几年来，海岛旅游业日益被各级政府所重视，纷纷投资开展旅游业，改建并扩建了大批旅游景点和设施，吸引了大量国内外游客参观游览。其中长江以北各省（市）海岛年客流量少于长江以南，特别是国际游客较少，这与社会自然因素关系密切。长江以南各海岛旅游业不受季节限制，几乎全年可以开展旅游服务。

发展旅游业不仅可以繁荣国家经济，振兴海岛经济的发展，还可以赚取大量的外汇，扩大就业范围。尽管我国海岛旅游业的发展还不尽完善，但发展海岛旅游业的前景广阔。现代旅游的发展趋势，已不仅局限于游览山水风光，而是向知识化、多层次和多功能综合方向发展。为了迎接新形势的挑战，各级政府已积极采取措施拟定发展战略，促进旅游业的进一步发展。

四、基础设施

（一）海岛交通

我国海岛交通开发建设时间短，发展水平低，还不适应海岛经济发展，尤其不适应海岛对外开放加大力度的需要。海岛交通运输能力低、成本高，往往造成海岛产品的积存，影响海岛工农业生产效益的提高。

20 世纪 80 年代以来，随着海岛经济逐步由封闭型转变为开放型，海岛经济进入大发展时期，加快了海岛交通的发展。通过新建、扩建海岛港口码头、增加公路通车里程、提高公路等级、在陆连岛和近陆连岛修建与大陆连接的人工海堤的基础上修建公路、铁路，在一些大岛上开辟汽车轮渡交通，新建、扩建海岛机场等，显著地改善了海岛的交通条件。目前我国海岛交通的特点主要表现为下述三个方面。

（1）以海运为主，公路交通次之，其他交通方式比重较小。在海岛交通中，海运交通发展历史最早，占有重要的地位。公路交通在近几十年来发展较快，做到了海岛乡有公路。在所有海岛交通方式中，公路交通占第二位。

（2）海南岛已建有铁路，福建厦门岛等在筑起岛陆人工海堤的基础上修筑了公路和铁路，沟通了这些海岛与大陆的直接联系。

（3）海岛交通总的水平较低，岛间发展也不平衡。海岛交通总的水平还处于起步阶段，仅限于部分人工陆连岛及经济发达海岛，尤其是县区级限制以上所在海岛发展较好，其他大部分海岛交通场所比较落后，多为简易公路，甚至无岛上交通设施。

海岛交通不能适应海岛经济发展的需要。我国海岛市、县区所在地大岛交通，基本上能满足现阶段海岛经济发展的需要，但也存在着问题。

随着岛域经济建设的进一步发展，人流、物流的进一步增加，交通仍是最薄弱的环节，是限制海岛经济发展的最主要因素之一；码头与海运船队规模较小，许多海岛进出物资需从大岛转运，限制了这些海岛对外交往的能力发展；有的住人小岛尚无码头设施，岛内公路里程短，甚至无交通设施，等外级公路比重大，客车车辆比较简陋；海岛运力不足，各种运输方式间缺乏协调性，压港和货场积压现象比较普遍。

1. 航运业

据调查统计，我国海岛现有万吨级泊位 15 个，其中 5 万 t 级和 2.5 万 t 级泊位各 1 个，另有矿石、石油等专用码头泊位 3 个，主要分布在厦门、舟山、钦州、八所等港口。中小港口在我国各海岛均有分布。

各地海岛相继建起了一支规模不等的海运船队，奠定了我国海岛海运业的基础。我国海岛海运业发展的薄弱环节主要表现在港口资源未开发利用、港口规模小、设施差、船队规模和载重吨位小，客舍尚不能适应客运量发展的需要。

2. 公路交通

公路运输是我国海岛上主要的交通形势，在海岛交通中，仅次于海上航运。在有公路的海岛公路密度普遍较大。例如，福建省海岛公路密度为 $0.75km/km^2$，比全省的平均数 $0.33km/km^2$ 高出 1 倍多。然而，无公路的海岛还很多。

海岛公路普遍存在线型曲折、路面狭窄、危桥多等问题，尚有不少简易公路。海岛公路干线有定期班车，但是很多直线公路无定期班车，交通工具简陋。海岛公路经过近十几年来的建设，基本做到了乡（镇）通公路，尚未实现村村有公路、通汽车。

近年来，在修建岛陆人工海堤的基础上形成海岛公路与大陆公路联网，打开海岛封闭状态，改善海岛的开放条件，如浙江的舟山、岱山、大榭、玉环岛等海岛；福建的厦门、东山等海岛；广西龙门岛等。同时，在一些较大的海岛少年宫建设客车渡码头，并开辟海峡滚装船运输，如浙江先后建成了车客渡码头 8 座，开通了舟山岛的鸭蛋山到宁波白峰、宁波大榭到穿山等 6 条航线；上海市建成了崇明岛的牛棚港至上海的航线。这两项措施显著地改善了海岛的公路运输条件。

（二）海岛通信

我国海岛的邮电通信事业是 20 世纪 80 年代以后才发展起来，现已有一定规模。大岛邮电通信事业现代化水平较高，社会、经济效益显著，而常住人小岛邮电通信事业仍较落后。乡级海岛都建起了邮电支局或邮电所，较大的非乡级岛设有代办所。我国海岛基本建立起以市、县（区）为中心的连接乡（镇）、村的邮电通信网络。

报刊、邮电基本上每天运到乡（镇）和90%以上的村。海岛电话普及率平均每百人1.7部，其中市话普及率超过每百人5部，农话为每百人0.5部。

在广播电视方面，市级海岛有广播发射台、电视发射差转台；县级海岛设转播台和调频台；乡级海岛有广播台。海岛居民家庭普遍有电视机和收音机。

从总体看，我国海岛邮电通信事业。亟待解决的问题主要有：设备能力低，适应不了海岛建设和对外开放的需要；管理体制不健全，个别海岛县的部分海岛乡镇的邮电通信甚至是集体经营，自成体系；小岛邮电通信事业落后，部分村级和大部分村级以下的小岛，只办理邮政业务，而不能办理长途电话和电报业务；仅靠无线电对话定时与大陆联系，特别是一些远离大陆的住人小岛，如遇大风或在北方冰封季节，与大陆无船只往来，报刊、信件往往中断。

（三）淡水资源开发

淡水资源缺乏，开发利用程度低、设备能力低及不配套是我国海岛普遍存在的问题。

就我国海岛供水现状来看，其主要特点为：海岛普遍缺水，供需矛盾严重，北方海岛尤为突出。我国海岛淡水主要来源是天然降水，少部分是地下水。我国海岛南北降水量差异大，季节分配不均匀。长江南北相比，北方降水量少，南方降水量多，尤其是北方易形成春旱。大部分海岛由于积水面积少，使得海岛积水困难，造成蓄水量少。尤其是北方，暴雨多，降水流失量大，再加上拦蓄工程减弱，拦蓄能力低等问题，造成北方比南方蓄水和水源补给减少。在淡水补给方面，以长江口为界，北方少且集中，南方多且平稳，使得南方海岛比北方海岛淡水资源条件好。尽管如此，淡水供应紧张和短缺仍是我国海岛普遍存在的问题。海岛淡水供需矛盾，随着海岛经济的发展，如不采取有效措施，这个问题会愈演愈烈。同一地区，小岛比大岛、远陆岛比近陆岛缺水严重。

为了缓解淡水供应紧张对海岛经济建设造成的不利影响，应采取如下对策：因地制宜，加快海岛海水淡化工程的开发建设；结合生物和工程措施，改善海岛蓄水条件和地下水补给条件；加快淡水蓄水工程以及配套工程设施的开发建设；提高淡水资源开发利用程度和利用率；进一步改善用水结构，合理利用现有的淡水资源；保护好现有的淡水资源等。

（四）海岛电力供应

我国海岛电力供应比较紧张，基本上仅能满足居民生活用电需要。到目前为止，海岛电力供应和淡水供应问题共同构成我国海岛经济建设的主要限制因素。

从目前海岛的电网和发电设施情况看，存在的主要问题是事故多、浪费大、许多设施和设备无法使用等。

一些较大海岛主要以火力发电为主，有条件的海岛已开发利用风力发电，特别是依赖于外区供电的方式，取得很大进步。

针对海岛电力紧张的事实，为保证海岛经济建设用电以及满足海岛对外深入发展的需要，应制定有效的海岛供电对策：不断完善、增加大陆向海岛输电的电网设施，加强对现有电网设备的维修和养护；在依赖煤炭和石油发展火力电站的同时，利用海岛的优势条件，大力利用水利、风能、太阳能、海洋能等再生能源发电；节约用电，调配好各类用电关系；提高海岛电力的技术和管理水平。

五、社会事业

海岛社会事业主要包括教育事业、科技事业、卫生事业和城镇建设等方面。

（一）教育事业

我国海岛的教育文化事业的发展水平普遍低于相应的沿海的平均水平，同时，各岛之间的差距较大。例如，崇明县成年非文盲率已达 89%，经上海市教委检查验收，为基本扫盲县；该岛优良的重教传统，造就了很多优秀人才。据不完全统计，1911~1984 年，这个岛的留学生和获得博士、硕士学位的学者共有128 名，另有各类专家、学者123 名。

（二）科技事业

海岛的科技水平普遍低于邻近大陆沿岸的平均水平，且科技门类单一，主要集中在渔业以及加工、冷藏业等领域。海岛科技发展的另一个特点是岛际发展不平衡，各岛间科技人员和科研机构的数量差异很大。

我国海岛科技开发以水产养殖最为活跃。近年来海岛科技兴海事业发展很快，每个海岛县均安排有 3~10 个国家级或县级"星火计划"项目，主要集中在对虾养殖、贝类养殖、海藻养殖等方面，发展很快，极大地促进了我国海岛科技事业的发展。

（三）卫生事业

我国海岛卫生医疗机构是按市、县（区）、乡级行政区划设置的。地级市设有市医院，县级以上海岛都有医院和防疫站，镇、乡一级一般都有卫生院。我国海岛的医疗网络已基本形成。例如，浙江舟山市有卫生医疗机构 328 个，卫生专业人员 4852 人，其中医务技术人员 3953 人，病床 3153 张；乡级设有医疗点 708

个，乡级医生和卫生员 797 人。

(四) 城镇建设

我国海岛城镇建设主要有如下特点。

(1) 海岛城镇人口规模小、密度高，人口主要分布在一些大岛上，城镇化水平低。最大的城市为厦门市，人口为 40 万人；其次为舟山市，人口为 23 万人；再次是玉环县城关镇；其他镇人口均在 5 万人以下；半数镇人口在 2 万人以下，有的不足 1 万人。

(2) 城镇数密度高，每百平方千米约有 2 个，比大陆城镇数密度高出 50% 左右，例外情况是崇明岛，城镇数密度比上海郊区低，为 0.26 个/km^2，为郊区的 40%。

(3) 城镇主要集中分布在长海、长岛、崇明、舟山、岱山、海坛、厦门、东山等大海岛上。这些海岛共有 25 个镇建制。

(4) 海岛的城镇化水平低于大陆沿海。全国海岛的城镇化水平一般为 10% ~ 17%。

海岛社会事业发展存在的主要问题有如下几个方面：海岛面积小、分散与大陆交流不便，造成社会事业同经济建设一样，发展缓慢，经济效益和社会效益均低；海岛社会公益事业设施共享性差，即使大岛与大陆相比，共享性也相对较差；有的小岛的社会公益事业设施达不到基本要求，造成文化、教育、卫生设施相对落后；海岛经济单一、生产不稳定、效益低，影响海岛文化、教育、卫生、城市化建设等社会公益事业水平的提高。

第三章 海岛生态系统概况

第一节 自然地理

一、地理位置

长海县位于辽东半岛东侧的黄海北部海域，东与朝鲜半岛相望，西部和北部海域毗邻普兰店市和庄河市，西南与山东半岛隔海相望。其地理坐标为东经122°12′58.3″~123°12′50.1″，北纬38°13′40.6″~39°27′26.1″（图3-1）。

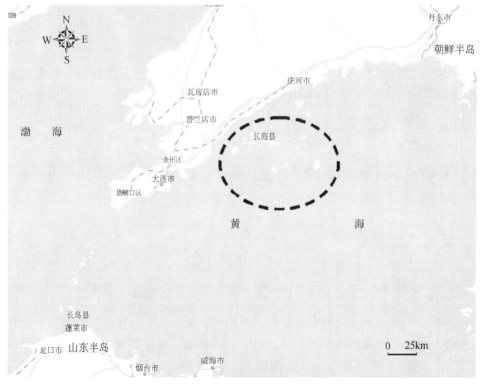

图 3-1 长海县地理位置示意图

二、地质地貌

(一) 地质

地层以"鞍山群"董家沟组、"辽河群"浪子山组和新生界第四系分布最为广泛。境内岩石多为侵入岩和变质岩。侵入岩不发育，仅有零星出露；变质岩出露较多。境内构造层及构造旋回主要属鞍山构造层及其旋回、辽河构造层及其旋回、印支—燕山构造层及其旋回。

(二) 地貌

长山列岛属于长白山山脉的延伸部分，后随着黄海北部平原一起沉陷为海，原生的岭峰突兀海面形成列岛，主要地貌为丘陵、海蚀地貌和海积地貌。

1. 丘陵

丘陵高度一般都在百米以上。

2. 海蚀地貌

海蚀地貌分布在海岸岩体与岩体交界处，或岩体节理发育处。其抗蚀能力差，在波浪不断侵蚀下冲击成海蚀柱、海蚀洞、海蚀穴、海蚀眼、海蚀窝、海蚀拱桥和海蚀阶地等。

3. 海积地貌

由外营力的堆积作用形成的沙滩、沙嘴可发育成沙坝、连岛沙坝和陆连小岛，最后合并为一体。

三、气候气象

1. 气候特点

本区具有明显的大陆性气候特征，受海洋调节又具有海洋性气候特征。境内气候属于南温带亚湿润季风气候区，具有四季分明、气候温和、冬暖夏凉以及空气潮湿、日照充足、温差小、无霜期长、季风明显、雨热同季和春旱秋干等特点。

2. 气温

长海县年平均气温为 9.6 ~ 10.5℃。一年中，1 月最冷，月平均气温 −6.4℃；8 月最热，月平均气温 24.7℃。2 ~ 8 月气温逐月上升，其递增幅度 4 ~ 6 月偏大；9 月至翌年 1 月，气温逐月下降，降幅在 11 月和 12 月偏大。极端最高气温达 35.4℃，极端最低气温为 −21.7℃。

3. 日照

年平均日照 2749.8h，各月的日照时数差异较大。5 月最多，平均 270.6h；11 月最少，平均 194.3h；6 月、7 月也较少，由于阴雨、雾日数较多，光照不足。

4. 降水

降水量：年降水量为 429.4 ~ 929.5 mm，降水量四季分布不均。冬季平均降水 21.8 mm，占全年降水总量的 3.7%；春季降水量约为 76.9mm，占全年降水总量的 13.2%；夏季降水量为 364.2mm 左右，约占全年降水总量的 62.4%；秋季降水 121.2mm，占全年降水总量的 20.7%。

蒸发量：全年蒸发量大于降水量，年均蒸发量在 901 mm 左右。每年 5 月和 9 月蒸发量最高。

5. 风

平均风速：年平均风速 4.1 ~ 5.9m/s。年平均风速最大为 6.5m/s，最小为 4.1m/s。月际风速变化较大，秋、冬季偏大，春、夏季偏小。

风向：季风气候非常明显。冬季多偏北风，夏季多偏南风，春、秋两季南北风交替出现。一年中北西风向最多，频率为 12%；东风最少，频率为 2%。

6. 自然灾害

境内主要自然灾害是风灾、雨灾和旱灾。

四、水文情况

（一）潮汐和海流

长海县沿岸潮汐均属规则半日潮，潮汐流速平均为 1 ~ 2 节。潮汐存在季节性变化。就高潮而言，春夏季潮大，秋冬季潮小。

全区海流主要受辽南沿岸流的影响。沿岸流是由碧流河等大小河流注入的淡水形成的，呈现季节性变化。辽南沿岸流的势力冬春季较弱，夏秋季较强，主要分布约在 30m 等深线以北的海区，而东南部獐子岛、海洋岛等岛屿基本不受影响。由于全区水道较多，岛屿沿岸海区多为往复流。

全县水深分布趋势，由北与西北部向南与东南部逐渐加深，等深线基本与大陆岸走向平行，整个沿岸水深在 50m 以内。

（二）水温和盐度

1. 水温

水温季节性变化明显，表层水温 8 月最高，平均 24.1℃，9 月起逐渐下降，至翌年 2 月最低，平均 0℃，3~8 月逐渐上升。

除夏季外，海域表层水温由北向南逐渐增高，温差一般在 2℃ 左右。夏季，表层水温南部海域低于北部，等温线不规则；底层水温由于中下层冷水团的作用，低于表层水温，且底层水温分布由南向北逐渐增高。

境内海域夏季水温出现温跃层，8 月为温跃层最强盛期，几乎普遍存在，多出现在 5~20m 水层中，而且比较稳定，到 11 月温跃层基本消失。

2. 盐度

全区表层盐度由北向南逐渐增高，水平梯度分布比较均匀，基本与大陆岸线平衡。境内海区分为 2 个盐水系，南部的海洋岛、獐子岛海区盐度相对较高，平均值 31.7‰，广鹿岛、大长山岛、小长山岛海区盐度相对低些，平均值 27.7‰。

五、岸线和岛屿

（一）岸线

长海县海岸线长 358.9km，大长山岛镇海岸线长 94.4km，小长山乡海岸线长 80km，广鹿乡海岸线长 74.3km，獐子岛镇海岸线长 57.7 km，海洋乡海岸线长 52.5km。

（二）岛

1. 乡镇政府所在岛

大长山岛：大长山岛镇政府所在地。岛长 16.87km，宽 2.5km，海岸线长 63.6km，陆地面积 25.07km²，为境内第二大岛。

小长山岛：小长山乡政府所在地。岛长 10.75km，宽 1.63km，海岸线长 42.52km，陆地面积 17.15 km²，为境内第四大岛。

广鹿岛：广鹿乡政府所在地。岛长 10.1km，宽 2.675km，海岸线长 41.85km，陆地面积 26.78km²，为境内第一大岛。

獐子岛：獐子岛镇政府所在地。岛长 6km，宽 1.47km，海岸线长 25.3km，陆地面积 8.88km²，为境内第五大岛。

海洋岛：海洋乡政府所在地。岛长 8.27km，宽 2.18km，海岸线长 45.2km，陆地面积 18.37km²，为境内第三大岛。

2. 村级岛

村级岛包括塞里岛、哈仙岛、蚆蛸岛、乌蟒岛、格仙岛、瓜皮岛、洪子东岛、大耗子岛、小耗子岛、褡裢岛。

3. 有人居住小岛

砂珠坨子岛：位于小长山岛东部，岛长 0.7km，宽 0.36km，海岸线长 2.22km，陆地面积 0.25km²。

葫芦岛：距广鹿岛西北岸 1.62n mile。海岸线长 3.5km，陆地面积 0.42km²。

4. 无人居住小岛

长海县无人居住小岛概况见表 3-1。

表 3-1　长海县无人居住小岛情况表

	名称	位置	海岸线/km	面积/km²
大长山岛镇	后坨子岛	大长山岛后炉屯北	1.4	0.09
	鸳鸯坨子岛	菜园子月牙口北	0.4	0.007 5
	水坨子岛	菜园子西头	0.25	0.01
	大偏坨子岛	大长山岛岳家沟南海岸	—	0.000 5
	二偏坨子岛	大长山岛岳家沟南海岸	—	0.000 5
	三偏坨子岛	大长山岛岳家沟南海岸	—	0.000 5
	蚆蛸坨子岛	南坨子里处	0.6	0.032 4
	东坨子岛	塞里岛北	—	0.011 3
	塞北坨子岛	塞里湾西湾口	0.6	0.036
	西坨子岛	塞里岛西偏北	0.65	0.005
	尖尖山道	塞里岛西南	—	0.000 5
	塞大坨子岛	塞里岛西南	1.9	0.13
	大旱坨子岛	南坨子西南	—	0.000 975
	塞小坨子岛	塞里岛南	0.4	0.025

续表

	名称	位置	海岸线/km	面积/km²
大长山岛镇	大蛤蟆礁岛	塞里岛东	0.175	0.012 5
	东钟楼岛	哈仙岛北	0.62	0.025
	小楼岛	哈仙岛西北	0.37	0.018
	西钟楼岛	哈仙岛北	1	0.072 8
	五虎石岛	哈仙岛西南	0.1	0.022 5
	西老旱江岛	哈仙岛苗家沟南	—	0.001 2
	东老旱江岛	哈仙岛谷家屯南海口	—	0.005
	老旱江岛	哈仙岛谷家屯南海口西侧	—	0.005
	谷家坨子岛	哈仙岛谷家屯南海口中部	—	0.000 5
	礁流岛	大长山岛崎风嘴东偏北	0.25	0.007 5
	东草坨子岛	大长山岛崎风嘴岸	0.4	0.007 5
小长山乡	大坨子岛	乌蟒岛东北	2	0.06
	乌二坨子岛	乌蟒岛东北	1.35	0.032
	低坨子岛	乌蟒岛北	0.21	0.002 5
	菜坨子岛	乌蟒岛北	1.5	0.146
	蛎坨子岛	菜坨子西侧	—	0.000 51
	乌北坨子岛	乌蟒岛北	0.9	0.052
	尖坨子岛	乌蟒岛南	—	0.000 5
	羊坨子岛	乌蟒岛南岸	—	0.000 55
	刁坨子岛	蚆蛸岛东南	0.23	0.003 76
	灰坨子岛	蚆蛸岛北	0.65	0.02
	大蛋子岛	小长山岛北	—	0.000 8
	小波螺坨子岛	小长山岛东端	—	0.000 6
	波螺坨子岛	小长山岛东端	2.05	0.176
	英大坨子岛	小长山岛东北	0.75	0.032 8
	英二坨子岛	小长山岛东北	0.45	0.017 5
	英三坨子岛	小长山岛东北	0.2	0.003 75
	骡头石岛	小长山岛东北	0.4	0.175
	核大坨子岛	核桃村东南	1.1	0.13
	核二坨子岛	核桃村东南部	0.93	0.068
	核三坨子岛	核桃村南	1.2	0.09
	羊坨子尖岛	丛家大山西南	0.8	0.032 5
	旱坨子岛	回龙村南	0.05	0.001 25
	大青盖岛	大岭村黑嘴子南	0.25	0.01
	小坨子岛	大岭村南岸	0.3	0.01
	南嘴子头岛	小长山岛西端	—	0.000 5
	小水坨子岛	大岭村北	—	0.000 5

名称	位置	海岸线/km	面积/km²
格大坨子岛	格仙岛东端	0.9	0.03
头坨子岛	格仙岛东端	0.3	0.015
大草坨子岛	瓜皮岛东南	1.1	0.103 2
小草坨子岛	瓜皮岛东南	1.1	0.03
半拉坨子岛	多落母东南	0.4	0.012 5
石坨子岛	洪子东岛北	0.3	0.007 5
广鹿山	洪子东岛东	1.5	0.145
小半拉山岛	洪子东岛东南侧	—	0.000 6
豆腐坨子岛	广鹿岛北	—	0.000 5
小元宝坨子岛	广鹿岛北	0.55	0.016 1
西面坨子岛	小元宝坨子岛西部	—	0.001
扁坨子岛	小元宝坨子岛西部	—	0.000 6
里坨子岛	葫芦岛东北	0.1	0.001 2
干坨子岛	葫芦岛东北	0.1	0.001 2
矾坨子岛	老铁山西	1.2	0.09
霸王盔岛	广鹿岛西南	0.3	0.017 6
西半拉山岛	老铁山金场海口东	—	0.000 9
东半拉山岛	南台山岸畔	—	0.000 5
马石岛	小耗子岛东南		0.000 525
鸭巴坨子岛	大耗子岛东南	0.15	0.048
大板石岛	大耗子岛南	0.25	0.008 4
五石岛	大耗子岛南	0.5	0.025 2
东帮坨子岛	褡裢岛东帮屯岸	0.1	0.005
马坨子岛	沙包子东北	—	0.000 6
伏牛坨子岛	伏牛圈屯海口南端	0.5	0.013 8
伏牛小坨子岛	伏牛圈屯海口南端	—	0.000 8
红根石岛	太平沟南岸		0.000 6
眼子山岛	苇子沟东北	0.3	0.012
山后大坨子岛	苇子沟北	—	0.000 6
北坨子岛	苇子沟北	5.3	0.65
母鸡坨子岛	来鱼场屯东	0.4	0.007 5
南坨子岛	海洋岛东南	1.3	0.127 5
	合计	41.085	2.968 62

（广鹿乡 / 獐子岛镇 / 海洋乡 — 左侧分组标注）

（三）群礁和礁

境内有群礁 1 处、礁 89 处。

1. 群礁

大门顶：明礁，位于獐子岛南偏东 5.13n mile 海域。由主礁、二坨子、三坨子和 5 处干出礁、适淹礁组成，为片麻岩。主礁为领海基点，面积约 0.000 02km²，海拔 13.3m，跨海面积 0.0015km²。周围水深 40m、流速 3 节。

2. 礁

境内有明礁 41 处、干出礁 42 处、暗礁 6 处，合计 89 处。

（四）海域底质

绝大部分为软泥底，岛屿周围海底有一部分是岩礁、石砾或贝壳，只有小长山乡蚆蛸岛南至獐子岛镇褡裢岛北部海底出现沙底。

潮间带底质比较复杂，岛与岛、潮带与潮带之间均有所不同，但大多为岩礁、沙泥、泥底，只有小长山岛中南部潮间带出现较大面积的沙泥、泥底。

六、自然保护区

（一）大连长海海洋珍贵生物自然保护区（省级）

1. 地理位置

大连长海海洋珍贵生物自然保护区位于小长山乡东南海域，由核大坨子、二坨子、三坨子及其周围海域组成。地理坐标如下。

核大坨子：东经 122°44′02″，北纬 39°13′20″；

二坨子：　东经 122°45′40″，北纬 39°13′43″；

三坨子：　东经 122°40′56″，北纬 39°09′32″；

周围海域：东经 122°50′24″，北纬 39°10′30″。

2. 面积

保护区总面积 220hm²，其中海域面积 192.25hm²，陆地面积 27.75hm²。保护区海域核心区面积 80hm²（核大坨子周围海域），缓冲区面积 34hm²（二坨子周围海域），实验区面积 78.25hm²（三坨子周围海域）。

3. 保护对象

保护对象是刺参、皱纹盘鲍、栉孔扇贝、大连紫海胆、紫石房蛤、红螺、褶牡蛎、六线鱼等。

（二）大连长山列岛珍贵海洋生物自然保护区（市级）

1. 地理位置

大连长山列岛珍贵海洋生物自然保护区由乌蟒、獐子岛、南坨和后套组成，地理坐标如下。

乌　蟒：东经 122°58′29″ ~ 122°59′27″，北纬 39°16′07″ ~ 39°16′39″；

獐子岛：东经 122°48′39″ ~ 122°49′31″，北纬 39°01′50″ ~ 39°02′26″；

南　坨：东经 123°12′20″ ~ 123°13′30″，北纬 39°01′57″ ~ 39°02′32″；

后　套：东经 123°10′07″ ~ 123°09′15″，北纬 39°05′07″ ~ 39°05′08″。

2. 保护对象

保护对象为皱纹盘鲍、刺参、光棘球海胆、栉孔扇贝、褶牡蛎、牙鲆等我国北黄海的特有珍贵物种。

3. 面积

大连长山列岛珍贵海洋生物自然保护区海域面积为 4.13km^2。

第二节　社会经济概况

一、行政区划

长海县辖 2 镇、3 乡：大长山岛镇、獐子岛镇、小长山乡、广鹿乡、海洋乡。下辖 23 个村民委员会，7 个社区。其中大长山岛镇辖 4 个社区（四块石社区、三盘碾社区、东山社区、塔山社区），7 个村民委员会（杨家、三官庙、小泡子、小盐场、城岭、塞里、哈仙岛）；小长山乡辖 6 个村民委员会（回龙、房身、复兴、英杰、蚆蛸、乌蟒）；广鹿乡辖 5 个村民委员会（柳条、塘洼、尖沙、瓜皮、格仙）；獐子岛镇辖 3 个社区（沙包子社区、东獐子社区、西獐子社区），3 个村民委员会（大耗子、小耗子、褡裢）；海洋乡辖 2 个村民委员会（盐场、西邦）。

二、人口概况

(一) 人口数

至 2005 年年底，全县总人口 74 874 人（不包括驻军人数）。大长山岛镇人口数最多，獐子岛镇人口数居第二位，其次为小长山乡、广鹿乡，海洋乡人口数最少（图 3-2）。

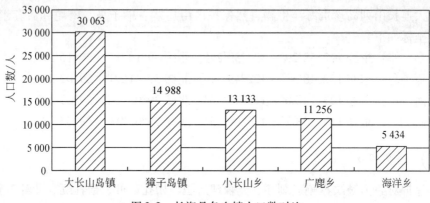

图 3-2　长海县各乡镇人口数对比

(二) 男女比例

全县男性人口为 37 304 人，女性人口 37 570 人，男性略少于女性，男女比例为 0.99：1。大长山岛镇男性多于女性（男女比例为 1.01：1），其他乡镇男性略少于女性（图 3-3）。

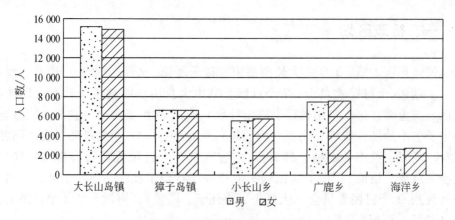

图 3-3　长海县各乡镇性别对比

(三) 非农业人口与农业人口数

全县非农业人口 39 309 人，农业人口 35 565 人，全县非农业人口是农业人口的 1.1 倍。大长山岛镇和广鹿乡非农业人口数多于农业人口数，其他三个乡镇农业人口数多于非农业人口数（图 3-4）。

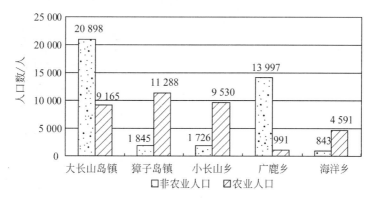

图 3-4 长海县各乡镇非农业人口与农业人口对比

(四) 人口密度

全县人口密度为 631 人/km²。獐子岛镇人口密度最大，为 1044 人/km²，大长山岛镇人口密度为 945 人/km²，居第二位，其他依次为小长山乡、广鹿乡和海洋乡（图 3-5）。

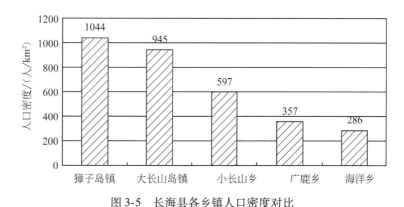

图 3-5 长海县各乡镇人口密度对比

(五) 人口净增率

全县人口净增率为 -2.10‰。大长山岛镇人口净增率最大为 -0.33‰，其次为广鹿乡、小长山乡、獐子岛镇和海洋乡，海洋乡人口净增率最小为 – 6.78‰（图 3-6）。

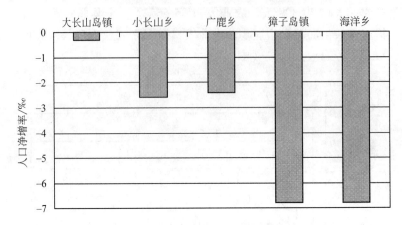

图 3-6 长海县各乡镇人口净增率对比

（六）外来人口数占人口数（户籍登记人口）的比例

全县外来人口数 9879 人，占全县户籍人口总数的 13.2%。海洋乡外来人口数最多，为 1170 人，占户籍登记人口数的 30%，其次为广鹿乡、小长山乡、大长山岛镇，獐子岛镇外来人口数相对最少为 845 人，仅占户籍登记人口数的 8%（图 3-7）。

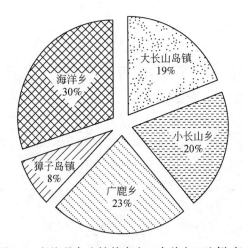

图 3-7 长海县各乡镇外来人口占总人口比例对比

三、经济概况

1. 综合

近年来，长海县立足资源、区位等优势，抓住振兴东北老工业基地和大连建设东北亚国际航运中心等重大历史机遇，按照辽宁省委、省政府和大连市委、市政府为长海确定的建设"海上辽宁"和"海上大连"示范区、先导区的功能定位和"小而强、富而美"的社会主义新长海建设目标，确立并加速实施了"渔业立县、工业强县、旅游兴县"三大产业发展战略和"数字长海、生态长海、和谐长海"三大建设规划，海岛经济社会呈现出良好的发展态势。

（1）2005年长海县地区生产总值实现21.9亿元，第一产业增加值15.8亿元，第二产业增加值1.4亿元，第三产业增加值4.7亿元。三次产业结构比例为72.3∶8.5∶19.2，对经济增长的贡献率分别为86.6%、0.4%和13.0%。

（2）长海县经济主要以渔业为主，依赖于海洋水产资源，辅以少数的种植业，属资源型经济。

（3）长海县连续4年入围全国综合经济实力最发达县（市）（即百强县）。

2. 农林牧渔业

2005年全县农林牧渔业产值实现28.9亿元，其中渔业产值实现26.1亿元，占农林牧渔业产值的90.3%。

（1）渔业经济：主要包括三部分内容，一是海水养殖业，二是海洋捕捞业，三是育苗业。

（2）种植业：以种植粮豆、蔬菜、水果为主。

（3）牧业：牧业以养殖猪、羊、家禽为主，大部分是散养户，广鹿乡生产规模最大，属于粗放式经营。长海县现有两处畜禽养殖场——大连弘达百业养猪场和宏兴养鸡场。

（4）林业：全县森林覆盖率为43.4%，植树造林80万株，林业产值420万元。

3. 工业

2005年全县工业总产值5.2亿元，水产品加工业是其支柱产业，2005年年末完成水产品加工业产值4.1亿元，占全县工业总产值的78.8%。

4. 旅游业

长海县旅游资源主要由三部分组成：海岛自然风光、海域自然风光以及人文文化。2005 年进岛旅游人数突破 60 万人次，旅游综合收入 1.75 亿元。

5. 地方财政收入

2004 年以后，国家税收政策进行重大调整，在免征农业税情况下，全县深化财政体制改革，加大税收征管力度，使财政收入按可比口径保持增长。

6. 城乡居民生活质量

2005 年全县农村人均纯收入达 12 479 元，城镇人均可支配收入达 8089 元。2004 年和 2005 年农村人均纯收入均列全省县区第一。2005 年农村人均生活消费支出达 5412 元，城镇居民人均生活消费支出达 6936 元。

7. 能源构成

2005 年总用煤量 1.2 万 t，汽油用量 4000 t，柴油用量 10.3 万 t。

长海县主要靠东北电网供电。全县村级以上岛屿全部接通大陆电网。长海县现有大长山岛、獐子岛、小长山岛 3 个风力发电场，总装机容量为 10 200 kW。

8. 交通运输

长海县以陆岛交通为主通道，以公路工程为主框架，以港口码头为主枢纽，形成以县驻地为中心连接大陆的交通网络布局。

规划建设皮口—大长山岛—小长山岛、大长山岛—格仙岛—瓜皮岛—广鹿岛—金州的跨海大桥，建成后将对长海县今后的经济发展起到举足轻重的作用。

9. 邮电通信

长海县邮电局始建于 1949 年，当时全县的通信状况十分落后，只开通了长海县至大连的无线电报电路，办理无线电报业务。邮电通信的落后，严重制约了海岛经济和社会的快速发展。改革开放以来，海岛人民充分树立了邮电通信是经济发展、社会进步"先行关"的思想，广筹资金，加大力度，使岛屿分散、信息闭塞的海岛通信事业得以飞速发展。1993 年全县 7 个乡镇级岛屿电话全部实现"传输微波化、交换程控化"，1995 年全面完成了小岛通信建设任务。全县 10 个村级岛屿的 1496 户居民家家装上程控电话，住宅电话装机率达到 100% 以上，成了名副其实的电话岛，被邮电部电信总局命名为"中国电话第一岛"。

四、社会事业

海岛人民始终坚持各项社会事业与经济建设同步进行，使海岛各项社会事业得以蓬勃发展。重视教育事业，教育改革不断深化，教育质量不断提高。县委、县政府始终把教育事业放在超前经济发展的战略地位，努力增加对教育事业的投入，不断改善办学条件。到 1995 年，全县年教育事业费已达 1500 万元以上。自 1987 年开始普及九年义务教育以来，到 1989 年年底，全县 8 个学区已全部实施九年制义务教育和基本扫除青壮年文盲工作，并通过国家验收，全县小学的"四率"和中学的"三率"均达到或超过国家规定的标准，于 1983 年成立了大连广播电视大学长海工作站，1987 年开办了中央农业广播长海分校，近 20 年来为海岛培养了大批有用的人才。《中国教育改革和发展纲要》出台后，长海县制定了具体实施意见和《长海县"九五"期间教育规划》，目前正在按规划逐步组织实施。

海岛文化历史悠久，内容丰富多彩，群众性文化活动日趋活跃。长海县虽地处边陲，但文化历史十分悠久，特别是随着海岛经济的快速发展，文化事业的步伐进一步加快，县、乡、村基本形成了一个比较完整的群众文化网络，各种文化活动遍及全县大、小岛屿，而且内容不断增加，品味不断提高。小说、戏曲、绘画和民间文学的创作日趋繁荣。到 1995 年，全县有专业剧团 1 个、业余剧团 2 个、有文化馆 8 个、图书馆 8 个和影剧院 3 座。

10 多年来，长海县委、县政府坚持依靠科技进步促进海岛经济和社会发展的正确方向，实施"科教兴县"战略，走"县兴科技、科技兴县"相结合的路子，使得科技对全县经济社会发展起到了强有力的支撑作用。

卫生事业迅速发展，医疗条件大为改善，医疗水平明显提高。从 1949 年设置县立医院以来，到 1995 全县已有医疗卫生机构 14 个，其中，医院 7 个。目前海岛人民已基本做到了小病不出岛，大病不出县。

体育事业快速发展，训练网络日趋健全，群众性体育活动开展广泛。到 1995 年，全县体育运动场（馆）24 个，县体校 1 所，乡镇体校 4 所，传统体育项目学校 6 所，被大连市评为《国家级锻炼标准》达标先进县。

广播电视事业发展迅猛，覆盖全县的广播电视网络已形成。1956 年成立县广播站，1980 年建立微波广播电台并建成全县第一座电视转播台，1994 年又建成长海有线电视系统和长海电视台，并开通了中央、省、市 13 个频道的电视节目，使海岛广播电视事业不断迈上新台阶。1992 年被辽宁省评为有线广播事业发展模范县，1995 年，全县农村有线广播普及率达 93%，全县电视普及率达 95% 以上。长海县广播电视发射台先后被辽宁省和大连市评为先进单位。

第三节 海岛资源概况

一、土地资源

（一）土地

全县土地面积 11 920hm²，其中林地面积 5511hm²，占土地总面积的 46.2%；耕地面积 1115hm²，占土地总面积的 9.4%；园地面积 99hm²，占土地总面积的 0.8%；草地面积 707hm²，占土地总面积的 5.9%；湿地面积 2085hm²，占土地总面积的 17.5%；水域面积 53hm²，占土地总面积的 0.4%；居民点占地面积 987hm²，占土地总面积的 8.3%；交通用地面积 188hm²，占土地总面积的 1.6%；工矿用地面积 612hm²，占土地总面积的 5.1%；养殖水面面积 141hm²，占土地总面积的 1.2%；未利用土地面积 422hm²，占土地总面积的 3.5%，未利用土地主要分布在沿海岸线的滩涂、荒地、险峭岩石、山地中的裸岩等。长海县各乡镇的土地类型和面积如表 3-2 所示。图 3-8 至图 3-13 为各乡镇土地利用示意图。

表 3-2 长海县各乡镇土地类型和面积统计表　　　（单位：km²）

土地类型	大长山岛镇	小长山乡	广鹿乡	獐子岛镇	海洋乡	合计
林地	13.15	7.93	11.24	8.43	14.36	55.11
草地	1.72	2.55	2.49	0.03	0.28	7.07
耕地	1.80	2.23	6.20	0.25	0.67	11.15
湿地	6.91	3.90	7.19	2.02	0.83	20.85
水域	0.23	0.03	0.22	0.04	0.01	0.53
园地	0.50	0.27	0.11	0.07	0.04	0.99
居民点	2.41	2.53	2.00	1.92	1.01	9.87
未利用地	0.36	0.96	0.44	1.34	1.12	4.22
交通用地	0.51	0.43	0.45	0.22	0.27	1.88
养殖水面	0.88	0.28	0.24	0.01	0.00	1.41
工矿用地	2.35	1.14	1.20	0.59	0.84	6.12
合计	30.82	22.25	31.78	14.92	19.43	119.2

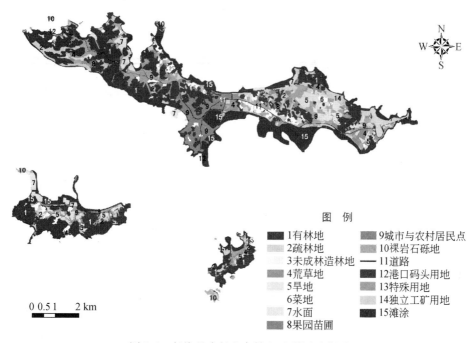

图 3-8　长海县大长山岛镇土地利用示意图

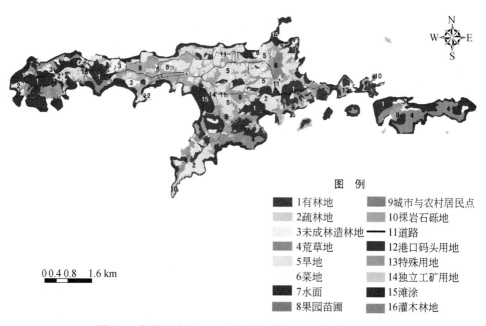

图 3-9　长海县小长山乡（不含乌蟒岛）土地利用示意图

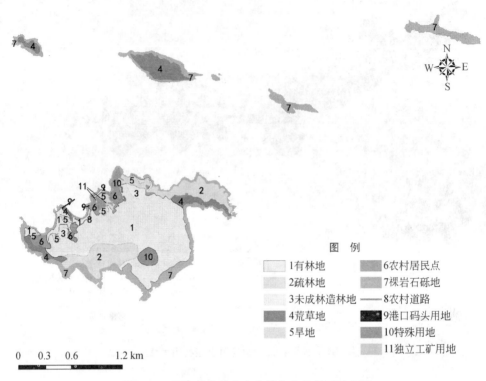

图例

1有林地	6农村居民点
2疏林地	7裸岩石砾地
3未成林造林地	8农村道路
4荒草地	9港口码头用地
5旱地	10特殊用地
	11独立工矿用地

0　0.3　0.6　　1.2 km

图 3-10　长海县小长山乡乌蟒岛土地利用示意图

(二) 土壤

长海县土壤分为棕壤土、风沙土、草甸土、沼泽土 4 个土类，又进一步分为棕壤性土、棕壤、潮棕壤、固定风沙土、草甸土、盐化草甸土、草甸沼泽土 7 个亚类，18 个土属和 29 个土种。

1. 棕壤土类

棕壤土类为主要土壤类型，分布广。

棕壤性土亚类：主要分布在各岛的丘陵、岗地中上部。土层较浅，多数夹有砾石，保水保肥性较差，水土流失严重。

棕壤亚类：主要耕种土壤，土层深 32～100cm，保水保肥性强。

潮棕壤亚类：主要分布在大长山岛镇、广鹿乡。土层深度在 100cm 以上，保水保肥性良好，地下水位一般 2～3m。

2. 风沙土类

风沙土类主要分布在大长山岛镇、广鹿乡部分海湾缓流处，其亚类为固定风

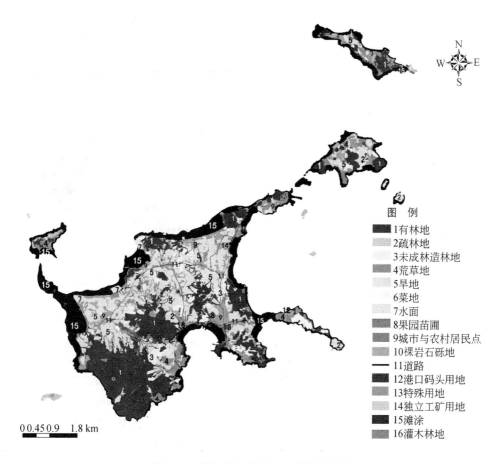

图 例
1有林地
2疏林地
3未成林造林地
4荒草地
5旱地
6菜地
7水面
8果园苗圃
9城市与农村居民点
10裸岩石砾地
11道路
12港口码头用地
13特殊用地
14独立工矿用地
15滩涂
16灌木林地

0 0.45 0.9   1.8 km

图 3-11　长海县广鹿乡土地利用示意图

沙土，分两个土种。一为耕型黄色沙地固定风沙土，主要分布在广鹿乡沙尖村沙尖嘴一带海边，土层厚度 100cm 以上，漏肥漏水，土壤肥力低；二为耕型灰色沙地固定风沙土，主要分布在大长山岛镇三关庙村的海边风口和背风的山根、低洼地带，土层厚度 70cm 左右，保水保肥性差，土质松散。

3. 草甸土类

草甸土类面积很少，地块零碎，但土质好，主要分布在大长山岛镇、小长山乡、广鹿乡的丘间沟口和靠近海边的低洼地带。

4. 沼泽土类

沼泽土类主要分布在大长山岛镇三官庙村河口靠海边洼地，土层厚度 48cm，疏松沙壤土。

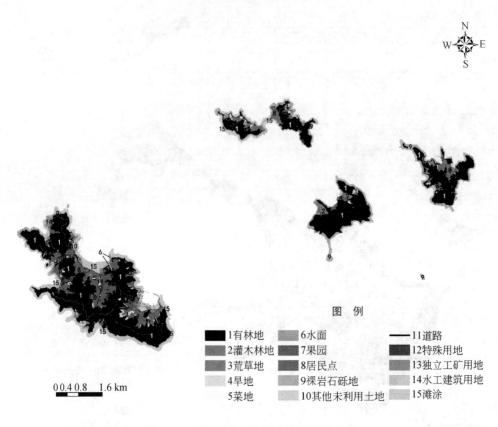

图例

	1有林地		6水面		——11道路
	2灌木林地		7果园		12特殊用地
	3荒草地		8居民点		13独立工矿用地
	4旱地		9裸岩石砾地		14水工建筑用地
	5菜地		10其他未利用土地		15滩涂

0 0.4 0.8   1.6 km

图 3-12   长海县獐子岛镇土地利用示意图

二、水资源

(一) 地表水

长海县地表径流量 2776 万 m^3，地表水开发总量为 210 万 m^3，仅占年平均径流量的 7.6%。

长海县径流量主要受降水影响，呈现与降水相同的特点。县内无常源河流，只有 11 条季节性沟溪，雨季过后即干。受地形所限，岛内汇水面积小，修建蓄水工程投资大，效益低，对地表水资源开发利用极为不利。另外水资源分布不均，无法调剂。

境内有 3 座水库，总容量为 189.8 万 m^3。

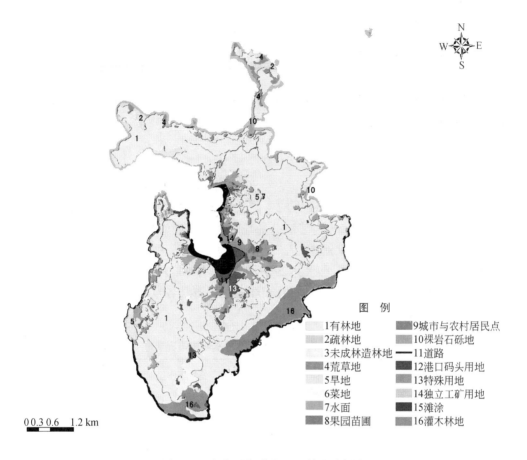

图 3-13 长海县海洋乡土地利用示意图

图 例

1 有林地　　9 城市与农村居民点
2 疏林地　　10 裸岩石砾地
3 未成林造林地　——11 道路
4 荒草地　　12 港口码头用地
5 旱地　　13 特殊用地
6 菜地　　14 独立工矿用地
7 水面　　15 滩涂
8 果园苗圃　　16 灌木林地

1. 小龙口水库

小龙口水库位于大长山岛小龙口，规模为小（Ⅱ）型水库[①]，集雨面积 2.07km²，总库容为 55.97 万 m³。

2. 山里水库

位于广鹿岛南山里老铁山脚下，规模为小（Ⅰ）型水库，总库容为 112.4 万 m³，是全县唯一的百万方水库。

---

　① 小（Ⅰ）型水库是指总库容为 0.01 亿~0.1 亿 m³ 的水库，小（Ⅱ）型水库是指总库容为 0.001 亿~0.01 亿 m³ 的水库。

3. 前马牙滩水库

位于獐子岛前马牙滩，规模为小（Ⅱ）型水库，集雨面积 0.454km²，总库容 21.4 万 m³。

另外，境内有塘坝 23 座，大长山岛镇 4 座，小长山乡 7 座，獐子岛镇 12 座，总容量 17.4 万 m³，其中较大的有 4 座。境内有方塘 59 座。

（二）地下水

长海县地下水资源量 1100 万 m³，可开采资源量 314 万 m³，目前地下水开采量 257 万 m³/a，占可开采资源量的 82%。从长海县的地质地貌以及水文特点分析，以石英岩、板岩、片岩为主要成分的丘陵岩性地质渗透能力差，丘秃坡陡，地面狭窄，径流短而急，降水很快入海，导致地下贫水。

长海县有大口井 43 眼、小水井 290 眼、手压井 9000 眼。农村地下水集中供水人口 11 556 人、分散式供水人口 31 500 人。长海县各乡镇地下水供水基本情况如表 3-3 所示。

表 3-3　长海县农村地下水供水基本情况表　　　　　（单位：人）

乡镇名称	集中供水人口	分散式供水人口	合计
大长山岛镇	509	8 806	9 315
小长山乡	1 300	10 032	11 332
广鹿乡	2 405	6 677	9 082
獐子岛镇	4 947	3 723	8 670
海洋乡	2 395	2 262	4 657
合计	11 556	31 500	43 056

（三）跨海引水

跨海引水是从大陆引水供给大长山岛使用，一期供水量 3500 t/a。

（四）海水淡化

1. 大长山岛海水淡化工程

大长山岛建成一座反渗透海水淡化工程，1999 年 6 月正式向用户供水，供水能力 1000 m³/d。经对海水淡化工程进行扩建，供水能力达到 2000 m³/d。大长山岛跨海饮水工程竣工后，大长山岛海水淡化工程现作为备用水源。

2. 獐子岛海水淡化工程

獐子岛海水淡化工程 2000 年 5 月正式供水，生产淡水能力 1200m³/d，年供水量为 43.8 万 m³。

（五）雨水

雨水利用形式以岛上居民采用屋檐接水方式为主。据统计，已建成屋檐集雨工程 1485 处，受益居民 5716 人。

三、生物资源

（一）陆生植物

境内森林植被属于大连地区暖温带夏绿阔叶林地带，赤松夏绿阔叶林亚带。有针叶树种、阔叶树种和灌木等。目前境内植被多为天然次生植被和人工次生植被。

（二）海洋生物

长海县海域鱼虾类资源多样，其中以牙鲆、石鲽、鲅鱼、鲐鱼、六线鱼、对虾等经济鱼虾为主，玉筋鱼、斑鰶鱼、鳀鱼等小型鱼类资源也极为丰富。同时，皱纹盘鲍、刺参、扇贝等海珍品资源以及蛤仔、魁蚶、香螺、紫贻贝、褶牡蛎、鸟蛤等底栖经济贝类的资源也比较丰富，分布面广。

境内海洋生物资源丰富，几乎囊括黄海北部海域所有的海洋生物种类。

1. 浮游生物

浮游植物 75 种，以硅藻为主（37 种）。浮游动物 44 种，主要有原生动物、腔肠动物、毛颚动物、节肢动物，为鱼、虾、贝、藻生长的初级饵料。

2. 藻类

有藻类几十种，其中有利用价值的经济藻类多种，在潮间带的有江蓠、羊栖藻；在海底的有鼠尾藻、石花菜、海带菜、裙带菜等，另有菜石莼等。

3. 贝类

贝类 49 种，有鲍鱼、栉孔扇贝、虾夷扇贝、海湾扇贝等。

4. 鱼类

鱼类 80 种，有鲌鱼、黄鱼等。

5. 虾蟹类

虾类 4 种；蟹类 7 种。

6. 入药海产类

入药海产类 10 多种，有石决明、牡蛎壳、海星、海马、海藻、海胆、珍珠等。

（三）陆生动物

1. 家畜、家禽

家畜、家禽主要有猪、牛、马、驴、骡、兔、鸡、鸭、鹅等，还有羊、鹿、狐狸、草狸獭和鸽子等。

2. 野生动物

兽类，刺猬、老鼠、蝙蝠等；鸟类，喜鹊、乌鸦、麻雀、猫头鹰等；虫类，红蜘蛛、毛虫、蚂蚱等；爬行类，蛇、蜥蜴、青蛙等。

（四）国家二级保护动物

由于生态环境优良，长海海洋珍贵生物自然保护区曾发现过灰鲸、黑覆脊鲸、斑海豹、海豚、水獭等国家二级保护的野生水生动物；白琵鹭、雀鹰、长耳鸮、虎纹伯劳、黑脸琵鹭、兰矶鸫、大杜鹃等国家二级保护鸟类。

四、矿产资源

长海县矿产资源有大理石、硅石、花岗岩、沙、砾石、黏土、铁矿、金矿等，矿产资源种类较少，矿产资源储量不丰富，大部分矿产开采价值低或不具备开采价值。已经开采的矿山造成了不同程度的环境污染和生态破坏，为了保护海岛生态环境，全县对 5 处矿点进行闭坑，并投资 100 万元进行了矿山复垦工程。

1. 大理石

大理石主要分布在广鹿岛阎家沟以西及其北部、潘家沟南侧，小长山乡蚆蛸岛、小长山岛东西两头，塞里岛也有一定储量。

2. 硅石

硅石主要在广鹿岛南台山、老铁山，其次在大长山岛后沙山子，格仙岛也有分布。

3. 花岗岩

花岗岩仅在广鹿岛东水口、多落母、瓜皮岛一带有分布。

4. 沙、砾石

沙、砾石有两种主要成因类型，一是河床及河漫滩沙、砾石，此类分布不连续，厚度变化大，质量欠佳，利用范围有限；二是沿海堆积阶地沙、砾石，为境内主要沙、砾石来源，主要分布在广鹿岛北海、格仙岛西南屯，大长山岛前沙山子、西部莲花泡和小长山岛三官庙、英杰海滨及塞里岛也有分布。

5. 黏土

黏土主要用于制砖，分布在广鹿岛，大长山岛中部，哈仙岛中部，海洋岛北部、西部。

6. 铁矿

大长山岛西部，矿石矿物为磁铁矿、赤铁矿、褐铁矿。

7. 金矿

矿点分别位于广鹿岛老铁山主峰东侧和西南海边的南小圈等地，不具开采价值。金红石和蓝晶石矿分布在海洋岛青龙山以北。

五、可再生能源

长海县地区的有效风能密度在 $150W/m^2$ 以上，有效风力时数在 7000h 以上，可占总时数的 80%。海岛的风能资源十分丰富，为海岛风能资源开发提供了良好的发展条件。大长山岛风电场、小长山岛风电场分别安装 6 台 600kW 机组，獐子岛风电场安装 12 台 250kW 机组，总装机容量为 10 200kW，每年上网发电量 1000 多万 kW。长海县各风电场运行情况具体如表 3-4 所示。

海水热能以海水为热源（冷源），采用水源热泵技术，将其转换为热能（冷能），达到冬天供暖和夏天制冷的功能。目前，位于獐子岛的长海县第四中学使用了海水热泵供热技术，供热面积 $5000m^2$，效果良好。鉴于长海县的海岛性质，海水热泵技术有着广泛的应用前景，特别是在远离大陆的海洋岛，推广海水热泵技术不仅可以充分利用资源优势，减少煤炭用量和电力的传输费用，而且可以减少环境污染，实现清洁供热和制冷目的。

表 3-4　长海县风电场运行情况表　　　（单位：万 kW·h）

名称	年发电量		
	2003 年	2004 年	2005 年
大长山岛风电场	457	466	382
小长山岛风电场	—	515	437
獐子岛风电场	320	343	269
合计	777	1324	1088

第四节　生态环境概况

一、污染源

长海县重点企业污染源统计见表 3-5。

（一）工业废水及主要污染物排放概况

工业废水排放总量为 718.4 万 t/a，排放源以水产品加工企业和育苗企业为主，其中水产品加工企业和育苗企业污水排放量为 698.4 万 t，占废水排放总量的 97%；大连长海县船厂有限公司排放废水量为 20 万 t/a。废水中主要污染物是化学需氧量和氨氮，其中化学需氧量排放量为 45t/a，氨氮排放量为 4.5t/a。

（二）废气及主要污染物排放概况

大气污染源主要是供热锅炉和育苗室配套锅炉。长海县废气排放总量为 11 915 万 Nm³/a，废气中主要污染物为烟尘和二氧化硫，其中烟尘排放量为 146.0t/a，二氧化硫排放量为 296.16t/a。

（三）固体废弃物排放概况

固体废弃物污染源主要包括供热公司、大连长海县船厂有限公司、长海县污水处理厂和水产品加工企业，固体废弃物以炉渣、贝壳和金刚砂为主，产生的固体废弃物基本上实现综合利用。

表3-5 长海县重点企业污染源统计

企业名称	所在位置	主要产品	生产能力/(t/a)	工业废水排放量/(t/a)	化学需氧量/(t/a)	氨氮/(t/a)	废气排放量/(万Nm³/a)	烟尘/(t/a)	二氧化硫/(t/a)	氮氧化物/(t/a)	固体废弃物 主要成分	固体废弃物 排放量/(t/a)
大连长海隆盛达水产有限公司	广鹿乡	水产加工	1 000	27 000	0.396	0.257	—	—	—	—	—	—
大连昌林海产动植物培育有限公司	广鹿乡	育苗	1 000	6 335	0.410	0.065	—	—	—	—	—	—
大连明水产养殖有限公司	广鹿乡	育苗	1 000	120 000	0.175	—	535	4.0	19.2	8.56	—	—
大连长海洋食品有限公司	广鹿乡	水产加工	1 500	6 000	1.500	0.286	—	—	—	—	—	—
大连锦鹿水产有限公司	广鹿乡	水产加工	—	20	0.003	0.002	—	—	—	—	—	—
长海县瑺子永盛水产有限公司	广鹿乡	水产加工	1 000	33 334	2.940	0.540	—	—	—	—	—	—
长海县广鹿乡顺庆冷库	广鹿乡	水产加工	500	848	0.960	0.038	—	—	—	—	—	—
大连权鹏水产有限公司	广鹿乡	水产加工	500	1 320	1.320	0.114	—	—	—	—	—	—
长海县广鹿乡宏达供热供应处	广鹿乡	物业管理	—	—	—	—	335	2.5	0.36	5.32	—	—
大连长海振禄水产有限公司	海洋乡	育苗	1 000	100 000	0.362	0.095	134	1.0	4.8	2.14	—	—

续表

企业名称	所在位置	主要产品	生产能力/(t/a)	工业废水排放量/(t/a)	化学需氧量/(t/a)	氨氮/(t/a)	废气排放量/(万Nm³/a)	烟尘/(t/a)	二氧化硫/(t/a)	氮氧化物/(t/a)	固体废弃物主要成分	排放量/(t/a)
大连海洋丰祥水产制品有限公司	海洋乡	水产加工	1 000	15 000	0.975	0.150	—	—	—	—	—	—
大连亿得水产有限公司	小长山乡	水产加工	300	994	0.315	0.098	—	—	—	—	—	—
小长山岛乡联益水产加工厂	小长山乡	水产加工	200	800	0.272	0.080	—	—	—	—	—	—
长海县小长山岛乡银海水产加工厂	小长山乡	水产加工	1 000	12 000	0.600	0.200	—	—	—	—	—	—
大连智慧水产有限公司	小长山乡	水产加工	500	200	5.400	0.018	—	—	—	—	—	—
长海县小长山乡华阳水产品养殖场	小长山乡	物业管理	—	—	—	—	335	2.5	12	5.35	—	—
小长山银海水产品加工厂	小长山乡	水产加工	—	600	0.816	0.06	—	—	—	—	—	—
大连鹰福水产食品有限公司	小长山乡	水产加工	—	4 104	1.236	0.396	—	—	—	—	—	—
长海县小长山乡华阳水产养殖厂	小长山乡	水产加工	—	1 200	0.360	0.012	—	—	—	—	—	—
长海县小长山鸿翔水产养殖场	小长山乡	水产加工	—	30 000	0.448	—	—	—	—	—	—	—
小长山乡鸿翔水产养殖场	小长山乡	育苗	—	300	0.03	0.005	—	—	—	—	—	—

续表

企业名称	所在位置	主要产品	生产能力/(t/a)	工业废水排放量/(t/a)	化学需氧量/(t/a)	氨氮/(t/a)	废气排放量/(万Nm³/a)	烟尘/(t/a)	二氧化硫/(t/a)	氮氧化物/(t/a)	固体废弃物主要成分	排放量/(t/a)
大连长海腾达水产公司	小长山乡	育苗	—	31 000	0.615	—	201	1.500	7.2	3.210	—	—
长海县渔钩厂	小长山乡	渔钩	—	10	0.01	—	—	—	—	—	—	—
大连獐子岛渔业集团股份有限公司永祥水产品分公司	獐子岛镇	水产加工	2 000	24 000	1.650	0.229	—	—	—	—	—	—
獐子渔业永祥分公司	獐子岛镇	水产加工	—	17 280	1.632	0.240	—	—	—	—	—	—
獐子渔业海珍品育苗一厂	獐子岛镇	育苗	—	5 760 000	8.640	—	201	1.500	7.2	3.210	—	—
海珍品育苗二厂二车间	獐子岛镇	育苗	—	204 000	0.720	—	335	2.5	12.0	5.345	—	—
獐子渔业集团育苗二厂三车间	獐子岛镇	育苗	—	204 000	0.720	—	335	2.5	12.0	5.345	—	—
獐子渔业集团海珍品育苗一厂	獐子岛镇	育苗	—	204 000	0.720	—	335	2.5	12.0	5.345	—	—
獐子明鑫网绳制造有限公司	獐子岛镇	网绳制造	—	—	—	—	67	5.0	2.4	1.07	—	—
大连弘达百业集团锅炉安装有限公司	大长山岛镇	供热	—	—	—	—	2 010	15.00	72.0	32.100	—	—
长海正大海洋水产有限公司	大长山岛镇	水产加工	—	400	0.172	0.038	—	—	—	—	—	—

续表

企业名称	所在位置	主要产品	生产能力/(t/a)	工业废水排放量/(t/a)	化学需氧量/(t/a)	氨氮/(t/a)	废气排放量/(万Nm³/a)	烟尘/(t/a)	二氧化硫/(t/a)	氮氧化物/(t/a)	固体废弃物 主要成分	固体废弃物 排放量/(t/a)
大连钓鱼海洋食品有限公司	大长山岛镇	水产加工	—	600	0.084	0.012	—	—	—	—	—	—
大连利得尔海洋食品有限公司	大长山岛镇	水产加工	—	12 500	1.000	0.315	—	—	—	—	—	—
大长山岛镇源清水产品经销处	大长山岛镇	水产加工	—	200	0.070	0.020	—	—	—	—	—	—
大连董里海洋牧场发展有限公司长海宏波育苗场	大长山岛镇	育苗	—	120 000	8.400	1.200	—	—	—	—	—	—
长海县大长山岛镇海丰水产品工厂	大长山岛镇	水产加工	—	350	0.132	0.042	—	—	—	—	—	—
大连东海洋水产有限公司	大长山岛镇	水产加工	—	1 200	0.378	0.114	—	—	—	—	—	—
大连大顺水产养殖有限公司	大长山岛镇	育苗	—	44 500	0.360	—	67	0.5	2.4	1.07	—	—
大连弘达百业集团供热有限公司	大长山岛镇	供热	—	—	—	—	7 024	105.0	132.6	64.19	—	—
大连长海船厂有限公司	大长山岛镇	修造船	—	200 000	0.8	—	—	—	—	—	金钢砂	968

（四）生活污染源概况

1. 生活污水

全县年产生生活污水 124 万 t（按 10 万人计，其中常住人口 7.5 万人，流动人口 2.5 万人，生活用水 40L/人，排污系数取 85%），除县镇区和獐子岛镇中心区的生活污水经污水处理厂处理后排放外，其他区域产生的生活污水均直接排放。

县镇区污水处理厂处理能力为：现状 1100t/d，远期 3300t/d。县镇区以外的村、屯（包括哈仙、塞里）几乎没有任何排水管道设施，为自然排海。

獐子岛镇污水处理厂处理能力为 500t/d，处理率为 80%（沙包大板江区域没有并网）。獐子岛镇镇区外的村、屯（包括大耗岛、小耗岛）既没有排水管道设施，也没有污水处理设施，为自然排放入海。

广鹿乡、小长山乡、海洋乡没有任何污水处理设施，只在城镇中心区有部分排水管道，将污水汇集后不经任何处理排放入海。城镇外的村、屯既没有排水管道设施，也没有污水处理设施，为自然排放入海。

2. 生活垃圾

全县年产生活垃圾约 5.54 万 t（按 10 万人计，其中常住人口 7.5 万人，流动人口 2.5 万人），大长山岛镇、獐子岛镇和广鹿乡全岛为定点倾倒、集中排放。小长山乡、海洋乡除中心区域为定点倾倒，集中排放外，其他均为非定点自然排放。集中排放的垃圾处理方式主要采用简易的平整填埋。

生活垃圾主要由居民生活垃圾、商业生活垃圾和企事业单位的生活垃圾组成。居民生活垃圾的成分较为复杂，除正常的生活垃圾外，冬季和春季的炉渣、养殖户及集贸市场各种海产品的贝壳等也占相当大的比重。炉渣主要是由供热公司、大连长海造船厂、长海县污水处理厂所产生的。贝壳主要是水产养殖和加工产生的大量废弃物、废弃贝壳、加工下脚料等都堆放在陆域的范围。

二、近岸海域环境质量

近岸海域主要污染物有石油类、无机氮、活性磷酸盐、悬浮物等。长海县海域功能区分为三类（表 3-6），一类区各项污染物均未超过《海水水质标准》一类标准，二类区各项污染物均未超过《海水水质标准》二类标准，三类区各项污染物均未超过《海水水质标准》三类标准。

表3-6　长海县海域环境功能区划

功能区类别	所辖区域
一类区	大坨子、乌蟒岛、獐子岛、南坨、后套周围500 m范围海域
二类区	除了一、三类功能区外的其他近岸海域
三类区	长海县的各港口区所占海域

三、地下水环境质量

长海县地下水采用《地下水质量标准》（GB/T 14848—1993）中的Ⅲ类标准分析。2005年大长山岛镇和小长山乡地下水水质监测见表3-7。在pH、高锰酸盐指数、氯化物、硝酸盐氮、氨氮、总硬度、六价铬和细菌总数8个参数中，大长山岛镇地下水水质全部符合标准，小长山乡地下水中氯化物、总硬度、细菌总数和总大肠菌群超过标准，超标主要原因是水井周围卫生管理差，造成水质污染。

表3-7　长海县大长山岛镇和小长山乡地下水水质监测结果

水期	指标	pH	氯化物/(mg/L)	总硬度/(mg/L)	高锰酸盐指数/(mg/L)	氨氮/(mg/L)	硝酸盐氮/(mg/L)	亚硝酸盐氮/(mg/L)	六价铬/(mg/L)	细菌总数/(个/mL)	总大肠菌群/(个/mL)
	标准	6.5~8.5	≤250	≤450	≤3.0	≤0.2	≤20	≤0.02	≤0.05	≤100	≤3.0
枯水期	平均值	7.08	166.7	276.3	0.92	0.11	6.312	0.004	0.004	64	164
	超标倍数	0	0	0	0	0	0	0	0	0	53.7
	总检点次数	4	4	4	4	4	4	4	4	4	4
	最高值	7.35	277.2	481.3	1.05	0.15	11.104	0.008	0.004	122	230
	最低值	6.54	217.8	156.7	0.88	0.08	4.125	0.002	0.004	48	120
	超标率	0	25	0	0	0	0	0	0	25	100
丰水期	平均值	6.82	186.8	367.3	1.72	0.30	7.285	0.007	0.004	84	152
	超标倍数	0	0	0	0	0.5	0	0	0	0	49.7
	总检点次数	4	4	4	4	4	4	4	4	4	4
	最高值	7.04	289.4	614.8	2.00	0.77	17.144	0.014	0.005	137	230
	最低值	6.48	79.8	210.2	1.39	0.12	3.397	0.004	0.002	43	120
	超标率	0	50	25	0	25	0	0	0	50	100

续表

水期	指标	pH	氯化物/(mg/L)	总硬度/(mg/L)	高锰酸盐指数/(mg/L)	氨氮/(mg/L)	硝酸盐氮/(mg/L)	亚硝酸盐氮/(mg/L)	六价铬/(mg/L)	细菌总数/(个/mL)	总大肠菌群/(个/mL)
全年	平均值	6.95	176.8	321.8	1.32	0.20	6.798	0.006	0.004	74	158
	超标倍数	0	0	0	0	0	0	0	0	0	51.7
	总检点次数	8	8	8	8	8	8	8	8	8	8
	最高值	7.35	289.4	614.8	2.00	0.77	17.144	0.014	0.006	137	230
	最低值	6.48	79.8	156.7	0.88	0.08	3.397	0.002	0.002	43	120
	超标率	0	37.5	25	0	12.5	0	0	0	37.5	100

四、地表水环境质量

采用《地表水质量标准》（GB 3838—2002）中的Ⅲ类标准分析。2005年长海县大长山岛镇小龙口水库、广鹿乡山里水库和獐子岛镇马牙滩水库地表水水质监测结果见表3-8。在 pH、高锰酸盐指数、氯化物、硝酸盐、氨氮和六价铬6个参数中，均不超标。

表3-8　长海县地表水水质监测结果

项目	大长山岛镇小龙口水库	广鹿乡山里水库	獐子岛镇马牙滩水库
pH	7.49	7.41	7.34
高锰酸盐指数/（mg/L）	5.10	4.40	4.31
氯化物/（mg/L）	64.8	41.0	81.0
硝酸盐/（mg/L）	1.449	1.236	1.282
氨氮/（mg/L）	0.198	0.018	0.118
六价铬/（mg/L）	0.016	0.011	0.018

五、环境空气质量

长海县环境空气质量符合《环境空气质量标准》一级标准，环境空气中主要污染物为自然降尘。环境空气污染与工业污染源无较大关系，原因是长海县支柱工业——水产品加工对空气质量影响很小（表3-9）。

表 3-9　2005 年各季节环境空气污染年均值

项目	春季	夏季	秋季	冬季	全年
二氧化硫/（mg/m³）	0.005	0.005	0.005	0.005	0.005
二氧化氮/（mg/m³）	0.010	0.014	0.017	0.025	0.017
总悬浮颗粒物/（mg/m³）	0.060	0.060	0.040	0.060	0.060
自然降尘/[t/（km²·月）]	4.8	3.8	4.0	4.7	4.3

六、主要生态环境问题分析

1. 资源依赖性强

长海县能源、淡水等资源缺乏，煤炭、石油、电力等均从外部输入，对外部资源的依赖性比较强。此外，长海县经济高度依赖渔业资源，渔业生产和水产品加工业无法避免渔业资源变动带来的影响，如生态破坏、过度捕捞等。

2. 水产养殖无序开发，水产养殖容量基本饱和

水产养殖无序开发，浅海滩涂的随意圈占，在一定程度上破坏了自然环境。据统计，2005 年养殖产量 12.5 万 t、养殖面积为 11.1 万 hm²，经估算长海海域贝类可养量在 11.2 万 t 左右，最大可养殖面积为 9.8 万～11.1 万 hm²，长海县的水产养殖容量基本达到饱和，浅海养殖资源的开发潜力已经很小。

3. 产业抵御自然风险和市场风险能力比较弱

水产养殖业是一项高风险的自然经济产业，目前水产养殖业的产业风险与市场风险十分突出。受强风暴潮、养殖密度大、局部海域养殖污染等因素，各类灾害发生频繁、防控自然风险能力差。养殖密度大造成肥满度及规格降低，收获过于集中，造成短时期内集中上市，供大于求，防控市场风险能力较弱。产业抵御自然风险和市场风险能力弱，使渔业经济的脆弱性变得更加突出。

4. 海岛生物资源受到威胁

海岛围海造地、建港等开发活动使海洋生物丰富的潮间带不断萎缩，海岛生物资源掠夺式的开发利用以及外来种的引入等使海岛生物资源面临着威胁。

5. 自然保护区面积小，土著物种保护受到限制

长海县地处黄海北部海面，也是我国北方及暖温带海域中最洁净的海区。由于独特的生境，海洋生物资源十分丰富，几乎囊括黄海北部海域所有的海洋生物

种类。境内岛屿陆地生物也极具特点，具有重要的保护价值。到目前为止，全县有两个自然保护区：大连长海海洋珍贵生物自然保护区（省级）和大连长山列岛珍贵海洋生物自然保护区（市级），两个保护区的总面积为 6.33km^2，但自然保护区面积小，土著物种保护受到限制。

6. 水产养殖和加工下脚料污染岸线，造成岸线资源"脏、乱、差"，臭气污染严重

长海县水产养殖规模较大，大量的养殖器具堆放在岸线，在夏季气味熏人，污染严重，不仅影响到周边居民，而且严重影响旅游环境。同时水产养殖和加工还产生大量的废弃物，如废弃贝壳、加工下脚料等，都堆放在陆域范围，造成岸线资源"脏、乱、差"，不但破坏了岸线资源，造成环境污染，也对周围景观产生严重的破坏。

7. 环境基础设施严重滞后

海岛环境基础设施严重滞后，导致海岛污水和垃圾问题日趋严重。目前只有县镇区和獐子岛镇中心区的生活污水经污水处理厂处理排放，其他生活污水均未经处理自然排放，导致近岸海域和滩涂污染较重，对旅游业和养殖业产生了明显的负面影响。随着海岛旅游人数的逐年增多及岛上居民生活水平的不断提高，垃圾产生量逐年增多，而岛上垃圾处理设施相对滞后，使得垃圾问题日益严重。垃圾自然堆放在垃圾场，产生大量污染物质，污染空气环境；自然堆放的垃圾渗滤液污染周围地下水和海水，并破坏了海岛的自然景观。

第四章 海岛生态系统可持续发展的 SWOT 分析

SWOT 分析法又称为态势分析法，它是由旧金山大学的管理学教授于 20 世纪 80 年代初提出来的，是一种能够较客观而准确地分析和研究一个单位现实情况的方法。SWOT 分析法是通过分析自身优势与弱势，了解外部机会及威胁，从中得出一系列相应的结论，而结论往往带有一定的决策性，从而制定有效战略的一种方法（靳慧霞和李悦铮，2009）。

第一节 优 势 分 析

一、地理区位优势

长海县位于辽东半岛东侧的黄海北部海域，是辽东半岛发展海洋经济的前沿阵地和大连市域经济的重要组成部分，同时，作为东北亚经济圈环绕的群岛地区，是我国北方重要的对外海上商旅通道，在发展口岸经济等领域极具优势和潜力。在发展海洋经济的总体战略中，长海县被列为建设"海上辽宁"、"海上大连"的先导区和示范区，成为海洋经济的重点发展区。

二、资源优势

长海县海域资源广阔，鱼、虾、蟹、贝、藻类等海洋生物资源十分丰富，盛产优质刺参、皱纹盘鲍等海珍品。

旅游资源丰富，海蚀、海积地貌景观遍布诸岛，被确定为国家级海岛森林公园、省级风景名胜区、辽宁省五十佳景之一、辽宁省旅游强县。

三、较好的经济基础

长海县经济体系以渔业为主，综合经济实力较强，连续 4 年入围全国综合经济实力最发达县（市）（即百强县），农村人均纯收入在全省各县区中位居前列。

四、气候与环境优势

长海县属湿润季风气候区，四季分明，阳光充足，冬暖夏凉，年温差和日温差均较小，拥有黄渤海地区最好的海水水质和国家一级标准的大气环境。

第二节 劣势分析

一、土地资源匮乏

长海县陆地面积 11 920hm^2，仅占长海县总面积的 1.5%，并且土地分散，面积狭小，随着城市化的推进，人地矛盾严峻。目前人均占有耕地仅为 0.01hm^2，远低于全国人均耕地 0.1hm^2 的平均水平，而且海岛土地贫瘠，土地生产潜力和产出效益较差。

二、生态环境脆弱

海岛生态系统稳定性差，生态环境脆弱，生境一旦遭到破坏就难以恢复。由于对海岛生物资源不合理的开发利用及外来种的引入等，海岛生物资源受到威胁。渔业产业迅猛扩张，受自然灾害、病害等因素影响也随之增大，水产品产量下降，渔业生态系统的脆弱性变得更加突出。

三、淡水资源限制

长海县淡水资源短缺，而且各个海岛分散在海域中，岛间淡水资源分布不平衡。为解决饮水问题，目前在缺水较为严重的大长山岛和獐子岛建有两处海水淡化工程，同时建设了规模为 3500t/d 的跨海引水工程向大长山岛供水。但仍难以承载经济社会持续发展的需求，到 2015 年、2020 年的供水缺口分别为 33 万 m^3、200 万 m^3。

四、交通不便

长海县的交通不便，目前仅靠海上交通运输物资和客流，海上交通受制于天气影响，无法保证行程的时间，交通不便制约着长海县经济和旅游业的发展。

五、经济结构单一，效益不高

各个海岛是小而分散的地理单元，产业同构化，海岛内部之间的竞争程度大。长海县各海岛主要发展海水养殖、捕捞、旅游和水产品加工，每个岛都是独立经营，各岛之间缺乏联系，未形成资源的优势互补和产业的集聚效应。

六、海域养殖容量基本饱和

长海县海域贝类可养量在 11.2 万 t 左右，最大可养殖面积在 9.8 万 hm² 到 11.1 万 hm² 之间。2005 年养殖产量 12.5 万 t，养殖面积为 11.1 万 hm²，长海县的水产养殖容量基本达到饱和，浅海养殖资源的开发潜力已经很小。

第三节　机 会 分 析

一、相关政策的支持

辽宁省作为东北地区唯一的沿海开放省份，应抓住机遇、乘势而上，大力发展海洋休闲业，促进全省经济的大发展。这不仅是十分及时和非常必要的，而且是极富挑战性的。

二、经济持续发展的坚强后盾

辽宁省经济社会继续保持快速、健康的发展态势，经济社会发展已跃升到一个新高度，正加速向实现全面振兴的目标迈进。坚强的经济后盾为海岛休闲业的发展创造了不可多得的机会。

三、交通便利的良好环境

辽宁省有沈阳桃仙机场、大连周水子机场和丹东机场等航空港，其中国际航线 12 条，国内航线 114 条。大连港、营口港、丹东港、锦州港和葫芦岛港等港口缩短了辽宁省与世界各地的距离。辽宁省境内有铁路干支线 36 条，铁路密集程度冠居全国。在公路方面，沈大、沈丹、沈抚、沈锦、沈长、沈丹高速公路成为辽宁省交通的大动脉，形成了陆海空立体交通网。便利的交通提高了海岛的可进入性，为辽宁省海岛休闲业的发展提供了良好的先决条件。

第四节 挑 战 分 析

一、海岛生态系统恶化

海岛的面积小，生态系统脆弱，很容易受到破坏。随着辽宁省城市化和工业化进程的加快，沿海地区排放入海的污染物激增，海洋污染以及生态环境问题日益突出。工业废水和生活废水的排放造成了海水水质污染，乱填海、挖沙和倾倒废物等也造成了环境的恶化。海岛的生态环境遭到严重破坏，增加了海岛休闲业发展的成本和难度。例如，长山群岛在开发过程中未能进行有效的保护，以致形成垃圾成堆的现状；獐子岛在扩大虾夷扇贝、海参养殖规模的同时也出现了生态恶化的苗头，应该引起重视。

二、海岛基础设施薄弱

许多海岛上人类活动的历史较短，有些海岛上甚至根本就没有人居住，岛上交通、水、电、通信等基础设施建设相对滞后，而要使海岛休闲业开发顺利进行，必须保证相关服务设施完善。基础设施的建设需要大量的资金投入，但是长期以来政府对海岛休闲业认识不足，对休闲业开发投入也严重不足，这在客观上阻碍了海岛休闲业开发建设的进行。

第五章 社会经济发展与未来生态环境压力分析

第一节 经济发展趋势分析

一、经济发展趋势

《长海县国民经济和社会发展第十一个五年规划纲要》对经济发展前景提出了较高的发展目标。长海县未来发展既面临着战略机遇，同时也要应对各种挑战。

为实现发展目标，经济将保持高速和稳定的增长。预计到 2015 年 GDP 达到 81.7 亿元，2020 年 GDP 达到 160.7 亿元，并形成第一、第三、第二产业结构合理，经济、社会和环境效益协调统一的新格局。

二、产业结构调整

三次产业结构不协调，产业风险较大。一、二、三次产业构成比例不尽合理，二、三产业发展速度较为缓慢。产业产品结构中一些深层次的问题还未得到有效解决。渔业产业所占比重过大，品种结构相对单一，受自然因素影响较大；水产品加工业过于依赖第一产业，产品附加值不高；第三产业特别是旅游业仍处于培育发展阶段，对整个地区经济的贡献率还较低。

产业结构调整将进一步优化三次产业之间的比例关系，2010 年三次产业结构调整为 55：15：30（表5-1）。

表 5-1　2005 年和 2010 年各产业之间的比例　　　　　　（单位:%）

产业名称	2005 年	2010 年
第一产业	72.3	55
第二产业	8.5	15
第三产业	19.2	30

第二节 人口自然增长与外来人口趋势分析

根据《大连市长海县大长山岛镇总体规划（2002－2020）》和《长海县国民经济和社会发展第十一个五年规划纲要》，2010年县域常住人口为7.64万人，2015年县域人口达到8.0万人，2020年县域人口达到8.4万人（图5-1）。

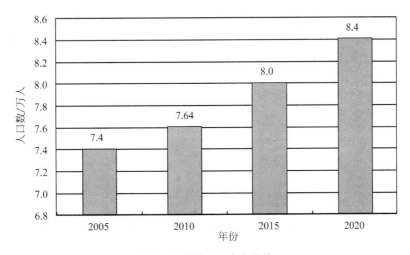

图 5-1 县域人口变化趋势

2005年流动人口数为2.5万人，其中外来人口数占常住人口数的13%，随着长海县经济发展和对外开放，外来人口数将增多，预计2015年和2020年外来人口数占常住人口的16%和17%，依此计算，2015年和2020年流动人口数分别为2.8万人和3.0万人。

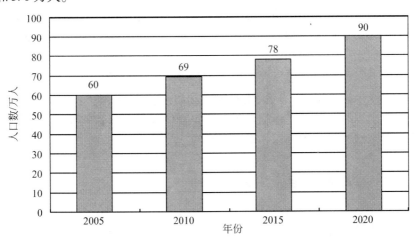

图 5-2 旅游人口变化趋势

2005 年旅游人口为 60 万人次，2010 年旅游人口为 69 万人次，旅游业吸引大量的游客，旅游人口将呈逐年增加趋势。经计算得出长海县旅游环境人口容量应在 90 万人次以下，预计旅游人口 2015 年达到 78 万人次，2020 年达到 90 万人次（图 5-2）。

第三节　自然资源供给压力分析

一、土地资源供给压力分析

随着社会经济的发展，建设用地不断增加，海岛土地资源压力随之增大，因此应提高有人居住海岛土地资源利用率，加快发展"飞地工业"，缓解长海县域土地资源紧张的局面（表 5-2）。

表 5-2　长海县"飞地工业"统计表　（单位：km²）

名称	地点	占地面积
皮口渔业加工区	皮口镇	4
金贝广场	金石滩	0.028
超低温金枪鱼加工厂	保税区	0.029
合计		4.057

二、水资源供给压力分析

长海县各海岛水资源缺少，而且各海岛水资源分布不均，生活用水和生产用水均受限制。跨海引水工程和规划建设的跨海大桥（大长山岛和小长山岛之间）在一定程度上能够缓解大长山岛和小长山岛用水紧张的局面。广鹿岛水资源相对丰富，水资源供给压力小。獐子岛依靠海水淡化工程在一定程度上缓解了水资源紧张的局面，海洋岛人口少，工业规模小，水资源压力相对较小。但随着社会经济的发展，淡水资源日趋紧张。

大长山岛和小长山岛依靠跨海引水工程缓解了用水紧张的局面，但也不可忽视枯水年供水风险的问题。从饮用水安全和海水淡化成本考虑，改善生态环境、增加涵养林面积以及其他工程措施等提高自身供水能力，才能保障长海县饮用水的安全，而海水淡化工程可以作为应急水源。

三、能源资源供给压力分析

（一）电力

2005 年长海县全社会用电量 6602.34 万 kW·h，"十五"期间长海县用电增长率约为5%，预测"十一五"期间用电增长率约为8%，2010~2020年用电增长率为10%。

电力主要依靠大陆供给，长海县现有的两条电缆不能满足岛上生产和生活用电的需要，近期将建设金州杏树屯到广鹿的电缆，将缓解各海岛用电紧张的局面。大长山岛、小长山岛和獐子岛建设风力发电设备在一定程度上缓解电力资源紧缺的压力。

（二）煤炭

2001~2005年煤炭需求量以10%的速率递增，2005年煤炭用量为12 000t，预测2005~2020年煤炭增长率约为10%，预测到2015年和2020年煤炭需求量分别为3.0万t和5.0万t。

第四节 环境压力分析

一、废水污染物排放量预测

1. 工业COD排放量计算

$$工业\ COD\ 排放强度 = \frac{工业\ COD\ 排放量}{GDP\ 总量}$$

2. 生活COD计算

根据常住人口数，用产生系数法进行预测：

$$生活\ COD\ 排放量 = 城镇人口 \times COD\ 产生系数 \times 365$$

预计到2015年和2020年，COD排放量分别为740t和651t，氨氮预测排放量分别为81.5t和71.6t（表5-3）。

表5-3　COD和氨氮排放量预测　　　　　　　　　（单位：t/a）

污染物	年份	工业污染源	生活污染源	合计
COD	2015	103	637	740
	2020	138	513	651
氨氮	2015	11.4	70.1	81.5
	2020	15.2	56.4	71.6

二、大气污染物排放量预测

大气污染物排放量主要根据燃煤情况进行预测：

二氧化硫排放量 = 燃煤量 × 含硫率 × （1 - 硫去除率）× 0.8 × 2

烟尘排放量 = 燃煤量 × 煤的灰分 × 烟气中烟尘占灰分量的百分数

× （1 - 除尘效率）

其中，含硫率为 0.7%，硫去除率为 90%。煤的灰分为 20%，烟气中烟尘占灰分量的比例为 20%，除尘系统的除尘效率为 99.5%。预计到 2015 年和 2020 年二氧化硫排放量分别为 166t 和 181t，烟尘分别为 1.3t 和 1.5t（表 5-4）。

表 5-4　大气污染物排放量预测　　　　　　（单位：t/a）

污染物	2015 年	2020 年
二氧化硫	166	181
烟尘	1.3	1.5

三、生活垃圾产生量预测

生活垃圾产生量预测采用人均指标法进行预测，计算模型如下：

$$W_t = W_0 \times R_t$$

式中，$W_{t/d}$ 为预测年生活垃圾产生量（t/d）；$R_{t/d}$ 为预测年人口数；W_0 为预测年人均生活垃圾产生量 [kg/（人·d）]。

预计到 2015 年和 2020 年长海县生活垃圾产生量分别为 6.6 万 t 和 8.0 万 t（表 5-5）。

表 5-5　长海县生活垃圾产生量预测

项目	2015 年	2020 年
常住人口数/万人	8.0	8.4
流动人口数/万人	2.8	3.0
旅游人口/（万人次/a）	78	90
人均生活垃圾产生量/[kg/（d·人）]	1.6	1.7
生活垃圾产生量/（万 t/a）	6.6	8.0

第六章　环境承载力分析

第一节　生态承载力分析

海岛是被海洋包围的陆地，对海岛资源承载力的研究，不仅包括岛屿陆地资源（如淡水资源、土地资源），还包括其周围的海域资源（如海洋生物资源）。海岛的生产基地主要在海上，生产的产品主要是海产品，因而海岛问题在一定程度上是一定区域范围内的海洋资源承载力问题（狄乾斌等，2007）。

一、生态足迹的计算模型

生态足迹是由加拿大生态经济学家 William Rees 等在 1992 年提出，并于1996 年由其博士生 Wackernagel 完善的一种度量可持续发展程度的指标。它是指能够持续地提供资源或消纳废物的、具有生物生产力的地域空间（李利锋和成升魁，2000），它从具体的生物物理量角度研究自然资本消费的空间（William，1997）。生态足迹法通过估算维持人类的自然资源消费和同化人类产生的废弃物所需要的生态生产性空间面积即生态足迹的大小，并与给定人口区域的生态承载力进行比较来衡量区域的可持续发展状况。

生态足迹概念中生物生产性土地包括：①耕地，主要指提供粮食、油料等农作物、经济作物产品的土地；②草地，即适用于发展畜牧业的土地；③林地，包括人工林和天然林；④化石燃料用地，指用于消纳化石燃料燃烧产生的废物的土地；⑤建筑用地，包括人类修建住宅、道路、电站等所占用的土地；⑥水域，主要提供水产品。

其计算公式如下：

$$EF = N \cdot r_j \cdot \sum (c_i / p_i)$$

式中，i 为消费项目的类型；j 为生物生产性土地的类型；EF 为总的生态足迹；N 为人口数；r_j 为不同类型生物生产性土地的均衡因子；c_i 为 i 种消费项目的年平均消费量；p_i 为 i 种消费项目的全球年平均产量。

二、生态承载力的计算

生态承载力的计算公式（出于谨慎性考虑，在生态承载力计算时扣除了12%的生物多样性保护面积）：

$$EC = 0.88 \cdot N \cdot \sum e_c = 0.88 \cdot N \cdot \sum A_j \cdot r_j \cdot y_j$$

式中，EC 为总的生态承载力；e_c 为人均生态承载力；A_j 为人均实际占有的生物生产面积；y_j 为产量因子。

三、生态足迹与生态承载力比较

当一个地区的生态承载力小于生态足迹时，出现生态赤字；反之则产生生态盈余。生态赤字表明该地区的人类负荷超过了其环境容量，要满足其人口在现有生活水平下的消费需求，该地区要么从地区外进口欠缺的资源以平衡生态足迹，要么通过消耗自然资源来弥补收入供给量的不足。

四、生态足迹与生态承载力计算

根据《长海县统计年鉴》（2005 年）统计数据，计算生态足迹需求。

（一）生物资源足迹

生物资源消费部分包括农产品、动物产品、水果等，生物资源的计算采用联合国粮农组织 1993 年有关生物资源的世界平均产量作为指标。依据生态足迹计算模型，将长海县 2005 年各种生物资源消费量转换成提供这类消费需要的生物生产面积（表6-1）。

表6-1　2005 年长海县生态足迹计算结果（生物资源消耗部分）

项目	全球平均产量/（kg/hm²）	区域人均消费量/kg	人均生态足迹/hm²	等量化因子	人均生态足迹需求/hm²	生产面积类型
粮食	2 744	130	0.047 4	2.8	0.132 7	耕地
大豆	1 856	3	0.001 6	2.8	0.004 5	耕地
蔬菜	18 000	98	0.005 4	2.8	0.015 2	耕地
水果	3 500	37	0.010 6	1.1	0.011 6	林地
坚果	3 000	1	0.000 3	1.1	0.000 4	林地
油料	1 856	8	0.004 3	2.8	0.012 1	耕地

续表

项目	全球平均产量/（kg/hm²）	区域人均消费量/kg	人均生态足迹/hm²	等量化因子	人均生态足迹需求/hm²	生产面积类型
猪肉	74	21	0.283 8	0.5	0.141 9	草地
牛羊肉	33	8	0.242 4	0.5	0.121 2	草地
禽蛋	400	15	0.037 5	2.8	0.105 0	耕地
奶类	502	13	0.025 9	0.5	0.012 9	草地
水产品	29	12	0.413 8	0.2	0.082 8	水域
合计					0.640 3	

（二）能源足迹计算

能源消费部分根据资料计算，包括煤炭、柴油、汽油、液化气、电力等的能源足迹。能源资源的世界平均足迹取自 WWF 计算的中国 1999 年生态足迹报告，并通过折算系数将长海县能源消费折算成化石燃料土地面积（表6-2）。

表 6-2　2005 年长海县生态足迹账户（能源部分）　　（单位：万 kW·h）

项目	全球平均能源足迹/（GJ/hm²）	折算系数/（GJ/t）	消费量/t	等量化因子	人均生态足迹需求/hm²	生产面积类型
煤炭	55	20.934	12 000	1.1	0.067 1	化石燃料用地
柴油	93	42.705	103 000	1.1	0.694 9	化石燃料用地
汽油	93	43.124	4 000	1.1	0.027 2	化石燃料用地
液化气	93	18.003	3 460	1.1	0.009 8	化石燃料用地
电力	1000	11.840	7 634.29	2.8	0.010 3	建筑用地
合计					0.809 3	

（三）生态承载力

将海陆面积按生物生产性土地类型进行分类汇总。根据 2005 年长海县各类土地面积，通过等量化因子和产量因子调整后，计算得出人均承载力（表6-3）。

表 6-3　2005 年长海县生态承载力计算

土地类型	人均面积/hm²	等量化因子	产量因子	人均生态承载力*/hm²
耕地	0.019 1	2.8	2.1	0.099 0
林地	0.082 5	1.1	2.2	0.175 6
草地	0.000 0	0.5	0.8	0.000 0

土地类型	人均面积/hm²	等量化因子	产量因子	人均生态承载力*/hm²
建筑用地	0.030 2	2.8	1.8	0.133 8
化石燃料用地	0.000 0	1.1	0	0
水域	0.102 1	0.2	1	1.797 8
合计				2.206 2

*扣除了12%生物多样性保护面积。

(四) 生态足迹与生态承载力平衡分析

整合表6-1和表6-2，计算出生态足迹总的人均需求，并和生态承载力进行供需平衡分析。

从表6-4中可以看出，2005年长海县人均生态足迹为1.4496hm²，人均承载力为2.2061hm²，人均生态盈余为0.7565hm²，表明长海县对自然资源的消耗在海陆承载力范围内。图6–1表明，长海县对化石燃料用地的需求最大，占整个生态足迹需求的55%，这说明了化石燃料消耗对生态足迹的贡献最大。

表6-4　2005年长海县生态足迹与生态承载力供需平衡分析

土地类型	人均生态足迹需求 /hm²	人均生态承载力 /hm²	人均生态盈余 /hm²
耕地	0.269 5	0.099 0	− 0.170 5
林地	0.012 0	0.175 6	+ 0.163 6
草地	0.276 0	0.000 0	− 0.276 0
建筑用地	0.010 3	0.133 8	+ 0.123 5
化石燃料用地	0.799 0	0	− 0.799 0
水域	0.082 8	1.797 8	+ 1.715 0
生态足迹/承载力	1.449 6	2.206 1	+ 0.756 5

从图6-2中可以看出，长海县海域承载力最大，占整个生态承载力供给的82%，这说明长海县辖区内7720 km²的海域对生态承载力的贡献最大。

如果从土地类型组分分析，从图6-3中可以看出，耕地、草地、化石燃料用地生态足迹需求均超过长海县的生态承载力，而林地、建筑用地，海域生态足迹需求均在承载力范围内。

为保持现有消费水平，需要从其他地区输入欠缺的资源，如生物资源（包括粮食、水果、蔬菜、肉类、禽蛋、奶等）和能源资源。如果按照每人每年需要粮食130 kg（不包括其他需求转换在内，根据2005年农村住户主要消费品人均消费量）计算，长海县现有人口74 874 人（2005年数据），每年需要粮食9734t，

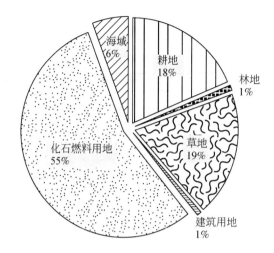

图 6-1　长海县人均生态足迹需求组分图

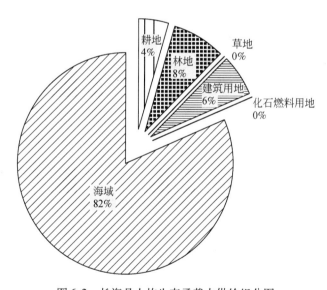

图 6-2　长海县人均生态承载力供给组分图

而长海县 2005 年粮食产量约 2910t，即每年需要从岛外至少需要输入约 6824t 粮食，约占粮食需求总量的 70%。如果只依赖长海县自己生产的粮食，只能养活 2.2 万人。从以上粮食生产和人口对食物需求之间的关系可以看出，需从岛外其他区域输入粮食。

从海岛的地质特点看，以石英岩、板岩、片岩为主要成分的丘陵质地，渗透能力极差；从海岛地貌特点看，丘陵高、坡度大、地面狭窄，造成径流短而急，境内无河流，导致地下水严重贫乏。在这种自然条件下，科学地保护海岛生态系

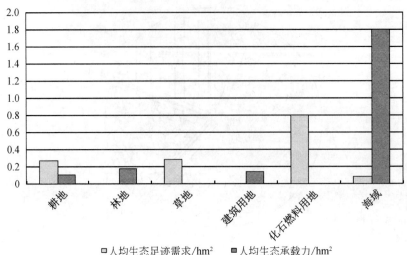

图 6-3　长海县生态足迹与生态承载力对比组分图

统，植树造林，增加水源涵养能力，减少雨水流失，增加地下水源，是保护海岛生态环境的最佳途径。因此，各海岛应顺应自然条件，调整土地利用结构，把造林保水放在首位，其次实现菜果自给。

（五）生态足迹需求预测

从前面的分析可知，2005 年长海县的人均生态足迹是 $1.4496hm^2$，能源部分生态足迹需求为 $0.8093hm^2$，而生物资源生态足迹需求为 $0.6403hm^2$，能源部分的生态足迹所占的比重（55.8%）大于生物资源部分生态足迹（44.2%）。

随着居民生活水平的提高，恩格尔系数会逐年降低，因此，生物资源的人均生态足迹将会按照逐年递减的增长率增长。假设增长率的下降速度与长海县经济增长速度一致，保持在 15% 左右。随着社会经济的发展，能源需求逐年增加（根据长海县 2001~2005 年能源消耗情况），增长速率在 8% 左右。

根据上述假设，可以计算出各年的生物资源和能源消耗的人均生态足迹，从而推算出 2005~2015 年人均生态足迹需求（表 6-5）。

表 6-5　长海县 2005~2015 年人均生态足迹需求预测

年份	人均生态足迹（生物资源）		人均生态足迹（能源消耗）		总的人均生态足迹/hm^2
	变化率	生物资源/hm^2	变化率	能源部分/hm^2	
2005	0.150	0.6403	0.08	0.8093	1.4496
2006	0.128	0.7363	0.08	0.8740	1.6103

续表

年份	人均生态足迹（生物资源）		人均生态足迹（能源消耗）		总的人均生态足迹/hm²
	变化率	生物资源/hm²	变化率	能源部分/hm²	
2007	0.108	0.8302	0.08	0.9440	1.7742
2008	0.092	0.9202	0.08	1.0194	1.9396
2009	0.078	1.0050	0.08	1.1010	2.1060
2010	0.067	1.0837	0.08	1.1891	2.2728
2011	0.057	1.1558	0.08	1.2843	2.4401
2012	0.048	1.2212	0.08	1.3870	2.6082
2013	0.041	1.2799	0.08	1.4980	2.7779
2014	0.035	1.3322	0.08	1.6178	2.9500
2015	0.030	1.3785	0.08	1.7472	3.1257

由以上的计算可以看出，基于长海县现状生态承载力，2010 年生态足迹需求大于生态承载力，出现生态赤字，即社会经济按照上述假定条件发展，2010年长海县生物资源消费和能源消耗超过其区域生态承载力。

第二节　应用生态足迹法计算海岛人口容量

一、海岛人口容量概念

根据人口容量的概念、结合海岛的自身特点，海岛人口容量的概念为：在可预见的时期内，在不破坏海岛人类赖以生存的生态环境（岛陆和海域）质量和保证可更新资源（海洋生物资源、岛陆森林资源）的永续利用的前提下，在保证符合一定的社会文化准则的物质生活水平条件和正常的经济发展速度下，一个特定的人类生态系统（海陆环境）所生产的生活资料能够供养的人口数量（张耀光，2000）。

二、应用生态足迹法计算海岛人口容量

一定地区环境的人口容量，其具体数值难以确定，不仅因为对环境容量定义的理解有很大弹性，而且影响容量的参数有很大的不确定性。以下尝试应用生态足迹理论计算适宜人口数量。公式（王化波和王卓，2007；李江天和甘碧群，

2007）如下：

$$P_1 = \mathrm{EC}/e_f$$

式中，EC 表示该地区总生态承载力；e_f 表示该地区人均生态足迹需求。以上人口容量指标代表的含义为：区域消费水平下的人口容量，用 P_1 表示。

长海县的生态承载力取决于土地和海域承载能力的提高，科技进步所带来的资源利用效率提高，以及人口素质提高带来的资源节约等因素。随着社会发展，科技水平提高，生态承载力将会提高。生态承载力按照逐年递减的增长率增长。2008～2015 年，考虑科技的进步和人口素质提高等因素的影响，假设增长率下降速度和长海县经济增长速度基本持平，取 15%，由此可以计算到长海县2008～2015 年生态承载力预期，如表 6-6 所示。根据上述生态足迹的计算结果，计算长海县适宜的人口容量（表 6-7），计算结果表明长海县人口容量应控制在13.0 万人以下。

表 6-6 长海县总生态承载力预测

年份	变化率	总生态承载力/hm²
2008	0.099	238 005
2009	0.089	261 536
2010	0.081 2	284 837
2011	0.075	307 954
2012	0.069 0	330 918
2013	0.064 2	353 754
2014	0.060 1	376 481
2015		399 116

表 6-7 长海县适宜人口容量计算

项目	2008 年	2009 年	2010 年	2015 年
适宜人口数/万人	12.3	12.4	12.5	13.0

第三节 水资源承载力分析

一、用水结构分析

2006 年全县年供水量 465 万 m³，其中，用于人畜饮水 175 万 m³，占供水量的 37.6%；农业灌溉用水 25 万 m³，占供水量的 5.4%；工业用水 215 万 m³，占供水量的 46.2%；其他用水 50 万 m³，占供水量的 10.8%（图 6-4）。

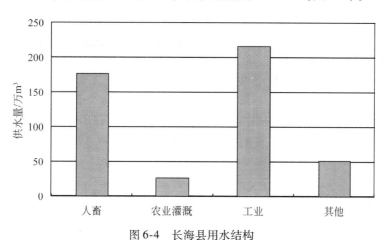

图 6-4 长海县用水结构

二、各海岛水资源量

长海县各个海岛分散在海域中，岛间淡水资源分布不平衡。各个海岛之间进行跨流域调水难度较大，需要各岛自身平衡解决用水。

从目前各岛淡水资源分布来看，海洋岛和广鹿岛属于淡水资源相对较丰富的海岛，人均淡水资源量 600～900m³，小长山岛人均淡水资源量 580m³，而大长山、獐子岛则属于人均用水量紧张地区，人均淡水资源量 300m³，低于全县人均淡水量，而且上述两个海岛是人口较多，工业、生活用水较多的海岛（图 6-5）。

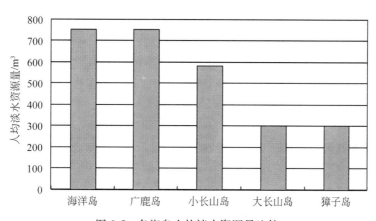

图 6-5 各海岛人均淡水资源量比较

三、供需平衡分析

供水能力是跨海引水、地表水、地下水、海水淡化能力的总和，地表水按照多年平均径流量计算，枯水年淡水资源缺乏量更大。

2007～2010 年大长山岛跨海引水工程日供水量 3500t，2010～2020 年日供水量增加到 7000t。供水能力的增加主要是大长山岛跨海引水工程供给量增加贡献的。而且随着大长山岛和小长山岛之间跨海大桥的建设，部分引水可以用来缓解小长山岛淡水资源紧张的局面。

从表 6-8 中可以看出，现状供水大于需水，盈余 46 万 m^3；随着经济和旅游的快速发展，2010 年供水量小于需水量，水资源缺乏量为 89 万 m^3，2015 年供水量小于需水量，水资源缺乏量为 33 万 m^3，2020 年供水量小于需水量，水资源缺乏量为 201 万 m^3。

表 6-8　长海县淡水资源供需平衡表　　　　　　（单位：万 m^3）

现状供水			2010 年			2015 年			2020 年		
供水	需水	余缺	供水	需水	余缺	供水	需水	余缺	供水	需水	余缺
511	465	46	511	600	−89	767	800	−33	767	968	−201

四、水资源承载力分析

根据长海县用水结构，生活用水占供水量的 37.6%，预测 2020 年生活用水量约为 288 万 m^3，按照 60L∕（d·人）计算，到 2020 年 288 万 m^3 的淡水资源能够供 13.2 万人生活用水。长海县人均占有淡水量在全国属于较低水平，是全国严重资源型缺水地区。为减轻水资源短缺和用地紧张的矛盾，必须采取有力措施控制人口的增长，尤其是外来人口的大量进入。

五、虚拟水计算

（一）虚拟水概念

"虚拟水"是指生产商品和服务所需要的水资源数量。虚拟水不是真实意义上的水，而是以"虚拟"的形式包含在产品中的"看不见"的水，因此虚拟水也被称为"嵌入水"和"外生水"。"嵌入水"指特定的产品以不同的形式包含有一定数量的水，而"外生水"则暗指输入虚拟水的国家或地区使用了非本国或本地区的水这一事实。虚拟水提供了一条解决地区缺水问题的最佳途径。

在水资源短缺的长海地区，不应当使用稀缺的水资源生产需要的全部食物，而是通过市场贸易输入粮食等食物，缓解水资源紧张的局面。

虚拟水相关指标有水依赖程度和水自给自足度，指标定义如下：

$$水依赖程度 = \frac{净进口虚拟水量}{水资源消耗量 + 净进口虚拟水量} \times 100\%$$

$$水自给自足度 = 1 - 水依赖程度$$

虚拟水战略是指缺水国家或地区通过贸易的方式从富水国家或地区购买水密集型产品（尤其是粮食）获得本地区的水安全。虚拟水战略是水资源和水安全研究的创新领域（刘博和康绍忠，2007）。

(二) 长海县农业虚拟水计算

虚拟水将粮食生产、畜牧生产和水资源联系在一起，强调生产用水不仅消耗淡水资源，而且消耗不饱和土壤水，本书旨在分析虚拟水初步计算结果上，在水问题发生的范围之外寻找解决区域内部水问题的措施，更好地协调人口、资源和生态环境之间的关系。

长海县农产品生产情况及其虚拟水含量见表6-9，主要包括玉米、大豆、蔬菜、水果、猪肉、禽肉、牛奶、禽蛋等。从图6-6中可以看出农产品蔬菜产量最大，其次是玉米、猪肉、禽蛋。上述四种产量相对较大的农产品中，猪肉和禽蛋的虚拟水含量相对较大。水果的虚拟水含量相对较小，即果树种植消耗相对较少水，还可以起到涵养水源作用。

表6-9　长海县农产品生产情况统计

项目	玉米	大豆	蔬菜	水果	牛肉	猪肉	禽肉	牛奶	禽蛋
虚拟水含量/（m^3/t）	870	2 300	150	1 000	19 980	3 651	3 110	790	2 700
产量/t	2 622	20	3 543	344	3	915	55	20	361
人均消费量/kg	60	3	90	37	5	21	3	13	15
总消费量/t	4 492	225	6 739	2 770	374	1 572	225	973	1 123
输入量/t	1 870	205	3 197	2 426	371	657	170	953	762
虚拟水输入量/万 m^3	163	47	48	243	742	240	53	75	206
虚拟水输入量合计/万 m^3					1 817				

虚拟水计算结果见表6-10。根据2005年人均消费农产品量，计算出全县消耗农产品总量，与长海县生产农产品量对比可知，农产品消费很大程度上是从其他地区通过贸易交换输入长海县，在农产品输入过程中，同时输入了一定的水资源。

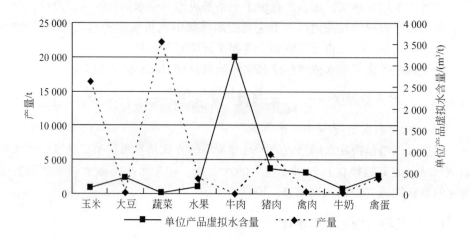

图 6-6　长海县农产品产量和虚拟水含量比较

表 6-10　"虚拟水"指标计算结果

水资源消耗总量/万 m³	净进口虚拟水量/万 m³	水资源依赖度/%	水自给自足度/%
465	1817	80	20

　　2005 年长海县通过输入粮食，间接利用了其他区域 1817 万 m³ 水资源。长海县水资源消耗总量为 465 万 m³，净进口虚拟水量为 1817 万 m³，水资源依赖度为 80%，水自给自足度 20%。根据 Hoestra 和 Hung 的分类标准，将水依赖程度分为六个水平组（Ⅰ～Ⅵ），长海县位于第Ⅰ个水平组，说明长海县严重缺水（表 6-11）。应该指出的是，长海县对外部水资源的依赖程度高并不可怕，可以通过减少本地区耗水量大的农产品的生产，同时加大"虚拟水"净进口量以缓解本地区的水资源供求矛盾。

表 6-11　长海县水依赖程度分组情况

水平组	Ⅰ	Ⅱ	Ⅲ	Ⅳ	Ⅴ	Ⅵ
依赖程度	100%～80%	80%～50%	50%～30%	30%～10%	10%～1%	0%

　　图 6-7 是 2004 年和 2005 年长海县农业、林业、牧业主要指标增长对比。从图 6-7 中可以看出，2005 年除了果树总株数比 2004 年减少（-11.1%）外，农作物播种面积、大牲畜、生猪、家禽存栏量均比 2004 年增加，其中生猪存栏比 2004 年增加 24.6%。根据单位农产品虚拟水含量可知，大牲畜、生猪、家禽生产需水量较大，如果增加牧业生产规模，虽然在一定程度上可以解决岛内肉类蛋

白质需求，但同时也增加了水资源的消耗，使岛内淡水资源更加紧张。而且畜牧业生产过程中排放大量的污水和禽畜粪便，污染周围环境。因此，长海县农林水利部门在管理过程中，应树立融入新型的水资源管理理念，控制岛内畜牧业生产规模，以缓解岛内水资源紧张的局面。

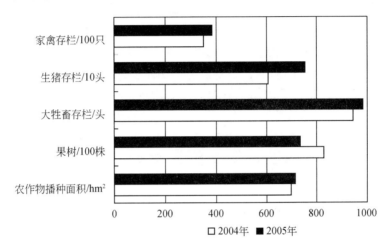

图 6-7 农业、林业、牧业主要指标增长对比示意图

（三）长海县工业虚拟水分析

目前国际上对工业虚拟水的研究很少，基础数据相对匮乏，因此长海县工业虚拟水分析只做简要定性分析。2005 年全县供水量为 465 万 m^3，其中工业用水 215 万 m^3，占总供水量的 46.2%，工业用水对海岛淡水资源造成很大的压力，成为海岛水资源可持续利用的最大瓶颈。因此，减少和提高海岛工业加工业用水量是缓解海岛淡水资源紧张的主要途径。

（四）虚拟水战略对海岛生态系统的意义

本节假设两种情景，定量分析虚拟水战略对长海县经济发展和生态建设的贡献（表 6-12）。

情景 1：缩减长海县 2005 年粮食和肉蛋生产量的 1/3，转而从岛外输入；
情景 2：缩减长海县 2005 年粮食和肉蛋生产量的 1/2，转而从岛外输入。

表 6-12 采用虚拟水战略节水量对经济和生态的意义

	节约水量/万 m^3	78
情景 1	节约费用/万元	156
	增加绿地面积/km^2	2.3

续表

情景 2	节约水量/万 m³	116
	节约费用/万元	232
	增加绿地面积/km²	3.5

粮食生产应逐渐退出，控制禽畜养殖业发展，购买本地没有足够水资源生产的粮食产品和畜禽产品。通过贸易的形式解决水资源短缺和粮食的安全问题，不仅可以缓解水资源紧张的局面，还可以节约引水费用（不包括基础工程设施费用，只涵盖买水费用），节约用于绿地的生态用水，增加绿地面积，即增加涵养水源绿地的面积。

第四节　岸线资源承载力分析

一、港口资源承载力分析

根据《长海县海洋功能区划》，长海县岛岸线长 358.9km，宜港岸线长度 40km，占岛岸线资源的 11.1%。目前长海县有 23 个港口，岸线长度约为 25.5km，占宜港岸线长度的 63.8%。尚有 14.5km 岸线资源可建港口。用于港口建设及锚地的海域 1986hm²，占可利用面积的 80%。

但从目前港口资源开发的现状看，港口资源浪费的现象严重，"深水浅用、浅水不用"的现象十分普遍。一些较好的港址资源，由于受条件的限制，开发程度和开发规模尚小，大多数港址只符合地区港口建设条件。港口资源区域开发不平衡，主要开发的港口集中分布在大长山岛镇，港口资源未得到充分开发利用，直接影响了全县各乡镇经济的协调发展。

二、港口环境风险预测分析

根据相关规划，长海县港口建设要开发利用大长山岛中南部的岸线，建设华龙万吨级港口，形成区域性的海上中转站。港口的发展将使临港海岸带开发活动强度加大、到港船只数量显著增加、船只来源地及目的地范围扩大，对近岸海洋环境的影响主要体现在污染压力的加大，溢油及外来海洋物种入侵风险加大等方面。

（一）港口发展对海洋环境的影响

据统计，2005 年全县主要港区吞吐量约为 110 万 t，年产生的各类固体废物分别为清仓固体废物 26t、船舶生活垃圾 20t、港区生活垃圾 85t、港区污水处理产生固体废物 4t，总计为 135t。按目前的生产工艺和污染物处理水平估算，2020年废弃物年产生量为 250t。与 2005 年比，增加约 115t。如保持目前环境质量水平，废弃物年处理能力应在现有基础上扩大 2 倍，而且海域油类污染将持续加重，局部区域将受到油类较为严重的污染。

（二）溢油及外来物种入侵风险评估

随着港口的开发建设，溢油事故发生将对近岸海域生态环境、渔业资源、旅游资源产生严重影响，并影响这些环境依赖型产业的持续发展。

外来海洋物种通过压载水入侵已成为海洋四大威胁之一。据国际海事组织（IMO）统计，每年有 30 亿~50 亿 t 压载水在国际港口之间卸载。压载水中含有多种细菌、微生物，小型无脊椎动物，以及幼体、孢子、卵等不同发育阶段的各种生物体。随着长海县的开发和开放，与国际交往会日益增多，压载水的数量会显著增加，来源将遍及全球各主要港口，外来种入侵的风险将成倍增加。

三、旅游资源承载力分析

长山群岛被命名为国家级森林公园、省级风景名胜区和国家级海钓基地，大连长海国际钓鱼节在国内外已享有较高的知名度。到目前为止，长海县现有和正在建设的自然景观、人文景观、海滨沙滩、特色民俗文化、自然保护区和森林公园、海岛风情等共 90 余处。

目前长海县开发成旅游资源的岸线长度为 15km，占岸线资源的 4.2%。可用于旅游业的海域面积 2344hm^2，已开发利用了 45%。

从旅游资源类型的开发看，长海县对各岛屿渔家特色及海水浴场两类旅游资源的开发较为充分，而海岛资源、海滨地貌景观、海滨地质景观、滨海自然保护区、历史古迹等滨海旅游资源并未得到有效的开发与利用，这些旅游资源的开发具有巨大的开发潜力。从开发的特色看，各类旅游资源重复开发严重，同时人为添加的因素过多，缺乏海岛旅游区的和谐与宁静，另外游客的数量在旅游旺季严重超出环境的承载能力，出现交通瓶颈现象。各岛的旅游资源多处在开发的初级阶段，一方面资源的开发不足，另一方面资源浪费严重，不能满足滨海旅游业迅速发展的需求，这些区域的滨海旅游资源有待于进一步的开发与利用。

第五节　海洋环境承载力分析

近岸海域环境承载力研究的目的是在计算近岸海域汇流区域内的污染排放总

量的基础上，通过预测汇流区域内水污染排海总量，分析方案和污染控制措施能否将进入近岸海域的水污染物总量控制在近岸海域环境承载力范围之内，进而确定具体的措施。

长海县海岸线长、管辖近岸海域面积大、水文条件差异大。根据近岸海域环境质量现状评价和生活、工业、农业等多个排污源影响，采用海域水文水质环境模拟模型，以镇域为单位计算海域的环境容量，并将其作为上述海域环境承载力控制目标。其他近岸海域则以现状排污负荷作为入海污染控制总量。

根据岸线地形条件、现状排污口分布、河流汇水区域及其入海口位置、行政区划等，将长海县近岸海域划分为大长山岛镇、小长山乡、广鹿乡、獐子岛镇、海洋乡等5个区域。在陆源水污染物产生量和排放量现状计算结果的基础上，将其分配到近岸海域对应的不同汇流区域内，结合周边海域的环境容量计算结果，逐一确定各个近岸海域片区的入海污染物总量控制目标。

水污染排放量预测中，主要考虑城镇和农村居民生活污水及主要工业企业的污水排放。根据现状评价，选择 COD、氨氮作为近岸海域水环境质量的评价因子。本节对各区域的海洋环境容量实施数值计算，为预测和分析近岸海域环境影响提供定量依据。计算工作主要包括预测模型及参数选取、混合区计算和容量计算三个部分。

一、预测模数及参数的选取

由于长海县距离大陆较远，岛内工业企业及人口较少，岛内目前的排放口分布较为分散，考虑采用经验方法预测污染物的扩散，因此采用约瑟夫－新德那模式预测海域环境容量。

$$C_r = C_h + \{C_p - C_h[1 - \exp(-Q_p/KdM_v r)]\}$$

式中，C_r 为污染物弧面平均浓度，mg/L；C_h 为污染物现状浓度，mg/L；C_p 为污染物排放浓度，mg/L；Q_p 为废水排放量，m³/s；K 为混合角度，弧度；d 为混合深度，m；M_v 为混合速度，m/s；r 为排放口到预测点的距离，m。

上述参数中，K 根据海岸形状和水流情况确定：远海排放取 6.28，平直海岸取 3.14；M_v 近海取 0.01m/s，近岸可取 0.005m/s；d 的选取见表6-13。

表6-13　海域环境容量计算参数表

海域	近岸	港口	离岸	大陆架
d/m	2	2～6	2～10	≥10

二、混合区计算

污染物质自排放口排出进入水体，其浓度在排放口处最大，随着污染物与水体的不断混合，污染物浓度沿流动方向下降。当污染物浓度下降（或稀释度上升）到某种规定的水平时，其相应的位置与排放口之间形成的空间称为混合区。所谓规定的水平，从环境管理要求来说，是根据水体功能所需满足的国家地面水质标准（或规定的稀释度）。按此标准所规定的混合区，实际上就是排污口与达标区之间的一块允许超标区。

根据混合区的定义，在混合区的边缘线上，污染物的总浓度值应满足水质控制目标。也就是说，在该处的本底浓度和排污影响浓度之和应等于或小于水质目标的规定值。因此，在确定了混合区的位置和范围之后，需要进一步查明，在混合区的边缘线上，污染因子的现状浓度如何。如果现状浓度小于水质目标值，则表明本海区尚有剩余容量，允许排放一定数量的污染物，其浓度差额即为允许浓度增量，据此可反推允许排放量，即环境容量。如果现状浓度等于或大于水质控制目标值，则表明本海区没有剩余环境容量，不能进行排污活动，相反应采取相应的环保治理措施。

国家环境保护总局颁发的《污水海洋处置工程污染控制标准》（GWKB4—2000），对混合区范围的计算方法做出了一般规定。按该标准来确定允许混合区的范围，假设长海县海域的污染物每个镇级岛只设一个排污口，由于海岸线较长，选择开敞海域的条件非常好，根据该标准，允许混合区域范围最大为3.0km²，取岸边排放模式，混合区为半圆形，对每个排污口都按前面的公式单独计算混合区比较繁琐，也没有必要。取混合区面积的下限值，求其等效半径，然后将混合区的半径统一确定为300m。这一数值小于各排污口混合区等效半径的最小值，从环保的角度讲，偏于安全。

三、海洋环境容量的计算

特定海区的水质状况是由于多种环境影响因子相互作用的结果。这些因素主要包括：排污口的位置和排放强度、海域的自净能力（主要为物理自净能力）等。这些影响因素构成一个复杂的相互作用系统，即海域水质污染源的响应系统。允许排放量定义为在满足一定的水质目标要求的条件下，各个排污口允许排海的某种污染物质的最大限值。某污染物的排放总量为各个排放口允许排放量之和。

（一）水质目标

海洋功能区划、海洋环境功能区划、海洋环境保护规划和海洋敏感目标的分布情况等是制定水质控制目标的基本依据。对于长海县海域，主要依据海洋环境功能区划来确定水质目标。根据《关于大连市近岸海域环境功能区划调整的复函》（辽环函 [2006] 157 号），长海县的各港口港区所占海域属于三类环境功能区。长海县核大坨子、乌蟒岛、獐子岛、南坨、后套周围 500m 范围海域属于一类环境功能区，其余近岸海域均为二类环境功能区。长海县海域根据排污口情况，所研究的海域基本上处在《海水水质标准》（GB 3097—1997）中二类环境功能区的划定范围内，因此按二类环境功能区的水质标准来确定水质目标。各指标的限值为：$COD \leqslant 3mg/L$；氨氮 $\leqslant 0.30mg/L$。

（二）排污口分析

目前长海县的排污口中，部分排污口排放的是养殖海水、泄洪等，这些排污口不作为污水排放口处理。在预测中由于各岛污染源较小，而且较为分散，因此预测中考虑每个镇级岛的污染源合并为一个虚拟源，排污口所处海域假设为开放海域。

（三）允许排放量计算

计算条件为混合区边缘达到二类海水水质，污水排放达到《污水综合排放标准》的一类排放标准（$COD \leqslant 100mg/L$；氨氮 $\leqslant 15mg/L$）。计算结果如表 6-14 所示。

表6-14　海域容量计算结果　　　　　　　　　　（单位：t/a）

区域	COD 海域容量	氨氮海域容量
大长山岛镇	893	89
小长山乡	1773	180
獐子岛镇	1322	133
广鹿乡	1369	133
海洋乡	1804	180
合计	7161	715

第六节　海域养殖容量估算

一、养殖面积容量估计

美国著名生态学家 E. P. Odum 对种群逻辑斯谛增长与容量的关系描述如下：

"在 S 形增长型，种群开始增长缓慢，然后加快，但不久后，由于环境阻力按百分比增加，速度也就逐渐降低，直至达到平衡的水平并维持下去。"种群增长的最高水平（即超过此水平种群不再增长），在方程中以常数 K 为代表，称为增长曲线上的渐进线，或称容纳量。逻辑斯谛增长是具密度效应的种群连续增长，随着种群密度增高，密度抑制效应越来越明显，逻辑斯谛增长离指数曲线越远，逐渐趋于一个值即方程中的 K 值，此时，瞬时生长率为零。所以可以认为瞬时生长率为零时，种群增长到的最高水平即为养殖容量。因此可以用瞬时生长率来估算养殖容量。对于水产养殖的具体做法是借助养殖区的养殖历史资料和环境条件来确定容量。根据养殖区历年的养殖面积、产量、密度以及环境因子的详细记录推算出养殖容量。由于随着养殖面积的不断扩大，养殖生物的产量也在增加，但产量增加到一定数量时，增加的速度变慢，可能会趋向某一值，有的甚至有所下降，那么该极值可被认为是该养殖实验区的养殖容量。

根据海水养殖资源开发的不同方式，长海县海水养殖资源可分为以下两种类型：① 浅海养殖区，具有良好的水文条件，水流交换畅通，温盐适宜；海水水质符合有关规定。②底播增殖区，海水和沉积物环境质量符合增殖要求；有合适的地形底质。

2005 年养殖产量 12.5 万 t，养殖面积 11.1 万 hm^2；2004 年养殖产量 11.6 万 t（表 6-15），养殖面积 9.8 万 hm^2。图 6-8 ~ 图 6-11 显示了 1980 ~ 2006 年海水养殖产量、产值、面积、单位面积养殖产量的变化趋势。

表 6-15　十五时期水产品总产量表

指标	2000 年	2001 年	2002 年	2003 年	2004 年	2005 年
水产品总产量/万 t	32.0	32.0	32.6	26.0	28.3	31.0
捕捞/万 t	13.0	13.0	14.2	14.3	16.7	18.5
养殖/万 t	19.0	19.0	18.4	11.7	11.6	12.5

注：水产品总产量、捕捞量及养殖量的年均增长率分别为 -0.6%、7.3%、-8.0%。

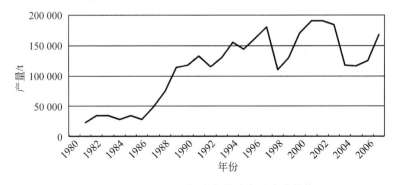

图 6-8　1980 ~ 2006 年海水养殖产量变化趋势

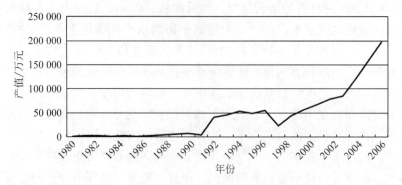

图 6-9　1980～2006 年海水养殖产值变化趋势

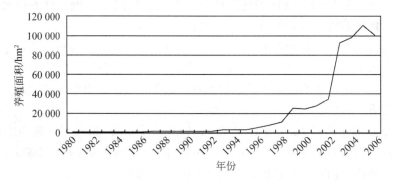

图 6-10　1980～2006 年海水养殖面积变化趋势

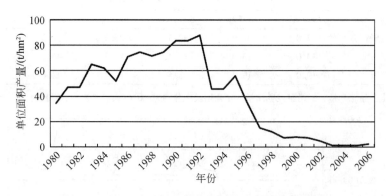

图 6-11　1980～2006 年单位面积养殖产量变化趋势

　　根据相关数据，长海县水产品养殖单位面积产量在 1992 年达到最高，之后进入波动期，近 5 年，在水产品种相对固定的情况下，单位面积产量逐年降低，到 2005 年达到 1 t/hm^2 左右。按照高值估计，最大可养面积为 9.8 万～11.1 万 hm^2。

根据《大连市海洋功能区划》，长海县适于开展上述养殖开发活动的资源量及分布区域分别见表6-16。

表6-16 长海县浅海养殖和底播增殖资源面积及分布 （单位：hm²）

分布区	浅海养殖面积	底播增殖面积	小计
大长山岛镇	7 915	5 096	13 011
小长山乡	4 284	29 901	34 185
广鹿乡	3 244	10 781	14 025
獐子岛镇	723	19 553	20 276
海洋乡	183	26 399	26 582
合计	16 349	91 730	108 079

长海县浮筏养殖和底播养殖面积 108 079hm²，其中浮筏养殖的海域面积 16 349hm²，底播增殖面积 91 730hm²，占可利用养殖面积的 84.3%。长海县浅海养殖资源的开发潜力已经很小，但从资源的实际开发利用来看，因养殖密度较大，有时会引发大规模的病害发生，未开发的区域主要分布在离岸远、养殖作业难度大、投入成本高的区域，这些区域适合深水网箱养殖的开发。底播增殖是海水养殖资源开发方式中最成功的渔业资源增殖方式，有利于渔业资源的增殖、养护，对环境的负面影响最小，是海水养殖资源开发的主要潜力所在。

二、贝类可养量估计

海洋生物资源以浮游植物为基础，这一基础被称为海洋的初级生产力。共同栖息于海洋中的海洋生物之间存在着最主要的关系——食性关系。海洋生物的营养价值和能量转换是通过食物链的传递体现的（李长松等，2007）。

海洋生物的能量存储是沿着 4 个营养层次逐级流动积累起来的。这 4 个营养层次构成了食物链。第一营养层次指的是浮游植物和底栖植物，是最主要的初级生产力，是海洋中营养物的主要生产者，是食物链的第一个环节。第二营养层次是以摄食海洋植物为主的浮游动物群，包括草食性动物、混食性动物和初级肉食动物，这些生物构成食物链的第二级。第三营养层次是以摄食中小型浮游动物的次级肉食性动物。第四营养层次是以摄食中型鱼类和其他动物为主的三级肉食动物，它们构成食物链的终极。

长海县水产养殖可以以挖掘浮游植物的生产潜力为目标，以贝类为增养殖品种，也可以着眼第三营养层，以开发浮游动物的生产潜力为目标，提高虾、蟹、蜇的放流增殖。20 世纪 70 年代初，从联合国国际印度洋调查资源得出结论，初级生产力转化为次级生产力的转化率是 10%，而海洋生物各营养层次的能量转化率为 4% ~20%，平均为 10%（张耀光等，2000）。若以 10% 的转化率计算，1600 万 t 浮游植物的生产能力，长海县适宜养殖贝类的海域面积约为 5400hm²，占海域总面积的 7% 左右，按照上述计算转化为第二营养层可在 1600 × 10⁴ × 10% ×7% t 左右，即 11.2 万 t 左右。

统计数据表明 2005 年长海县贝类养殖产量约为 12.5 万 t，与计算结果相近。为了保护海域生态环境，可持续利用海洋资源，贝类养殖规模控制在现状，不建议再扩大生产规模。

第七节　大气环境承载力分析

大气环境承载力是大气系统在人类干扰的前提下，维持自身稳态的阈值。承载能力分析是依据环境空气质量功能区划和大气环境容量，在维持大气环境质量不发生质的改变、大气环境功能不朝恶化方向转变的前提下，分析大气环境所能承受的社会经济活动强度的能力。

根据《大连市环境空气质量功能区划》（大政办发［2005］42 号），长海县全县为一类环境空气质量功能区。选择自然降尘、TSP、PM_{10}、SO_2、NO_2 五种污染物进行分析和评价。

一、A 值法大气环境容量预测

A 值法（国家环境保护总局环境工程评估中心，2005）属于地区系数法，是以地面大气环境质量为目标值提出的大气污染物总量控制模式。方法是在参考《制定地方大气污染物排放标准的技术方法》（GB/T 13201—1991）中提出的大气污染物排放标准的制定方法，计算长海县总面积、各功能分区面积，再根据当地总量控制系数 A 值，即可得到各功能区的总允许排放量。

根据 A 值法，长海县排放污染物允许总量可由下式确定：

$$Q_{ak} = \sum_{i=1}^{n} Q_{aki}$$

式中，Q_{ak} 为总量控制区某种污染物年允许排放总量限值，万 t；Q_{aki} 为第 i 功能区某种污染物年允许排放总量限值，万 t；n 为功能区总数；i 为总量控制区内各功能分区的编号；k 为某种污染物下标；a 为总量下标。

各功能分区污染物排放总量限值可按下式计算：

$$Q_{aki} = A_{ki} \times \frac{S_i}{\sqrt{S}}$$

$$S = \sum_{i=1}^{n} S_i$$

式中，A_{ki} 为第 i 功能区某种污染物排放总量控制系数，万 $t/（km^2 \cdot a）$；S 为总量控制区总面积，km^2；S_i 为第 i 功能区面积，km^2。

基于上述分析，计算得到长海县环境空气质量功能区的大气容量，如表 6-17 所示。

表 6-17 A 值法计算的大气环境承载力

面积/km²	大气承载力／（t/a）				
	自然降尘	TSP	PM₁₀	SO₂	NO₂
119.18	14 842	6 949	3 474	1 737	3 474

二、箱式模型法大气环境容量预测

箱式模型（国家环境保护总局环境工程评估中心，2005）计算公式如下：

$$C_a = \frac{P}{L \times H \times U} + C_0$$

式中，C_a 为预测的污染物环境浓度；P 为预测得到的源强（排放量）；L 为箱的边长；H 为混合层高度；U 为平均风速；C_0 为本底浓度，即 2005 年大气污染物浓度。

转换上述公式即可计算城区内所能允许的最大排污量，即 $P =（C_a - C_0）\times L \times H \times U$。计算结果如表 6-18 所示。

表 6-18 箱式模型法计算的大气环境承载力

面积/km²	大气承载力／（t/a）				
	自然降尘	TSP	PM₁₀	SO₂	NO₂
119.20	14 842	13 959	3 988	29 913	41 878

三、小结

从计算结果来看，A 值法计算得到的容量值普遍低于箱式模型。这可能与箱式模型中全县平均的混合层高度及风速有关，减弱了低混合层高度、低风速情况下的大气影响，从而增加了大气承载力。从保证环境空气质量的角度考虑，采用 A 值法的计算结果作为长海县的大气环境容量。长海县自然降尘、TSP、PM₁₀、SO₂、NO₂ 五种大气污染物环境容量分别为 14842t/a、6949t/a、3474t/a、1737t/a、3474t/a。

第七章　海岛可持续发展的指导思想、原则及指标体系

第一节　指导思想

科学发展观，是我们以邓小平理论和"三个代表"重要思想为指导，从新阶段中国共产党和国家事业发展全局出发提出的重大战略思想。其基本包括以下四个方面。

（1）坚持以人为本，就是要以实现人的全面发展为目标，从人民群众的利益出发谋发展、促发展，不断满足人民群众日益增长的物质文化需要，切实保障人民群众的经济、政治、文化权益，让发展成果惠及全体人民。

（2）全面发展，就是要以经济建设为中心，全面推进经济建设、政治建设、文化建设和社会建设，实现经济发展和社会全面进步。

（3）协调发展，就是要统筹城乡发展、统筹区域发展、统筹经济社会发展、统筹人与自然和谐发展、统筹国内发展和对外开放，推进生产力和生产关系、经济基础和上层建筑相协调，推进经济建设、政治建设、文化建设、社会建设的各个环节、各个方面相协调。

（4）可持续发展，就是要促进人与自然的和谐，实现经济发展和人口、资源、环境相协调，坚持走生产发展、生活富裕、生态良好的文明发展道路，保证一代接一代地永续发展。

中国海岛经济发展要以科学发展观为指导，统筹兼顾，实现海岛资源的合理开发、有序利用，海岛经济的协调发展，以及海岛经济的可持续发展。

第二节　指导原则

一、生态经济原则

（一）生态经济学理论

1. 生态经济学的产生

随着近代科学技术的迅猛发展，尤其是发达国家的大工业的兴起，人类在不

断创造物质财富的同时，也给人类赖以生存和发展的生态环境带来了非常严重的破坏，不但造成了巨大损失，而且对人类的生存与发展构成了巨大威胁。人口的迅速膨胀使世界各国的生态环境不堪重负，粮食、能源、淡水等的矛盾与问题更加突出。随着现代工业的发展，城市化进程不断加快，石油农业所推动的农业的增长，带来了严重的环境污染。工业废水、生活废水的大量排放，造成了对水体的污染。工业废气和温室气体的无节制排放，造成的温室效应使全球性气候发生很大变化。人口所造成的压力，使自然资源过度开发利用、自然生态环境受到严重破坏、生物多样性有很大减少。土壤加速退化，森林草场面积减少加剧。于是生态环境与经济发展的协调问题就被提到非常重要的位置，生态经济问题研究便应运而生。

美国著名环境分析家莱斯特·R.布朗在他的著作《生态经济：有利于地球的经济构想》中特别强调了生态经济研究的重要性，论证了环境并非像许多企业家和经济学家认为的那样，是经济的一部分，相反，经济是环境的一部分。

2. 理论概述

1）生态系统理论

生态系统是生态学的基本问题之一。生态系统根据生物群落和生物群落生境大小不同可以分为小生态系统、中生态系统和大生态系统。而生态经济学主要涉及的是中生态系统。生物群落和生物群落生境构成了相互影响、相互作用、相互依存的两部分，形成了相对稳定的系统，被称作生态系统。由此可见，生态系统是由两部分组成的，一是生活在生态系统中的生物群落；二是提供给生物群落生长的环境因素。

生态系最明显的特征是系统内部各个组成部分之间的物质和能量交换。系统平衡或稳定的条件是：环境系统的能量、物质流入的比例，必须满足生物群落的需要，其程度以生物群落的生长与抑制、进化与退化等形式表现出来。根据"十分之一"原理，当物质和能量沿一个营养级向下一个营养级转移时，每次都伴随着大量的能量耗散和有机物损失（剩下的只有十分之一）。所以，从一个营养级到下一个营养级，生产力也急剧下降，形成了所谓的"金字塔"。

2）生态与经济协调发展理论

生态系统在本质上是一个通过自反馈机制形成的自组织系统，通过自我调节，保持其发展能力。但这种自我调节能力是有限的，当系统的内外张力超过一定阈值的时候，就会破坏其自我调节能力，引起系统结构的破坏和功能的退化，导致生态系统和经济系统的衰落。所以，在向生态系统索取可再生资源的时候，不能超过其自然生产量，使系统的自我调节机制不被破坏，也就是说，在人类发展经济的时候，对生态系统干预的强度不应超过其阈值。

同时，人口增长的规模和经济建设的规模，也不应超过生态环境的承载能力，经济活动中向生态环境排放的废物量，也不能超过生态系统的自净能力，否则，生态环境就会遭到破坏，生态系统和经济系统就不能得到协调发展。

（二）生态经济学研究的内容

生态经济学研究的内容可以简单地概括为以下四个方面。

第一，在研究生态系统和经济系统各自特征的基础上，研究人工生态系统和经济—社会—环境复合生态系统的基本特征，并且还对其不同类型的人工生态经济系统和经济—社会—环境复合生态系统的基本特征进行研究。

第二，贫困落后区域的生态经济发展问题。探讨贫困落后区域的生态经济问题的成因与特点是生态经济学研究的一个重要内容。不同类型的人工生态经济系统具有一定的特殊性，在地域分布上具有一定的规律性，其结构是不是合理，往往取决于是不是符合其地域的生态经济条件，这对于实现区域性人工生态系统的经济效益具有重要的指导意义。

第三，研究生态经济理论及其意义。生态经济理论强调依据人工生态经济系统的结构和功能，推动落后区域的经济发展，而且这种功能与结构的设计应以经济发展为目标，形成新型产业，尤其是发展生态工程。因此，这就要求从理论上探讨人工生态经济系统的综合功能及其整体性，包括自然再生产过程和经济再生产过程的内在联系与环境条件等。同时，通过对人工生态系统的定性设计，提高小流域的生态经济综合效益，这不仅具有理论意义，而且有现实意义。

第四，研究人工生态系统和经济—社会—环境复合生态系统的调控和管理。这里的调控范围包括对生态经济系统的电质、能量的投入与产出的调节控制，对生态经济系统的结构进行调控等；这里的管理是指按照生态经济的效益原则所进行的一切管理措施，如对资源的合理布局、种群的配置等；同时，还应注重生态技术的开发与利用，对提高调控和管理的效果具有重要的促进作用。

（三）对海岛经济发展的指导意义

海岛具有典型的生态经济系统特征。所谓海岛生态系统，是指海岛及其周围海域的生物群落和非生物环境。从海岛生态系统的形成过程来看，海岛的岛基土壤以溶盐土为主，经长期雨水淋溶逐渐脱盐，滨海盐土随之变为潮土，草本植物在潮土之上生长。与陆地相比，海岛环境独特，生态条件严酷，植被种类贫乏，优势种相对明显。海岛植被在种类组成上最显著的特点是：各群落的各层片中，往往拥有一定量的滨海或海岛特有优势种和伴生种，这是海岛滨海植物区系较丰富的反映。从海岛的地理位置来看，海岛四周被海水包围，远离大陆，每个海岛的成因、形态各不相同，气候、水文、生物、地质、地貌等条件各有差异，都相对成为一个独立的地理单元，其岛屿、岛滩、岛基和环岛滩涂四个小环境，都具有独特的生物群落，形成了相对独特的自然环境。同时，海岛面积狭小，地域结构简单，物种来源受到限制，生物多样性相对较少，因而都具有特殊的生物群落，保存了一批珍稀物种，形成了独特的生态系统。这种生态系统既与邻近大陆的生态系统有所不同，也与其他海洋生态系统相区别。由于海岛一般面积狭小，地域结构简单，其中生态系统食物链层次少、复杂程度低、生物多样性指数较小，生物物种之间及生物与非生物之间关系简单，生态系统十分脆弱，稳定性差，易遭到损害，任何物种的灭失或者环境因素的改变，都将对整个海岛生态系统造成不可逆转的影响和破坏，而且其生境一旦遭到破坏就难以或根本不能恢复。

可见，海岛生态系统十分脆弱，极易受到伤害。如果过度开发和盲目建设，将会直接影响其生态平衡。例如，中国个别海岛为了发展经济、改善海岛交通，修筑海堤式的实体坝连岛工程，人为地改变了海洋水动力环境和海岛的自然性状，阻碍了海洋生物的洄游与繁殖，造成海岛及其周围海域生态系统的严重破坏，给海岛生态环境带来了灾难性的后果。又如，如果人们肆意采集和挖掘珊瑚，不仅会使珊瑚岛逐渐消失，而且也极易引起赖其生存的热带珊瑚礁的鱼类生态环境恶化；近年来随着海岛开发建设的日益频繁，公路、发电厂、垃圾倾倒和地下水处置等基础设施的建造等，产生了对海岛环境的不良影响。此外，有些经济活动如海岛工业开发、港口的货物资源装卸和船运等，已成为导致海岛环境恶化的主要污染源。一些地方盲目开展海岛旅游活动，破坏了海岛生态等。

二、可持续发展原则

（一）可持续发展理论

可持续发展的概念是世界环境与发展委员会于 1987 年在《我们共同的未来》中提出来的，其定义是："可持续发展是在满足当代人需求的同时，不损害后代人满足其自身需求的能力。"1992 年在联合国环境与发展大会上通过的包括《21世纪议程》在内的 5 项文件和公约，标志着可持续发展思想已被世界上绝大多数国家和组织承认和接受，标志着可持续发展从理论开始走向实践。可持续发展思想源于环境保护，但却是对人类传统发展模式，尤其是工业革命以来的所有物质和精神成果的反思，有着极其丰富的内涵。

从经济的角度来理解可持续发展，可以认为可持续发展的核心是经济发展。Edward B. Barbier 在《经济、自然资源、不足和发展》中提出，可持续发展是在保持自然资源的质量和其提供服务的情况下，使经济的净利益增加到最大限度。

从生态学的角度来理解，可持续发展可以认为是保护和加强环境系统的生产能力。1991 年，国际生态协会和国际生物科学联合会认为，可持续发展是保护和加强系统的生产和更新能力，即可持续发展的目标是寻求一种最佳的生态系统，不但要有较强的生产能力，还要有较强的自我更新能力，既保证了生态系统的整体性，又使人类愿望得以实现。

从社会学角度来理解可持续发展，可以认为可持续发展是"改进人类的生活质量，同时不要超过支撑发展的生态系统负荷能力"；还有学者从可持续发展的词意角度，认为"可持续"包括经济、环境和社会的可持续性，"发展"包括经济和社会的发展，发展的驱动力应来源于内部，靠外部输入的发展模式不能算是持续发展。

（二）可持续发展的基本观点

根据李文华和吴殿廷的观点，可持续发展的观念可以概括为以下五个方面。

1. 系统观

可持续发展把人类赖以生存和发展的地球和区域环境，看作一个自然—生态—经济社会文化等多因素组成的复合系统。各因素之间相互联系、相互制约，其相互作用具有地域分异性，而且总处于不断变化之中。这一系统观念为人们分析人与生态环境问题提供了一个整体框架。可以这样说，人和生态环境矛盾的本质在于人和复合系统的各个组分之间关系不协调。因此，可持续发展的系统观要求人要处理好与复合系统各个组分之间的关系，即要促进人口、资源、环境、发展（PRED）系统的协调发展。

2. 效益观

可持续发展要求处理好对自然资源的开发与保护的关系，既要合理的开发利用自然资源，又不能破坏它的再生产能力和永续利用能力，要用发展生态经济学的观点；既要充分发挥生态经济系统的经济生产力，又使生态环境不至于发生破坏性逆转，维持其生产能力。要明确经济发展与环境保护是相辅相成的、对立统一的关系。特别在贫困落后地区，经济得不到发展，其生态环境的保护也是很难的，其生态环境的恶化实际上是经济上贫困的结果，而经济上的贫困加剧了生态环境的恶化。因为贫困会降低人们以持续的发展方式开发和利用自然资源，从而加剧对生态环境的压力。因此，对于贫困落后地区而言，加快经济发展、提高居民的收入水平是实现其可持续发展的前提条件。

3. 人口观

特别对贫困落后地区来讲，人口的过度增长已造成对经济发展和生态环境的巨大压力，因此必须把人口规模保持在不至于构成对生态环境破坏的水平上。对于贫困落后地区而言，要有效地控制人口过度增长，一方面要发展经济，以降低妇女生育的机会成本；另一方面要加大对农村贫困人口的人力资本投资，提高农村贫困人口的科学文化素质。

4. 资源观

资源是人类生存和发展的基础。保护资源不仅是为了当代人的生存和发展，也是为了子孙后代的生存和发展，其关键是改变人们对资源开发利用的方式。

5. 技术观

可持续发展的技术观所强调的是技术进步对提高可持续发展能力的作用。而对于发展中国家的贫困落后地区的技术的选取，必须符合其经济社会和环境资源条件，不能盲目照搬发达国家的技术。

（三）可持续发展与生态经济学

发达国家后工业社会的经济发展带来了严重的生态后果，使人们不得不对其生产方式进行反思。人们开始认识到发达国家后工业社会生产方式的生态经济后果，不仅仅是一个生态问题，而且是一个经济问题，把生态系统和经济系统作为一个整体来研究才更有利于这些问题的解决。

由此可以看出生态经济问题研究的提出，有发达国家经济发展后果这一背景。可持续发展理论的提出也是如此。20 世纪 60~70 年代以来，世界的人口爆炸、发达国家的环境污染等现实背景，以及对经济发展前景的种种担忧与探讨，直接导致了可持续发展理论和战略的形成与发展。因此，从一定意义上可以说，可持续发展理论是生态经济理论的发展与深化。

与生态经济不同的是，可持续发展的初创者较早地关注到发展中国家生态环境问题的严重性，并且指出了发展中国家生态环境问题形成的机理，即贫困—人口增长环境退化—贫困的恶性循环。他们认为，发展中国家如果不能得到经济发展，仍然停留在贫困落后的不发达状态，那么它们在发展道路上的种种制约就很难消除，贫困落后状态下人口过度增长与生态环境恶化之间的矛盾就很难解决。

显而易见，只有发展中国家经济发展了，才有可能提高生态环境治理和保护的能力。正如拉尔夫在他的《我们的家园——地球》一书中所指出的："环境不可能在贫困的条件下得到改善，发展本身应当是对此的部分回答。"由此可以得出一个结论：发达国家生态环境问题是在后工业社会的条件下形成的，而发展中国家及其贫困落后地区的生态环境问题是在贫困条件下形成的。两者形成机理是不完全相同的。因此其解决的思路应当是不一样的。

（四）对海岛经济发展的指导意义

从一般意义上来说，持续发展强调的是过程，而可持续发展强调的是能力。可持续发展更多的是对较大区域以及较长时期发展的要求。可持续发展能力是指可持续发展系统内的各个要素对发展的支持与保障能力，体现了持续发展的能力，包括了经济发展能力、社会发展能力、资源供给能力、环境质量的控制能力等。因此，可持续发展理论对中国海岛经济的发展具有下列五项指导意义。

1. 发展海岛经济要考虑海岛资源的承载能力

海岛资源承载能力是指海岛地区人均占有的资源数量和质量，在维持一定的生活消费水平的前提下能够养活的人口的数量。它反映的是在一定海岛区域内的资源能够满足其人口生存与发展需要的支持能力。中国海岛资源虽然非常丰富，但也是有限的，在发展海岛经济的时候，既要开发资源，又要保护资源，保证海岛资源的可持续利用。

2. 发展海岛经济要考虑海岛区域的生产能力

海岛区域的生产能力是指海岛地区的资源、人力资本、技术水平和物质资本等可以转化为社会产品或服务的能力。它反映了海岛经济可持续发展的能力水平。

中国海岛的生产能力相对较弱，物资资本有限、人力资本缺乏、技术水平较低，因此，要实现海岛经济的可持续发展必须提高海岛区域的生产能力。

3. 发展海岛经济要考虑海岛环境的吸纳能力

环境吸纳能力是指在区域发展过程中，环境对由于资源的开发利用等生产过程所产生的废物的吸收和净化能力，强调的是生态环境的自我维系与自我调节能力。海岛生态系统比较脆弱，自我调节和维系的能力较差，因此，在海岛经济发展的过程中，产业的选择应以低能耗、环保型的产业为主，尽量减少污染物的排放。

4. 发展海岛经济要考虑海岛经济的稳定能力

经济稳定能力是指在区域经济发展过程中，一个区域抵抗经济波动、防灾抗灾和重建等方面的能力。中国海岛经济的发展主要是以渔业资源为主，受到自然条件影响较大，经济波动很大。海岛地区又是自然灾害多发的区域，因此，发展海岛经济时，要考虑第二、第三产业的发展，增加经济发展的稳定性，同时要做好防灾、抗灾能力建设。

5. 发展海岛经济要考虑管理调节能力

管理调节能力是指以人力资本支持的对于 PRED 系统的管理与协调驾驭能力。海岛经济可持续发展的管理协调能力的核心是人的科学技术支持能力和管理协调能力。因此，开发海岛人力资本是海岛经济发展的一项重要内容。

总之，对于海岛地区来说，可持续发展能力首要的一条还是经济的发展能力。要实现海岛经济可持续发展就必须进行能力建设，只有不断搞好经济能力建设，才能有效提高海岛可持续发展能力。

三、循环经济原则

（一）循环经济理论

循环经济是对物质闭环流动型经济的简称，是一种新形态的经济发展模式。它是由美国经济学家 K. 波尔丁在 20 世纪 60 年代提出的。按照 K. 波尔丁的观点，循环经济是指在人、自然资源和科学技术的大系统内，在资源投入、企业生产、产品消费及废弃的全过程中，把传统的依赖资源消耗的线形增长的经济，转变为依靠生态资源循环来发展的经济。

这种经济模式以恢复人类与环境的和谐关系为目的，要求按照经济规律、社会规律、自然规律、技术规律、环境规律组织整个生产、消费和废弃物处理过程，将现行的"资源—产品—废弃物"的开环式经济系统转化为"资源—产品—废弃物—资源"的闭环式经济系统，在经济社会活动中实现资源的减量化、产品的重复使用和再循环使用。

循环经济的核心是以物质封闭循环流动为基本特征，运用生态学的规律来指导人类的经济活动，按照自然生态系统物质循环和能量流动规律把经济活动重构一个"资源—产品—再生资源"的反馈式流程和"低开采—高利用—低排放"的循环利用模式，使整个生产、经济和消费过程不产生或少产生废物，使经济活动对自然环境的影响降低到最低程度，在物质不断循环的基础上发展经济，从而使得经济系统和谐地纳入自然生态经济系统的物质循环过程中。

（二）循环经济学与生态经济学

一般认为，循环经济是对生态经济学的发展，二者的不同之处主要表现在以下六个方面：①二者强调的重点不同，循环经济学强调的是经济发展的一种模式，生态经济学强调的是一种理念；②二者遵循的规律不同，循环经济学遵循的是经济规律，生态经济学遵循的是生态规律，所以，循环经济可以通过市场经济来调节，而生态经济有时无法通过市场来调节；③循环经济学与传统的生态经济学不同，它认为系统论和生态学是循环经济学的两大支柱，突出地运用系统理论来分析生态系统；④循环经济学的核心在于如同生态系统的结构循环组分一样，也要建立起经济系统的循环组分，应当说，循环经济学与生态经济学的理念很相似，只是循环经济学的研究及其措施更为具体一些；⑤循环经济学更为具体地分析资源系统；⑥循环经济学比生态经济学更深入生产，其中的"3R"［reducing（减量化）、reusing（再利用）、recycling（再循环）］原则是循环经济的核心，虽然二者都强调保护自然资源，但循环经济学强调采取切实的经济手段，而生态经济学则强调保护生态环境。

（三）循环经济与可持续发展

循环经济与可持续发展的关系可以说成是：循环经济是可持续发展的保障。其原因主要有以下五个方面。一是资源循环使用可以保障社会经济的顺利发展，因为至少在相当一段时期内，对自然资源的利用仍将是推动经济发展的决定性因素，尤其是经济落后地区。循环经济从系统理论出发，对生态实行成本总量控制，通过资源循环来解决资源短缺问题。二是循环经济能够保障社会、经济、生态和环境协调发展，因为循环经济的基本原则之一就是生产过程中的废弃物排放最小，这就在最大限度上保护了环境；其对自然资源开发的减量化原则，是以不至于破坏生态系统的基本功能为其基本出发点；其对生态系统的最小扰动原则，可以保护生态系统的稳定，减少对环境的破坏。三是循环经济能够保障资源利用在代与代之间的均衡，循环经济要求尽可能地利用可再生资源，这就给后代留下了丰富的可利用资源。四是循环经济强调区域协调发展的原则，可以大大地减小由于资源拥有量的多少而带来的区域发展的差异，因此，循环经济从一定意义上可以说有利于资源贫乏型贫困的消除。五是循环经济的"3R"原则实际上也是可持续发展的生态型生产原则。

（四）对海岛经济发展的指导意义

经过长期发展，中国海岛经济发展基本上形成了成熟、健康的运行模式，但是由于海岛陆地面积有限，陆地生态圈较小，生产能力和承载能力弱；孤悬海外，系统相对闭塞，与其他外部系统的交换能力弱；扮演分解者的能力弱；区域系统相对脆弱；矿产及物产种类多但工业用矿产种类、数量少和物产总量少等，系统内消费者能力得不到满足，整个区域系统的成长性差。目前，单靠区域的生产能力和承载能力已不能有效地支撑区域的快速成长，因此需要发展外向型和循环经济以满足其快速健康成长。

海岛是特殊海洋资源和生态环境构成的复合区域。海岛经济属于资源型经济，依靠资源优势形成了各自的产业结构系统。该系统目前主要以资源开发及初级原材料加工、输出的生产性结构为主，还没有围绕资源开发加工形成专业化分工与综合性发展相结合的有机产业结构系统。海岛产业结构较简单，一般是由优势资源开发的较高经济效益所导向的初级产业比较发达（海洋捕捞业、海水增养殖业），而围绕资源开发利用的相关产业及服务性行业发展较弱。海岛作为海中陆地，其资源分为岛、陆自然资源（具有陆域自然草原特点和海岛海域自然资源）两大类。

以资源为基础，海岛开发应重视海岛经济系统与生态系统的良性循环，对海岛各种资源的利用，必须有利于海岛资源的永续利用，有利于海岛生态系统的良性循环，绝不能以浪费海岛资源和破坏海岛生态环境为代价。

第三节 指标体系

国内外许多机构和学者对可持续发展评价体系进行了大量而深入的研究。这些研究可以概括为四类：①注重系统性的指标体系，如联合国可持续发展委员会建立的"驱动力—状态—响应"指标体系，从经济、社会、环境和制度四个维度评估区域的发展水平；②注重社会发展类的指标，如联合国开发计划署开发的"人文发展指数"，侧重于人均预期寿命、教育水平和人均 GDP 的评价；③注重经济发展类的指标，如世界银行提出的"国家财富"和"真实储蓄"，侧重从经济价值的角度衡量各类资本的存量和流量；④注重生态环境类（生物物理）的指标，如加拿大学者提出的"生态足迹"，侧重从资源与环境消费上衡量人类社会的可持续发展状况。

由于海岛远离大陆经济主体，一般不是经济开发重点，资源环境问题不如陆地那么突出，再加上社会经济统计存在一定难度，海岛可持续发展评价的研究远不如对陆域的研究丰富。宁凌（2001）对海岛的开发和可持续发展做了一般性的研究，没有涉及海岛可持续发展评价指标体系及评价方法；李金克和王广成（2004）利用系统科学的理论和方法，从海岛地区的社会经济、海洋产业、资源、环境和发展潜力等五个方面构建了海岛可持续发展的评价指标体系，但是该指标体系没有涉及教育和管理等方面，也没有给出评价指标体系的具体评价方法；薛纪萍和阎伍玖（2008）从社会、经济、环境、资源和管理等五个方面建立了海岛旅游可持续发展评价指标体系，并运用层次分析法计算了各指标的权重，为海岛旅游的可持续发展提供了一个定量评价方法。

一、设置原则

在设置海岛可持续发展评价指标体系时，我们要遵循科学性、可操作性、层次性、动态性、开发与保护并重等原则。

（一）科学性

在定义指标、选取范围、赋予权重、收集数据以及计算时，必须以可持续发展理论、环境生态理论以及经济理论为依据。选取的指标能够比较客观、真实地反映海岛发展的状况，各个子系统和指标之间相互联系，并能较好地衡量可持续发展目标实现的程度。

（二）可操作性

评价指标体系中的指标应该比较简单明了、容易理解，最好具有较强的可比性。通常情况下，指标以百分比、人均占有量、增长率、密度、利用效率等形式来表示，不仅使得指标容易理解与接受，而且增强了指标的可比性。为避免大量的调查工作，方便搜集数据，尽量采用综合性指标，减少评价指标的数量。

（三）层次性

海岛是一个具有层次结构的复杂系统，将这个比较大的系统解析为具有内在逻辑关系的子系统，再将子系统分解为能够反映决定其行为的主要环节和关键组成成分的状态，进而用各变量来反映和揭示状态的行为、关系、变化等原因和动力，最后，采用可测量的、可比的、可以获得的指标及指标群对变量层的数量、强度、速率等给予直接度量。一般的指标体系可以分为 3~5 个等级，而且越往上，指标的综合性越强，越往下，指标越具体。

（四）动态性

可持续发展指标体系不仅要求对系统的可持续发展能力进行描述、分析和评价，还要求能够预测未来的发展趋势。预测能力越强，指标体系的指导性越强，能够更好地帮助相关部门采取有力措施，促进可持续发展的实现。

（五）保护与开发并重

相对于大陆的稳定性而言，海岛的环境承载能力差、生态脆弱、抗干扰能力差，而且一旦被破坏很难得到恢复。因此，设定指标时，要坚持开发与保护并重的原则。

二、评价指标体系的建立

根据以上的原则，结合海岛地区的实际情况以及数据资料的可获得性，应用系统学的理论和方法，把可持续发展评价指标体系分为总体层（A）、系统层（B）和指标层（C）3 个层次。总体层（A）：表达可持续发展总体能力，代表着海岛可持续发展战略实施的总体态势和效果。系统层（B）：可持续发展评价的一级综合评价指标，在这一层指标中设立了社会经济（B1）、海洋产业（B2）、资源（B3）、生态环境（B4）、可持续发展潜力（B5）子系统指标，用于评价可持续发展进程中经济社会、海洋产业、资源、生态环境、可持续发展潜力的状况。指标层（C）：是系统层的支撑指标，指标层的所有指标都由具体的量化指标构成。

三、具体指标选取方法

建立海岛可持续发展评价指标体系，全面真实衡量海岛可持续发展能力，评价指标的选取必须要具有相当的完备性，以便能够综合地反映影响海岛可持续发展的各种因素。然而，在实际操作中，指标数量的多少与指标的独立性往往难以协调。选取指标越多固然能增加指标的覆盖面，但指标之间具有较多的信息重复。若直接对含有重复信息的指标赋权求和，指标间未排除的重复信息将会使综合评价结果发生偏离。应用因子分析法，根据选取的原始评价指标之间的相关性对其进行降维处理，可以得到能充分反映原始评价指标信息的少数几个综合变量。

四、海岛可持续发展评价指标体系

根据上述方法，设计海岛可持续发展评价指标体系，具体参见表 7-1，包括 5 个领域，22 个指标。

表 7-1　海岛可持续发展评价指标体系

可持续发展协调度（A）				
社会经济（B1）	海岛产业（B2）	资源（B3）	环境（B4）	可持续发展潜力（B5）
海岛人均 GDP（C1）、海岛 GDP 增长率（C2）、恩格尔系数（C3）、人均受教育年限（C4）、人口自然增长率（C5）	海岛水产业产值（C6）、海岛旅游业产值（C7）、海水养殖产量占海岛渔业产量比例（C8）、海岛第三产业产值占海岛产业产值比重（C9）	人均淡水资源占有量（C10）、人均滩涂面积（C11）、年旅游量（C12）、人均土地面积（C13）	沿岸海域水质综合指数（C14）、海洋灾害损失占海岛 GDP 比重（C15）、植被破坏率（C16）、森林覆盖率（C17）、濒危物种比例（C18）	科研经费占 GDP 比重（C19）、海岛基础设施投资占海岛 GDP 比重（C20）、环保与治理投资（C21）、技术人才占从业人员的比重（C22）

（一）社会经济领域

一般来说，海岛面积狭小，由于人口、资源和经济规模的限制而不能建起一个完整的经济、社会发展体系。但海岛在其发展过程中必须与外界进行物质、信息和能量的交换，如果把海岛的开发与大陆的开发形成一个整体，岛陆相连、岛岛相连，海岛的功能地位将发生根本性的变化，海岛区域的整体效益也必将得以充分发挥。由此设立社会经济领域指标，以反映海岛社会经济发展的状况。针对中国海岛开发程度不高的状况，加快海岛经济发展是海岛可持续发展的核心，设立的指标要反映海岛经济的变化。具体指标的设定既要借鉴国内外经验，又要从海岛实际出发。设定海岛人均GDP（元/人）和海岛GDP增长率来反映海岛经济发展的总量和效益；恩格尔系数（%）反映海岛居民物质生活水平；人均受教育年限（年/人）则体现海岛居民的受教育程度，反映海岛居民精神生活水平；设立人口自然增长率（%）用来反映人口对海岛可持续发展的影响。

（二）海岛产业领域

为突出海岛的产业特色以及发展海岛经济的要求，设立了海岛产业作为其中的一个系统层。海岛产业应大力发展海水养殖业，调整海水养殖的产品结构，合理利用海岛资源。为反映由"捕猎型"渔业向"农业型"海水养殖业的转变状况，设立海水养殖产量占海岛渔业产量比例（%）指标；为反映海岛水产业及海岛旅游业的发展状况，设立海岛水产业产值（万元/年）、海岛旅游业产值（万元/年）指标；为反映海岛产业产业结构，加快海岛第三产业（海岛交通运输业、海岛旅游业、海岛服务业）发展，设定海岛第三产业产值占海岛产业产值比重（%）这一指标。总之，海洋产业可持续发展的总体目标是改善和优化产业结构，科学、合理地进行产业布局，发展高新技术产业和清洁生产，实现海岛产业的可持续发展。

（三）资源领域

海岛大多数是小而分散的地理单元，丰富的淡水资源可以有效地防止海水倒灌，也有利于资源的再生；宝贵的土地资源，是海岛开发的前沿阵地，可为各行各业提供必需的建设用地；而海岛周围的浅海和滩涂可供海水养殖。根据代表性和可行性原则，设立淡水资源占有量（t/人）、土地面积（km^2/人）、滩涂面积（km^2/人）3个指标。许多海岛有美丽的自然景观，宜人的气候条件，平缓开阔的沙滩和浴场，旅游资源丰富，为此设立年旅游量（人次）来反映海岛滨海旅游的发展状况。另外，海岛的区位优势也必将转化为经济价值而成为一种优势资源。

（四）环境领域

每个海岛都是一个独立而完整的生态环境地域系，岛陆、岛滩、岛基和环岛浅海都具有特殊的生物群落，从而构成其独立的生态系统。但海岛地域结构简单、生态系统十分脆弱，生物系统的生物多样性指数小、稳定性差，极容易遭到损害而造成严重的生态环境问题，从而可能破坏良好的生态经济系统。近年来沿岸城镇生活用水和工业废水的大量排放，以及港、湾船只的含油废水严重污染了海岛周围海水水质，为此设立沿岸海域水质综合指数指标；不合理的围海、筑坝、大面积挖沙、采石、乱挖珊瑚礁等严重破坏了海岛的植被和海岛的自然景观，因此设立植被破坏率（％）指标。同时受海洋污染的影响，加剧了自然灾害的影响，海洋灾害与环境污染是一对"双胞胎"，是海岛可持续发展的大敌，因此选择海洋灾害损失占海岛 GDP 比重这个指标；森林覆盖率（％）指标则反映海岛自然生态状况，森林是各种动植物的栖息地，对于生物多样性的保护具有重要的意义；濒危物种比例（％）是用来反映海岛生物多样性的指标，保护生物多样性，维护生态平衡是维持海岛经济发展的基础，可以充分发挥持续利用的潜力，保护渔业资源的再生能力。总之要积极保护海岛环境，不断提高海岛环境质量，使海岛生态系统和珍稀动植物得到有效的保护，从而达到生态效益、社会效益、经济效益三者的统一。

（五）可持续发展潜力

可持续发展潜力体现经济发展的后劲，资源环境的持续利用。为强调科技进步对海岛可持续发展的促进作用，设立科研经费占海岛 GDP 比重（％）这一指标，只有采用先进的科学技术，才能有效地开发和利用海岛，达到海岛资源和环境可持续利用的目的；同时为反映海岛可持续发展的能力以及对海岛可持续发展的保障情况，设立了海岛基础设施投资占海岛 GDP 比重（％）及环保与治理投资（万元/年）指标；另外，高科技人才的培养与使用，可以为海岛可持续发展提供智力支持，可以保障科技成果的顺利转化，设立了技术人才占从业人员的比重（％）指标（表7-1）。

第八章 生态功能区划

第一节 海岛生态功能区划的概念、意义、原则和目标

一、海岛生态功能区划的概念

海岛生态功能是指海岛自然或社会事物于人类生存和社会发展所具有的价值与作用。海岛功能区是根据海岛及周围海域的自然资源条件、环境状况和地理区位，并考虑到海岛开发利用现状和经济社会发展的需要而划定的具有特定主导功能、有利于资源的合理开发利用、能够发挥最佳效益的区域。主导功能也称优势功能，是指在某一海岛多种功能同时并存的情况下，依据海岛自然属性和社会需要程度，分析对比而选定的最佳功能。按该项功能安排开发利用活动，既能保证海岛自然资源与环境客观价值的充分发挥，又能保证国家或地区经济与社会持续发展的需要。海岛生态功能区划是指按各类海岛功能区的标准（或称指标标准）把某一海岛划分为不同类型的海岛功能区单元的一项保护、开发与管理的基础性工作。

二、意义

本书通过生态功能区划不仅可以合理地把经济的发展和环境保护协调统一起来，同时还可以因地制宜地进行长海县的产业结构布局，发挥区域优势，在提高经济效益的同时提高生态效益，维护生态系统的服务功能，提升区域整体的环境质量。

三、原则

1. 可持续发展原则

生态功能区划的目的是促进资源的合理利用和开发、增强区域社会经济发展

的生态环境支撑能力、促进区域的可持续发展。

2. 保护与发展并重的原则

长海县生态功能区划的基本定位是保护海岛山地森林自然生态系统的生态功能，保护、恢复和建设近海与沿海生态防护带。在加强生态环境建设的同时，合理布局区域生态产业发展，通过五个海岛的分工和功能组合，推动新一轮的经济快速增长。

3. 区域相关原则

在空间尺度上，任一类自然资源与生态服务功能都与该区域、甚至更大范围的自然环境与社会经济因素相关，因此在评价与区划中，要从海域、海岛、全县、大连市、辽宁省甚至更大尺度考虑。

4. 相似性原则

生态功能区划是根据区划指标的一致性与差异性进行分区的。但必须注意这种特征的一致性是相对的，不同等级的区划单位各有一致性标准。

5. 前瞻性原则

生态功能区划的目的是要明确自然区域的生态服务功能，保护重要生态功能区。因此，要结合县域社会经济发展水平和发展方向，分析与预测发展过程中可能产生的生态环境问题、提供相应的防范对策，使区划方案具有一定的前瞻性。

四、目标

依据科学的方法，应用先进的"3S"技术（杨永强等，2007；蔡博峰，2006）手段，并结合当地实际情况对长海县范围内各种生态环境类型进行功能区划，具体目标如下。

（1）详细划分出各级生态服务功能区，阐明陆域与海域生态系统类型的功能与空间分布特征。

（2）明确不同类型生态系统的主要生态环境问题、成因及其空间分布特征。

（3）评价不同类型生态系统的生态服务功能及其对区域社会经济发展的作用。

（4）明确生态环境敏感性的分布特点与生态环境高敏感区。

（5）明确各功能区的生态环境与社会经济功能，提出切实可行的管理措施及对策，保障长海县各生态功能区最有效地发挥其正常的生态服务功能，为进一步实施生态环境保护战略提供科学合理的依据，为长海县生态环境保护与建设和社会、经济的可持续发展决策提供理论依据。

第二节　生态环境敏感性评价

生态环境敏感性评价主要明确区域可能发生的主要生态环境问题类型与可能性大小。它是在明确特定区域性生态环境问题的基础上，根据主要生态环境问题的形成机制，分析生态环境敏感性的区域分异规律，然后对多种生态环境问题的敏感性进行综合分析，明确区域生态环境敏感性的分布特征，同时为生态功能区划提供依据。

在生态环境现状调查与分析的基础上，根据"社会－经济－自然"复合生态系统理论及景观生态学的原理与方法，应用遥感技术，结合基础资料、图件，充分考虑主要生态环境问题及其原始驱动力，对长海县生态环境进行敏感性评价，主要针对水土流失和生物多样性及森林生态系统等重要问题进行敏感性评价。

一、水土流失敏感性评价

根据长海县的海岛特点，全面分析地形、植被等自然因素的影响，同时评价人类的开垦筑路和城镇建设等所导致的人为水土流失情况，通过各评价因子分析得出水土流失的敏感性高低及其区域性分布。

（一）地形起伏度

地形起伏度是影响土壤侵蚀的一个重要因素，它反映了坡长、坡度等地形因子对土壤侵蚀的综合影响。一般情况下，坡度越大，坡长越长，水土流失越严重。通常使用地形起伏度分析地形地貌对水土流失的影响。

从长海县坡度分布（图8-1）可以看出长海县的5个乡镇地势起伏的变化，海洋岛、广鹿岛的南部以及獐子岛镇的大耗子岛地势起伏变化较大，大长山岛和小长山岛地势较为平坦，沿边地区起伏较为明显，这些地区发生土壤侵蚀的敏感性较强。

（二）植被

植被是防止土壤侵蚀的一个重要因子，其防止侵蚀的作用主要包括对降水能量的削减作用、保水作用和抗侵蚀作用。归一化植被指数（NDVI）是反映植被覆盖程度的指标之一，NDVI值越高，植被覆盖越好。

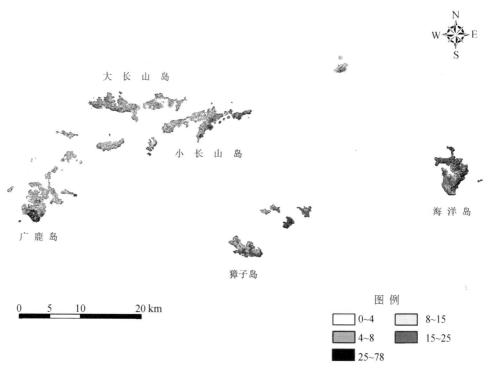

图 8-1 长海县坡度分布示意图

根据土地利用与 NDVI 数据可以分析长海县水土流失对植被类型的敏感性。如图 8-2 所示，109～150 表示植被低覆盖区，150～180 表示植被中覆盖区，大于 180 的表示植被高覆盖区。从图中可以看出大长山岛的中西部、小长山岛的中部、广鹿岛的北部及獐子岛沿岸的植被覆盖度较低。在容易发生水土流失的山地地区，主要发育了具有较强水土保持与水源涵养功能的森林植被，从而减轻了山区发生水土流失的危险性。而容易发生水土流失的农田植被主要分布在地形平坦的平原区，水土流失的敏感度较低。只有在山地丘陵区开垦的旱作农田或植被覆盖低的区域，构成了水土流失较高敏感区域。

二、土壤侵蚀敏感性综合评价

从单因子分析得出的水土流失敏感性，只反映了某一个因子的作用程度，没有将水土流失敏感性的区域变异性综合地反映出来。要对土壤侵蚀敏感性进行综合评价，必须对上述各项因子分别赋值，再通过下面方法来计算土壤侵蚀敏感性指数。

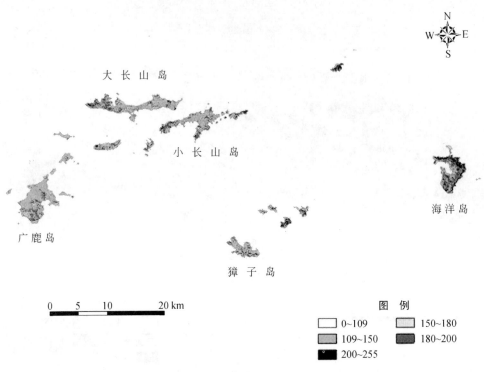

图 8-2　长海县植被指数（NDVI）分布图

$$SS_j = \sqrt[4]{\prod_{i=1}^{4} C_i}$$

式中，SS_j 为 j 空间单元土壤侵蚀敏感性指数；C_i 为 i 因素敏感性等级值。然后根据分级标准来确定土壤侵蚀敏感性分布（考虑到长海县的实际情况，根据水利部编制的《土壤侵蚀分类分级标准》将土壤侵蚀的分级标准作了适当调整，表 8-1）。

表 8-1　土壤侵蚀敏感性影响的分级

分级	轻度敏感	中度敏感	高度敏感
土壤质地	石砾、粗砂土、细砂土、黏土	面砂土、壤土	砂壤土、粉黏土、壤黏土、砂粉土、粉土
坡度/(°)	0 ~ 15	15 ~ 35	35 ~ 78
植被	水体、有林地、灌木林地　NDVI > 180	疏林地、荒草地、农田 NDVI 为 150 ~ 180	无植被 NDVI < 150

在水土流失敏感性综合评价工作中，依据水利部编制的《土壤侵蚀分类分级标准》，利用长海县植被覆盖度（NDVI）、坡度、土壤质地以及不同土壤类型的

可蚀度等项指标，根据上述公式，利用地理信息系统软件中的空间叠加分析功能，得到了长海县土壤侵蚀综合敏感性分布图（图8-3），图中颜色的加深表征着土壤侵蚀程度的加深。从图可以看出，獐子岛、广鹿岛的南部及海洋乡的北部地区土壤侵蚀敏感性较高，中度侵蚀敏感区出现在各岛的海陆交接处，在开发利用中应注意这些敏感区的生态环境问题。

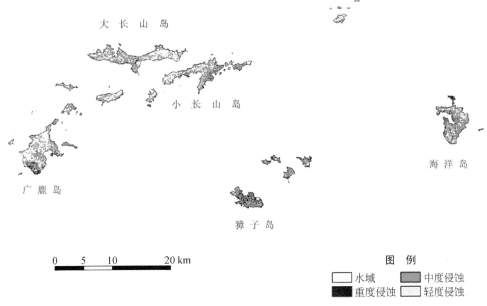

图8-3 长海县土壤侵蚀综合敏感性分布示意图

从表8-2中可以看出各乡镇具体的侵蚀敏感性程度，5个乡镇土壤侵蚀敏感性均以中度敏感性为主，占各乡镇总面积的50%左右；大长山岛镇、小长山乡和广鹿乡约40%的面积处于轻度侵蚀敏感区；獐子岛镇和海洋乡的高度侵蚀敏感性面积较大，分别达32.89%和19.13%。因此，长海县的土壤侵蚀状况不严重，但在开发利用建设的过程中要注重中度敏感区的水土保持及维护，高敏感区要采取相应的措施治理土壤侵蚀，防止进一步退化。

表8-2 长海县土壤侵蚀敏感性分区面积统计

乡镇名称	轻度敏感区/km²	比例/%	中度敏感区/km²	比例/%	高度敏感区/km²	比例/%
大长山岛镇	13.92	43.55	14.88	46.56	3.16	9.89
小长山乡	8.14	36.58	11.35	51.01	2.76	12.41
广鹿乡	13.40	42.92	14.47	46.35	3.35	10.73
獐子岛镇	1.58	10.79	8.26	56.32	4.83	32.89
海洋乡	4.87	25.53	10.57	55.34	3.65	19.13

三、生物多样性与生境敏感性评价

(一) 生物多样性及生境敏感性评价方法

长海县境内陆地以岛屿为主,多丘陵、少平原,陆生生物资源较为丰富。植被类型较多。植被属于暖温带大连地区夏绿阔叶林带,赤松常绿针叶林亚带,从属华北植物区系。境内植被多为天然次生植被和人工次生植被。

长海县分布有各种野生动物 96 种:其中鸟类 25 科 85 种、兽类 7 种、爬行类 4 种。另外有家畜、家禽等动物。

在缺乏详尽的生物多样性调查资料和生物分布图的情况下,生态环境的原生状态保持程度和森林植被类型及其分布情况可以作为分析与评价生物多样性与生境敏感性的重要依据。

根据遥感技术的研究成果,遥感影像信息中的植被指数 NDVI (取值范围为 −1 ~ +1) 可以较好地反映地面覆盖状况、生态系统的覆盖度和生产能力。ND-VI 值越高,表示该区域的生态系统植被覆盖度和生产能力越高。由于生态系统的生长状况与生物多样性之间存在密切联系,因此,在山地区域的生物多样性评价中,将 NDVI > 0.3 的森林生态系统作为生物多样性极敏感区;将 NDVI 为 0.2 ~ 0.3 的区域作为高度敏感区域;中度敏感性区域对应着 NDVI 为 0.1 ~ 0.2 的区域。由于 NDVI 值过低,利用 NDVI 值无法区分的平原地区,生物多样性与生境敏感性评价则主要利用土地利用类型与生境特点进行划分。在生态系统服务功能重要性评价中也基本上依据这种方法进行评价。

根据上述情况和评价要求,在尽可能使用长海县调查研究资料的基础上,充分利用长海县地区土地利用分布图、植被 NDVI 图和地形地貌图,评价物种及其生境的情况,最后做出对长海县生物多样性及其生境敏感性的评价。

(二) 生物多样性及生境敏感性状况

根据长海县的具体情况,生物多样性及生境敏感性分为五级,极敏感、高度敏感、中度敏感、轻度敏感和不敏感。

综合分析表 8-3 和表 8-4 及图 8-2,可得出长海县的生物多样性及生境敏感性状况。

大长山岛镇生物多样性及生境敏感性以中度敏感为主,占总面积的 36.26%,主要集中分布在大长山岛的中西部,哈仙岛及塞里岛上也有分布。这些区域次生植被破坏比较严重,坡度较缓的区域已经被开发利用,多数已由原生植被演替为天然次生植被或人工植被等,当地特有的生物或自然生态环境遭受破坏。

表 8-3   长海县生物多样性及生境敏感性分级面积统计 （单位：km^2）

乡镇名称	不敏感区	轻度敏感区	中度敏感区	高度敏感区	极度敏感区
大长山岛镇	0.94	9.49	11.59	7.31	2.62
小长山乡	0.49	6.18	7.50	5.39	2.71
广鹿乡	1.10	14.07	10.02	4.30	1.73
獐子岛镇	0.17	3.91	5.10	3.54	1.93
海洋乡	0.13	2.21	4.37	7.06	5.31

表 8-4   长海县生物多样性及生境敏感性分级面积比例统计 （单位:%）

乡镇名称	不敏感区	轻度敏感区	中度敏感区	高度敏感区	极度敏感区
大长山岛镇	2.94	29.70	36.28	22.88	8.20
小长山乡	2.20	27.75	33.68	24.20	12.17
广鹿乡	3.51	45.07	32.10	13.78	5.54
獐子岛镇	1.19	26.71	34.79	24.12	13.19
海洋乡	0.66	11.60	22.90	37.00	27.84

此外，中度敏感区也包括分布在海拔较低地区，坑塘与水库集中分布的低湿地。在自然状态下，这些区域以具有丰富生物多样性的沼泽植被和低湿地草甸植被为主，现在多数被开垦为农田或用于水产养殖，但仍保留了部分零星分布的自然片段。尽管如此，该区域在容纳与降解污染物、维护区域环境质量方面，仍然具有重要价值。

高度敏感区和极度敏感区主要分布在大长山岛的西部，在哈仙岛和塞里岛上也有零散分布，分别占大长山岛面积的 22.89% 和 8.21%，是保存较为完好的森林生态系统。大长山岛的轻度敏感区和不敏感区占到总面积的 1/3，主要分布在大长山岛中部和东部的城市及农田集中分布区、经济林，这些地区生物多样性水平较低。因此大长山岛镇在开发建设中要注重森林生态系统的保护及水土流失的防治。

小长山乡的高度敏感区和极度敏感区主要集中在小长山岛的西部、蚆蛸岛及乌蟒岛，都是山地森林生态系统的分布区域。小长山乡生物多样性及生境敏感性的分布比例与大长山岛镇分布比例一致，以中度敏感为主，占到总面积的 1/3，一般分布在高度敏感区的周边地区。轻度敏感区和不敏感区主要集中在小长山岛的中部城镇及农田集中的地区。因此小长山乡的开发建设也要在注重次生森林生态系统保护的基础上进行。

广鹿乡的轻度敏感区分布广泛，占总面积的 45.07%。因为广鹿乡地势起伏不大，开垦了大面积的旱地。只有南部分布着山地森林，属于高度敏感和极度敏感区，中部零星分布着农村居民点及沿岸的工矿用地等中度敏感区。所以广鹿乡应注重部分生态系统的恢复与重建。

獐子岛镇的生物多样性及生境的敏感性区，包括不敏感和轻度敏感区、中度敏感区、高度敏感和极度敏感区，各占 1/3。其中人为开发利用程度最大的是獐子岛，小耗岛原生植被保存最好。总体来说，獐子岛镇在保护高度敏感区的同时可以适度开发利用。

海洋乡是 5 个乡镇中植被覆盖度最高、生物多样性最丰富的乡镇，生境以高度敏感区为主，高度敏感和极度敏感区共占总面积的近 65%。由于其地势起伏较大，离大陆较远，人为干扰小，保存了较为完好的山地森林生态系统。

根据对长海县生物多样性及生境敏感性的区域分布与现有自然保护区建设情况的分析，从生物多样性保护的战略高度出发，还应该加强以下三个方面的工作。

（1）在进一步完善现有自然保护区体系的基础上，以生境完整性为目标，加强综合性生态功能保护区建设。长海县现有的自然保护区保护的范围、生态系统类型与生物种类有限。从基本实现现代化的需求、发挥生物多样性的长远生态效应和构建长海县生态安全屏障的目的出发，应该积极提倡保护生境的完整性，加大对自然植被完好的生物多样性极度敏感区的保护力度，强化对高敏感区受损生态系统的恢复重建，并遵循保护生态服务功能与提高生物多样性并重的原则，建设具有综合生态效益的生态功能保护区。

从长海县坡度分布图上我们可以看出，生态功能保护区均位于地势起伏较大的山地，因此这些保护区的建设不仅对保护长海县的生物多样性具有重要意义，同时对防止水土流失、保障区域生态安全方面也起到至关重要的作用。

（2）有些环海岛的周边地区土壤侵蚀严重，植被覆盖度也较低，应加强海岛周边土壤侵蚀的治理与防护。

（3）在开发建设过程中，应注重中度敏感区的水土保持工作，对有发生水土流失趋势的地区，应注重修复及监管。

第三节　生态系统服务功能重要性评价

生态系统服务功能是指自然生态系统及其物种共同支撑和维持人类生存的条件和过程（章文波和陈红艳，2006）。

一、主要生态系统特征及其服务功能

（一）森林生态系统

森林生态系统是长海县最主要的生态系统类型，属于暖温带夏绿阔叶林带、赤松常绿针叶林亚带。境内林地主要分布在各岛屿的丘陵山地，森林覆盖率达43.4％。森林类型均属海防林且具风景林特征，有观赏价值。植被属于华北植物区系，林木种类共有乔、灌树种21科36属79种，包括黑松林、赤松林、针阔叶混交林、落叶阔叶林、落叶灌丛等。除此之外，部分岛屿丘陵坡地栽植小面积的果林，全县共有果园82.6hm²，主要品种有苹果、梨、桃、葡萄等，大部分均属残次果林，果质差，经济效益低。

（二）草地生态系统

长海县的草地面积很小，基本是荒草地，多分布在旱地或工矿用地周围。

（三）滩涂生态系统

长海县滩涂（潮间带）面积3870.5hm²，其中，岩礁底质2399.1hm²，占滩涂总面积的62%；砾卵石底质251.5hm²，占滩涂总面积的6.5%；泥沙底质1219.9hm²，占滩涂总面积的31.5%。其中适宜养殖蛤子、对虾的滩涂面积467.5hm²。主要沙滩和滩涂分别是：位于广鹿乡沙尖村西北部沙尖子嘴沙滩、位于小长山岛房身村南部西滩、位于大长山岛三官庙海湾西侧大礁头滩和位于哈仙岛北部钟楼大滩。

（四）人工生态系统

人工生态系统主要有城镇生态系统、农业生态系统、经济林果生态系统等。城镇生态系统主要分布在地势平坦开阔地带，是人口集中分布区，也是长海县重要的经济区；农业生态系统亦主要分布在地势平坦的地区；经济林果生态系统主要分布在低山丘陵区，是水土保持的重点区域。

二、生物多样性维持功能评价

生物多样性维持功能评价主要是评价长海县各区域对生物多样性保护的重要性，重点评价对生态系统与物种保护的重要性。

长海县陆域优先保护的生态系统类型主要是自然状态保存良好、植被覆盖度高的山地森林生态系统，主要分布在各个乡镇的山地丘陵区。这些地区的森林植被结构保存良好，林内生物种类丰富，在水源涵养与生物多样性保护方面具有重要保护价值。山地森林植被对于防范风暴潮侵袭、维护沿海地区的生态安全具有重要意义。

此外，广鹿乡的湿地植物在美化城镇景观、提高城镇居民生活环境质量等方面具有十分重要的作用，也属于优先保护的生态系统类型。

由于比较特殊的海域条件，长山列岛形成了特殊的海洋生态环境，水质洁净、营养盐适中、饵料充足、海水透明度高，是鱼虾贝藻栖息繁衍的优良场所。境内海产品种类多达400余种，还有中国对虾、三疣梭子蟹、黑鲪等重要海洋经济生物。因此，长海县在发挥地区优势发展渔业资源的同时，也应注重海洋生物多样性的保护。

三、水源涵养重要性评价

极重要地区主要是重要水源地，包括各乡镇分布的水库及广鹿乡分布的河流。这些区域以各种森林生态系统、灌丛植被生态系统为主，在水源涵养和洪水调蓄方面具有重要的作用。

中等重要地区为分布于各乡镇的坑塘地区和河流或水库周围一定范围内的农田生态系统，前者在留滞洪水、调节区域水资源方面具有比较重要的作用，而后者在保证河流水环境安全、保证河流水质方面具有比较重要的作用。

一般重要地区主要是平原农田区和城镇区。

四、土壤保持重要性评价

土壤保持重要性的评价是指在考虑土壤侵蚀敏感性的基础上，分析其对下游河流和水资源可能造成的危害程度。长海县土壤保持重要性评价分为三个级别：极重要、中等重要和一般重要。

极重要地区分布范围集中于各海岛的海陆交界处地势起伏较大的地方，主要包括大长山岛东北部沿岸、环哈仙岛沿岸、环塞里岛沿岸、小长山岛北部和西南沿岸、环乌蟒岛沿岸、环蚆蛸岛沿岸、海洋乡北部、獐子岛镇各海岛的沿岸、柳条村东部、沙尖村南部。此外，分布于大长山岛镇、广鹿乡和獐子岛镇的水库及周边地区也属于土壤保持的极重要地区。

中等重要地区分布在地势平坦的工矿及建设用地区域，在开发利用中容易破坏植被，造成水土流失。

一般重要地区分布范围相对集中，主要是以农业与城镇为主的城镇经济区和平原农业经济区。

五、服务功能重要性综合评价

长海县生态系统服务功能的综合评价，就是综合考虑不同区域生态系统类型的生物多样性特点、水源涵养功能、水土流失敏感区范围内生态系统的水土保持功能等各项要素，将长海县地区生态系统服务功能划分为极重要、中等重要和一般重要三个等级。

极重要生态系统类型包括：区域代表性森林生态系统、生物多样性丰富生态系统类型、水土流失高度敏感区、水土保持生态系统类型、重要水库水源地周边水源涵养生态系统类型等。在区域范围内，主要分布在外围山地区，这些森林生态系统的植被覆盖度较高，群落中的生物多样性丰富，而且在涵养水源、保持水土和维护区域生态安全方面具有重要的作用。在这些具有重要服务功能的区域，生态环境的保护与建设工作主要以自然保护区建设、生态公益林建设和重要景观建设为主，并将其划定为严格保护区域。

中等重要生态系统类型包括：在人类活动的干扰下，群落结构与物种组成发生一定的改变、但基本保持自然属性的山地疏林、灌丛植被与草地植被，对留滞洪水、减少洪涝灾害具有重要防护功能的水库坑塘区以及长海县海岛沿岸一定范围内的自然与人工生态系统等。

一般重要生态系统主要是指被人类开发利用的农田生态系统、经济林果生态系统、城镇建设区等。

第四节　陆域生态功能区划研究

一、区划方法

生态功能区划是在生态环境现状调查分析的基础上，结合区域社会经济状况，运用"3S"技术，进行各相关资料数据的数字化处理、扫描处理、图元编辑、空间分析和遥感处理及计算机成图和统计等工作，结合生态环境现状评价、生态敏感性分析和生态服务功能评价，形成一系列的相同比例尺的评价图。采用定性分区和定量分区相结合的方法，利用计算机图形空间叠置法、相关分析法、专家集成等方法，按生态功能区划的等级体系，通过自上而下的划分，或自下而上的合并进行生态功能区划。根据长海县的实际情况和所获取的资料详细程度，本区划采用自上而下的划分方法进行，利用自然特征、行政边界和区域社会经济模式确定各级生态功能区的边界。

（1）一级区划界，主要依据长海县主体海岛单元的资源与环境特点、行政区划的完整性及其社会经济的发展定位加以确定。

（2）二级区划界，主要考虑主体海岛单元范围区内生态系统类型与过程的完整性和生态服务功能类型的一致性，以及海岛范围内不同区段关键生态环境问题，今后的发展方向和经济模式的一致性来确定。

（3）三级区划界，主要依据生态服务功能的重要性、生态环境敏感性等的一致性。

二、分区等级体系

生态功能区划是在充分考虑长海县生态环境与社会经济发展现实状况的基础上，依据区域生态环境敏感性、生态服务功能重要性、生态环境特征的相似性和差异性、区域社会经济发展方向等进行的地理空间分区。一级区划主要体现自然生态防护体系与社会经济和农业生物生产体系的空间布局，反映长海县的生态防护功能区与主要经济发展区的空间分布格局，以便通过加强生态环境的保护与建设，提高自然与半自然生态系统对区域社会经济发展的生态服务功能。由于长海县是海岛县，100 多个海岛分散在海面上，所以根据具体情况以乡镇及其组合为单位划分生态功能区，将 5 个乡镇所属范围划分为 5 个一级功能区。考虑到每个海岛的面积较小、生态系统类型单一，为了在实际应用中方便地提供功能单元，采取了一级区和三级区为实体，二级区主要以功能类型进行区分的分类方式。三级区划界时，主要依据各种生态系统的具体服务功能进行划分，充分考虑各功能单元的地形特点、生态服务功能的重要性、水土流失等生态环境敏感性、土地利用方式及其所存在的具体生态环境问题等的一致性。

三、生态功能分区方案

根据上述分区原则与分区方法，将长海县划分为 5 个一级生态区和 13 个二级生态功能类型。在进一步深入分析研究的基础上，根据功能定位、主要生态环境问题、土地利用方式和资源开发情况，共划分 76 个三级生态功能区。分区方案及面积比例见表 8-5。

表 8-5　长海县生态功能区面积比例统计表

编号	功能区名称	面积/km^2	比例/%
1	大长山岛镇生态经济建设与生物多样性保护区	31.91	26.78
1.1	大长山中东部生态恢复与生态经济发展区	14.62	12.27
110	大长山城市生态经济建设区	2.55	2.14

编号	功能区名称	面积/km²	比例/%
111	小泡子村水土保持与生态恢复区	1.50	1.26
112	大长山岛中东部森林生态系统防护与水土保持区	1.91	1.60
113	大长山岛东北部沿岸土壤侵蚀严格保护区	0.65	0.55
114	三官庙村水土保持与森林生态系统保护区	0.57	0.48
115	三官庙村农业生态恢复与经济发展预留区	2.89	2.43
116	大长山重要森林生态系统防护区	0.71	0.60
117	杨家村农业生态恢复与经济发展预留区	0.74	0.62
118	杨家村工矿业发展与机场环境保护区	1.06	0.89
119	大长山岛东南沿海工业发展与水土保持区	0.51	0.43
123	环塞里岛沿岸土壤侵蚀严格保护区	0.46	0.39
124	塞里村生态经济与水土保持区	0.35	0.29
125	塞里村森林生态系统防护区	0.72	0.60
1.2	大长山西部森林保护与生态防护区	17.29	14.51
101	环城岭村西部沿岸土壤侵蚀严格保护区	0.47	0.39
102	城岭村西部重要森林生态系统防护区	1.91	1.60
103	城岭村水土保持与生态恢复建社区	0.80	0.67
104	大长山岛中西部森林生态防护与水源涵养区	5.30	4.45
105	城岭村东北部沿岸水土保持与生态恢复区	0.48	0.40
106	大长山岛开发养殖渔业资源保护区	0.32	0.27
107	大长山岛西南部土壤侵蚀严格保护区	0.35	0.29
108	大长山岛中西部水土保持与生态恢复区	1.32	1.11
109	小盐场村北部森林生态系统保护区	1.51	1.27
120	环哈仙村沿岸土壤侵蚀严格保护区	0.58	0.49
121	哈仙岛森林生态系统保育与生态恢复区	2.86	2.40
122	哈仙岛农业生态恢复与经济发展预留区	1.39	1.17
2	小长山乡生态经济建设与生物多样性保护水土保持区	22.26	18.68
2.1	小长山西部森林保护与水土保持区	5.67	4.76
201	小长山岛西南沿岸生态恢复与水土保持区	1.93	1.62
202	小长山岛西部重要森林生态系统防护区	1.70	1.43
203	回龙村中部水土保持与生态恢复区	2.04	1.71

续表

编号	功能区名称	面积/km²	比例/%
2.2	小长山中北部生态恢复与生态经济发展区	6.81	5.72
204	回龙村生态经济区	1.34	1.12
205	小长山岛中部水土保持与工矿发展区	0.76	0.64
206	小长山岛农业生态恢复与经济预留发展区	4.13	3.47
207	英杰村东北部水土保持区	0.58	0.49
2.3	小长山东南部森林保护与生态防护区	9.78	8.21
208	小长山岛东南部重要森林生态系统保护区	2.72	2.28
209	英杰村生态经济与水土流失防治区	0.72	0.60
210	复兴村森林生态功能保育与水土保持区	1.61	1.35
211	英杰村森林生态系统保护与水土保持区	0.70	0.59
212	蚆蛸村西部森林保护与生态恢复区	0.36	0.30
213	蚆蛸村生态经济与农业生态恢复区	0.24	0.20
214	蚆蛸村中北部森林保护与水土保持区	0.76	0.64
215	蚆蛸村南部生态恢复与环岛生态防护区	0.71	0.60
216	乌蟒村生态恢复与水土保持区	1.96	1.64
3	广鹿乡农业生态恢复与生物多样性保护区	31.23	26.21
3.1	广鹿乡西部农业生态恢复与生态经济发展区	7.43	6.24
306	广鹿乡西部水土保持区	3.06	2.57
309	沙尖村中西部农业生态恢复与经济预留区	3.97	3.33
313	沙尖村旅游开发建设区	0.40	0.34
3.2	广鹿乡南部水土保持与生态防护区	8.80	7.39
310	广鹿乡南部重要森林生态系统防护区	7.29	6.12
312	沙尖村东部农业生态恢复区	0.85	0.71
315	沙尖村南部土壤侵蚀严格防护区	0.66	0.55
3.3	广鹿乡中东部农业生态恢复与生态经济发展区	10.42	8.75
305	广鹿乡中部农业生态恢复与高效果蔬基地建设区	5.18	4.35
307	柳条村西部重要森林生态系统防护区	0.89	0.75
308	柳条村中部重要森林生态系统防护区	1.73	1.45
311	广鹿乡东南部农业生态恢复与城镇经济发展区	1.78	1.49
314	柳条村东部生态恢复与水土保持区	0.84	0.70

续表

编号	功能区名称	面积/km²	比例/%
3.4	广鹿乡北部生态恢复与渔业资源发展区	4.58	3.84
301	格仙村生态恢复与生态渔业观光区	1.37	1.15
302	瓜皮村生态恢复与农渔观光区	2.09	1.75
303	塘洼村北部农业生态恢复区	0.50	0.42
304	塘洼村北部重要森林生态系统防护区	0.62	0.52
4	獐子岛镇生物多样性保护与水土保持生态区	14.66	12.30
4.1	獐子岛森林保护与生态防护区	10.97	9.21
401	环獐子岛土壤侵蚀严格保护区	1.27	1.07
402	獐子岛水库水源涵养区	0.06	0.05
403	獐子岛森林生态系统抚育与保护区	4.43	3.72
406	獐子岛南部生态恢复区	0.39	0.33
408	环褡裢岛土壤侵蚀严格保护区	0.28	0.23
410	褡裢岛西部森林生态系统保护区	0.33	0.28
411	褡裢岛东部森林生态系统保护区	0.50	0.42
412	大耗岛森林生态系统保护抚育区	2.03	1.70
414	小耗岛森林生态系统保护抚育区	1.68	1.41
4.2	獐子岛生态经济发展区	3.69	3.10
404	獐子岛西部生态经济与水土保持区	0.69	0.58
405	獐子岛中北部城镇生态经济区	1.37	1.15
407	獐子岛东部港湾生态经济与生态恢复区	0.81	0.68
409	褡裢岛西部生态经济生态农业恢复区	0.56	0.47
413	小耗村生态经济区	0.26	0.22
5	海洋乡生物多样性保护区	19.09	16.02
5.1	海洋乡森林保护与生态防护区	16.79	14.09
501	海洋乡北部土壤侵蚀严格防护区	0.57	0.48
503	海洋乡土壤侵蚀严格保护区	0.26	0.22
504	海洋乡重要森林生态系统防护区	15.69	13.17
502	海洋岛南部沿岸水土保持与生态防护区	0.27	0.23
5.2	海洋乡生态恢复与生态经济发展区	2.30	1.93
505	海洋乡港口生态经济发展区	1.58	1.33
506	海洋乡农业生态恢复区	0.72	0.60

注：由于乌蟒岛远离小长山岛乡，216乌蟒村生态恢复与水土保持区不在图中。

四、生态功能区主要特征

本节以二级生态功能类型为单位，分别论述各功能区的生态特点、主要生态环境问题及保护与建设措施。各区土地利用构成见表8-6，其中，林地包括有林地、未成林造林地、灌木林地、疏林地；草地为荒草地；耕地为旱地；湿地包括沼泽地和滩涂；水域为坑塘水面、水库水面、河流水面；园地包括果园、苗圃、菜地；居民点包括农村居民点、建制镇、城镇；未利用地包括裸土地、裸岩石砾地、盐碱地、其他未利用土地；交通用地包括公路用地、农村道路；工矿用地包括港口码头用地、独立工矿用地、民用机场、特殊用地、水工建筑用地。

表8-6 长海县一级生态功能区的土地利用构成

土地利用类型	大长山岛镇/km²	比例/%	小长山乡/km²	比例/%	广鹿乡/km²	比例/%	獐子岛镇/km²	比例/%	海洋乡/km²	比例/%
林地	13.15	42.67	7.93	35.64	11.24	35.38	8.43	50.50	14.36	73.91
草地	1.72	5.58	2.55	11.46	2.49	7.84	0.03	0.20	0.28	1.44
耕地	1.80	5.84	2.23	10.02	6.20	19.51	0.25	1.68	0.67	3.45
湿地	6.91	22.42	3.90	17.53	7.19	22.62	2.02	13.54	0.83	4.27
水域	0.23	0.75	0.03	0.14	0.22	0.68	0.04	0.27	0.01	0.05
园地	0.50	1.62	0.27	1.21	0.11	0.34	0.07	0.47	0.04	0.21
居民点	2.41	7.82	2.53	11.37	2.00	6.29	1.92	12.87	1.01	5.20
未利用地	0.36	1.17	0.96	4.32	0.44	1.39	1.34	8.98	1.12	5.76
交通用地	0.51	1.65	0.43	1.93	0.45	1.42	0.22	1.47	0.27	1.39
养殖水面	0.88	2.86	0.28	1.26	0.24	0.75	0.01	0.07	0.00	0.00
工矿用地	2.35	7.62	1.14	5.12	1.20	3.78	0.59	3.95	0.84	4.32

（一）大长山岛镇生态经济建设与生物多样性保护区

从表8-6可以看出，大长山岛镇主要以林地生态系统为主，占总面积的42.67%，主要分布在大长山岛镇的中西部，中部是城镇居民点集中分布的区域，东部主要分布着农业区、工矿用地等经济发展区（图8-4）。根据功能归并及区划的要求得到二级生态功能类型，包括农业生态恢复与生态经济发展区、森林保护与生态防护区、土壤侵蚀防治与水土保持区。

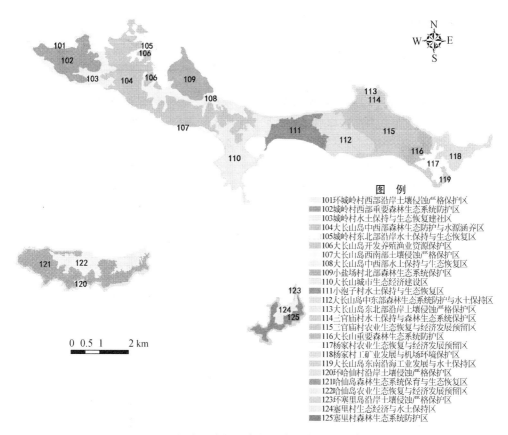

图 例

101 环城岭村西部沿岸土壤侵蚀严格保护区
102 城岭村西部重要森林生态系统防护区
103 城岭村水土保持与生态恢复建社区
104 大长山岛中西部森林生态防护与水源涵养区
105 城岭村东北部沿岸水土保持与生态恢复区
106 大长山岛开发养殖渔业资源保护区
107 大长山岛西南部土壤侵蚀严格保护区
108 大长山岛中西部水土保持与生态恢复区
109 小盐场村北部森林生态系统保护区
110 大长山城市生态经济建设区
111 小泡子村水土保持与生态恢复区
112 大长山岛中东部森林生态系统防护与水土保持区
113 大长山岛东北部沿岸土壤侵蚀严格保护区
114 三官庙村水土保持与森林生态系统保护区
115 三官庙村农业生态恢复与经济发展预留区
116 大长山重要森林生态系统防护区
117 杨家村农业生态恢复与经济发展预留区
118 杨家村工矿业发展与机场环境保护区
119 大长山岛东南沿海工业发展与水土保持区
120 环哈仙村沿岸土壤侵蚀严格保护区
121 哈仙岛森林生态系统保育与生态恢复区
122 哈仙岛农业生态恢复与经济发展预留区
123 环寒里岛沿岸土壤侵蚀严格保护区
124 寒里村生态经济与水土保持区
125 寒里村森林生态系统防护区

图 8-4　长海县大长山岛镇生态功能区划示意图

1. 大长山岛镇中东部生态恢复与生态经济发展区

本区主要分布在大长山岛镇中东部，面积为 14.64km²，占全镇总面积的 45.82%。大长山岛镇是长海县的政治、经济、文化和交通中心。该岛以商贸、办公、海洋资源研发、文化、教育、旅游等职能为主。行政区划调整后，长海县的乡镇分布相对集中，联系更为紧密。通过调整各岛屿乡镇的产业结构和发展方向、资源的合理整合与布局，大长山岛作为县域中心城镇，规模不断扩大，综合效益得到加强，将很好地发挥中心辐射功能。

该区功能保障措施如下。

（1）对大小长山岛进行一体化的规划和建设，使之成为全县的经济核心区。

（2）通过引进与派出海洋人才相结合的方法，建成全县海洋资源开发利用研究中心、海洋信息服务中心、海洋高新科技孵化中心。

（3）利用便捷的交通及基础设施优势，发展休闲观光旅游业和渔业。

（4）调整土地利用结构，合理利用土地，使经济实现可持续发展。

2. 大长山岛镇西部森林保护与生态防护区

本区面积为 $17.31km^2$，占全镇总面积的 54.18%，主要分布在大长山岛镇的西部。该区是大长山岛镇植被覆盖较好的地区，林地面积达全镇总面积的 42.66%，也是大长山岛镇生物多样性最为丰富的地区。因此，该生态功能区的基本功能定位是水源涵养、水土保持和生物多样性保护。

该区主要生态环境问题如下。

（1）森林生态系统受到破坏，连通性降低，水源涵养功能受损，生物多样性的保育受到威胁。

（2）商品林与低质林比例比较高，导致森林的生态防护功能降低，水土流失问题较为严重。

该区功能保障措施如下。

（1）保护森林生态系统和生物多样性，加强疏林地的抚育，改造低质林地，对由商品林改造成的生态公益林实施林种结构改造，增加生物多样性，提高低质林地的生态防护功能。

（2）加强林业科技建设，提高单位商品林的经济效益，减少商品林总面积，加大生态公益林建设力度。

（3）加强水土流失治理。力争使本区内的水土流失区得到全面治理。

（4）充分发挥本区山水景观优势，改变生产结构，积极发展生态旅游业。

3. 大长山岛镇土壤侵蚀防治与水土保持区

土壤侵蚀防治与水土保持区主要集中在沿海地带，该区植被覆盖度低，生态系统极不稳定，在今后的治理过程中应重点加以保护。

该区主要问题和功能保障措施如下。

（1）植被覆盖度低，加重了当地的水土流失，应建设沿海生态防护林体系，控制近海岸区的无序开发建设。

（2）沿海企业如港口码头、渔业开发等污染严重，应加强管理，严格控制污染物的排放量。

（3）合理利用滩涂和岸线资源，禁止采挖岸滩砂石及在海域随意排放船舶废油和生活垃圾，禁止在非渔业生产岸线堆放贝壳废弃物。对已造成岸线油污染、生活污染和贝壳废弃物污染的岸线应在近期内采取改进措施。

（二）小长山乡生态经济建设与生物多样性保护水土保持区

小长山岛的生态功能定位与大长山岛基本一致，西部是土壤侵蚀严格保护与整治区，中部和东部是生态经济建设与农业生态恢复区（图8-5）。

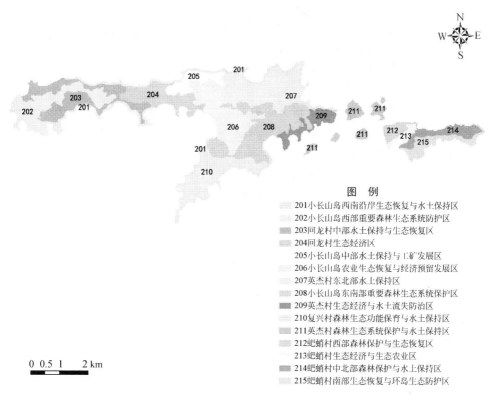

图 8-5　长海县小长山乡生态功能区划示意图

1. 小长山乡西部森林保护与水土保持区

本区主要分布在小长山岛的西部，面积为5.66km²，占全乡面积的25.44%。林地覆盖面积为35.64%，低于全县50.9%的平均水平。该生态功能区的基本功能定位是水源涵养、水土保持和生物多样性保护。

该区主要问题和功能保障措施如下。

（1）森林生态系统破坏严重，低质林地比例较高。应当保护森林生态系统，加强疏林地的抚育、改造低质林地、提高生物多样性。

（2）商品林与低质林比例过高，导致生态防护功能降低，水土流失问题较为严重。应当加强林业科技建设、提高单位商品林的经济效益、减少商品林总面积、加大生态公益林建设力度。

（3）在生态屏障间断的地区要加强退耕还林和生态防护林体系建设。

2. 小长山乡中北部生态恢复与生态经济发展区

本区主要分布在小长山乡中北部，面积为 6.81km²，占全乡总面积的 30.61%。该区是水产品生产、加工和育苗基地，海洋食品和海洋制药为主的海洋工业开发区，以及以海洋生态为主题的生态旅游区。

该区功能保障措施如下。

（1）促进浮筏养殖、虾夷扇贝底播增殖和海参底播、圈养增殖的发展，逐步建设成全县的海珍品养殖基地、育苗基地和水产品加工贸易集散中心。

（2）通过引进与派出海洋人才相结合的方法，建成全县海洋资源开发利用研究中心、海洋信息服务中心、海洋高新科技孵化中心。

（3）进行合理的产业布局与结构调整，减少重复建设与圈内竞争，加强分工合作。

3. 小长山乡东南部森林保护与生态防护区

本区面积为 9.78km²，占小长山乡总面积的 43.96%，集中在小长山乡东南部及沿海地带，部分地区植被覆盖率低，处于土壤侵蚀重度敏感区。港口码头和渔业开发等聚集在该区，这使得该区的环境污染严重，生态环境比较脆弱。

该区主要问题和功能保障措施如下。

（1）植被覆盖度低，加重了水土流失，应加大沿海生态防护林体系的建设力度，限制近海岸区的开发建设。

（2）加强对沿海港口码头、渔业开发等污染严重企业的管理，减少污染物的排放量。

（3）确保滩涂和岸线资源的合理利用。禁止采挖岸滩砂石及在海域随意排放船舶废油和生活垃圾，恢复与重建已污染区的生态环境。

（三）广鹿乡农业生态恢复与生物多样性保护区

广鹿乡的农业生态恢复区集中在中南部，生态系统防护区大多集中在北部。广鹿乡南部的植被覆盖度较高，人类活动较弱，生态系统相对稳定。广鹿乡一直是长海县的农副产品生产加工基地，承担着食物供给等功能。根据长海县委、县政府的统一部署和广鹿乡近陆区位优势，利用沿岸深水岸线（25m），通过产业结构调整，争取赋予保税区功能，积极建设物流集散转运中心。因此，广鹿乡原有的农田除在地势平坦、土壤肥沃、水利条件较好的部分地区建设蔬菜、瓜果种植基地外，其他的农田要积极进行生态恢复工作，转变土地功能，使其为今后船舶制造业和物流集散中心的建设提供充分的土地和资源空间（图8-6）。

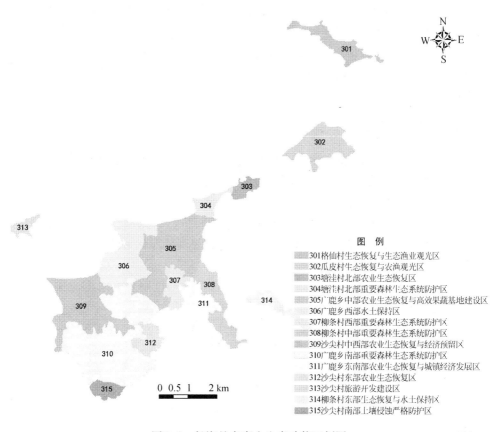

图例

301格仙村生态恢复与生态渔业观光区
302瓜皮村生态恢复与农渔观光区
303塘洼村北部农业生态恢复区
304塘洼村北部重要森林生态系统防护区
305广鹿乡中部农业生态恢复与高效果蔬基地建设区
306广鹿乡西部水土保持区
307柳条村西部重要森林生态系统防护区
308柳条村中部重要森林生态系统防护区
309沙尖村中西部农业生态恢复与经济预留区
310广鹿乡南部重要森林生态系统防护区
311广鹿乡东南部农业生态恢复与城镇经济发展区
312沙尖村东部农业生态恢复区
313沙尖村西部旅游开发建设区
314柳条村东部生态恢复与水土保持区
315沙尖村南部土壤侵蚀严格防护区

图8-6 长海县广鹿乡生态功能区划图

1. 广鹿乡西部农业生态恢复与生态经济发展区

广鹿乡现有农田所占面积在全县各乡镇中是最大的，达 6.67km²，是以农业为主体的平原区，包括其间分布的水库坑塘、湿地以及河流水系，是一个复合生态系统区域。由于坑塘、湿地以及河流水系在维护海岛生态安全和绿色服务功能方面具有主要的作用，而高耗水的传统农业对生态系统以及河流、湿地的破坏极为严重，因此要逐步实施生态恢复工程，转变土地功能，建设高效果蔬种植基地，合理布局建设工业用地。

该区主要问题和功能保障措施如下。

（1）传统农业对淡水资源消耗和对生态系统破坏严重，根据海岛的功能定位和社会经济发展的需要，在部分地形平坦、土壤肥沃的区段建设高效蔬菜、瓜果种植基地，而对较差的农用地采取生态恢复措施，恢复其生态服务功能，为海岛生态旅游和物流集散中心建设提供资源空间。

（2）在发展船舶制造业和物流集散中心建设过程中，要切实抓好环境保护工作，防止工业污染对海岛环境的破坏。

（3）在城镇化发展与制造基地和物流中心建设过程中，通过工程环境影响评价和土地利用适宜性评价工作，做到根据环境、资源和效益合理布局不同的功能组团。

2. 广鹿乡南部水土保持与生态防护区

本区主要分布在广鹿乡南部，面积为 8.80km²，占全乡总面积的 28.20%。该区原生植被破坏较为严重，水土保持工作应得到重视。

该区主要问题和功能保障措施如下。

（1）森林生态系统受到破坏，面积减小，低质林地比例较高。应当保护森林生态系统，加强抚育疏林地，改造低质林地，提高低质林地的生态防护功能和生物多样性。

（2）商品林与低质林比例过高，导致生态防护功能降低，水土流失问题较为严重。应当加强林业建设，加大生态公益林建设力度。

（3）在生态屏障间断的地区要加强退耕还林和生态防护林体系建设。

（4）严禁乱砍滥伐，合理利用土地，维持野生动植物物种多样性。

3. 广鹿乡北部生态恢复与渔业资源发展区

本区分布在广鹿乡北部，面积为 4.58km²，占全乡总面积的 14.67%。该区植被覆盖度低，坡度较陡，土壤侵蚀严重。

该区主要问题和功能保障措施如下。

（1）植被覆盖度低，加重了水土流失，应建设沿海生态防护林体系，控制近海岸区的过度开发建设。

（2）加强管理沿海港口码头、渔业开发等污染严重的企业，减少污染物的排放量。

（3）确保滩涂和岸线资源的合理利用。已造成岸线油污染、生活污染和贝壳废弃物污染的岸线应在近期内采取改进措施。

4. 广鹿乡中东部农业生态恢复与生态经济发展区

本区主要分布在广鹿乡中东部，面积为 10.40km²，占全镇总面积的 33.32%。该区是广鹿乡农业和人口集中的区域。

该区功能保障措施如下。

（1）在城镇化发展与制造基地和物流中心建设过程中，通过工程环境影响评价和土地利用适宜性评价工作，做到根据环境、资源和效益合理布局不同的功能组团。

（2）利用便捷的交通及基础设施优势，发展休闲观光旅游业和渔业。

（3）调整土地利用结构，合理利用土地，使经济实现可持续发展。对现有农田进行生态恢复，逐步将其建设成为旅游用地和海产品深加工基地，这样既可以减轻土地资源的制约，同时也可以缓解高耗水农业对淡水资源的消耗，为保护海岛生态环境、实现社会经济的可持续高速发展奠定基础。

（四）獐子岛镇生物多样性保护与水土保持生态区

獐子岛镇地处长海县的南端，森林覆盖率达56.53%，物种非常丰富，该区的生态功能是生物多样性保护和水土保持（图8-7）。

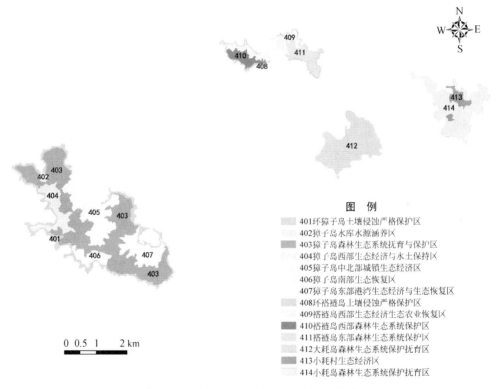

图 例

- 401环獐子岛土壤侵蚀严格保护区
- 402獐子岛水库水源涵养区
- 403獐子岛森林生态系统抚育与保护区
- 404獐子岛西部生态经济与水土保持区
- 405獐子岛中北部城镇生态经济区
- 406獐子岛南部生态恢复区
- 407獐子岛东部港湾生态经济与生态恢复区
- 408环褡裢岛土壤侵蚀严格保护区
- 409褡裢岛西部生态经济生态农业恢复区
- 410褡裢岛西部森林生态系统保护区
- 411褡裢岛东部森林生态系统保护区
- 412大耗岛森林生态系统保护抚育区
- 413小耗村生态经济区
- 414小耗岛森林生态系统保护抚育区

0 0.5 1 2 km

图 8-7 长海县獐子岛镇生态功能区划图

1. 獐子岛镇森林保护与生态防护区

本区面积为10.97km^2，占獐子岛总面积的74.78%，主要分布在獐子岛的西北部及褡裢岛、大小耗岛上。该区植被覆盖较好，今后应加强生态公益林建设与水土保持和生物多样性保护。

该区主要问题和功能保障措施如下。

（1）本区属于生物多样性保护的敏感地区和关键地区，必须对林业进行合理开发，加强生态公益林的建设。

（2）商品林与低质林比例较高，导致生态防护功能降低，受地形的影响，水土流失敏感性较高。

（3）对于水土保持与生态恢复的区域，生态功能受到了损害，必须切实加强生态环境的保护工作。

（4）要加强生态屏障间断地区的退耕还林和生态防护林体系建设。

（5）严禁乱砍滥伐，合理利用土地，维持野生动植物物种多样性。

（6）本区山地森林植被分布较广，生长良好，但部分地区的水土流失敏感性很高，因此，必须加强天然林保护与生态公益林建设，积极治理水土流失区域。

分布在沿海地带的土壤侵蚀防治与水土保持区，植被覆盖度低，人类活动比较频繁，生态环境恶化。

（7）植被覆盖度低，加重了水土流失，应建设沿海生态防护林体系，控制近海岸区的进一步开发建设。

（8）沿海如港口码头、渔业开发等污染严重的企业，应加强管理，减少污染物的排放量。

2. 獐子岛镇生态经济发展区

本区面积为 3.70km^2，占全乡总面积的 25.22%。在今后的发展过程中，应注意合理地调整产业结构，在发展经济的同时，应注意保护生态环境，减少企业废物的排放量，避免水源地受到污染而影响整个区域的健康发展。

该区主要问题和功能保障措施如下。

（1）加强重要水源地周边的植被保护与建设，加强疏林地的抚育，改造低质林地，提高低质林地的生态防护功能。

（2）加强水土流失治理，力争使本区内的水土流失区得到全面治理。

（3）加强生态防护林体系与农业生态恢复建设，主要海岸防护林覆盖的岸线长度达到 50%，对坡度较陡、水土流失严重地段的丘陵农业区要积极实施农业生态恢复和退耕还林工作。

（五）海洋乡生物多样性保护区

海洋乡的植被覆盖度在全县各乡镇中是最高的，林地覆盖率达到了 74.28%，所以该区的生态服务功能以生态系统防护为主（图 8-8）。

1. 海洋乡森林保护与生态防护区

本区分布在整个海洋乡，物种丰富，在今后应注意合理地开发利用。

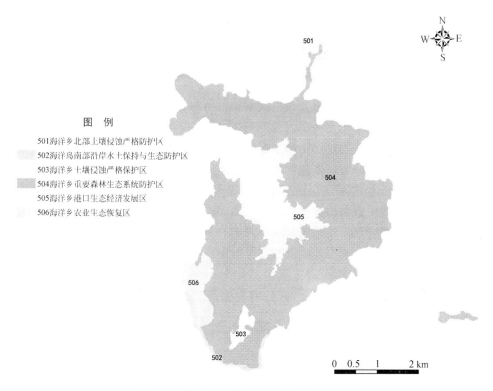

图 例

501海洋乡北部土壤侵蚀严格防护区
502海洋岛南部沿岸水土保持与生态防护区
503海洋乡土壤侵蚀严格保护区
504海洋乡重要森林生态系统防护区
505海洋乡港口生态经济发展区
506海洋乡农业生态恢复区

图 8-8　长海县海洋乡生态功能区划示意图

本区面积 16.80km^2，占全乡总面积的 88.00%，其中海洋乡土壤侵蚀治理与保护生态区面积 3.36 平方公里，占全乡总面积的 17.08%，主要分布在沿海地带，应注意土壤侵蚀的治理与水土保持工作。

该区主要问题和功能保障措施如下。

（1）控制人为干扰，避免造成进一步破坏。

（2）控制水土流失，加强沿海防护林体系建设。

2. 海洋乡生态恢复与生态经济发展区

该区面积为 2.29km^2，占到全乡面积的 12.00%，建议把海洋乡建设成为爱国主义教育基地，带动当地旅游业的发展。但在发展的过程中，要注意加强管理和引导，避免过度的人为活动破坏生态环境。

该区主要问题和功能保障措施如下。

（1）控制人为干扰，避免造成进一步破坏。

（2）控制水土流失，加强沿海防护林体系建设。

（3）海洋乡生态经济建设区。建议把海洋乡建设成为爱国主义教育基地，带动当地旅游业的发展。但在发展的过程中，要注意加强管理和引导，避免过度的人为活动破坏生态环境。

第五节　海洋生态功能区划

由前两节的介绍可以看出，根据国家颁布的相关技术规范所进行的海洋功能区划，主要是将海洋作为一种可以开发利用的资源类型划分为港口航运区、渔业资源利用和养护区、旅游区、海洋能利用区和工程用海区等，区划的内容侧重海洋的生产功能。参考国家环境保护部颁布的陆地生态功能区划技术导则，结合海洋功能区划，综合考虑不同海域的生态环境特点、可能面临的关键生态环境问题、主导的资源利用方向与途径，进行了海洋生态功能区划，目的是通过建立合理的海洋生态功能区划，在全面挖掘海洋生产与经济功能的同时，加强对海洋的生态环境保护，促进海洋产业的高效持续发展。

长海县海洋生态功能区划方案包括 6 个一级区和 65 个二级区，具体见图8-9、图8-10 和表8-7。6 个一级区分别为生态养殖区、生态旅游区、污染防治

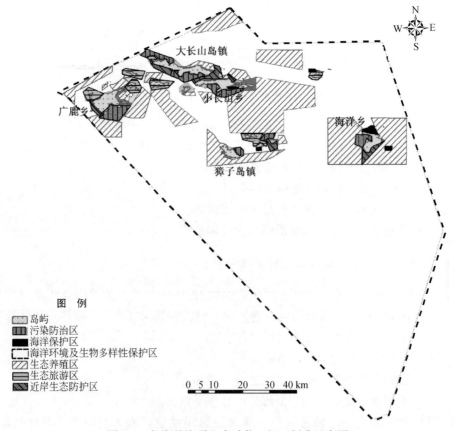

图 8-9　长海县海洋生态功能一级区划分示意图

区、海洋保护区、近岸生态防护区和海洋环境及生物多样性保育区。

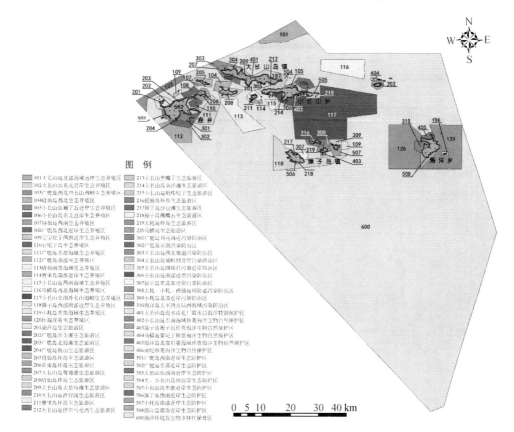

图 8-10　长海县海洋生态功能二级区划分示意图

表 8-7　长海县海洋生态功能区划方案

1	生态养殖区	101	大长山岛北部海域远岸生态养殖区
		102	大长山岛东北近岸生态养殖区
		103	广鹿岛西北里长山海峡生态养殖区
		104	哈仙岛西北生态养殖区
		105	小长山岛狮子石近岸生态养殖区
		106	小长山岛东北近岸生态养殖区
		107	格仙岛西南生态养殖区
		108	广鹿岛西北近岸生态养殖区
		109	元宝坨子西南近岸生态养殖区
		110	石坨子岛生态养殖区

1	生态养殖区	111	广鹿岛东部海域生态养殖区
		112	广鹿岛南部生态养殖区
		113	哈仙南部海域生态养殖区
		114	塞里岛南部近岸生态养殖区
		115	小长山岛西南海域生态养殖区
		116	乌蟒岛西北海域生态养殖区
		117	小长山东南外长山海峡生态养殖区
		118	獐子岛西部南部近岸生态养殖区
		119	小耗岛东部海域生态养殖区
		120	环海洋岛生态养殖区
2	生态旅游区	201	葫芦岛生态旅游区
		202	广鹿岛沙尖滩生态旅游区
		203	广鹿岛北海滩生态旅游区
		204	广鹿岛铁山生态旅游区
		205	格仙岛环岛生态旅游区
		206	瓜皮岛环岛生态旅游区
		207	大长山岛鸳鸯港生态旅游区
		208	哈仙岛环岛生态旅游区
		209	大长山岛大盐场滩生态旅游区
		210	大长山岛祈祥园生态旅游区
		211	塞里岛环岛生态旅游区
		212	大长山岛伊尔马克湾生态旅游区
		213	小长山黑嘴子生态旅游区
		214	大长山金沙滩生态旅游区
		215	小长山岛明珠坨子生态旅游区
		216	褡裢岛环岛生态旅游区
		217	獐子岛沙包滩生态旅游区
		218	獐子岛鹰嘴石生态旅游区
		219	大耗岛环岛生态旅游区
		220	乌蟒岛生态旅游区
3	污染防治区	301	广鹿岛月亮湾近岸污染防治区
		302	广鹿岛东南污染防治区
		303	大长山岛西北航道污染防治区

续表

3	污染防治区	304	大长山岛城岭村近岸污染防治区
		305	大长山岛四块石近岸污染防治区
		306	小长山岛南部近岸污染防治区
		307	獐子岛东北部近岸污染防治区
		308	大耗、小耗、褡裢岛间航道污染防治区
		309	小耗岛北部近岸污染防治区
		310	海洋岛太平湾及以西海域污染防治区
4	海洋保护区	401	大长山岛海水淡化厂取水口海洋特别保护区
		402	小长山岛东南海域珍贵海洋生物自然保护区
		403	獐子岛板子石珍贵海洋生物自然保护区
		404	乌蟒岛菜坨子珍贵海洋生物自然保护区
		405	海洋岛北部后套海域珍贵海洋生物自然保护区
		406	南坨珍贵海洋生物自然保护区
5	近岸生态防护区	501	广鹿岛西南近岸生态防护区
		502	广鹿岛东部近岸生态防护区
		503	大长山岛西南近岸生态防护区
		504	大、小长山岛间近岸生态防护区
		505	小长山岛东部近岸生态防护区
		506	獐子岛西南近岸生态防护区
		507	小耗岛南部近岸生态防护区
		508	海洋岛南部近岸生态防护区
6	海洋环境及生物多样性保护区	600	海洋环境及生物多样性保护区

一、生态养殖区

海洋生态养殖与传统养殖的区别在于对海洋资源的开发与保护要处于动态平衡中，进而实现海洋资源永续利用。在以海洋生态保护为基础、合理配置开发利用海洋资源的生态保护思想的指导下，长海县的渔业养殖应充分发挥高、精、尖渔业生产技术，养殖高档优质海洋珍贵生物。严格控制放养（底播）密度，控制人工饵料的投入量，防止海洋水体富营养化和赤潮的发生，控制高密度养殖单一品种，防止大规模病害流行，控制滩涂围堰养殖的污水排放，保证潮间带海水水质不因滩涂养殖而受到污染，生态养殖区执行二类的海水水质标准。逐渐减少浮筏养殖，加快底播增殖发展步伐，推进传统增养殖业和粗放型经营方式向海水立体生态养殖和生态经济经营方式过渡的进程，走渔业养殖可持续发展的路子。生态养殖区在县域海域内共 20 个，主要分布于长海县北部近海海域处。

二、生态旅游区

生态旅游区的设立目的是使旅游与自然、文化和人类生存环境成为一个整体，将旅游活动和旅游业的发展对生态环境的不良影响减少到最低限度，以保障旅游区的自然和人文环境保持良好状态而得以持续利用。旅游开发应以可持续的生态旅游为主，坚持把旅游业发展与生态系统保护维持在一个动态平衡的状态，旅游业的发展不能超过其生态承载能力，严格控制旅游业对环境的污染，包括游客往来所带来的生活垃圾和废水、交通工具产生的废气等，注意对景观资源及生物资源的保护。区域内已建成及规划生态旅游区共 20 个，以海岸线条件较好的海岸区及近海海域为主。

严格遵守海域功能区划，遵循旅游用海优先的原则，处理好旅游用海和养殖用海的矛盾，在旅游用海和养殖用海有矛盾的海区，经过科学论证，选择合理的开发利用方式，达到海洋资源利用的最大效益。

三、污染防治区

长海县海域的污染分别来自于陆域污染源和海岸及港口污染源。陆域污染源主要有废水和固废物，废水以工业废水和居民生活污水为主，固废物以水产加工废弃贝壳为主。废水的排放应在达标排放的同时争取进行总量控制，对于有机固体废弃物应通过再次循环利用转化为经济效益或通过垃圾处理手段有效处置。海岸及港口污染源主要来自于岸滩堆放的固体废物，海洋养殖区不当饲养造成的水质污染和各修造船厂、港口码头及机动船舶的石油类污染。污染的防控和治理应采取控制排放、建设污水处理厂、实行雨水和污水分流、在港口码头设置油水分离设施等措施。污染区主要分布于径流入海处、港口码头、船舶制造修理厂、航道及海洋养殖区等区域，县域范围内污染防治区共 10 个。

四、海洋保护区

海洋保护区是指为保护珍稀、濒危海洋生物物种、经济生物物种及其栖息地以及有重大科学、文化和景观价值的海洋自然景观、自然生态系统和历史遗迹需要划定的海域，建立自然保护区是保护海洋生物资源和海洋自然环境的有效途径。长海县海洋保护区以海洋生物自然保护区为主，全县境内有省级自然生态保护区 1 个，市级自然生态保护区 1 个（长山列岛珍贵海洋生物自然保护区），用于水源地的海洋特别保护区 1 个。

五、近岸生态防护区

作为海岛生态系统，陆地生态系统与海洋生态系统在物质、能量方面的交流主要是通过近海岸区域完成的，沿岸滩涂、湿地、潮间带及近海海域对污染防控、物种交流、水源保护、景观建设、物质生产及海陆交通等生态环境保护问题都有重要的意义。对于该防护区应贯彻以保护为主、开发利用为辅的原则。全县内近岸生态防护区共 8 个，都分布于岛屿沿岸区域。

六、海洋环境及生物多样性保育区

长海县远离海岸线的近海及远海海域除了生态养殖及污染防治作用外，主要的生态功能是污染物自净、作为海洋生物的生境、生物多样性保护及入海径流的排涝、泄洪等。本类区域对于海上运输、今后发展海洋生产等具有重要的经济意义。对于该区域应当加强管理，严禁随意开发，对临时性开发利用，必须实行严格的申请、论证和审批制度。二级区的分布见图 8-10。

第六节　生态功能区划分级控制研究

一、生态保护级别划分

根据《全国海岛保护与开发规划》大纲的分类原则，长海县的大长山岛、小长山岛、獐子岛和广鹿岛等属于优化开发类海岛，而海洋岛由于国防安全的需要，属于限制开发类海岛。本书将长海县划分为严格保护区、限制性开发利用区、开发利用建设区。在各种生态控制区域范围内，充分考虑生态系统服务功能的重要性和关键生态环境问题，确定生态调控的主要措施。

（一）红线控制区——严格控制保护区

重要生态功能严格保护区主要分布在生态安全屏障区范围内，包括 NDVI > 0.4、水土流失敏感性为极敏感的区域。这类区域在生物多样性与主要生态系统类型保护、水源涵养、水土保持等方面具有重要的生态服务功能，同时生态敏感性高，系统稳定性差，很容易受外来干扰的影响，对生态安全和人居环境具有重要意义，需要加以重点管理和维护。此外，长海县由岛屿构成，四面环海，地理位置比较特殊，这也使得沿海地带生态环境脆弱，土壤侵蚀重度敏感，需要加以重点保护。

严格控制保护区有如下几类。

(1) 自然保护区（主要分布在小长山岛、獐子岛和海洋岛）；

(2) 区域代表性生态系统（岛域核心生态防护带、海岛局域生态防护带等）；

(3) 水源涵养区；

(4) 水土流失极敏感区（主要集中在岛屿沿海地带）；

(5) 重要水源地（主要包括广鹿岛的山里水库和吴家方塘、獐子岛的前马牙滩水库以及大长山岛的三官庙方塘）。

(二) 蓝线控制区——限制性开发利用区

限制性开发利用区指生态敏感性较强，系统稳定性较差，对外来干扰抵抗力弱，生态恢复难，同时该区具有比较重要的自然生态服务功能和社会生态服务功能，对维持敏感区的良好功能及气候环境等方面起到重要作用，与整体生态维护密切相关。

该区主要分布在森林生态系统发育良好、NDVI 为 0.2 ~ 0.4、水土流失敏感性为高度敏感或强度敏感的区域，这类区域在生物多样性保护、水源涵养、水土保持等方面具有极其重要的作用，同时在防治水土流失、保障城镇区生态安全、提高岛域生态环境质量和居民生活质量等方面也具有重要的作用，是保障与改善长海县整体环境质量的重要区域。

在该区应严格控制人类的土地开发活动，严格保护现有的自然植被，加强现存水土流失区的治理和水土流失敏感区的保护。对森林与水体等自然资源的开发利用要以不损害生态系统的服务功能为准绳，禁止各种导致植被退化的生产活动，对海岛上坡度较陡的坡耕地实施退耕还林，对保留的农田区要加强生态防护林体系建设。积极开展疏林植被的抚育更新，对已经开发的农业种植区和经济林果区，根据海岛居民生活和旅游服务业的需要进行种植结构和区域经济结构的调整，积极恢复自然植被。

(三) 绿线控制区——开发利用建设区

开发利用建设区主要包括以城镇建设和农业利用为主的引导性资源开发利用区和城镇建设开发区，具有一定的生态服务功能，生态环境稳定性较好，能承受一定的人类干扰，但由于区域资源特点的不同，对开发、建设等利用方向有一定的限制要求，否则会产生相应的生态灾害，开发和建设需要加以引导。具体包括以半自然和人工生态系统类型为主的农业资源开发区、经济林果开发区和城镇建设开发区。农业与经济林果开发区内的城镇开发活动不很明显,人口密度适中,生态条件良好。随着城市化的发展及城镇区规模的扩大,其中部分土地将作为未来城镇扩展备用地。在城镇发展过程中,要坚持生态优先的原则,协调城镇发展与生态保护的关系。建设开发区主要以现有建成区和未来发展区为主,包括工业区、居民点以及城市其他功能区,是重点开发或以开发为主的区域。该区人口密度、建筑密度和经济密度都很高,是人类建成并支持的系统,不具备自维持能力。在长期的人为干扰作用下,环境质量有所下降,需改善生态环境,加强城镇生态建设,提高人们生产和生活的舒适度。长海县地理位置比较特殊,开发利用建设区还包括港口码头、渔业资源开发和沿海旅游等。这些地区开发强度大,生态环境脆弱,对区域生态安全构成了一定的威胁,更应该加强引导和管理。

从生态环境保护的角度来讲,开发利用建设区属于抗干扰能力强的区域,或敏感性低、生态条件自然属性较差的区域,主要是旱地农田等,可承受一定强度的开发建设,土地可作多种用途开发,较适宜作城镇建设发展用地。本区范围内河流与道路生态节点较多,零星分布的林地、湿地等自然绿地斑块是区域生物传播的重要基础,应该予以重点保护。

二、生态分级保护区的空间分布

(一)生态控制区的总体分布

通过对生态系统服务功能重要性(NDVI)和水土流失敏感性以及土地利用现状图的叠加处理,划分了可以用于引导长海县生态保护工作的分级控制性图(参见图8-11~图8-15)。

表8-8是长海县各生态控制区类型的面积。

表8-8 长海县各生态控制区类型面积

乡镇名称	严格控制保护区		限制性开发利用区		开发利用建设区	
	面积/km²	比例/%	面积/km²	比例/%	面积/km²	比例/%
广鹿乡	4.31	13.81	9.99	32.02	16.91	54.17
大长山岛镇	2.10	6.57	14.58	45.62	15.28	47.81
小长山乡	2.35	10.56	6.63	29.80	13.27	59.64
獐子岛镇	1.13	7.68	6.36	43.35	7.19	48.97
海洋乡	4.11	21.52	11.02	57.73	3.96	20.75

严格控制保护的土地面积为14.00km²,占区域总土地面积的11.74%,该区

主要分布在各岛的沿海地带以及植被覆盖度较高的地区，这些区域在水土保持、水源涵养以及生物多样性保护方面具有重要生态服务功能，必须加以严格保护。

限制性开发利用区面积为 48.58km²，占总土地面积的 40.77%。从分级控制性图上可以清楚地看到，在生态保护工作中需要给予特别关注的区域主要分布着作为长海县生态安全屏障的森林生态系统，这些状态保存完好的海岛山地森林生态系统既是生物多样性保护的核心区域，也是防止水土流失、构建长海县一级生态结构框架的关键区域，对维护区域的生态安全起着决定性的作用。限制性开发利用区占据了长海县地区 40% 的面积，在提高区域生态稳定性、防范自然灾害、吸收固定 CO_2、提高区域生态环境质量方面具有重要的作用，同时也是区域生态屏障的重要组成部分。

要控制进一步的土地开发，结合经济结构和种植结构的调整，逐步恢复自然植被，防止生态屏障的破碎化与间断化，提高生态防护体系的完整性。

开发利用建设区总面积为 56.61km²，占土地面积的 47.49%，是与人类聚居的城镇区联系最密切的区域。因此，在土地的开发利用过程中，必须以生态学原理与循环经济理念善加引导，既要提高土地的利用效益，更要重视本区域的生态防护功能，真正实现社会效益、经济效益和生态效益的统一。

尽管在整个长海县范围内，严格保护区、限制性开发利用区和开发利用建设区的总体比例为 1:3.5:4.04，但考虑到不同海岛的环境状况、资源特点和县域开放后的社会经济发展定位，各海岛的受保护土地和开发利用土地的面积比例也存在较大差别。在严格保护区中，广鹿乡的土地面积最大，达到 4.31km²，占该岛总土地面积的 13.81%；其次为海洋乡，面积为 4.11km²，占该岛总土地面积的 21.52%；而作为社会、经济、文化中心的大长山岛则只有 6.57%。由于严格保护区主要用于提供保障区域生态安全的生态防护功能，禁止土地随意开发利用，因此严格保护区面积比例在区域间的不平衡必然会对不同地区的社会经济发展产生一定的影响，这就要求在环境保护与资源管理过程中，必须制定相应的生态补偿制度，对为保障区域生态安全做出重大贡献的地区给予政策倾斜与经济补偿，提高整个长海县地区开展生态环境保护的积极性和责任感。

（二）生态控制区功能分化及其区域分布

在长海县地区，受地理区位重要性、生态系统类型及其发育程度、生态环境问题的严重性与敏感性、土地利用方式等因素的影响，各种生态控制区常常可以行使不同的生态功能。例如，在严格保护区中，由发育完好的森林植被和水土流失极敏感区域共同占据的地区既是水土流失防治的重点区域，同时也是生物多样性与重要生态系统保护的关键地区，对其进行严格保护，可以使其更好地发挥综合生态防护功能。对森林生态系统进行保护可以提高城镇的生态环境质量，对水土流失极敏感的区域进行保护与植被恢复，可以使其更好地发挥水土保持功能等等。各生态控制区的功能分化及其区域分布详见表8-9。

表8-9 分级生态保护控制区的功能分化及其区域分布

保护级别	功能类型	面积/km²	比例/%	分布区域
严格保护区	生态防护功能	3.44	2.88	大长山、小长山和广鹿岛城镇周边地带
	水土保持功能	7.28	6.11	大长山和小长山岛、广鹿岛西部
	水源涵养功能	3.26	2.74	广鹿岛的广鹿山里水库和吴家方塘、獐子岛的前马牙滩水库以及大长山岛的三官庙方塘
限制性开发利用建设区	生态防护功能	31.76	26.65	大长山西部、广鹿岛和小长山岛南部、海洋岛和獐子岛中部
	水土保持功能	16.83	14.12	大长山西部、广鹿岛和小长山岛南部、海洋岛和獐子岛五个岛的沿海地带
城镇经济开发与预留区	城镇生态经济区	12.43	10.43	长海城镇所在地以及港口码头和渔业开发地区
	农业生态恢复与经济发展预留区	22.29	18.70	长海主要城镇的周边现有的农业区，除在广鹿岛利用部分水土条件优良的农田改造建设高效果蔬基地外，其他海岛的农业用地要通过生态恢复完善生态防护体系，加强公共绿地建设，并根据经济发展定位将其作为经济发展预留土地
	环岛海岸生态防护与旅游景观建设	21.88	18.36	大长山、小长山、海洋、广鹿、獐子五个岛的海岸地带

（三）生态保护分级控制建设要求

在严格保护区范围内，应停止一切导致生态功能继续退化的开发活动和其他人为破坏活动，特别是森林资源的开发利用活动，对已破坏的生态环境要做好生态恢复工作。改变生产经营方式，走生态经济化和经济生态化的发展道路。有计划、有针对性地建立自然保护区，如水源保护区、生态保护区、森林公园等。对已经破坏的重要生态系统，要结合生态环境建设措施，认真组织重建与恢复，尽快遏制生态环境恶化趋势。为了保证区域生态安全，建议将严格保护区作为区域公共生态公益用地，按长海县单位土地经济产值和一定比例进行收费，由严格保护区面积小的乡镇向保护区面积较大的乡镇提供生态建设的经济补偿，使生态环境保护与建设工作真正成为整个区域、各行各业的共同事业。

　　限制性开发利用区应对资源的开发利用加以控制，在合理引导下可进行适度开发，对于城镇用地的建设开发要进行严格审批，对已破坏的生态环境要有计划地进行修复，调整产业结构，发展生态产业，保护区内所开展的各项生产活动等必须符合国家环境保护的有关规定和标准。可在保护自然生态环境的基础上，开发果树林、经济林、特种养殖基地和旅游观光等。

　　开发建设区要控制农业生产的面源污染和生活污染。推行清洁农业生产，发展果蔬产业，积极控制农药、化肥、杀虫剂的施用，预防流失。控制工业污染企业的数量，限制建设重污染企业，有效控制和大力消减排污总量。对城镇与平原周边区域进行合理的开发，停止已造成严重景观破坏的矿业开发活动，坚持先规划后开发、先评价后建设的原则，尽可能降低开发活动对生态环境的破坏，积极修复自然生态景观遭受破坏的山体。

　　图 8-11～图 8-15 为长海县各乡镇的生态保护控制区划图。

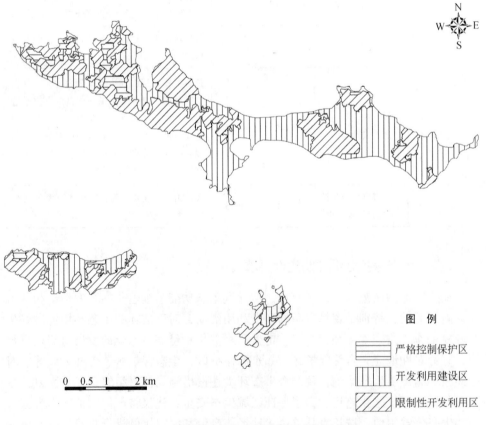

图 8-11　长海县大长山岛镇控制区规划示意图

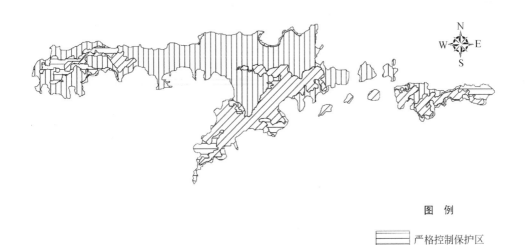

图 例

▤ 严格控制保护区

▥ 开发利用建设区

▧ 限制性开发利用区

0 0.5 1 2 km

图 8-12 长海县小长山乡控制区规划示意图

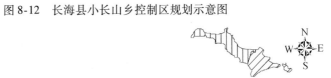

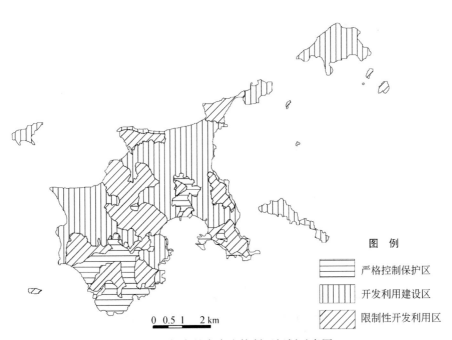

图 例

▤ 严格控制保护区

▥ 开发利用建设区

▧ 限制性开发利用区

0 0.5 1 2 km

图 8-13 长海县广鹿乡控制区规划示意图

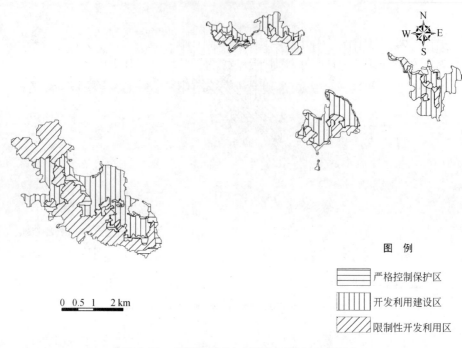

图 8-14　长海县獐子岛镇控制区规划示意图

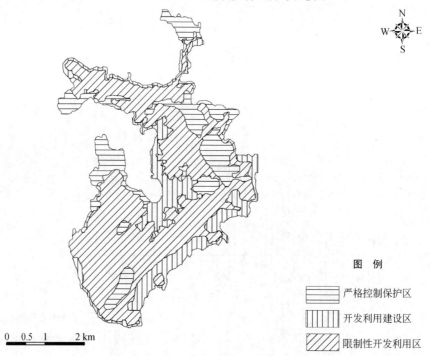

图 8-15　长海县海洋乡控制区规划示意图

第九章 以区域经济理论为指导的
岛陆一体化发展模式

第一节 区域经济理论概述

区域经济是指"一定地域空间内各种经济活动所组合的有机整体"。关于区域经济产生的原因，埃德加·胡佛在《区域经济学导论》中提出：区域经济存在的三个基石分别是生产要素的不完全流动性、生产活动的不完全可分性及产品与服务的不完全流动性。20 世纪 50 年代以来，区域经济学逐渐发展成一门独立的学科，很多学者在区域经济领域做了大量的探索性研究，逐步形成了区域经济理论体系，并对区域经济的发展起到了重要的指导作用。这些理论主要分为区域经济增长理论、区域贸易分工与产业理论、区域经济的空间开发理论等类别。下面简要介绍几种重要的区域经济理论。

一、区域经济增长理论

（一）区域平衡发展理论

区域平衡发展理论主张在各个部门和产业中同时投资推进区域经济发展，它是以新古典经济增长模型为理论基础发展起来的。这一理论主要包括纳克斯的"贫困恶性循环"理论和保罗·罗森斯坦·罗丹的"大推进"（Big Push）理论，此外还包括哈维·莱宾斯坦的"临界最小努力"理论和纳尔逊的"低水平均衡陷阱理论"。

1953 年，罗格纳·纳克斯在《不发达国家的资本形成问题》一书中探讨了贫困的根源，并提出了著名的"贫困恶性循环"理论。他认为发展中国家之所以贫困是因为其经济中存在若干互相联系、互相作用的"恶性循环力量"，其中最主要的就是贫困的恶性循环，包括供给不足的恶性循环（低生产率—低收入—低储蓄—资本供给不足—低生产率）和需求不足的恶性循环（低生产率—低收入—消费需求不足—投资需求不足—低生产率），由此他得出了著名的结论："一国穷是因为它穷（A country is poor because it is poor）"。

纳克斯认为恶性循环的根源在于资本的不足，而外来资本的缺乏在于本地区缺少有效需求，归根到底，是需要造就这种需求。因此而解决这两种恶性循环的关键是实施平衡发展战略，即在大范围内，在各个部门中平衡地进行投资，使各部门间互相形成需求，才可能造就这种需求，才可能促使资本进入。

发展经济学的先驱者保罗·罗森斯坦·罗丹提出的"大推进"理论也是平衡发展理论的重要组成部分。他主张发展中国家以一定的速度和规模持续作用于众多产业，从而冲破其发展瓶颈。

该理论认为，要克服由于地区市场狭小、投资有效需求不足和资本供给不足的双重发展障碍，发展中国家就必须全面地大规模地进行投资，即在国家经济各部门中同时增加投资，并合理分配投资，满足和增加各方面的需求，使市场扩大，特别是要对基础设施大幅度投入，给经济一次大的推动，从而推动整个国民经济全面、均衡、快速地发展，使发展中国家走出"恶性循环"。

保罗·罗森斯坦·罗丹的大推进理论，与纳克斯的均衡增长观点是一致的，他的贡献在于提出了大推进的三个理论基础：基础设施的不可分性、储蓄的不可分性和需求的不可分性。正是由于三个"不可分性"，部门间的增长只有相互协调，经济才有可能增长。

此外，美国经济学家哈维·莱宾斯坦的"临界最小努力"理论和纳尔逊的"低水平均衡陷阱理论"也都属于平衡发展理论这两个理论认为不发达的经济常常是人均收入处于仅够糊口的低水平均衡状态，要想使区域经济获得增长，必须在一定的时期受到大于临界最小规模的增长刺激。

总体看来，区域平衡发展理论强调产业间和地区间的关联互补性，主张在各产业、各地区之间均衡部署生产力，实现产业和区域经济的协调发展。平衡发展理论的出发点是为了促进产业协调发展和缩小地区发展差距。但是，一般区域通常不具备平衡发展的条件，欠发达区域不可能拥有推动所有产业同时发展的雄厚资金，如果少量资金分散投放到所有产业，则区域内优势产业的投资得不到保证，不能获得好的效益，其他产业也不可能发展起来。即使发达区域，也由于其所处区位以及拥有的资源、产业基础、技术水平、劳动力等经济发展条件不同，不同产业的投资会产生不同的效率，因而也需要优先保证具有比较优势的产业的投资，而不可能兼顾到各个产业的投资。所以平衡发展理论也受到了一些经济学家的批判，他们认为其在实际应用中缺乏可操作性。

（二）区域不平衡发展理论

区域平衡发展理论遭到了一些经济学家的反对，他们认为，发展中的区域不具备全面增长的资本和其他资源，平衡发展是不可能的，投资只能有选择地在某些部门和区域进行，其他部门或区域通过利用这些部门或区域的投资带来的外部经济逐步发展起来。由此产生发展了区域不平衡发展理论，包括赫希曼的"不平衡增长"理论、缪尔达尔的"循环累积因果"理论等。

"不平衡增长"理论是由著名的经济学家埃尔伯特·赫希曼于 1958 年在《经济发展的战略》一书中提出来的。他认为，发展中国家主要稀缺的资源是资本，若实行一揽子投资，则资本稀缺这一瓶颈将无法突破，从而也就无法实现平衡增长。他指出，发展道路是一条"不均衡的链条"，从主导部门通向其他部门，从一个产业通向另一个产业。所以，应首先选择具有战略意义的产业部门投资，从而带动整个经济发展。

该理论强调经济部门或产业的不平衡增长，并强调关联效应和资源优化配置效应。在赫希曼看来，发展中国家应集中有限的资源和资本，优先发展少数"主导"部门，尤其是"直接生产性活动"部门。赫希曼指出，如果是政府投资，则应选择公共部门，特别是基础设施，造成良好的发展的外部环境；如果是私人资本，则应投入到具有带动作用的制造业部门。

不平衡增长理论的核心是关联效应原理。关联效应就是各个产业部门中客观存在的相互影响、相互依存的关联度，并可用该产业产品的需求价格弹性和收入弹性来度量。因此，优先投资和发展的产业，必定是关联效应最大的产业，也是该产业产品的需求价格弹性和收入弹性最大的产业。凡有关联效应的产业，不管是前向联系产业（一般是制造品或最终产品生产部门）还是后向联系产业（一般是农产品、初级产品生产部门），都能通过该产业的扩张和优先增长，逐步扩大对其他相关产业的投资，带动后向联系部门、前向联系部门和整个产业部门的发展，从而在总体上实现经济增长。

不平衡增长理论遵循了经济非均衡发展的规律，突出了重点产业和重点地区，有利于提高资源配置的效率。这个理论出来以后，被许多国家和地区所采纳，并在此基础上形成了一些新的区域发展理论。

另外一种著名的区域不平衡发展理论是"循环累积因果"理论，由著名经济学家缪尔达尔提出，后经卡尔多、迪克逊和瑟尔沃尔等人发展并具体化为模型。缪尔达尔把社会制度看成是一个不断演进的过程，他认为导致这种演进的技术、社会、经济、政治、文化等方面的因素是相互联系、相互影响和互为因果的。某一社会经济因素的变化会引起另一社会经济因素的变化，这后一因素的变化，反过来又加强了前一个因素的变化，并导致社会经济过程沿着最初那个因素变化的方向发展，从而形成累积性的循环发展趋势。

市场力量的作用一般趋向于强化而不是弱化区域间的不平衡，即如果某一地区由于初始的优势而比别的地区发展得快一些，那么它凭借已有优势，在以后的日子里会发展得更快一些。这种累积效应有两种相反的效应，即回流效应和扩散效应。前者指落后地区的资金、劳动力向发达地区流动，导致落后地区要素不足，发展更慢；后者指发达地区的资金和劳动力向落后地区流动，促进落后地区的发展。

区域经济能否得到协调发展，关键取决于两种效应孰强孰弱。在欠发达国家和地区经济发展的起飞阶段，回流效应都要大于扩散效应，这是造成区域经济难以协调发展的重要原因。缪尔达尔等认为，要促进区域经济的协调发展，必须要有政府的有力干预。这一理论对于发展中国家解决地区经济发展差异问题具有重要的指导作用。

区域不平衡发展理论还包括佩鲁、威廉姆森和诺思等的理论。总体来看，区域不平衡发展理论主张首先发展某一类或几类有带动作用的产业部门，通过这几类部门的发展，带动其他部门的发展。区域不平衡发展理论与平衡发展理论的区别就在于认为由于落后地区资本的有限，不可能大规模地投向所有部门，而只能集中起来投入到几类有带动性的部门，这样可以更有效地解决资本不足的问题。

二、区域贸易分工与产业理论

（一）区域贸易分工理论

区域贸易分工理论，最先是针对国际分工与贸易而提出来的，后来被区域经济学家用于研究区域分工与贸易。早期的分工贸易理论主要有绝对利益理论、比较利益理论及生产要素禀赋理论等。

绝对利益理论是英国古典经济学家亚当·斯密提出来的，他认为每个国家或每个地区都有对自己有利的自然资源和气候条件，如果各国各地区都按照各自有利的生产条件进行生产，然后将产品相互交换，互通有无，将会使各国、各地区的资源、劳动力和资本得到最有效的利用，从而提高区域生产率，增进区域利益。但绝对利益理论的一个明显缺陷是没有说明无任何绝对优势可言的区域如何参与分工并从中获利。

英国古典经济学家大卫·李嘉图认为，决定国际贸易的基础是比较利益而非绝对利益。他认为在所有产品生产方面具有绝对优势的国家和地区，没必要生产所有产品，而应选择生产优势最大的那些产品进行生产；在所有产品生产方面都处于劣势的国家和地区，也不能什么都不生产，而可以选择不利程度最小的那些产品进行生产。通过自由交换，参与交换的各个国家可以节约社会劳动，增加产品的消费，世界也因为自由交换而增加产量，提高劳动生产率。比较利益理论发展了区域分工理论，但它不能对比较优势原理的形成做出合理的解释，并且与绝对利益理论一样，它是以生产要素不流动作为假定前提的，与实际情况不相符。

赫克歇尔与奥林在分析比较利益产生的原因时，提出了生产要素禀赋理论。他们认为，区域分工及国际贸易产生的主要原因是各地区生产要素的丰裕程度，并由此决定了生产要素相对价格和劳动生产率的差异。如果不考虑需求因素的影响，并假定生产要素流动存在障碍，那么每个区域利用其相对丰裕的生产要素进行生产，就会处于有利的地位。生产要素禀赋理论对亚当·斯密和大卫·李嘉图的地域分工理论进行了补充。

（二）梯度转移理论

梯度转移理论源于美国学者弗农提出的工业生产生命周期阶段理论。该理论认为，工业各部门及各种工业产品，都处于生命周期的不同发展阶段，即经历创新、发展、成熟、衰退四个阶段。此后威尔斯和赫希哲等对该理论进行了验证，并作了充实和发展。区域经济学家将这一理论引入到区域经济分析中，创建了区域经济梯度转移理论。

狭义的梯度转移理论的主要内容包括：区域之间客观上存在着经济、技术展水平的梯度差异；产业结构的优劣是衡量区域经济梯度水平的核心；经济技术存在由高梯度区域向低梯度区域转移的趋势；梯度转移主要依托多层次城镇系统展开；各区域所处的梯度是相对的和动态变化的。该理论认为，创新活动是决定区域发展梯度层次的决定性因素，而创新活动大都发生在高梯度区域。

梯度转移理论主张发达地区应首先加快发展，然后通过产业和要素向较发达地区和欠发达地区转移，以带动整个经济的发展。梯度转移理论也有一定的局限性，主要是难以科学划分梯度，有可能把不同梯度地区发展的位置凝固化，造成地区间的发展差距进一步扩大。

三、区域经济的空间开发理论

（一）"中心－外围"理论

"中心－外围"二元空间结构理论，最早是发展经济学中用以解释发达国家和不发达国家之间不平等关系的理论。该理论由劳尔·普雷维什于1949年提出，用于描述当时国际贸易体系中西方资本主义国家与发展中国家之间的中心－外围不平等体系及其发展模式与政策主张。20世纪60年代，弗里德曼将这一理论引入到区域经济学领域，他认为，任何国家的区域系统都是由中心和外围两个子空间系统组成的。资源、市场、技术和环境等的区域分布差异是客观存在的。当某些区域的空间聚集形成累积发展之势时，就会获得比其外围地区强大得多的经济竞争优势，成为区域经济体系中的中心。外围（落后地区）相对于中心（发达地区），处于依附地位而缺乏经济自主，从而出现了空间二元结构，并随时间推移而不断强化。不过，政府的作用和区际人口的迁移将影响要素的流向，并且随着市场的扩大、交通条件的改善和城市化的加快，中心与外围的界限会逐步消失，即区域经济的持续增长，最终将推动空间经济逐渐向一体化方向发展。

"中心－外围"理论模式作为关于区域空间结构及形态演变的解释模型被广泛应用，特别是该理论模式与区域经济发展的阶段联系起来符合大多数区域发展的实际，对区域经济发展具有较强的解释力，因此作为理论工具广泛应用于指导区域规划与开发。

（二）增长极开发模式

增长极开发模式源自于增长极理论，而增长极理论也属于区域不平衡发展理论之一，最早由佛朗索瓦·佩鲁提出。该理论从物理学的"磁极"概念引申而来，认为受力场的经济空间中存在着若干个中心或极，产生类似"磁极"作用的各种离心力和向心力，每一个中心的吸引力和排斥力都产生相互交汇的一定范围的"场"。这个增长极可以是部门的，也可以是区域的。该理论的主要观点是，区域经济的发展主要依靠条件较好的少数地区和少数产业带动，应把少数区位条件好的地区和少数条件好的产业培育成经济增长极。通过增长极的极化和扩散效应，影响和带动周边地区和其他产业发展。增长极的极化效应主要表现为资金、技术、人才等生产要素向极点聚集；扩散效应主要表现为生产要素向外围转移。在发展的初级阶段，极化效应是主要的，当增长极发展到一定程度后，极化效应削弱，扩散效应加强。在佩鲁的增长极理论的基础上，增长极理论演化为产业增长极和区域增长极两大理论流派，强调对特定产业或区域进行优先开发，然后带动其他相关产业和周边区域的发展。

增长极开发模式强调集中开发、集中投资、重点建设、集聚发展、政府干预、注重扩散等，但增长极开发模式必须结合具体国情、区情，切忌盲目套用。

（三）点轴开发模式

点轴开发理论最早由波兰经济学家萨伦巴和马利士提出。点轴开发理论是增长极理论的延伸，但在重视"点"（中心城镇或经济发展条件较好的区域）增长极作用的同时，还强调"点"与"点"之间的"轴"，即交通干线的作用，认为随着重要交通干线的建立，连接地区的人流和物流迅速增加，生产和运输成本降低，形成了有利的区位条件和投资环境。该理论要求在区域增长极开发的同时，重点对连接各增长极的线状基础设施束（交通、通信干线和能源、水源通道）进行开发。轴线上集中的社会经济设施通过产品、信息、技术、人员、金融等，对附近区域产生扩散作用，最终在基础设施束上形成产业聚集带，沿线成为经济增长轴。该理论十分看重地区发展的区位条件，强调交通条件对经济增长的作用，认为点轴开发对地区经济发展的推动作用要大于单纯的增长极开发，也更有利于区域经济的协调发展。而点轴开发模式的关键在于选择重点开发点和重点发展轴线。

（四）网络开发模式

在经历了极点开发和点轴开发后，区域经济具备了网络开发的条件。网络开发理论是点轴开发理论的延伸，是一种比较完备的区域空间组织模式。该理论认为，在经济发展到一定阶段后，一个地区形成了增长极，即各类中心城镇和增长轴，即交通沿线，增长极和增长轴的影响范围不断扩大，在较大的区域内形成商品、资金、技术、信息、劳动力等生产要素的流动网及交通、通信网。在此基础上，网络开发理论强调加强增长极与整个区域之间生产要素交流的广度和密度，促进地区经济一体化，特别是城乡一体化；同时，通过网络的外延，加强与区外其他区域经济网络的联系，在更大的空间范围内，将更多的生产要素进行合理配置和优化组合，促进更大区域内经济的发展。

网络开发理论宜在经济较发达的地区应用。由于该理论注重于推进城乡一体化，因此它的应用，更有利于逐步缩小城乡差别，促进城乡经济协调发展。

第二节　岛陆一体化

一、岛陆一体化的内容

从区域经济发展角度看，岛陆一体化包含两个层面：一是海岛地区在发展经济的过程中，如何更好地发挥资源优势，通过合理选择主导产业和优化岛陆产业布局，实现岛陆产业联动发展，实现经济的增长；二是海岛地区与内陆地区如何通过点、轴、面等空间要素的有效组合，将海岛地区的产业优势特别是海洋经济优势向内陆地区扩散和转移，实现优势互补和区域共同发展。这两个方面不是孤立的，而是相互联系、逐层推进的。海岛地区的发展和海洋经济的壮大是岛陆一体化的初级阶段，依靠资源、技术、区位等优势，发展海洋经济和海岸带区域经济，使海岛综合经济优势得到发挥，还可以促进技术密集型产业和高新技术海洋产业的发展，实现海洋产业在海岛的集聚和产业结构的升级，成为海岛经济的增长极。在岛陆一体化的高级阶段，通过市场机制的作用，要素和产品在海岛与内陆之间流动，逐步实现经济技术的梯度转移，带动整个区域经济的增长（王明舜，2009）。

从涉及的具体环节来说，岛陆一体化包含的内容很多，诸如岛陆资源开发一体化、岛陆产业发展一体化、岛陆环境治理一体化和岛陆开发管理体制一体化等。从资源开发角度，岛陆一体化是对岛陆资源的系统集成，把海洋资源优势由海岛向陆域转移和扩展；从产业发展角度，岛陆一体化是陆域产业向海岛转移和延伸，具体体现为临海产业的发展；从环境保护角度，岛陆一体化是实现陆岛污染联动治理，严格控制和治理陆源污染，加强海岛环境保护和生态建设；从更广阔的社会经济视角看，其内涵可以拓展到岛陆区域的一体化整合，不仅包括岛陆资源、空间和经济之间的整合，也包括岛陆文化、社会和管理之间的协调与整合。岛陆产业发展一体化是岛陆一体化的核心，岛陆资源开发一体化和岛陆环境的一体化调控是岛陆经济一体化顺利实施的前提，岛陆区域的统一规划、一体化整合和海岸带综合管理是实现岛陆一体化的重要保障。

二、岛陆一体化的发生机理

区域非均衡发展理论认为，一个国家、一个地区在经济发展过程中，由于受诸多因素的制约，不可能平衡推进、全面发展，总是在某一优势区域、某一重要领域先行取得突破，进而带动整个经济的发展。依据非均衡发展理论，发展中国家和地区在经济发展过程中，应该适当将人力资本和技术向某些具有优势条件的区域或产业集中，形成增长极，依靠增长极的扩散和回波效应，促进区域经济的发展。

区域非均衡发展理论是实施岛陆一体化发展的理论依据，沿海城市由于其经济基础、区位优势和海洋资源优势，往往容易成为区域经济的增长极。同时，增长极形成以后，通过岛陆产业的关联和岛陆地域之间的合理分工，发挥辐射作用，促进海岛经济发展，缩小地区差距，最终实现岛陆经济的共同发展。

国内外实践表明，单纯的海岛资源开发对国民经济的贡献是有限的。随着海岛开发的深入，岛陆关系越来越密切，岛陆资源的互补性、产业的互动性、经济的关联性进一步增强。一方面，海岛资源的深度和广度开发，需要有强大的陆地经济作支撑，海岛经济发展中的制约因素，只有在与陆地经济的互补、互助中才能逐步消除。另一方面，陆域经济发展战略优势的提升和战略空间的拓展，必须依托海岛的区位优势向海洋进军。只有坚持岛陆一体化开发，逐步提高海岛经济的地位和作用，才能更好地发展海洋经济。

岛陆一体化，要求人们从岛陆互动的视角认识开发海岛的重要性，突破按海岛自然规律或海岛经济规律办事的局限，扩展到统筹人与海岛的和谐发展，统筹海岛与社会的和谐发展，统筹海岛与陆地的发展，将海岛的发展纳入整个区域经济计划系统，发挥海岛在地区经济和资源平衡中的作用。

三、长海县岛陆一体化的建设重点

从区域发展的空间看，长海县岛陆一体化的发展应遵循"以海域和海岸带为载体，以沿海城市为核心，向近海和海岛发展，岛陆一体，梯次推进"的原则。

海岸带是岛陆衔接的地带，陆域成熟产业从海岸带向海岛延伸，同时，一些在海域完成生产过程的产业，如海洋捕捞业、海洋运输业等，其陆上基地也布局在海岸带。海岸带集中体现了海岛与陆地经济系统的联系。依靠海洋优势，海岸带往往率先发展成为产业密集、人口集中、交通便利的经济增长带。沿海城市是岛陆一体化的枢纽，为海岛产业提供资金、技术、人才等各种要素支持，同时，又利用海岛资源优势和岛陆产业的广泛关联，发展成为区域经济的增长极，如依托港口发展起来的港口城市。单纯的海洋产业在国民经济中占的比重较小，对海岛的带动作用有限，沿海城市作为区域经济的一个强劲增长极，依靠海岸线和交通线路的辐射以及合理的区域地域分工体系，将成为扩大岛陆间经济技术联系、带动海岛发展的一个主要力量。在沿海城市，应该重点发展临海产业，使之成为岛陆一体化建设的物质纽带。通过临海产业，一方面把海岛资源的优势由海域向陆域转移和扩展，把海上生产同陆上加工、经营、贸易、服务结合起来，拓宽海岛资源的开发范围；另一方面，促使陆域资源的开发利用及内陆的经济力量向海岛地区集中，扩大海岸带地区经济容量，把陆域经济、技术和设备运用到海岛资源开发中，合理利用岛陆空间，发挥沿海区位优势。这两种运动的结果是把海岛资源的开发与陆域资源的开发、海洋产业的发展与其他产业的发展有机地联系起来，促进岛陆经济一体化的实现。

岛陆一体化建设，关键在于解决岛陆经济如何对接、如何实现互动发展的问题。从产业关联和产业链整合的角度来说，就是确定合理的海洋主导产业，通过产业链的延伸，带动对应的海岛产业的发展。从区域的点轴发展来说，岛陆一体化要从岛陆经济的接点实现突破，既兼顾岛陆，又具有一定的经济规模。各地要根据海岛资源禀赋和陆域经济基础科学合理地确定岛陆经济的接点，实现岛陆产业间的要素流动。岛陆经济的接点通常有以下三个。

1. 港口

港口是岛陆经济的重要接点，依托港口和港口产业链，可以衍生出许多港口服务行业和临港工业园区，使港口成为区域经济的一个增长极。各国的经验表明，"大型港口—临港工业密集带—沿海城市化"是岛陆一体化的一个有效实现途径。港口成为岛陆经济的接点，依靠的是庞大的货物吞吐能力以及由此带来的物流、人流、资金流的集中。如果港口功能过于单一，则难以有效发挥港口的集聚和扩散作用，难以实现海洋经济与陆地经济的接轨。

2. 海洋产业基地

海洋产业基地实现了海洋产业的空间集聚，使企业获得由专业分工所带来的利益，增强产业的竞争力。通过交通、物流、能源等基础设施的配套和技术创新，海洋产业基地可以提高岛陆资源综合利用效率和经济效益，并通过产业链的延伸，辐射和带动相关海岛产业。由于海洋产业对于海洋资源的依赖性，海洋产业基地的建设要结合当地的海岛资源条件。

3. 岛陆工程

海岛作为一个相对孤立的地理单元，其经济发展受到能源、水源、交通等一系列瓶颈因素的制约。通过交通设施的建设，把面积较大的海岛和大陆连接起来，构成连接大陆和海洋，实现岛陆优势融合、经济联动的纽带。

第十章 生态产业研究

第一节 产业功能区划

SPSS (statistics package for social science) 即 "社会科学统计软件包"，是常用统计软件之一，SPSS 涵盖统计分析的方方面面，如方差分析、回归分析、相关分析、t 检验、非参数检验、因子分析、聚类分析、距离分析、多变量方差分析、非线性回归分析、曲线估计等，广泛应用于自然科学、社会科学中。

长海县产业功能区划应用了聚类分析方法。

聚类分析就是采用定量数学方法，根据一批样品的多个观测指标，具体找出一些能够度量样品或指标之间相似程度的统计量，以这些统计量作为划分类型的依据。把一些相似程度较大的样品（或指标）聚合为一类，把另外一些彼此之间相似程度较大的样品（或指标）又聚合为一类，关系密切的聚合到一个小的分类单位，关系疏远的聚合到一个大的分类单位（Daily，1997）。

一、区划方法

应用聚类分析方法（佘丽敏等，2006），根据 5 个乡镇的社会经济特点，把相似程度较大的乡镇聚合为一类（应用 SPSS 12.0）。长海县 5 个乡镇社会、经济结构特点指标值见表 10-1。

表 10-1 长海县 5 个乡镇社会、经济结构特点指标

项目	大长山岛镇 （1）	小长山乡 （2）	广鹿乡 （3）	獐子岛镇 （4）	海洋乡 （5）
总人口/人	10 353	4 395	3 651	5 304	1 809
外来人口/人	4 143	1 862	1 859	845	1 170
非农业人口/人	20 898	1 845	1 726	13 997	843
农业人口/人	9 165	11 288	9 530	991	4 591
渔业人口/人	7 301	9 599	11 649	18 272	5 702
人口密度/（人/km^2）	945	597	357	1 044	286

续表

项目	大长山岛镇 （1）	小长山乡 （2）	广鹿乡 （3）	獐子岛镇 （4）	海洋乡 （5）
渔业总产值/万元	52 987	50 430	46 651	103 052	28 972
捕捞业产值/万元	7 285	8 780	7 484	69 552	7 699
养殖业产值/万元	36 202	37 350	38 767	26 780	20 295
水产品总产量/t	54 627	62 289	48 503	125 314	18 983
捕捞产量/t	23 290	27 183	20 109	103 581	11 000
捕捞鱼类/t	12 052	24 178	19 332	84 748	9 480
捕捞甲壳类/t	3 388	60	312	670	520
捕捞贝类/t	742	2 568	0	4 800	0
捕捞头足类/t	50	216	10	13 300	1 000
养殖产量/t	31 337	35 106	28 394	21 796	7 983
海水（海水、滩涂、路基）养殖面积/hm²	19 002	17 515	7 542	61 246	4 952
鱼类养殖面积/hm²	13	8	2	0	1
鱼类养殖产量/t	430	1 154	20	137	159
甲壳类养殖面积/hm²	0	2	0	29	0
甲壳类养殖产量/t	0	10	0	19	0
贝类养殖面积/hm²	8 077	11 747	4 858	60 537	4 550
贝类养殖产量/t	30 443	33 373	27 927	12 798	7 700
藻类养殖面积/hm²	0	0	0	600	50
藻类养殖产量/t	0	0	0	8 145	9
海参养殖面积/hm²	10 912	5 758	2 682	80	351
海参养殖产量/t	404	509	367	200	65
海上养殖面积/hm²	18 739	17 457	6 596	61 200	4 952
海上养殖产量/t	30 320	35 037	28 281	21 746	7 983
滩涂养殖面积/hm²	239	27	946	46	0
滩涂养殖产量/t	1013	40	113	50	0
陆基养殖面积/hm²	55	24	31	0	0
陆基养殖产量/t	33	4	29	0	0
贝类育苗/万粒	199 100	306 000	0	287 543	8 000
海参育苗/万头	30	5 000	7	1 500	0
苗种产值/万元	9 500	4 300	400	6 720	978

续表

项目	大长山岛镇 （1）	小长山乡 （2）	广鹿乡 （3）	獐子岛镇 （4）	海洋乡 （5）
机动渔船吨位/t	8 472	14 502	11 851	44 084	4 900
水产加工品总量/t	11 957	3 181	1 289	4 500	660
耕地面积/hm²	106	113	416	4.5	21
农作物播种面积/hm²	131	125	444	0	17
粮食作物播种面积/hm²	84	104	818	0	16
粮食作物总产量/t	376	521	1 955	0	58
蔬菜播种面积/hm²	46	21	26	0	0.3
蔬菜产量/t	2 337	723	470	0	13
果园面积/hm²	58	33	35	2	0
水果产量/t	174	8	98	12	52
肉类总产量/t	289	167	466	6	49
奶类总产量/t	8	12	0	0	0
禽蛋总产量/t	155	20	87	1	98
出口水产品总量/t	52	767	1 205	2 176	641
出口鱼类/t	0	571	0	0	90
出口贝类/t	52	196	1 205	2 107	551

注：括号内数字表示各乡镇编号。

表 10-2 给出了参加系统聚类分析的 53 个变量（1 个因变量，52 个自变量）的记录数统计结果。共 5 个有效数据参加了分析，无缺失值记录，总记录数为 5 个。

表 10-2　案例处理摘要[a]

有效的		错误的		全部	
数量	比例/%	数量	比例/%	数量	比例/%
5	100	0	0	5	100

a. 平均联动（组间）。

表 10-3 给出了样品的距离矩阵。

表 10-3　距离矩阵[a]

案例	欧氏距离平方				
	1	2	3	4	5
1	0.000	1.2E+10	4.1E+10	4.0E+10	4.2E+10
2	1.2E+10	0.000	9.4E+10	2.9E+10	9.5E+10
3	4.1E+10	9.4E+10	0.000	1.2E+11	3.1E+09
4	4.0E+10	2.9E+10	1.2E+11	0.000	1.3E+11
5	4.2E+10	9.5E+10	3.1E+09	1.3E+11	0.000

a. 这是一个相异矩阵。

表 10-4 是反映聚类过程的凝聚过程表（agglomeration schedule）。

表 10-4　凝聚过程表

阶段	集群相结合		系数	第一阶段整群出现		下一阶段
	群 1	群 2		群 1	群 2	
1	3	5	3.143E+09	0	0	4
2	1	2	1.235E+10	0	0	3
3	1	4	3.436E+10	2	0	4
4	1	3	8.575E+10	3	1	0

注：群 2、群 2（集群相结合 + - +）：该步骤中被合并的两类中的样品号或类号，合并结果取小的序号。系数：距离测度值。第一阶段整群出现：非零数值表示合并两项前一次出现的聚类步序号，而 0 表示第一次出现。下一阶段：此步合并结果在下一步合并时的序列号。

表 10-5 是分类结果的垂直冰柱表。第一列中群的编号表示分多少类，在案例下所有列中，如果最近相连的两个样品列中间出现符合"×"相连，则表示这两个样品已合并成一类，否则在该步聚类时还属于不同的两类。

表 10-5　垂直冰柱表

群的编号	案例								
	5		3		4		2		1
1	×	×	×	×	×	×	×	×	×
2	×	×	×		×	×	×	×	×
3	×	×	×		×		×	×	×
4	×	×	×				×	×	×

图 10-1 为聚类分析树状图，直观显示了逐步合并的过程。从图中可以看出，大长山岛镇（1）、小长山乡（2）社会、经济结构特点相似，广鹿乡（3）和海

洋乡（5）社会、经济结构特点相似，獐子岛镇（4）自成一类。

使用平均聚类联动（组间）重新调整距离的聚类组合

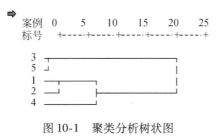

图 10-1 聚类分析树状图

二、区划方案

根据以上分析结果，结合各乡镇地理位置，全岛可分为大、小长山，广鹿，獐子和海洋 4 个组团。

（一）大、小长山组团

大、小长山组团包括大长山岛、小长山岛、哈仙岛、塞里岛、蛇蛸岛，陆地面积 53.8km²。经济发展的主要方向如下。

（1）利用行政和文化中心的地位，大力发展海岛生态旅游。

（2）发展海水养殖业，以扇贝浮筏养殖和刺参、鲍养殖、增殖为主，实行贝藻结合；适当发展捕捞业；大力发展水产品加工业。

（3）在土地资源利用方面，顺应自然条件，把造林保水放在第一位，形成林、水、菜、果为顺序的土地利用结构。建设防风防潮林带，培育水源涵养林，15°以上的坡地全部退耕还林，剩余部分质量较好的耕地种植蔬菜。

（二）广鹿组团

广鹿组团包括广鹿岛、瓜皮岛、格仙岛、洪子东岛、葫芦岛等，陆地总面积 31.5km²。经济发展的主要方向如下。

（1）发展海水养殖是本组团经济主攻方向，适度发展捕捞业。

（2）水产品加工业向多系列、多品种、高质量方向发展。

（3）考虑发展保税区功能，作物流集散地。

（4）大力发展海岛旅游业，以休闲渔业旅游观光为主。

（5）农林牧业以节水型产品生产为主，发展精品农业。

（6）畜牧业不鼓励集约化发展。

（三）獐子组团

獐子组团包括獐子岛、大耗子岛、小耗子岛、褡裢岛四个岛屿，陆地总面积14.4km²。经济发展的主要方向如下。

（1）一是积极发展海珍品浮筏养殖和海底增殖，人工筏式养殖应以扇贝为主，海带、裙带菜等多品种浮筏养殖，海底增殖以扇贝、刺参、皱纹盘鲍、海胆等多种海珍品为主。二是合理开展网箱养鱼区，改善饵料投喂品种，以合成饵料为主。

（2）加大力度发展水产品加工业。扩大加工规模，改进技术条件，创名优品牌，打入国际市场。限制岛上水产品加工规模，集中在大连和皮口建设。其次，要搞精、深加工，向多系列、多品种、高质量方向发展，并开展综合利用，使生产废料达到增殖目的。

（3）加大力度发展海岛旅游业，建设中高档海岛休闲度假旅游区。

（四）海洋组团

海洋组团主要岛屿为海洋岛，陆域总面积19.0km²。经济发展的主要方向如下。

（1）海水养殖业是海洋乡拉动经济增长的重点项目，应以海珍品的养殖、增殖为主。

（2）海洋捕捞业作为重点积极发展，提高捕捞船只的机械化程度，保护利用近海渔业资源，发展大吨位货船，开发外海资源，发展远洋渔业。

（3）水产品加工业适当发展。

（4）运输业是海洋乡的薄弱环节，加快发展捕捞运输业和客运业。

三、限制发展方向

长海县海岛禁止新上高水耗、高能耗、高物耗、环境污染严重或涉及环境敏感区的项目，严格控制岛内水产品加工业规模。

第二节　生态渔业研究

一、渔业现状与问题分析

长海县 2005 年实现渔业产值 28.6 亿元。海水增养殖业增产增收，全县开发利用海底底播面积 100 余万亩，浮筏养殖水域面积 20 余万亩。2005 年海水增养殖业完成产量 12.5 万 t，实现产值 16.0 亿元，比"九五"期末增长 1.8 倍，年均增长 22.9%。育苗产业快速扩张。到"十五"期末，全县育苗水体 8.6 万 m³，比"九五"期末增加了 1.8 倍，年育苗生产能力 100 多亿枚（头），到"十五"期末，苗种业产值 2.5 亿元，年均增长 33%（图 10-2）。

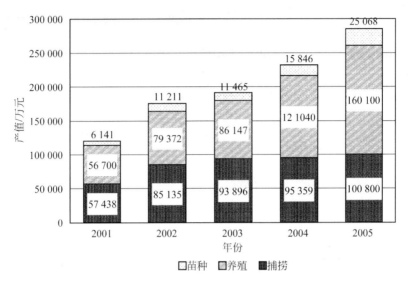

图 10-2 "十五"时期渔业总产值与增长速度图

海洋捕捞业按照"合理开发利用沿岸资源，巩固提高近海捕捞生产，稳妥推进大洋性渔业"的发展思路，合理调整捕捞产业结构和生产作业方式，增强了捕捞能力。2005 年海洋捕捞业完成产量 18.5 万 t，实现捕捞产值 10.1 亿元。渔业经济发展的同时，也存在一定的问题，主要表现在以下五个方面。

（一）海水养殖产业应加强系统研究

2001～2005 年养殖面积逐年增加，但单位面积产量呈逐年减少趋势（表 10-6），养殖面积的快速增长与养殖单产的下降形成鲜明对比，外延性扩大再生产比例过高、内延性扩大再生产比例过低，从上述数据可以做出初步推断，目前长海县养殖规模超过养殖容量。海水养殖产业应加强系统研究，对海域养殖容量和增养殖潜力尤其应加大科研力度，在一定程度上保障海域水产养殖业的可持续发展。

表 10-6　2001～2005 年全县海水养殖情况表

年　份	产量/t	养殖面积/hm²	单位面积产量/(t/hm²)
2001	189 948	27 254	7.0
2002	184 001	34 715	5.3
2003	117 408	92 779	1.3
2004	116 000	98 329	1.2
2005	125 064	110 582	1.1

（二）养殖海域环境质量下降

长海县养殖海域环境质量下降的主要原因是自身污染。水产养殖以贝类（以扇贝为主）养殖为主，滤食性贝类在自然海区的摄食，一部分饵料进入消化道，经过消化同化过程后以粪便的形式排出体外，另一部分食物则以假粪的形式直接进入水环境，二者当中除一部分被溶解和分解外，大部分沉降到养殖区海底。据估计，每养殖1t贝类，其排泄的废物将达到6~8t。贝类的高密度养殖设施和养殖生物的屏障效应，致使养殖海区环境通量降低，降低了海流流速，影响了进入海区的污染物和养殖本身产生的污染物的有效稀释、扩散和降解，从而影响了养殖海区的自净作用。

养殖海区环境污染使生物病原大量滋生，增加了养殖动物的发病概率。

（三）养殖布局不规范，初级生产力下降

受国际国内市场需求增长的影响，长海县贝类养殖的规模和数量都在高速增加。高密度的养殖设施和养殖生物的屏障效应既影响了养殖区海水的交换速率，也影响了养殖海区饵料的补充。贝类适食饵料的相对量减少，养殖贝类的摄食量也相对减少，营养状态差，造成其生长缓慢，个体小型化，肥满度下降，产量和产值受到影响。同时，由于饵料不足，养殖动物体质弱，使其对环境异常敏感，极易诱发大规模死亡。而且大规模死亡后，由于死亡存在滞后效应，易造成养殖规模降低。

（四）养殖结构单一，生态失衡

长海县海域养殖种类多样性低，追求经济效益，造成养殖品种过于单一，浮筏养殖大多是生态习性相同或相近的贝类，如虾夷扇贝、栉孔扇贝、海湾扇贝等。由于它们处于同一时空状态，并具有相同或相近的食性，生态位重叠造成有效饵料生物供应不足，使养殖动物长期处于饥饿或半饥饿状态，养殖环境发生突变，养殖生物的生长和生存将会受到严重影响，甚至导致死亡。

（五）养殖引种的生态问题

为了追求经济效益，常需引入新的养殖品种，成功的引种可以促进海水养殖业的快速发展，但盲目引种可造成生物污染。生物污染包括食物竞争、捕食、寄生等中间关系的破坏，有害生物或病原体的携带，与原有自然种群杂交而导致的基因污染等。生物污染会导致土著种群减少，生物多样性降低。尽管目前长海县已划定两个自然保护区，保护土著种群，但仍不可避免造成基因污染，因此，养殖引种的生态问题不可忽视。

二、生态渔业建设方案

（一）完成《海域养殖容量和增养殖潜力调查》课题

根据 1980 年以来的统计资料分析，长海县浮筏养殖面积逐年增加，而单位面积产量逐年递减，表明浮筏养殖的数量已经超过海域承载能力。

确定养殖容量是养殖业可持续发展的需要，于 2008 年完成《海域养殖容量和增养殖潜力调查》课题，并将其应用到渔业生产中，科学控制养殖规模和密度，可持续利用海域养殖环境。

（二）贝类生态养殖技术和模式

1. 底播增殖的生态养殖方式

底播增殖是把经过人工培育的苗种，在达到增殖的规格要求后，投放在海底自然增长。将养殖海区划分为几个轮作区，每年投放一个轮作区。底播增殖应作为长海县贝类增养殖的一个重要方式。

2. 垂下养殖的生态养殖方式

垂下养殖方式排间距合理，以确保筏区水流通畅，并合理布置浮筏；加大台筏间距；合理安排挂吊数量；苗种放养密度要合适；由单一品种养殖变为多品种贝、藻养殖相结合的养殖格局。

1）串耳吊养

该法是在扇贝的前耳钻孔洞，用塑料签针穿入扇贝孔中，再系于主干绳上垂养。串耳吊养法生产成本低，扇贝滤食较好，生长速度快。但是，这种方法扇贝脱落率较高，操作费工，杂藻及其他生物易大量附着，清除工作较难进行。

2）黏着养殖

黏着养殖采用环氧树脂作黏着剂，将稚贝黏着在养殖设施上。此法扇贝生长较快，并可避免在耳吊和网笼内的扇贝因风浪、摩擦造成的损伤。该法提高了成活率，而且平均增长率（生长速度）和肥满度也大为增加。其缺点是黏着作业费事，需要把小扇贝取下来再用黏着剂黏在养殖器上。

3. 滤食性贝类与其他生物混养模式

这种模式根据贝类养殖系统中营养盐循环原理，应用了复合立体式生态养殖技术（图 10-3）。复合立体化养殖增加了养殖生态结构空间成层性和生态位的时空连接，提高了养殖生物群落的多样性和环境的稳定性，形成一个结构优化、功能高效的养殖生态系统，所投入的物质得到反复循环，初级生产力得到多途径利用，从而提高生产效益和养殖效益。

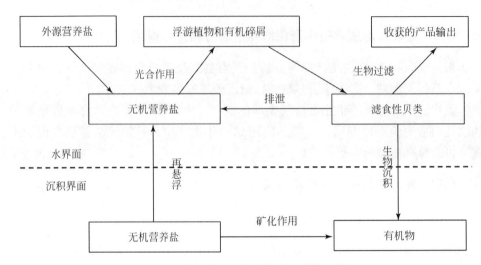

图 10-3　浅海养殖贝类系统中的营养盐循环

（1）浅海立体生态养殖：即在海水上层养殖藻类，中间养殖贝类，底层播养海珍品。这种养殖模式充分利用各养殖品种在生长发育过程中的代谢物，保持了海域的生态平衡。

（2）扇贝与海藻套养：即在扇贝养殖区内兼养一定数量的海带和裙带菜。藻类通过自身的光合作用消化海水中的碳、氮、磷、硫等物质，而贝类在食用海水营养的同时吞食一些小藻，并不停地消耗溶解养分，因而维持了海洋生态环境。

（3）"海底森林"模式：加强岩礁地带海底藻场建设，通过人工培育海带、裙带菜等苗种，进行养殖，再投放海底，增加藻类资源。播养海带、裙带菜等藻类，不仅直接为鲍鱼、海胆等海珍品提供饵料，而且有效提高海域生产力。

（三）改进投饵技术，提高饲料质量

残剩饵料的生成是形成养殖自身污染的重要因素，因此改进投饵技术，使用新型饲料，减轻水体污染。例如，日本开发了一种新型饲料，即用豆饼、麦麸来代替杂鱼，可以节省饲料 10% ~ 15%，不仅能提高经济效益，还使水域中的氮、磷水平明显降低。

（四）建设良种基地

苗种的健康是防病抗病的重要措施，加强水产养殖种质引进规范化管理，认真按照农业部《水产苗种管理办法》和《辽宁省水产苗种管理条例》的规定进

行操作。

需要优化种质，即使是海区采苗的苗种也要进行选优，人工育苗要从疫区以外的海区选择苗种，为后续养殖提供优质种苗。从长远来看，应加强新品种的培育和研究，建设良种基地。

（五）育苗调温生态技术

1. 太阳能热水器

在海珍品育苗生产中，推广太阳能热水器为海水加温，保证育苗生产加热需要，节约煤炭和电能。

2. 海水热泵

海水热泵利用海水作为直接热媒，将管道接入海水中，通过水泵将海水带入蒸发器中进行热量交换，交换后的海水再回到海中，不断循环，从而实现采集海水热量或向海水放热的过程。

热泵投资费用大于锅炉房设备，但选用锅炉仅能解决冬季供热问题，当夏季需要冷却海水时，还要设冷却设备，而且浪费地下水资源。育苗企业联合选用热泵技术，仅用一套装置，就可完成冬季海水的加热和夏季海水的冷却，有效地解决了水产养殖的水温控制问题。

在水产育苗中，以热泵作为热源和冷源来完成海水的加热和冷却，是一种低能耗、无污染的加热冷却技术，不消耗地下水，符合目前我国节能、环保的基本政策和国民经济可持续发展的战略要求。

（六）扩大受保护海域范围

为了降低外来物种对土著种群基因污染的威胁，扩大受保护海域范围，申请新建或者扩建自然保护区，提高自然保护区级别，将长海海洋珍贵生物自然保护区（省级）提升到国家级，将长山列岛珍贵海洋生物自然保护区（市级）提升到省级，从扩大保护范围和提升级别两方面更加有效地保护长海县海域土著物种。

第三节　生态水产品加工业研究

水产品加工业是长海县工业的支柱产业，因此本节以水产品加工业研究为主。

一、水产品加工业现状与问题分析

2005 年全县工业总产值实现 5.2 亿元，其支柱产业——水产品加工业呈快速增长趋势，2005 年完成水产品加工业产值 4.1 亿元，占全县工业总产值的 78.8%，比"九五"期末增长 2.5 倍，加工量增加 20%，精深加工占有率由 20% 提升到 50% 以上。"十五"期间，通过加速实施"工业强县"发展战略，加快传统产业结构调整，坚持"本地"与"飞地"相结合，精心打造以渔业加工区和"飞地"为重点的产业集群，先后兴建了以金贝广场、万吨级金枪鱼超低温加工厂等为代表的技术含量较高的水产品精深加工企业，使全县水产品加工企业达到 26 家。船舶工业、网绳制造等其他工业也取得了较快发展（表 10-7）。

表 10-7 "九五"和"十五"期末水产加工业发展指标对比

序号	项目名称	"九五"期末	"十五"期末	增长
1	县内冷冻库冷藏量 /t	8 000	25 000	2.1 倍
2	加工值 /亿元	1.1	4.1	2.5 倍
3	精深加工占有率/%	30	80	1.67 倍
4	产品种类/类	6	26	增加 20 类
5	产品数量/个	10	100	增加 90 个
6	飞地加工业/个		3	

虽然长海县的水产品加工业取得了一些成绩，但还存在以下三点问题。

（一）发展不平衡

水产品加工是实现水产品二次增值的具体体现，也是连接养殖、捕捞生产和市场的桥梁。加快发展水产品加工业，是实现渔业质量效益增长的重要手段，是渔业发展新的重要增长点，是渔民增收致富的有效途径。目前长海县的水产品加工业在结构上存在两方面不平衡：一是粗多精少，2005 年长海县水产品加工大体分为简单冷冻品 18 862t，饲料 820t，鱼糜制品及干腌制品 312t，精深加工不够，加工品种以速冻品、罐头、干品及现货品为主，水产品加工技术含量低、附加值小。二是大部分加工企业在发展上只是简单追求产量规模效应，重发展、轻品牌。

（二）资源利用率低

资源利用率低主要表现在以下三个方面。一是水产品加工量占水产品总量（养殖量和捕捞量总量 310 164t）的比重较低，2005 年用于加工的水产品量为

48 227t,仅占水产品总量的 15.5% 。二是水产加工品多数以原料和半成品等形式为主,产品档次低,技术含量少,增值幅度小。三是大宗低值水产品及加工废弃物的综合利用程度低,加工过程中产生的大量下脚料中很多有价值的成分没有充分提取和利用。

(三) 地理局限影响岛上水产品加工业发展

长海县是一个海岛县,陆域面积仅 119km² 。由于地理局限,又受淡水、交通、物流成本和劳动力等因素影响,在海岛本身发展水产品加工业成本高、空间小,依靠长海县陆地资源来发展水产品加工业受到限制。

二、生态水产品加工业建设方案

(一) 有机 (绿色) 食品生产加工园区

将钓鱼岛海洋有机食品加工园区 (大长山岛镇)、小长山回龙水产品加工园区 (小长山乡)、广鹿塘洼水产品加工园区 (广鹿乡)、獐子岛渔业集团永祥水产品加工园区 (獐子岛镇)、龙口水产品加工园区 (海洋乡) 建设成为有机食品加工园区 (表10-8)。

表10-8 长海县有机 (绿色) 食品生产加工园建设统计

园区名称	地点	占地面积/hm²	加工能力/t	储藏能力/t
钓鱼岛海洋有机食品加工园区	大长山岛镇三官庙村	4 000	100	200
獐子岛渔业集团永祥水产品有限公司	獐子岛镇东獐子社区	4 000	150	300
广鹿岛塘洼水产品加工园区	广鹿乡塘洼村	11 000	260	400
海洋岛龙口水产品加工园区	海洋乡盐场村	2 500	80	160
小长山回龙水产品加工园区	小长山乡回龙村	5 000	130	300

(二) 优化工业布局,发展"飞地工业"

长海县水产品加工业必须突破海岛经济增长极限,冲破地域限制,向关联度更高的地区延伸,将渔业产业链条由狭小的海岛跨海延伸至陆地。水产品加工业将长海县渔业资源转化为工业优势,反过来也促进渔业倍增发展,也有利于农村劳动力转移,从而促进县域经济的发展。

一是建设皮口渔业加工园区,建设 4 个功能区,包括商贸物流区、海洋科技研发区、水产品精深加工区、水产品中初级加工及综合服务区,使其成为东北地区乃至全国最大的渔业产品精深加工基地。

二是依托獐子岛集团在大连保税区兴建的东北地区第一家万吨级金枪鱼超低温加工厂，突破超低温冷库建设技术和超低温金枪鱼深加工技术，开发国际国内金枪鱼市场。

三是依托獐子岛集团在金石滩建立的占地 28 000 多平方米的大型多功能贝类综合交易市场——金贝广场，形成鲜品、冻品、即食品、销售、旅游的多形态综合加工能力。

（三）科学延长精深加工产业链条

长海县目前水产品加工量约占养殖和捕捞总量的 15%，发展精深加工是新形势下提升我市水产品加工业的必然选择，长海县应大力发展水产品精深加工。

重点鼓励发展方便食品；利用新技术、高科技处理水产品；利用低值水产品及水产原料废弃物加工并增值水产品；中远期发展保健品和海洋药物等精深加工产品，提高产品质量水平、精深加工水平、水产品加工率水平和经济效益水平。

长海县渔业水产品加工生态产业链条见图 10-4。

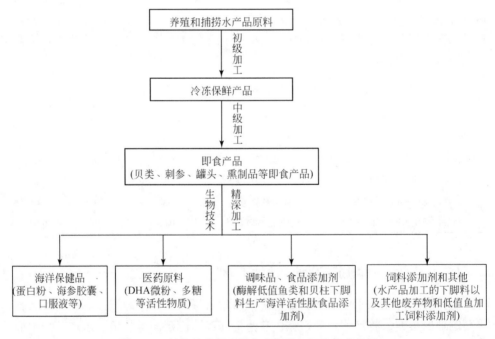

图 10-4 长海县多层次渔业水产品加工生态产业链

（1）对养殖和捕捞水产品进行初级加工，生产冷冻保鲜产品。

（2）对养殖和捕捞水产品进行中级加工，生产即食产品，包括干贝、海参、鱼类罐头、熏制制品等即食产品。

（3）应用生物技术进一步对水产品进行精深加工，产品包括以下几类。

①海洋保健品。例如，利用虾、蟹生产的蛋白粉、蛋白酱，用刺参做原料制成的海参胶囊、口服液，用海胆制成的海胆酱等。

②医药原料。例如，利用低值鱼提取 DHA（脑黄金的主要成分）微粉，利用海藻提取多糖等。

③调味品和食品添加剂。例如，利用蛋白酶技术酶解低值鱼、贝柱下脚料生产海洋活性肽食品添加剂等。

④饲料添加剂和其他。利用水产品下脚料以及其他废弃物、低值鱼等加工生产饲料添加剂；对贝壳进行综合利用，用来作工艺品的原料，或作为养殖牡蛎的附着基；蟹壳中含有独特生物活性成分，将蟹壳废物加工生产成具有调节免疫功能，抑制癌细胞活性，调节血脂、血压、血糖，强化肝脏功能的壳寡糖。

（四）生态技术在水产品加工中的应用

1. 热泵技术在水产品加工中的应用

热泵是一种能从低温源吸取热量，并使其在较高温度下作为有用的热源加以利用的热源装置。早在 19 世纪初，Carnot 和 Kelvin 对热泵进行了研究并提出了热泵的理论基础（李远志和胡晓静，2000），1973 年能源危机前，因热泵投资太高，没有得到发展。能源危机后，由于热泵具有显著的节能效果，热泵技术得到发展，广泛应用于建筑、取暖、制冷和其他工业生产中。

水产品加工是长海县工业支柱产业。水产品干燥可以采用日晒、热风干燥等方法，水产品的水分含量高（一般为80%），蛋白质和各种营养成分含量丰富，在常温下干燥，细菌滋生快，容易失去原有的风味甚至变质，用热泵干燥后的产品颜色鲜亮，味道鲜美（蔡正云等，2007）。

长海县特殊的地理位置，决定其能源缺乏，节能是保障海岛能源安全的有效途径之一。热泵技术不仅可以节约常规能源，而且可以减少污染物排放。

2. 酶技术在鱼类加工中的应用

1）酶法生产液化食用鱼蛋白

低值鱼和小杂鱼在捕捞中占有一定比例，随着人们生活水平的提高，低值鱼类直接食用的价值越来越低，应用酶技术生产液化食用鱼蛋白，可以实现水产品综合利用。

2）酶法生产调味品

鱼露是一种调味品。传统的鱼露加工主要靠食盐防腐，自然发酵，发酵周期长达 1 年以上。酶技术能使生产周期缩短为 24h，使鱼露生产取得突破性进展。

3. 酶技术在贝类加工中的应用

扇贝边含有丰富的优质蛋白质，并含有多种微量元素，以其为主要原料酶解后制成胶囊保健食品，具有提高机体免疫力、抗疲劳、改善心血管供血机能等显著生理作用。如将水解液精制浓缩，可制成氨基酸含量丰富、组成平衡、接近于理想模式的全营养复合氨基酸食品强化剂。

酶技术应用于贝类加工可以提高产品附加值。

4. 酶技术在藻类多糖提取中的应用

应用酶技术从海藻中提取的杂多糖具有抗病毒、抗凝血、降血脂等作用。

5. 酶技术在水产品保鲜中的应用

酶技术保鲜的原理是利用酶的催化作用，防止或消除外界因素对食品的不良影响，从而保持食品原有的优良品性。目前应用较多的是葡萄糖氧化酶和溶菌酶的酶法保鲜技术。

（五）推行清洁生产，建设生态工业园区

在工业企业优化升级和工业园区建设中，全面推广清洁生产和 ISO 14000 环境管理体系认证工作。在水产品加工企业中逐步建立起完善的清洁生产管理体制和实施机制。2010 年，60% 规模以上企业完成清洁生产实施和通过 ISO 14000 环境管理体系认证，建成 1 个以上生态工业园区。到 2020 年，90% 规模以上企业完成清洁生产实施和通过 ISO 14000 环境管理体系认证，建成 3 ~ 5 个生态工业园区。

积极采用节能、降耗、少污的先进工艺、技术、设备和新材料，降低单位产品的资源消耗量，提高工业用水重复率和其他资源利用率。

加强工业污染治理的长效管理，重点污染源建设在线监测系统，确保所有企业污染物排放浓度达标和总量达标。

（六）循环经济建设

坚持"减量化、无害化、资源化"的原则，在生态工业园区中通过废弃物资源化利用，实现产业间链接，促进循环经济发展。工业固体废弃物的堆放、运输和处理处置要资源化、专业化和社会化服务，加强环境监督。

积极探索工业废弃物的综合利用途径，提高废弃物回收利用率。例如，利用低值鱼类、贝柱下脚料以及其他水产品加工下脚料生产食品添加剂、调味品、饲料添加剂等；废弃贝壳的再利用，用来作工艺品的原料，或作为养殖牡蛎的附着

基（图 10-5），不仅能够实现废弃物的再利用，而且可以减少环境污染。

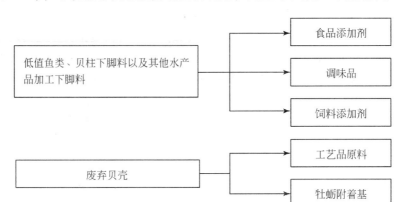

图 10-5　循环经济产业链

第四节　生态旅游研究

一、国内外海岛旅游研究进展及启示

海岛特殊的自然资源和人文资源具有得天独厚的优势，近年来海岛旅游作为海岛经济的重要组成部分发展迅速。然而，海岛旅游开发和发展也面临着一些限制因素，如生态环境脆弱、交通瓶颈、淡水资源短缺、军事海防地位限制等。本节通过对国外、国内海岛旅游发展的系统分析，以期对长海县海岛旅游具有启示作用。

（一）国外旅游开发现状

世界上最早的海岛旅游发生在 19 世纪中叶的英国，但是主要局限在海上交通便利的近岸岛屿地区。20 世纪 70 年代以来，在欧洲滨海度假旅游地的带动下，世界其他地区的海岛旅游活动也得到了较快发展。欧洲的地中海、爱琴海沿岸，太平洋夏威夷群岛、东南亚群岛，加勒比海沿岸等地区都是海岛旅游规模较大、起步较早、开发管理较先进的地区。各地因其自然资源、政治环境、文化历史、民俗风情等条件的不同在旅游开发与发展的形式上也呈现出不同的特点（陆林，2007）。

国外海岛旅游开发的法规体制比较成熟，开发的类型众多，涉及休闲健康、安静偏僻、独特景观、历史文化遗迹等。国外的海岛开发几乎都是以旅游业为突破口、切入点进行规划利用，重点是在保护当地资源的前提下开发各具特色的海岛旅游。国外的海岛旅游开发一般都是遵循开发中高端旅游线路。高端的海岛旅游开发重点是打造自然安静型滨海休闲度假胜地，以远离大陆的海岛为多，周边环境大部分保持纯自然状态，人工配置设施与原生态环境几乎天然合一。

对欧美一些发达国家和地区来说，海岛旅游开发的资金主要来自岛屿附近的大城市。随着岛上旅游的发展，岛上居民的经济条件得到改善，当地居民对旅游开发的参与越来越多。在海岛旅游业走向衰退时，外部企业逐步摆脱旅游设施，海岛旅游业被当地人接手进行经营，参与旅游业的程度越来越大。

马尔代夫共和国位于印度南部约 600km，斯里兰卡西南部约 750km，由 26 组自然环礁、1192 个珊瑚岛组成，分布在 9 万 km² 的海域内，其中 199 个岛屿有人居住，991 个荒岛，岛屿平均面积为 1 ~ 2 km²。因该国位于赤道附近，具有明显的热带气候特征，无四季之分，年平均气温 28℃。马尔代夫海岛风光秀丽、气候宜人、生态环境优美。

近年来，马尔代夫的海岛旅游取得了极大成功，该国宜人的热带雨林气候、秀丽的海岛风光以及丰富的海上休闲娱乐项目吸引着各国游客，海滨旅游独领风骚。马尔代夫在旅游发展中，探索了一个既符合该国特点，又没有给生态环境和社会文化产生任何严重负面影响的海岛旅游开发模式，被称为"马尔代夫模式"（刑晓军，2005；伍鹏，2006）。

马尔代夫拥有丰富的海洋资源，有各种热带鱼类及海龟、玳瑁和珊瑚、贝壳之类的海产品。工业仅有小型船舶修造厂、海鱼和水果加工、编织、服装加工等手工业，2005 年，工业产值占国内生产总值的 17%。全国可耕地面积 6900hm²，土地贫瘠，农业十分落后。椰子生产在农业中占有重要地位，其他农作物有小米、玉米、香蕉和木薯。随着旅游业的扩大，蔬菜和家禽养殖业开始发展。2005年，农业产值占国内生产总值的 2.6%。渔业是国民经济重要组成部分。渔业资源丰富，盛产金枪鱼、鲣鱼、鲛鱼、龙虾、海参、石斑鱼、鲨鱼、海龟和玳瑁等。鱼类主要出口中国香港、日本、斯里兰卡、新加坡和中国台湾。2005 年渔业产值占国内生产总值的 7.49%。旅游业是马尔代夫第一大经济支柱，旅游收入对马尔代夫 GDP 的贡献率多年保持在 30% 左右。其主要交通工具为船舶，陆上交通局限于首都马累，自行车为主要陆上交通工具。海运业主要经营香港到波斯湾和红海地区及国内诸岛间的运输业务。民航事业不发达，有 7 条国际航线和 11 条包机航线通往马累，斯里兰卡、印度、新加坡、阿联酋、南非及一些欧洲国家有定期航班飞往马累。2005 年运输通信业产值约占国内生产总值的 18.4%。

1. 经济发展水平和产业结构

旅游业、船运业和渔业是马尔代夫经济的三大支柱，工业仅有小型船舶修造厂、海鱼和水果加工、编织、服装加工等手工业。近年来，旅游业已超过渔业，成为马尔代夫第一大经济支柱产业。

2. 旅游开发模式

马尔代夫的海岛旅游开发推行"四个一"模式，即一座海岛及周边海域只允许一个投资开发公司租赁使用；一座海岛只建设一个酒店（或度假村）；一座海岛突出一种建筑风格和文化内涵；一座海岛配套一系列功能齐备的休闲娱乐及后勤服务等设施（如天然的海水浴场、迷人的海底世界及令人享受的海上乐园等），致力于营造休闲的度假胜地来吸引海外游客。每家度假酒店的建筑风格各具特色，有用椰树干做柱，用树皮、树叶编织成席子盖房顶；有用珊瑚、碎石砌墙；也有用砖、瓦和珊瑚石建造的房屋，但客房内的设施一应俱全。

3. 生态环境保护机制

为控制环境容量和保护海岛生态环境，马尔代夫海岛开发采用"三低一高"原则，即低层建筑、低密度开发、低容量利用、高绿化率。建筑物的高度不能够超过树木的高度，建筑物的材料必须与岛上的整体环境相融合，建筑物的最大面积不能够超过整个岛屿面积的20%，每一个客房都必须面朝海滩。在马尔代夫已开发的87个海岛中，所有建筑物几乎都是沿着海岛两岸建设并隐藏在树林中，楼层最高仅为两层。另外，马尔代夫政府还为每一个度假岛屿制定了严格的环境控制措施，如严格控制树木砍伐，要有适当的废物处理系统，禁止游客到海上破坏珊瑚礁和海上采集珊瑚、贝壳甚至岩石，禁止游客用渔叉或枪支捕鱼，游客不能在岛上喧哗、吵闹，切勿随地扔垃圾等。由于岛上的环保政策执行得非常严格，各度假区的环境优美、宁静，海水、沙滩一点也没污染，海洋生态环境得到了很好的保护。此外，马尔代夫在大力发展入境旅游的同时，还制定了要求游客必须遵守伊斯兰教的法典和传统等措施，以保持本国和本民族文化的独立性。

4. 旅游开发与管理体制

马尔代夫对海岛开发实行严格的审查和批准制度，海岛上所有建筑都必须经旅游部门批准才能建设。马尔代夫国家旅游部权限很大，既可以代表国家对外出租海岛，负责组织审查海岛开发规划和各海岛的建设布局，制订海滨旅游法规以及旅游业的日常监督管理，也可以对那些不达标的度假区进行罚款或者关闭，对现有和新建的度假村的开发和运营实施严格的监控。为了加大旅游业的管理力度，马尔代夫还成立了由旅游、渔业、交通等部门组成的国家旅游委员会，及时解决旅游发展中遇到的问题，协同制定相关法律规范。

5. 马尔代夫经验总结

总结马尔代夫的经验主要有以下六个方面。

（1）严格有效的开发计划：马尔代夫重视海岛开发的计划性，循序渐进，切实加强了开发海岛的规划管理。马尔代夫有大小岛屿 1192 个，其中有常住居民的 199 个，无居民海岛 993 个。1980 年依靠国外资金的援助，政府邀请了丹麦的咨询公司进行专题研究，制定马尔代夫海岛开发计划，并于 1983 年提交政府。海岛开发计划覆盖 10 年期限，着眼于未来可持续发展的需要。根据不同岛屿的情况拟定不同的政策措施和相应的开发时间、开发规模、开发方式。从海岛开发之初至今，马尔代夫已制定了三个十年海岛开发计划，目前正在实施第二个海岛十年开发计划。马尔代夫开发的所有海岛均由欧美等发达国家的建筑规划设计师规划设计，并经严格的论证后报国家批准建设。国家在批准海岛开发前，由 11 个相关部门组成委员会对海岛的位置、面积、地理、地质、地貌和资源生态状况进行考察，掌握海岛的基本状况后，对海岛进行分类，经科学论证后，委员会出具建议书，交国家旅游部。旅游部门决定是否批准开发岛礁，并将有关情况，包括开发或不开发的理由知会有关部门。

（2）整岛招标出让的方式：由于岛屿面积较小，马尔代夫海岛开发主要采取了整岛开发的模式，即由一个经济主体（投资公司）向政府租赁一个海岛及周边海域，一座海岛建设一个酒店，突出一种建筑风格和文化内涵，配套一系列功能齐备的休闲娱乐及后期服务等设施，形成一个完整、独立、封闭式度假区。整岛开发投资费用大，环保要求高。根据有关方面的统计，从事整岛开发少则几千万美元，多则达 7 亿~8 亿美元。为此，马尔代夫对拟开发的海岛统一向世界推介，实行国际招标，通过竞投，吸引有实力的国际大公司、大财团前来投资开发海岛。

（3）人性化的特色经营：马尔代夫的海岛经营管理由国际著名的经营管理公司负责。度假区实施封闭式的管理，非旅游人士，包括本国公民，未经允许不得进入旅游度假村和旅游海域，否则将被罚款或驱逐。除旅游服务人员外，岛上人员全部为游客，既节约了经营管理的成本，同时也使游客处于一个相对安全、宁静、宽松的环境之中。从机场到海岛都有专用游艇接送，每个海岛都有专用码头。当游客抵达海岛时，海岛工作人员会在码头欢迎游客到来，离开时，工作人员会到码头欢送，直到客人远去。海岛自助餐厅食品丰富，开放时间长，可以满足来自不同国家和地区游客的需要。虽然马尔代夫人不饮酒，但餐厅的酒水却免费提供给客人，整个管理充满了人性化。海岛开发项目种类繁多，每个海岛都有酒吧、舞厅、网球等球类运动场和健身房等设施，游客既可以尽情开展帆船、划艇、潜水等各种水上运动项目，也可以乘海上飞机观光，欣赏环礁美景，或自由自在地在沙滩漫步，海边戏水，享受烈日阳光。

（4）强烈的生态环保意识：在马尔代夫，无论是政府官员还是普通百姓都有着强烈的环境保护意识，认为马尔代夫是最脆弱、最敏感的，纯净的空气、清澈的海水、洁白的海滩失而难得。无论对投资经营海岛者还是来海岛旅游的客人，马尔代夫方面都有环境的要求。马尔代夫政府在决定具体海岛是否开发时，就已充分考虑生态环境保护的要求，对海鸟生活的海岛、鱼类等生物物种丰富的海域的开发都十分慎重。宁可不开发，也不危及海岛生态环境。对经营者来讲，海岛生态环境的保护是其经营管理的一项重要内容。海岛开发的规划、旅游区承载力的确定都要服从于环境保护的需要，海岛上所有建筑都必须经旅游部门批准才能建设，并明确规定海岛建筑面积不能超过海岛总面积的20%，海岛建筑不得超过两层，以保持海岛的原有特色。虽然海岛地下水丰富，但淡水来自海水的淡化，以防止陆地下沉和出现生态问题。海岛上食物的储藏、卫生设施建设、垃圾处理等也都要符合环境保护的要求。在马尔代夫海岛，酒店的客房大都位于环岛周边区域，海岛中央建立了垃圾处理设施，客房的生活垃圾废水从不直接排向大海。对来岛游客也有严格的环保要求，马尔代夫严禁出口任何种类的珊瑚，游客不可擅自收集沙滩或海中的贝壳，私自在岛上钓鱼，采摘或践踏珊瑚，都会招致高额罚款。在官方发放的旅游手册中都毫无例外地单列环境保护的内容，也正由于高度重视生态环境的保护，使得海岛更加美丽引人。

（5）优质的政府服务：马尔代夫政府十分鼓励海岛开发，在海岛开发中主要承担了以下服务和管理职能。一是完善政策，鼓励外来投资。马尔代夫对外国投资一律实行国民待遇，经营期限为25年。在税费征收上，对投资旅游业的只收取租金和旅游税，其中旅游税按酒店床位和实际接待游客数计征。政府对游客进出境提供方便，实行落地签证或免签证。二是加强海岛基础设施建设，在泰国，海岛上的公共设施，包括岛上飞机场建设、公路交通、水电等设施由政府投资建设。马尔代夫在1981年建设了国际机场，对推动海岛旅游起到十分重要的作用。三是加强从业人员培训。马尔代夫国家实行免费教育，各环礁都设有一个教育中心，主要向成年人提供非正规的文化教育，尤其是旅游职业的教育。为促进旅游业的发展，政府建立了专门的旅游学院加强就业技能和敬业精神的培训，提高从业人员素质，提升旅游质量。四是加强海岛旅游的宣传。该国旅游部承担着旅游推介宣传的职能。马尔代夫从1978年开始就通过国际媒介向全世界广泛推介海岛旅游，定期、不定期地在柏林、米兰、伦敦等地举行推介会，在挪威、瑞典、丹麦、日本以及香港等地进行宣传。

（6）严格的监督管理：马尔代夫1979年签署了旅游法，1982年建立专门的海岛旅游管理机构，1988年发展成为旅游部，1984年又成立了旅游咨询机构，以加强海岛开发的管理。通过制定海岛法等管理法规和标准，对海岛环境资源保护、交通运输、旅游质量安全等做出明确规定。同时马尔代夫旅游部门每年组织两次对海岛旅游的监督检查，对不达标准、违反有关规范的行为进行重罚，以维护良好的海岛旅游信誉。

(二) 国内海岛旅游发展现状

我国拥有面积超过 500m² 的岛屿 6961 个,其中无人居住的岛屿 6528 个,约占全国海岛总数的 94%,另外还有 10 000 多个面积在 500m² 以下的小岛,这些海岛中的 94% 至今未被开发,由于海岛的气候条件适宜、自然环境条件优越、海岛及其周围水域资源丰富,一般都具有很大的开发潜力和广阔的开发前景,发展潜力较大。据统计,沿海和海岛地区近年来接待的游客数以每年 20% ~ 30% 的速度递增,海岛旅游已成为许多海岛县的支柱产业(张广海和王蕾,2008)。

目前我国海岛开发利用还处于起步阶段,大部分海岛开发程度不高,资源未能得到合理利用,经济效益较低,一般海岛重开发、轻保护。同时,海岛是一个相对比较独立的生态系统,与陆地的交通并不通畅,进入的人数有限,海岛的基础设施与内陆相比也比较不成熟,因此海岛的资源保护在初期还不错。

我国海岛旅游产品层次结构高低不平衡,而且滨海海岛景观资源价值未能充分体现。海岛包括无人居住的海岛和有人居住的海岛,无人居住海岛的旅游业基本还无发展。但是,受到经济发展水平、政策法规、投资回报期长、技术难度大、生态环境保护等众多因素的制约,无居民海岛的旅游开发前景并不乐观。无居民海岛的旅游开发与保护一直是海岛旅游研究的重点领域,其研究内容多集中在对我国无居民海岛资源的生态保护与合理开发方面,并未触及问题的核心。如何协调旅游开发与生态环境保护之间的关系,达到无居民海岛旅游的可持续发展一直是困扰我国无居民海岛旅游开发的难题,这也是我国无居民海岛旅游开发进程较为缓慢的主要原因。

海岛旅游是我国旅游界面临的较新的问题。虽然国外海岛旅游先进地区在旅游开发和保护上有大量经验可循,但是由于旅游业发展水平、政策环境、资源差异性等因素,我国的海岛旅游并不能全盘照搬这些经验。

舟山群岛位于浙江省东北部,长江、钱塘江、甬江三江入海汇合处,共有 1300 多个大小岛屿,其中有无居民海岛 1311 个,占全国无居民海岛总量的 1/6。此外,还有海礁 3306 个。根据初步统计,可供开发利用的无居民海岛共有 229 个,其中以旅游开发为主导功能的多达 80 个,可辅助进行旅游开发的近 30 个。大多数无居民海岛具有相当的陆域面积,森林覆盖率高,生态环境较好。许多岛屿由于海水和风浪侵蚀等原因,岩石呈现各种形态,具有礁美、石奇、洞幽、岸险、滩美等特点,海岛自然风光独特,空气污染小、质量高。

舟山拥有渔业、港口、旅游三大优势。舟山群岛是我国的第一大渔场,是中国最大的海产品生产、加工、销售基地,素有"中国渔都"之美称。舟山港湾众多、航道纵横、水深浪平,是中国屈指可数的天然深水良港。随着渔业资源的枯竭，舟山近年来突出工业主导地位，加快发展第三产业。

舟山市依靠境内的国家级重点风景名胜区、"海天佛国"普陀山的佛教文化产品的名牌效应，陆续开发了朱家尖岛、桃花岛、嵊泗列岛、沈家门渔港等海岛旅游以及海鲜美食、休闲渔业等旅游项目。随着无居民海岛开发的升温，舟山无人岛的旅游开发也正式提上日程。但是舟山群岛的旅游整体形象不鲜明，海岛旅游开发趋同性严重，除了普陀山的佛教旅游产品外，尚缺乏在国内外具有一定竞争优势和较强吸引力的产品。

1. 旅游开发模式

舟山群岛的旅游发展虽然已经取得很大成绩，但产品开发和景区定位单一雷同，近距离重复建设严重。包括无居民海岛在内，被开发的海岛虽然数量较多，但大多缺乏有个性的包装和品牌策划，富有吸引力的独具特色的旅游岛很少。一些好的海岛和沙滩已经被低水平重复开发，大部分海岛还基本上处在观光旅游的阶段，对海洋文化内涵挖掘不够，游客的休闲娱乐活动较少，海洋休闲产品的开发还处在起步阶段。

2. 生态环境保护机制

由于环保措施不力，工业污水和生活废水没有得到很好的控制，舟山群岛近海海域已经变得浑浊不堪，渔港污染也比较严重，不时有赤潮发生，影响了海滨旅游的质量和海洋旅游的吸引度。由于缺乏科学的规划和有关部门的认识错位，不能按照海岛的自然资源、环境状况和地理位置进行开发功能或开发方向的定位，开发的随意性、盲目性较大，整体资源效益低下，有的甚至造成自然、资源、生态环境的极大破坏。例如，一些岛屿的旅游开发中出现了过度城市化和房地产化的倾向，与海岛旅游的生态性、海洋休闲性的宗旨相背离。一些无居民海岛的景区内存在开山采石的现象，既损害了生态环境，又降低了旅游景区的吸引力。

3. 旅游开发与管理体制

舟山市的旅游管理体制同样面临权限桎梏和管理滞后等问题，因而在对旅游业的行业管理中很难有大的作为。舟山市虽然成立了旅游委员会，各区县也成立了相应的机构，但旅游委员会只是一个虚设机构，具体的旅游行业管理工作仍主要由旅游局来行使。旅游局的管理权限和职能非常有限，往往造成调控乏力，管理失控等现象，甚至出现了一些项目在旅游部门并不怎么知情的情况下就进行了开发立项。全市的统一宣传促销由于体制的不顺，资金、财力等资源难以整合等原因往往很难有效组织起来，对舟山旅游的进一步发展形成制约。

（三）马尔代夫模式对海岛旅游开发的启示

1. 以科学发展观指导海岛开发

开发海岛及周围海域，必须采取严格的生态保护措施，严防海岛地形、岸滩、植被以及海岛周围海域生态环境的破坏，要正确处理好开发与保护的关系，妥善处理开发与传统渔民和当地居民的关系，通过海岛旅游开发带动相关行业和地区的发展。

2. 全面开展海岛资源调查

通过系统科学地调查准确掌握海岛及其周边海域的基础数据，包括海岛地理位置、面积、地质、地貌、气候、环流、植被及其他生物资源状况等方面的具体状况，建立完备的海岛资源信息数据库，为作好海岛开发规划打下基础。

3. 科学制定海岛开发规划

海岛开发不能一哄而上，要有计划、按步骤地进行。要根据海岛资源状况，在做好海岛开发规划的同时加强海岛开发的科学论证，明确开发海岛的开发规模、方式、期限以及生态环境保护的措施。

4. 完善海岛开发政策措施

制定政策措施鼓励国内外资金投资海岛，明确政府在海岛开发上的职责，加强对海岛开发的规范和管理。同时，根据海岛开发的自身特点，积极探索海岛开发行政管理和经营管理模式。

5. 建立海岛开发协调机制

目前我国的海岛开发涉及海洋与渔业、旅游、国土、计划、环境、交通、林业、公安边防、军事以及财政、税收、工商等多个部门，必须建立适应海岛开发需要的协调机制，加强对海岛开发工作的领导和协调。

6. 加快海岛开发立法

借鉴各国海岛开发立法的经验，加快我国海岛开发立法步伐，依法规范海岛开发行为，完善海岛开发的制度措施。同时，要加强对海岛开发监督，提高政府管理和服务水平。

二、海岛生态旅游的发展

(一) 生态旅游的定义

"生态旅游"(eco-tourism)一词是由世界自然保护联盟(IUCN)特别顾问、墨西哥专家 Ceballos L. H. 在 1983 年首次提出的,并在 1986 年墨西哥召开的一次国际环境会议上被正式确认。1988 年他进一步给出了生态旅游的定义:"游客置身于相对古朴、原始的自然区域,欣赏和游览当地古今文化遗产的同时,尽情考究和享受自然风光和野生动植物的旅游"。此后西方许多学者和组织又提出了各种不同的定义,如世界自然基金会(WWF)的研究人员伊丽莎白·布把生态旅游定义为:"生态旅游是指去往相对原始的自然区域,以欣赏、研究自然风光和野生动植物为目标,并能为保护区筹集资金,为当地居民创造就业机会,为旅游者提供环境教育,从而有利于自然保护的旅游活动"。国际生态旅游协会把生态旅游定义为:"具有保护自然环境和维系当地人民生活双重责任的旅游活动"。将生态旅游的目标定位在"保护"与"责任"上,这一定义在国外学术界具有一定的代表性。澳大利亚联邦旅游部在 1994 年制定其《国家旅游战略》时,在汇总各种定义的基础上,为了使之具有较好的可操作性,将生态旅游定义为:"以大自然为基础,涉及自然环境的教育、解释与管理,使之在生态上可持续的旅游"。生态旅游的定义和内涵在可持续旅游的理论指导下不断发展和变化(曹曦,2009)。

我国的生态旅游研究兴起于 20 世纪 90 年代,国内许多学者也纷纷对生态旅游的定义进行了界定。例如,卢云亭(1996)指出"生态旅游是以生态学原则为指针,以生态环境和自然资源为取向的一种能获得社会经济效益并促进生态环境保护的边缘性生态工程和旅行活动";杨新军和刘家明(1998)认为生态旅游是以自然风光及具有地方特色的风土人情为主要吸引物的专项旅游形式。此外,王跃华(1999),宋子千和黄远水(2001)等也对生态旅游的概念作了界定。从不同学者对生态旅游的概念界定中可以发现:生态旅游概念的界定实际上是人们对生态旅游认识不断提高和完善的过程。根据国内外对生态旅游的定义,笔者认为应从以下几个方面进行理解:第一,从旅游需求方面来看,生态旅游是满足旅游者回归大自然需求的一种旅游活动;第二,从旅游目的地的供给角度出发,生态旅游是一种具有环境保护和促进社区经济发展功能的旅游开发类型;第三,从旅游需求、供给及可持续发展角度来理解,生态旅游既是以原生性环境为基础而开展的旅游活动,又具有很强的环境保护意识和生态教育作用,是一种新型、自然、高品位、可持续发展的旅游方式。

（二）生态旅游的特点

生态旅游是一种特殊旅游形式，是在自然旅游的基础上发展起来的，与传统的自然旅游相比，具有以下五点显著的特点。

（1）重视保护。生态旅游的旅游地受人类干扰破坏很小，为较原始古朴的地区，它们都非常有吸引力，但是它们又都比较脆弱，需要人们去努力保护，管理部门还应做好对旅游资源、环境容量的评价与规划。

（2）强调责任。生态旅游是带有责任感的旅游。旅游者在旅游过程中，承担着保护游览地的旅游资源，使旅游资源能够可持续性的被利用等责任。

（3）注重参与。生态旅游注重当地居民的参与。通过开展生态旅游使当地居民确实在经济上受益，绝不把当地人排斥在外，当地居民在保护和利用自然与文化资源中发挥着主体作用。

（4）实现效益。它指的是实现经济效益、社会效益、生态与环境效益的统一。通过开展生态旅游，促进旅游地区经济的发展、人民生活水平的不断提高，还能够对环境保护、精神文明、生态建设等方面有所促进。

（5）突出特色。生态旅游的开展充分发挥出旅游地特色生态旅游资源的优势，能满足旅游者体验生态环境、丰富生态知识等方面的需求，在做好科学规划的基础上，将旅游对环境的不利影响控制到最低程度。

（三）海岛生态旅游的发展

海岛因其独特的自然环境，给旅游者以远离城市喧嚣和彻底回归自然的心理感受而备受青睐，目前，岛屿已经成为最富旅游魅力的旅游目的地之一，同时也是世界生态旅游热点地区。从历史上看，海岛旅游的开发，是与滨海旅游的发展紧密联系在一起的。在世界范围内，欧洲于18世纪早期率先发起海滨旅游，随后遍及美洲、亚洲、非洲和大洋洲。就相对规模而言，加勒比海、地中海、太平洋、印度洋和东南亚的许多海岛年吸引旅游者人次数与当地人口数的比例，尤其是与当地土地面积的比例要远远高于旅游业发达的北美洲以及欧洲的大陆部分。由于海岛旅游对地方经济有很大的推动作用，许多国家与地区的海岛，如泰国普吉岛、印度尼西亚巴厘岛、韩国济州岛等已经得到大规模开发，旅游建筑物密度大、设施布局密集。

我国最近30多年来也掀起了海岛旅游开发热潮，一些海岛得到了大规模的旅游开发，如海南岛的观光度假旅游、上海横沙岛的度假旅游、浙江普陀岛、厦门鼓浪屿等海岛的观光旅游，另外我国沿海的一些小型岛屿也在积极地进行生态旅游开发建设。海岛旅游产品的发展大致经历了疗养康复、疗养游乐结合和游乐度假三个历史阶段，并日益向注重旅游环境保护、强调区位特色、突出生态与主题旅游等方向发展。

（四）目前海岛生态旅游发展中存在的问题

海岛拥有得天独厚的自然生态环境、丰富的自然和人文生态旅游资源。但许多国家和地区尤其是发展中国家在生态旅游开发取得成功的同时，也面临着很多问题。随着海岛发展生态旅游热潮的不断兴起，许多海岛地区的开发商也借机不断推出所谓的"生态旅游项目"，但据调查显示，在海岛开展生态旅游活动的区域中，能真正达到生态旅游要求的却寥寥无几。有的旅游开发商甚至将其提供的所有旅游产品都贴上了生态旅游的标签，处处打着生态旅游的旗号，行的却是传统大众旅游之实。例如，在海南有的旅游景区对游客大力宣传海洋生态旅游活动，实际上主要目的是向游客推销珊瑚工艺品、海洋生物保健品等旅游商品。这种有悖于真正意义上的海岛生态旅游现象的出现，其原因来自很多方面，包括海岛地区旅游管理机构、开发商和旅游者对生态旅游的含义缺乏充分的认识和理解，也包括一些生态旅游区偏重于旅游的经济效益，而忽视对资源的保护和管理。许多海岛地区对生态旅游资源的评价、规划、管理、监督不到位，对生态旅游区缺乏必要的旅游环境容量控制和应有的环境保护，主要表现在：游客严重超载，超出了旅游区的生态承载力；同时由于缺乏统一规划，盲目发展，导致旅游开发失控；人造景观和设施泛滥，自然景观破坏和环境污染现象严重等。这使得生态旅游本身无法真正意义上的体现生态体验和生态教育功能，其对自然生态环境造成的破坏、对海岛文化产生的负面影响，直接导致海岛地区的环境效益和经济效益难以统一。

海岛生态旅游开发过程中存在的问题，不仅在一定程度上对海岛良好的生态旅游资源和环境造成了破坏，更影响了海岛特色旅游品牌形象的提升，制约了海岛生态旅游业的持续健康发展。为适应当今国内外海岛旅游业发展的形势变化及海岛生态建设的要求，未来海岛生态旅游发展应充分保护与开发海岛的生态旅游资源，加强发展海岛特色的生态旅游，以转变当前海岛仍以粗放型大众旅游形式为主的旅游发展模式，促进海岛生态旅游业与社会经济和自然环境的健康协调发展。

（五）海岛生态旅游的价值审视

1. 经济价值

海岛生态旅游是依托其独特的生态旅游资源和环境，通过旅游开发活动使其由资源、环境价值转化为经济价值。海岛生态旅游所取得的经济效益实际上就是该岛生态资源和环境价值的经营性释放。海岛生态旅游的经济价值主要表现在以下三个方面。

（1）具有使海岛资源增值的价值。据加拿大野生生物局统计，早在1990年全球生态旅游业产值就已达2000亿美元，并且每年还在以10%～30%的增长率迅速发展，目前生态旅游收入占世界旅游业总收入的比例为20%左右，在整个旅游业中独树一帜。随着人们文化与物质生活水平的不断提高，以及休闲时间的增多，到海岛地区去休闲、游憩、度假，享受海岛大自然的美好风光已成为新的时尚。海岛具有丰富而独特的生态旅游资源，通过海岛生态旅游活动的深入开展，可以使海岛地区相关资源的价值得到显著提升。

（2）具有产业结构调节的功能价值。海岛生态旅游业和其他资源开发业相比具有潜在的经济优势，开展海岛生态旅游可以改善区域经济结构和产业结构，促进海岛地区向开放型经济转化。目前，海岛面临渔业资源日益减少和市场制约加重的严峻形势，岛上渔民面临着如何转产、就业和增收的严峻问题，发展海岛生态旅游给渔民带来了希望。国内许多游客也已由观光游向高层次的休闲、度假、生态、科技探险游等海岛游分流。对海岛渔民来说，发展富有特色的海岛生态旅游作为产业结构调整，经济发展新的增长点。海岛生态旅游在带动当地经济发展的同时，也对海岛地区的扶贫具有重要意义。山东省长岛县的生态旅游以围绕打造中国北方"海岛度假中心、妈祖文化中心、休闲渔业中心"三大品牌来开展，整合、促销、开发、管理并举，将旅游业培植成海岛经济支柱产业。它为长岛产业结构调整、循环经济发展开创了新的空间。

（3）具有加速经济发展的价值。海岛生态旅游在一些国家和地区的国民经济中起着重要作用，已成为经济发展的"加速器"。例如，土地面积不到海南20%、人口数量不到海南40%的巴厘岛，每年接待境外游客超过150万人，旅游收入超过20亿美元，旅游业对GDP的贡献率超过50%。

2. 社会价值

海岛生态旅游的社会价值是指海岛生态旅游活动对海岛地区社会发展进步发挥的积极作用。海岛生态旅游资源富集的地区，往往也是社会文化相对原始，社会文明发育相对滞后的地区。生态旅游的发展通过旅游促销和旅游者的流动，提高了海岛地区的知名度，改善了投资环境，为吸引外地资金的流入创造了条件，也为区域经济的发展提供了契机。生态旅游的开发不仅为海岛地区带来了可观的经济效益，还带来了可观的社会效益，具体表现在以下几个方面：海岛生态旅游的开展提高了当地居民生活水平；增加了海岛地区居民的就业机会；拓宽了农副产品销售渠道；提高了当地居民的文化素质；增强了社会大众的环境保护意识和社会活力等。

3. 生态价值

生态旅游是一种"保护性"和"负责任"的旅游。"保护"和"责任"是生态旅游持续发展的两大因素。强化生态责任的目的是保护海岛生态旅游持续性发展赖以生存的自然资源和人文资源。正是因为生态旅游具有保护功能才使其成为可持续发展的最佳途径。海岛生态旅游的生态价值是指在保护海岛生态环境的前提下，实现生态旅游可持续发展过程中所产生的功效。海岛生态旅游的生态价值主要体现在以下两个方面。

（1）降低对海岛地区生态环境的破坏。生态旅游是一种负责任的旅游，通过旅游活动的开展，能把旅游过程中旅游者对脆弱的海岛生态环境产生的负面影响降低到最低程度。生态旅游的主要活动方式是观赏、体验、探险、科研，与传统的狩猎、矿产开发、林木采伐等产业相比，生态旅游对海岛生态旅游资源的组成要素如动植物资源、地质地貌资源、滨海资源以及历史文化资源等的破坏是极其微弱的。

（2）推进海岛地区生态环境建设。良好的生态环境是生态旅游最强大的吸引力，只有维护好生态环境，才能使生态旅游得以持续发展。海岛地区应加强对生态旅游的科学管理，建立起有效的监督机制，充分认识和理解生态旅游的内涵，积极地做好宣传，提高旅游者和岛上居民的生态意识，加强对海岛生态旅游资源的保护和管理，并将生态旅游所带来的经济效益合理地分配到海岛生态环境保护中，通过这样的方式开发海岛生态旅游不仅给当地带来了可观的经济效益，还将取得显著的生态效益和社会效益。面对着共同的利益，海岛所在政府、开发商以及岛上居民有保护环境的内在动力，有助于进一步推进海岛的生态环境建设。

三、旅游现状与问题分析

（一）旅游现状

长海县国内旅游市场稳步发展，旅游收入逐年增长。现有 106 处旅游景点、27 条旅游线路、20 处海滨浴场、24 个度假村、37 家宾馆酒店、125 家小型旅店饭店、246 家渔家旅店和 7 个旅游服务机构。2005 年上岛游客 60 万人次，旅游综合收入 1.75 亿元。在大连旅游市场高度发展和长海县对外开放的形势下，长海县旅游市场即将迎来入境旅游市场开放和快速发展的黄金时期，大量的国内外游客进入海岛旅游观光。旅游资源包括自然景观、人文景观、文物保护遗址、海滨沙滩、特色民俗文化等。

（二）主要问题

与大陆相比，岛屿土地面积小，水资源匮乏，生态环境脆弱，岛屿旅游出现的问题不容忽视。旅游不仅是一个十分重要的经济要素，也是影响环境质量的一个主要因素。目前长海县旅游存在一些问题，主要体现在以下六个方面。

1. 季节性变化显著，淡旺季明显

长海县属于大陆性气候，季节性变化显著，旅游旺季集中在 5 ~ 10 月，主要景点人满为患，甚至出现游客超过景点容量的问题。而 11 月到次年的 4 月大部分景区游客稀少，影响旅游业经济效益。淡旺季明显，是发展海岛旅游在客观上的一个主要劣势。

2. 交通制约长距离游客上岛

海上交通受到天气因素影响很大，另外还要考虑交通工具的衔接，造成交通极为不便，在一定程度上影响了长距离游客的可进入性。

3. 旅游收入不高

据统计，2003 年马尔代夫年接待游客达到 56.4 万人次，旅游业收入约合 1.8 亿美元。2005 年长海县上岛游客突破 60 万人次，旅游综合收入 1.75 亿元，与旅游名胜海岛相比，收入相对较低。其主要原因有以下两个。

一是旅游层次存在缺陷，服务质量不高。从旅游开发的六个层次（行、住、食、游、购、娱）来看，长海县旅游业仅停留在住、食两个层次上，而行、游、购、娱层次还存在不同程度的缺陷。旅馆、饭店建设档次低，小型旅店饭店和渔家旅店是接待游客的主角，与旅游业发展和接待能力的要求仍有差距。长海县旅游业从业人员数量少，而且整体素质不高，相当一部分旅游企业处在"小、散、弱、差"的发展阶段。服务质量不高从客观上抑制了游客消费，导致长海县旅游综合效益不高。

二是游客在岛上停留时间短，据统计，2005 年县外游客岛上平均住宿天数为 2.2 天。游客构成以东北地区近距离国内游客为主，在对海外游客的吸引度以及旅游创汇能力等方面与旅游名胜海岛相比差距甚远。

4. 旅游景点单一、雷同，景点开发不充分

旅游产品单一雷同的问题是制约长海县旅游业发展的因素之一，5 个乡镇旅游资源的开发几乎雷同，特色不突出。

长海县自然和生态环境很好，但自然景观营造不够，建筑与城镇布局缺乏鲜明的文化脉络与特色，因而造成旅游价值并不高。长海县旅游缺乏统一规划，旅游资源处在原始的粗放型经营阶段，未形成自己的特色和品牌，整体形象不够鲜明、生动和突出。

5. 水资源短缺，水体受到污染

旅游活动给岛屿自身及周边的水环境带来很大的影响。一方面游客增多，旅游设施增多，对日用水的消耗日益增大，使得岛上原本很缺乏的淡水资源出现了过度消耗、水源枯竭的现象，并且随着地下水的过度开采，水位下降，海水可能大量涌入；另一方面，油船泄漏的油污、游客丢弃的垃圾、餐厅排放的废水、洗衣房产生的洗衣水等大量化学物质和营养物质进入海域，使海水质量变差。

6. 垃圾污染日趋明显

旅游发展在为岛屿带来大批游客的同时，也带来了大量的垃圾。游客在观光、住宿、就餐等活动中，产生大量的生活污染，包括包装袋、饮料罐、日常生活产生的生活垃圾，岛上为发展旅游而大兴土木留下的建筑垃圾，以及从岛外运进的商品留下的包装垃圾等，都严重污染岛屿的环境。

四、生态旅游建设方案

（一）旅游环境人口容量

长海县海岛开发旅游资源，需要确定海岛的环境容量，它是确定住宿数量以及其他设施发展程度的基础因素。通过导入承载量这一理念，限制入岛游客数量，降低超量游客对海岛生态环境的影响，减少旅游设施的建设，杜绝不合理的建筑对岛屿的污染和破坏。加强旅游承载量管理，需要对游客人数，污水排放，建筑物的面积、高度等进行限制。

长海县适宜人口容量控制在 13 万人以下，目前岛上人数约为 10 万人（包括驻军和流动人口），即有 3 万人容量进入海岛旅游。长海县旅游业集中在 5 ~ 10 月（30 × 6 = 180 天），假设每人在岛上停留时间 6 ~ 7 天，旅游人口容量计算如下：

$$旅游人口容量 = \frac{3 \times 10^4 \times 180}{6} = 90 \ 万（人次/年）$$

$$旅游人口容量 = \frac{3 \times 10^4 \times 180}{7} = 77 \ 万（人次/年）$$

计算表明长海县旅游人口容量在 77 万 ~ 90 万人次/年。长海县淡水资源缺乏，交通不方便，各海岛距离远，在一定程度上限制了长海县旅游业的发展，为了可持续发展海岛旅游业，保护海岛生态环境，建议旅游人口容量应在 90 万人次/年以下。

（二）旅游区划分和功能定位

长海县旅游总体格局概括为："一五十五"旅游工程，即一个中心，五大旅游区，十个生态岛，五大天然海水浴场。

1. 一个中心

一个中心即以长海县政府所在地大长山岛为旅游综合接待中心。

2. 五大旅游区

五大旅游区包括大长山岛旅游区、小长山岛旅游区、广鹿岛旅游区、獐子岛旅游区及海洋岛旅游区。

1）大长山岛旅游区

本旅游区开发以海洋文化、城市文化、渔业文化、宗教文化、饮食文化为背景，构建自身特色，将大长山岛建成一个全新的、具有现代气息的避暑、观光、疗养、娱乐、健身、会议于一体的新型海岛旅游区。根据全岛资源分布情况，将其分为三大景区：四块石景区、鸳鸯湾景区、耶尔玛克湾景区。

2）小长山岛旅游区

本旅游区开发以海洋文化、荷兰文化、民俗文化、渔业文化、军事文化为背景，重点发展休闲观光、垂钓。根据全岛资源分布情况，将小长山旅游区分为四个景区，即金沙滩景区、郭家庙景区、大核沟景区、海珍品自然保护区。

3）广鹿岛旅游区

本旅游区开发以海洋文化、渔业文化、自然山水文化、民俗文化、神话传说文化以及人文历史遗迹文化为背景，重点发展海水浴、沙滩浴、阳光浴，以及文化旅游（小珠山文化遗址、明代时期的马祖庙、神秘莫测的神仙洞）。根据全岛资源分布情况，开发形成四大景区：多落母景区、月亮湾景区、老铁山景区、沙尖子景区。

4）獐子岛旅游区

獐子岛景区景点设置主要从现有的自然和人文资源条件出发，充分挖掘它们的潜力，开辟出新的游览项目，重点发展海水浴、垂钓、购物游（獐子岛海产品驰名中外）。根据全岛资源分布情况将其分为三大景区：沙包子景区、东獐子景区、外岛景区。

5）海洋岛旅游区

本旅游开发区以海洋文化、自然山水文化、军事文化、神话传说文化、边境文化为背景，将海洋岛建成一个全新的、具有现代气息的，融自然、山水、军事文化于一体的新型海岛旅游区。进一步塑造"东方第一岛"的形象，使其名副其实。根据全岛资源分布情况，将其分为三大景区：太平湾景区、苇子沟景区、哭娘顶景区。

3. 十个生态岛

十个生态岛即大耗子岛、乌蟒岛、褡裢岛、瓜皮岛、小耗子岛、葫芦岛、哈仙岛、格仙岛、塞里岛、洪子东岛等，以发展滨海旅游和利用当地丰富渔业资源发展休闲渔业为主。

4. 五大天然海水浴场

每个旅游区至少建成一个天然海水浴场，如大长山岛旅游区的南海浴场、獐子岛旅游区的沙包子浴场、广鹿岛旅游区的月亮湾浴场、小长山岛旅游区的金沙滩浴场、海洋岛旅游区的苇子沟浴场。

（三）提升旅游开发层次

提高长海县旅游资源开发层次。旅游者活动一般可分为三个层次：一是基本层次，即观光、游览；二是提高层次，即购物、娱乐；三是专门层次，即度假、会议等。长海县游客以第一个层次为主，即旅游活动层次局限在观光游览的基本层次，游客逗留时间短，旅游经济效益普遍不高。

因此，长海县旅游层次应提升到第二和第三层次，开发高质量的海岛特色旅游产品，改变旅游人口多、收入低的局面。全面实施休闲旅游业总体规划，打造长海县海洋生态休闲旅游品牌，提高旅游服务水平，提升长海县的知名度和美誉度。

提升层次需要配套一系列功能齐备的休闲娱乐及后期服务等设施，增加开发项目，比如在海岛上增设酒吧、健身房等设施和划艇、潜水等各种水上运动项目，游客既可以尽情开展水上运动项目，也可以观光，或在沙滩漫步，海边戏水，享受阳光。

（四）生态旅游活动项目设计

开发形成以观光、休闲度假、商务会展和主题文化旅游为主导的产品体系。深挖旅游产品内涵，调整长海县旅游产品结构，丰富充实产品体系（彭超和文艳，2005）。

1. 海洋休闲度假

海洋休闲度假内容以休闲、垂钓、疗养、娱乐、健身等为一体。目标市场主要包括俄罗斯远东地区中端消费群体，省内外尤其是黑龙江、吉林、辽宁的中高端消费群体,省外中、近距离市场的中等消费层游客,大连地区及省内中等消费层游客。重点目标群体为白领族、银发族、工薪族、自驾族。开展旅游观光和参与性活动,游客吃、住在渔家,让游客随船出海,开展垂钓和养殖旅游等活动,充分体验海岛民俗风情。开展游艇环岛游、品尝海鲜游等特色旅游项目,形成集海上观光、垂钓、赶海、潜水、养殖、捕捞、就餐于一体的海上特色休闲度假游。

2. 休闲渔业旅游

积极发展休闲渔业旅游,将休闲渔业与旅游业有机结合起来,形成形式多样、广纳客源的垂钓业。自 20 世纪 90 年代以来,美国休闲垂钓者人数占 16 岁以上人口的比例高达 18%,消费总额达 387 亿美元,创造 120 万个就业机会,休闲渔业的总产值超过传统捕捞渔业。由于受到渔业资源衰退的影响,长海县远洋渔民面临着转产、转业、再就业的问题,发展休闲渔业旅游不仅养护渔业资源,保护生态,而且创造就业机会。长海县是渔场,乌蟒岛是中国钓鱼协会海钓基地,适合发展海钓旅游。

3. 商务会展型旅游产品

商务会展类的目标群体为省内外的各种会议和交流。目前,有很多大型商务会议在大连举行。由于商务会议旅游的组团规模大,停留时间长,消费水平高,经济效益好且不受季节约束等特点,因此发展商务会展旅游是十分具有前景的。长海县要积极把握这个机遇,依托大连市大力开发商务会展旅游产品。

4. 观光旅游类

构建多层次的海上观光旅游产品体系,丰富多元化的文化观光旅游产品体系。观光旅游内容包括历史文化观光、海上自然风光观光、海底海珍品养殖观光等。目标市场主要是国内外中等消费层游客,结合"五一"、"十一"、"暑假"等节假日重点开发大中小学学生类消费群体的集"素质教育—休闲避暑—度假"于一体的复合型产品。举行以饮食、节庆活动、渔家号子为主题的渔家风情游,并与传统的"海神娘娘"等海岛文化相结合,突出海岛特色。

(五) 生态旅游商品开发结构

1. 食品系列

食品系列开发以贝类、鱼类、虾类等为主的新鲜海产品,为游客免费提供冷藏设施,开发深加工海鲜食品,方便游客携带。

2. 旅游工艺品系列

旅游工艺品系列开发以海洋为主题的工艺品,如贝雕、贝壳、海螺和海贝等海产工艺品。

(六) 旅游污水和垃圾防治对策

随着长海县旅游业的快速发展,大量游客到长海县各海岛旅游观光,随之带来的环境问题不可忽视,尤其是产生大量的污水和垃圾。

1. 旅游污水防治对策

旅游业产生的生活污水未经处理不得直接排海。旅游污水的治理遵循"集中处理和分散处理相结合"的原则,城镇污水管网范围内的污水进入城镇污水处理厂处理后达标排放或者回用,管网外的污水采用分散处理方式处理。

2. 旅游垃圾防治对策

旅游发展为岛屿带来大量游客的同时,也带来了大量的垃圾。游客在观光、住宿、就餐等活动中,产生大量的生活垃圾,包括包装袋、饮料罐、啤酒瓶等生活垃圾。

政府应制定相关政策,从源头上控制和限制产生大量不可再生垃圾的商品入岛,鼓励使用绿色包装物。各海岛对旅游产生的垃圾进行分类回收,纳入各海岛生活垃圾处理体系中。

(七) 绿色交通

采用积极的财政和价格政策,促进环境友好型汽车的使用,鼓励使用低排放汽车,推广使用环保型旅游交通工具,如电瓶车和太阳能车等。游船应利用清洁能源,减少对海域的环境污染。

(八) 完善生态旅游环境教育功能

长海县岛屿旅游业的可持续发展,需要生态环境保护意识高的旅游者和旅游从业人员。倡导和宣传生态旅游,使游客了解生态保护的重要性,增强生态保护意识,自觉绿色消费。

第十一章　生态防护体系与自然资源保障研究

第一节　研究原则

长海县的自然资源与生态安全体系建设应遵循以下原则。

一、完整性原则

在陆域自然资源与生态安全体系的建设过程中，既要注重生态防护体系的完整性，同时也要注重防护类型的完整性，既要建设海岛防护带，也要建设环城防护带和森林公园与城间绿岛，以此进一步提高城镇防灾避灾能力，改善社区和人居环境。

二、海陆协同原则

针对长海县海陆共存、以海为主的特点，在县域自然资源与生态安全体系的建设过程中，须坚持海陆协同的原则。

三、生态效益与经济效益并重的原则

长海县在发展经济的同时，生态效益和经济效益之间必然产生冲突，必须妥善处理好生态效益、经济效益的关系问题。

每一个海岛都有自身的资源特点和优势条件，因此，长海县建设应在充分发挥优势上做足文章，打好"特色牌"。在坚持保护优先的前提下，合理选择发展方向，发展特色优势产业，确保生态功能的恢复与保育，保持生态平衡。禁止在自然保护区和具有特殊保护价值的地区实行开发，依法实施保护，严禁不符合规定的任何开发活动。

第二节　空间布局研究

在自然资源与生态安全体系建设中，首先对环境保护与生态建设工作进行合

理的整体空间布局研究，从而使保存完好的自然生态系统的服务功能得到充分发挥，使受损生态系统的服务功能得到恢复，使土地、生物等自然资源的开发利用得到优化，使县域居民获得健康和谐的生产生活环境，并且在良好生态环境支持下最终实现资源的永续利用和社会经济的可持续发展。

一、陆域带状生态防护体系

陆域带状生态防护体系由岛域核心生态防护带、海岛局域生态防护带和环岛生态防护与旅游景观建设带组成。

（一）岛域核心生态防护带

海岛核心生态防护带的构建主要通过对保存良好的森林生态系统实施生态公益林建设、森林公园建设等生态建设工程，对于被人为干扰打断的局部区域则主要通过生态恢复、水土流失治理和退耕还林等措施加以恢复完善。对于一些海岛因开发强度大导致海岛核心生态防护带被严重阻断的局部区段，要特别加强对保存尚好的森林生态系统斑块的保护与建设，使之成为保证海岛核心生态防护带完整性的踏脚石。

（二）海岛局域生态防护带

该带的特点、构成以及建设过程中所采取的生态建设工程与海岛核心生态防护带基本相同，但该带在分布范围和生态防护作用方面都明显小于海岛核心生态防护带，主要分布在海岛的某个局域范围，主要是对维护海岛局部范围的生态安全具有积极作用。

（三）环岛生态防护与旅游景观建设带

通过保护近岸自然植被、在坡度较陡的区段采取限制人类的开发利用自然恢复植被、在适合进行旅游景点建设的区段加强旅游景观林建设等措施，提高环岛生态防护与旅游景观建设带的生态服务功能。

二、陆域面状生态安全体系

海岛的陆域面状生态安全体系是指除了岛域核心生态防护带、海岛局域生态防护带和环岛生态防护与旅游景观建设带，以及城镇和港口及其周边防护体系以外的陆域范围，包括生态恢复与土地综合开发区、森林公园和旅游休闲景观区。在确保岛域生态安全和岛域核心生态防护带完整性的前提下，积极开展陆域土地的保护性利用，提高土地的经济效益必将对长海县社会经济的发展起到积极作用。因此，积极发展海岛森林观海、林地休闲等陆上旅游活动，加强森林公园和旅游休闲景观区建设应该纳入到长海县旅游体系的建设规划之中。

三、陆域社会经济单元生态防护体系

大型城镇与港口区是人口的集中分布区，同时也是造成海洋污染的重点治理与防范区。为了改善与提高人居环境质量，确保海岛居民的生产生活的顺利进行，实现海陆环境的协同优化，必须大力加强陆域社会经济单元生态防护体系建设工作。大型城镇与港口等社会经济单元的生态防护体系建设内容包括环城生态防护带建设和城间绿岛生态服务区建设。生态建设工程包括保护城镇周围的森林斑块和自然绿地，使之成为环绕城镇的生态防护体系，发挥其防范洪涝灾害、净化空气、美化环境的作用，减少陆域污染物向海洋的扩散与污染，而将位于大型城镇之内的山地森林建设成为城间绿岛生态公园，发挥其生态防护功能，同时为城镇居民和旅游者提供休闲旅游的场所，改善人民的生活环境质量。

四、海域生态安全体系

海域生态安全体系主要包括近岸海域污染防护与渔业养殖区和海洋环境保护与海洋生物多样性保育区。在近岸海域，特别是在港口与接近城镇的海域范围，加强海洋环境质量监测工作，坚持陆海协同防护原则，通过污水处理等基础设施建设和实施清洁生产，减少陆域污染物的排放，同时，加强渔业管理，科学养殖，根据海洋承载能力，合理制定养殖生产规范。在海洋生物种类丰富、有特殊物种分布的区域建立海洋自然保护区。通过上述措施的实施，确保海洋生态系统的生态安全。

第三节　陆域生态安全体系研究

一、大长山岛镇生态安全体系

大长山岛镇有人居住岛屿为大长山岛、哈仙岛、塞里岛。大长山岛是长海县政治、经济、文化中心，从生态环境保护的目的出发，严禁有污染的工业项目在海岛登陆，但可以发展环保型水产品加工业，加强污水处理、生活垃圾处理等环境基础设施建设，加快绿地建设，加强植被保护，严禁乱砍滥伐。大长山岛自然资源合理开发与生态安全体系的建设方案见图11-1。

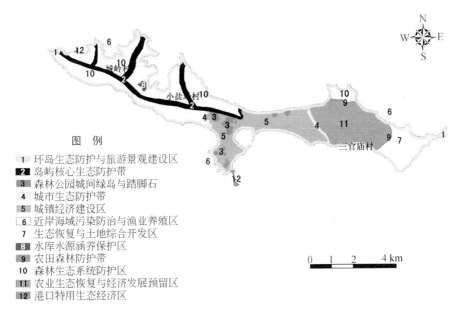

图 11-1 大长山岛自然资源合理开发与生态安全体系建设示意图

受县城中心城区建设和东部农业开发与工矿用地建设的影响，大长山岛镇的岛域核心生态防护带不够健全，只是在中西部地区和小盐场村北部、城岭村西北部等功能区的森林生态系统构成了延展于岛域西部的生态防护带，为提高该岛的整体生态安全防护功能，加强城岭村水土保持与生态恢复，建设生态功能区森林植被的恢复工作，以保证天然林与生态公益林的空间连续性。该岛范围内需要建设的两条局部生态防护带分别分布在中部城镇生态经济区与农业生态经济区之间和以大长山东部重要森林生态系统防护功能区为主体的地段内，而东北部的三官庙村水土保持与森林生态系统保护功能区的保护与建设对于保证农业经济区的生态安全也具有重要作用。受县城集中建设的影响，大长山岛中部的自然生态系统受到了严重破坏，在规划建设过程中，在该区的北部地区利用两处保留较好的小片森林建设森林公园，使之成为沟通东西部地区物种交流、加强生态防护功能的踏脚石，并在县城的北部和南部建设 6 处城间绿岛型森林休闲公园，在发挥其生态服务功能的同时，促进陆上旅游业的发展。此外，在该岛的环岛生态防护与旅游景观建设区以及城区范围内，还应该加强烈士公园、大盐场海滨公园、北海浴场、甲午纪念馆、祈祥园扩建工程、万年船海洋游乐园、鸳鸯港旅游开发试验区、老虎尾垂钓拾贝区等生态旅游景观的建设。

大长山岛镇所属哈仙岛的生态安全体系现状与建设内容如图 11-2 所示。该图表明，哈仙岛的核心生态防护带和环城防护带比较完善，但也存在需要进行生态恢复与重建的生态区域。其中，城间绿岛与森林公园建设在长海县发展旅游事业中将会发挥重要作用，因为像哈仙岛这类小型岛屿更便于旅游者观海和亲近海洋，城间绿岛与森林公园的建设将会极大提高这些小型海岛对游客的吸引力。

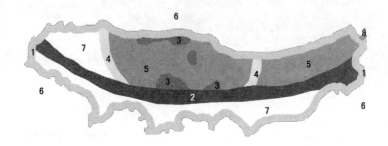

图　例

1　环岛生态防护与旅游景观建设带
2　岛屿核心生态防护带
3　森林公园与城间绿岛生态服务区
4　环城生态防护带
5　城镇生态经济区
6　近岸海域污染防护与渔业养殖区
7　生态恢复与土地综合开发区
8　港口特用生态经济区

0　0.3　0.6　　1.2 km

图 11-2　哈仙岛自然资源与生态安全体系建设示意图

二、獐子岛镇生态安全体系

獐子岛镇有人居住的岛屿有獐子岛、褡裢岛、大耗岛、小耗岛 4 个岛屿。

该岛由于人口密度大，居民建房已开始向山坡上扩展，持续下去将会出现住宅与林业用地相争、山坡林木植被受到破坏等现象，这对保护山林生态系统、构建岛域核心生态安全防护带不利，也易造成山地水土流失。当同一片土地具有两种或两种以上功能时，首先顾及现在的需求，同时也应考虑到现在和将来对生态环境存在的潜在不良影响，然后再规划、决策它的使用。住宅虽然是现代人的需求，但建在城镇区更具有社会的合理性，而山坡林地一旦遭到破坏将会造成一系列的生态不良后果，其恢复又是很困难的。

为此，獐子岛镇应严格控制新建民宅上山，还要有计划逐步地将现有零星居民点引导搬迁到镇区内，既能提高城镇居民区的土地利用率，又可避免山地生态系统的破坏。其民宅建设控制线应确定在现有林地和符合退耕还林条件的土地界限以外。獐子岛自然资源与生态安全体系建设见图11-3。

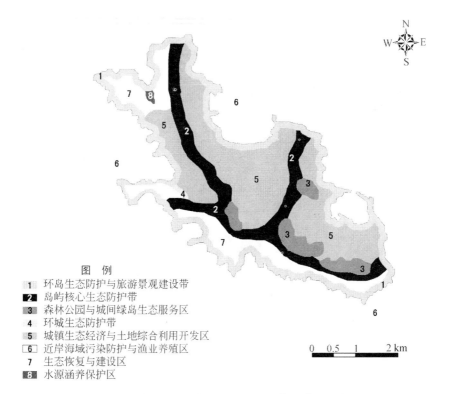

图 例
1 环岛生态防护与旅游景观建设带
2 岛屿核心生态防护带
3 森林公园与城间绿岛生态服务区
4 环城生态防护带
5 城镇生态经济与土地综合利用开发区
6 近岸海域污染防护与渔业养殖区
7 生态恢复与建设区
8 水源涵养保护区

0   0.5   1   2 km

图 11-3　獐子岛自然资源与生态安全体系建设示意图

由图11-3可以看出，由于獐子岛森林植被保存完好，岛上山地森林生态系统构成了贯穿整个海岛的核心生态安全防护带，海岛中部的山地森林植被所构成的生态防护带即可以作为核心防护带的组成部分，应该将其作为城间绿岛生态旅游休闲服务区加以重点建设，使其在发挥重要生态防护功能的同时，为保证城镇生态经济区的环境安全、促进陆域旅游事业的发展发挥重要作用。图上的情况还表明，位于该岛北部的城镇生态经济区均已构成了比较完善的环城生态防护带，可以结合天然林保护与生态公益林建设的实施，进一步建设4处集保护与开发利用为一体的森林公园和城间绿岛，结合里沟贝丘遗址、蝙蝠礁浴场、海神庙野营地、南洋森林浴场、仙人岛垂钓区、仙人台植物场、鹰咀石景观区、大耗岛动物园、明珠公园等旅游景点的建设，在为当地居民提供优美的休闲环境的同时，促进海陆旅游体系建设。獐子岛的南部和西北部地区自然植被条件较差，必须加快实施自然植被的生态恢复工程，使其发挥对獐子岛水库和西部城镇区的生态防护作用。

为了防止近岸海域的环境污染问题，在生态环境保护与建设工作中，应禁止工业污染性项目进岛，加强发展海洋有机（绿色）食品加工业，加快生活污水、垃圾的处理进程，加强小城镇规划和环境建设，大力发展海洋生态渔业。

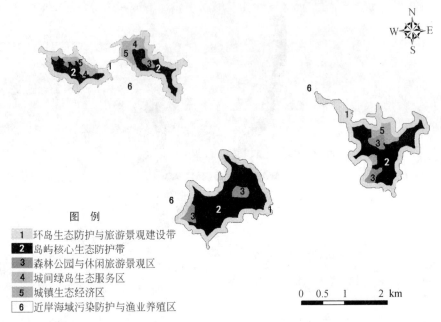

图例

1 环岛生态防护与旅游景观建设带
2 岛屿核心生态防护带
3 森林公园与休闲旅游景观区
4 城间绿岛生态服务区
5 城镇生态经济区
6 近岸海域污染防护与渔业养殖区

0 0.5 1   2 km

图 11-4   大小耗岛和褡裢岛自然资源与生态安全体系建设示意图

三、广鹿乡生态安全体系

广鹿乡有人居住的岛屿有广鹿岛、瓜皮岛、格仙岛、葫芦岛 4 个岛屿。该乡今后应在保证省、市、县确定的 32 块 533hm² 基本农田保护区不得占用外，其余山坡薄地应尽快实行退耕还林。在营建防护林带的同时，有计划地加强旅游景点、小城镇和村级居民点三个方面的建设，建成花园式海岛。

从图 11-5 中可以看出广鹿岛分布着大面积的生态农业区，由于农业的开垦破坏了岛屿核心生态防护带的连续性，形成了整体生态防护带不完善的局面。根据土地利用的调查与遥感信息分析，在规划图上所示的森林生态防护带恢复区范围内，尚存在片段化的低质林地，因此在开发利用土地资源的时候，要注重实施生态恢复工程，使该范围内的重要生态系统功能得以保护与恢复，构建保障全岛生态安全的完整的核心生态防护带。广鹿岛南部有成片的森林，发育了较好的次生森林生态系统，构成了全岛生态安全防护体系的基础。在靠近水库的周围森林覆盖度较大，适合建造森林公园或保护区，开发旅游资源，但是在利用自然资源的同时加强保护措施是非常必要的。广鹿岛的居民点分散在大面积的农业区中，应注重水土保持的工作，退耕还林，建造农田森林防护带，如图中浅绿色的斑块零星地分散在农田区中。在广鹿岛的东部依据自然条件建造海岛局部生态防护带，防止水土流失的同时保护海岸。环岛周围为生态防护与旅游景观建设区，在采取措施防治土壤侵蚀的同时开展海岸生态旅游的建设，在近岸海域防治污染的同时发展生态渔业，使广鹿岛的建设达到生态效益与经济效益双赢的目的。

在构建海岛生态防护体系与森林公园等工作的同时，在保证基本耕地保护区和海防林带不受侵犯的前提下，应保证旅游景观建设用地，建设小珠山遗址陈列馆、月亮湾海水浴场、沙尖子度假村、朱家屯遗址、三官庙海上俱乐部、老铁山自然风景区和森林浴场、水口度假村、长山寺公园、马祖庙景点、将军石和仙人洞观光区，全面贯彻旅游兴县战略。

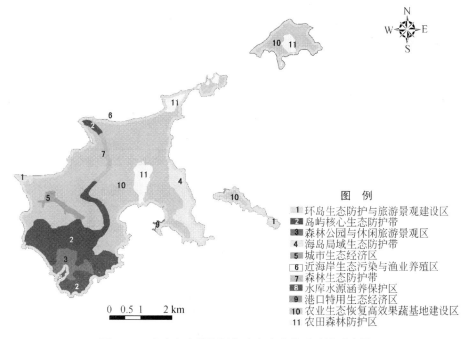

图 例
1 环岛生态防护与旅游景观建设区
2 岛屿核心生态防护带
3 森林公园与休闲旅游景观区
4 海岛局域生态防护带
5 城市生态经济区
6 近海岸生态污染与渔业养殖区
7 森林生态防护带
8 水库水源涵养保护区
9 港口特用生态经济区
10 农业生态恢复高效果蔬基地建设区
11 农田森林防护区

图 11-5 广鹿岛自然资源与生态安全体系建设示意图

四、小长山乡生态安全体系

小长山乡有人居住岛屿有小长山岛、蛤蜊岛、乌蟒岛 3 个岛屿。

在土地资源利用方面要坚持以"造林保岛、保水"为重点的土地利用原则，同时加强海岛防护林带的建设。

鉴于该乡小城镇建设和旅游资源开发尚未形成规模，今后的土地利用应适当向小城镇建设和旅游景点的开发建设转移。在林业建设中，应把继续改善林种、树种、美化海岛、建设海上森林公园放在首位，同时与开发旅游业结合起来，尽快将响滩浴场、波螺岛度假村、明珠坨自然风光区、现代化海洋生物水族馆和标本室等主要的旅游景区（点）开发建设形成规模，使生态旅游业逐步形成继生态渔业之后的第二大支柱产业，带动交通运输业、商业、服务业等第三产业全面发展。

小长山岛自然资源与生态安全体系建设如图11-6所示，岛屿核心生态防护带不健全，由于城镇生态经济区的建设割断了生态防护带，两条防护带分布在小长山岛西部的回龙村及小长山东部的英杰村延至南部的复兴村，在房身村没有森林防护带。为提高该岛的整体生态安全防护功能，加强小长山岛中部生态经济区的水土保持与森林植被的恢复工作，以保证生态防护带的空间连续性。在复兴村的核心生态防护带中分布着三片植被覆盖度很高的森林生态系统，可建造为森林公园和生态旅游景观区，发挥当地森林资源的作用。在城镇周围需建立环城生态防护带，绿化环境的同时维护城镇的生态环境。小长山岛中部的自然生态系统受到了破坏，在规划建设过程中，在该区分散分布着四处保留较好的小片森林建设为森林公园，使之成为沟通东西部地区物种交流、加强生态防护功能的踏脚石。

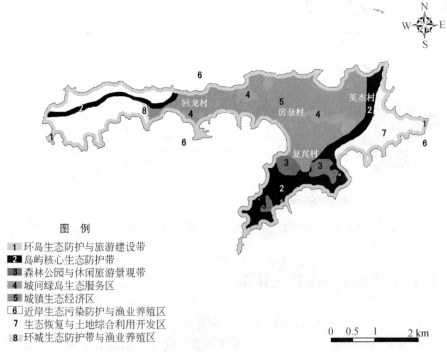

图 例

1 环岛生态防护与旅游建设带
2 岛屿核心生态防护带
3 森林公园与休闲旅游景观带
4 城间绿岛生态服务区
5 城镇生态经济区
6 近岸生态污染防护与渔业养殖区
7 生态恢复与土地综合利用开发区
8 环城生态防护带与渔业养殖区

0 0.5 1 2 km

图 11-6 小长山岛自然资源与生态安全体系建设示意图

小长山岛的东西两侧为生态恢复与土地综合利用开发区，人为干扰破坏了植被，在不断恢复的同时因地制宜开发利用土地资源。

　　小长山乡的巴蛸岛土地利用类型较为单一，基本为大面积的森林所覆盖，只有少量的居民点集中分布在西南部。乌蟒岛面积较小，位于小长山岛的东部，与小长山岛隔海相望，规划类型与小长山岛的基本一致，自然资源与生态安全体系建设见图 11-7。

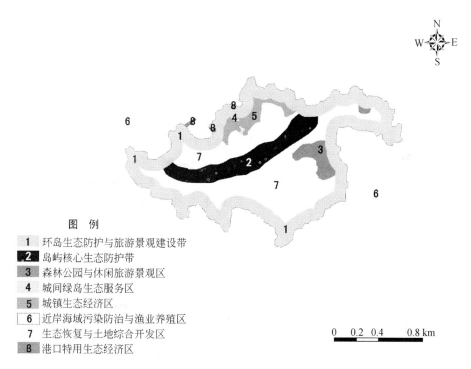

图 例

1　环岛生态防护与旅游景观建设带
2　岛屿核心生态防护带
3　森林公园与休闲旅游景观区
4　城间绿岛生态服务区
5　城镇生态经济区
6　近岸海域污染防治与渔业养殖区
7　生态恢复与土地综合开发区
8　港口特用生态经济区

0　0.2　0.4　　0.8 km

图 11-7　乌蟒岛自然资源与生态安全体系建设示意图

五、海洋乡生态安全体系

　　在土地利用方面要坚持以天然林保护和水土保持为重点，并要通过调整和优化林种，完善以森林植被为主体的生态防护体系，进一步增强防风防潮和保持水土的能力，建设成长山群岛国家海岛森林公园的重点区域。另外，在乡政府所在地周围尚有少量缓坡和平地，应重点用于小城镇建设和工业、港口以及旅游业为重点的第三产业的基础设施建设。其他靠岸段的少量土地，按岸段划定功能进行使用。

　　从图 11-8 中可以看出海洋岛分布着大面积的林地，这些林地构成了海洋岛的生态防护体系，对维持海洋岛的生物多样性和维护生态系统平衡起着重要的作用，随着海洋岛的逐渐开放和对海洋岛的进一步开发和利用，将会对该岛的森林生态系统造成破坏，所以在今后的开发利用过程中，一定要合理使用，适度开发，注意生态系统服务功能的保护。近年来，随着城镇的建设规模不断扩大，居于海洋岛中心的生态防护带有被破坏的迹象，该防护带起着生态防护和植被保护的作用，对促进海洋岛经济的可持续发展有着重要的生态学意义，在发展经济的同时一定要注意大力实施天然林保护工程和生态公益林建设工程，加强生态防护体系的保护和建设。

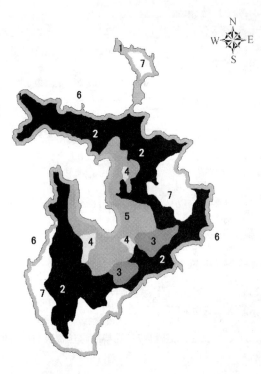

图 例

1 环岛生态防护与旅游景观建设带
2 岛屿核心生态防护带
3 森林公园与休闲旅游景观区
4 城间绿岛生态服务区
5 城镇生态经济区
6 近岸海域生态污染与渔业养殖区
7 生态修复与土地综合开发区

0 0.5 1   2 km

图 11-8 海洋岛自然资源与生态安全体系建设示意图

海洋岛有着大片的森林生态系统，有很好的资源优势，应当适量建造森林公园和开展旅游业。在优先保证海岛生态防护体系建设的同时，要紧紧地与森林公园的景区建设相结合，建设海洋岛公园、西沟遗址陈列馆、天后宫青龙泉度假村、雁岛森林野营地、八仙壁海崖景观、苇子沟浴场、哭娘顶观景区、北坨子自然景区等旅游景点。在岛的南部和西北部分布着开发用地，由于农业的开垦等破坏了岛屿核心生态防护带体系，在开发利用土地资源的时候，应注重水土保持工作，实行退耕还林，建造农田防护林带。

在海洋岛的沿海和近海地带，可以进行渔业资源开发，但在开发过程中，要注意控制污染物的排放和捕捞的数量。因为海洋岛分布有一座天然良港"太平湾"，岛屿周围海域属著名的海洋岛渔场，也是国内产鲸、产鲨区（两种动物属国家II级保护动物）。所以该乡应长久性地控制港口污染物的排放和岛屿陆源污染，对污染要防患于未然，保持海洋岛渔场水质符合功能区要求，保护渔场自然资源和国家级海洋动物。

第四节 海岸带和海洋生态安全体系研究

一、长海县岛屿海岸带基本情况

长海县海岸带主要是指岛屿海岸带，其范围是各岛屿潮间带的地理区域，包括潮上带、潮中带、潮下带，全长358.9km，总面积3869.6hm²。岛岸线基本属于基岩海岸，以岸礁带为主，各岛砾石、沙石、贝壳海岸极少。

（一）基岩海岸

境内基岩海岸主要指岛屿岩岸，总长340余千米，约占海岸带总长的80%。岩岸带分布很广、各岛都有，一般坡度较大、范围较狭窄，只有个别地区（如哈仙岛北部）坡度较小、范围较宽。岩岸分陡峭岸和平坦岸两种，前者如海洋岛的南大邦，后者如哈仙岛的钟楼大滩。境内南部高盐水域的陡峭岩岸带生长着大量的藤壶、藻类，处在北部低盐水域的陡峭岩岸带生物较少，只有少量藤壶类生长，而处在中部水域的哈仙岛一带则以褶牡蛎居多。在长海县所有岛屿岩岸生物总量都超过其他性质的岸带，并且岛屿基岩海岸形成的特有风景资源，也是长海县自然资源和旅游资源的重要组成部分。

（二）沙砾海岸

境内沙砾海岸带比较少，长约80km，不足海岸带总长的20%，可分为泥岸、沙岸、砾石岸。沙岸主要分布在广鹿岛西北部、大长山岛北部、小长山岛中部，一般地势平坦，以细沙为主，沙砾较细。境内泥岸、沙岸生物数量少，前者是种类少，但更主要的原因是没有很好地开发利用，后者是因为种类不多、面积不大、利用也不够。沙岸很少，各岛略有分布。生物生长除少数（如心形海胆及蝾螺等）能适应以外，许多附着性、固着性生物（如牡蛎、贻贝、海藻等）是难以生息的。

（三）潮间带类型

1. 潮间带类型

境内潮间带情况比较复杂、特殊，可分为：细粒黄褐色柔沙滩、粗细沙滩、泥沙质滩、沙砾质滩等类型。由于长山列岛北近大陆，南临外海，比较分散，潮间带的水文条件兼有了大陆性岸带和外海性岸带的特点。海域潮汐属于正规半日潮，因此，潮间带的露出和隐没每天出现两次。

2. 潮间带生物特点

由于上述原因境内潮间带的生物组成特殊，优势种为藤壶类、褶牡蛎、蛤仔等，其他种类近 20 种。生物资源丰富，最大生物量 $3768g/m^2$、平均可达 $1060g/m^2$，生物多样性明显，生物栖息地集中。潮间带底栖生物的主要分布区位于中潮区（除哈仙岛的东西鼓楼岸带以外），生物量大约占全部潮间带底栖生物的 56.7%，低潮区的生物量（除哈仙岛以外）均较高潮区为多。另外，境内潮间带的生物种类组成还因潮间带的类型不同而不同。例如，沙滩底栖生物贫瘠，泥沙滩、高潮区种类很少，岩礁滩分布更不同，见表 11-1 和表 11-2。

表 11-1　长海县潮间带底栖生物种类组成与分布

序号	调查地点	底质	优势种	一般种类
1	小耗岛东	岩礁	藤壶占 80%	紫贻贝、滨螺、褶牡蛎、藻类
2	海洋岛南	岩礁	藤壶占 98%	藻类
3	小长山岛中	沙滩	心形海胆占 46%	蛤仔、大眼蚜、粒蝶螺
4	哈仙岛北	礁石	褶牡蛎占 90%	藤壶、海胆、蛤仔、沙蚕

表 11-2　长海县潮间带底栖生物量的分布

序号	调查地点	底质	高潮区		中潮区		低潮区		总平均（多点）/(g/m²)
			1*	2*	3*	4*	5*	6*	
1	獐子岛乡小耗岛	岩礁	0	702	2847	3768	2540	—	1971
2	海洋岛南大邦	岩礁	0	556	1094	4191	—	—	1460
3	小长山岛老爷庙	沙滩	60	32	28	120	130	—	74
4	大长山乡哈仙岛北	礁石	1560	6120	600	1600	760	—	2130
	潮区分布/%		26.4		56.4		17.2		100

*表中序号表示潮间带各区位置的高位和低位。

潮间带的主要特点是随潮水的变动，每天有一定规律地将地面露出和隐没。

在这一带栖息的动植物普遍具有两栖性，涨潮时它们被海水淹没，退潮时又被长时间暴露于空气之中，对温度、湿度的大幅变动有很强的适应性，是丰富的生物资源和饵料资源。潮间带的另一个功能就是适合旅游开发，泥质、沙质岸带均适宜海滨浴场建设，也是观赏的景致之一。

二、岛屿海岸带保护中存在的主要问题

（一）岛岸带资源再开发的空间很小

在358.9km的岛岸线上，用于水产养殖、港口建设、旅游等方面的岸带307.4km，占85.6%，只有14.4%难利用岸带处于天然状态。目前全县岸带保护得当，只有小部分沙砾地带曾因采沙石造成了局部的破坏，大部分基岩海岸基本上保护完好。

（二）岛屿陆地的污水排放对海岸生态系统产生的不良影响

有人居住岛屿排海的污水主要是生活污水和水产品加工废水，因岛屿分散污水不宜集中处理，到目前为止全县各岛污水还未能做到处理后排放。由于排污，部分岸带港湾区域水质已受到不良影响，因为海域自净能力强，还未超出功能区水质标准。

（三）水产养殖业污染排放对海岸生态系统的影响

养殖业不断发展使得养殖数量、投饵量、养殖废水排放量增大，这一切如果不采取得当措施，将会造成海水水质的污染，破坏原有水域的生态环境。

（四）部分岸滩被废弃贝壳污染

长海县水产品加工业是一大支柱产业，2002年贝类加工产生废弃贝壳5.32万t，造成部分海岸固废污染。县政府在制定了《长海县废弃贝壳管理规定》的基础上，实施了定点排放、定点加工、综合利用，到目前为止，废弃贝壳综合利用率达33%，但是要达到全面治理还需要一个过程。

三、岛屿海岸带环境保护方案

（一）基岩岛岸带环境保护方案

1. 一类基岩海岸带环境保护方案

一类基岩保护带主要指长海县岛屿基岩岸带，以石灰岩礁区为主。在一类基

岩的陆地部分，即潮上带 100m 范围内，应划为基岸带林灌木植被覆盖区加以保护。首先保护现有植被，并划出抚育带禁止各种垦殖和建设活动。对现有的渔用小码头要筛选定位，不准盲目扩建，并尽量压缩数量，使林灌木植被覆盖率达到90% 以上。在 100m 范围内不经县规划建设、环保等主管部门审批不准放牧、开垦和建设各种建筑，原有私自开垦的耕地要退耕还林还草。此区海域不准私自开辟围堰养殖，海岸带不得开辟农田及堆废场。不经主管部门审批不准在海湾湾口和浅滩岬角之间修堤筑坝，不得随意占有基岩海岸资源，不准炸岩、炸礁，不准挖沙取石和砍伐树木。

2. 二类基岩海岸带环境保护方案

二类基岩海岸保护区位于二类基岩岸带，以非石灰岩基岩为主。各岛海岸带在潮上带 100~200m 范围内，植被多数较好，岩岸也还整齐，应划为基岩二类保护区加以保护。在这个保护区内，首先保护现有植被，制定禁伐禁采措施，在近期使林灌木植被覆盖率达到 75% 左右。在 100~200m 保护范围内，未经批准不得进行垦耕、放牧和各种建设活动。此区域内开辟围堰养殖、农田和堆废场要经过严格审批。未经批准不得在海湾口和浅滩岬角之间修堤筑坝，不得随意占用基岩海岸资源，不准炸岩、炸礁，未经许可不准挖沙取石和砍伐树木。

（二）沙岸生态环境保护方案

1. 一类沙岸保护方案

一类沙岸保护区主要指沙质优良的沙岸，长海县各岛屿沙岸资源十分少，基本用作天然海滨浴场。一类沙岸保护区主要有位于广鹿岛的柳条湾浴场（月亮湾浴场）、大长山岛耶尔马克湾、小长山岛金沙滩浴场、獐子岛的沙包子滩浴场。沙岸要求海水质量高，海水水质为一类水质，在沙岸上不准任意排放污水和堆放固体废弃物，不准人为破坏沙岸景观形态，严禁挖沙取沙，保护海滨的自然景观。要搞好岛屿沙岸的防护林体系，选择长海县植被区系内或适合在长海县生长的树种进行种植，在种植过程中尽量使树种多样化，花卉、草坪兼而有之，保护海底沙岸带生态系统，建造具有优美景观价值的沙岸生态系统，使之成为人们亲近自然的优良场所。

2. 二类沙岸保护方案

二类沙岸保护区主要指沙质稍粗、大砾石圆滑均匀的沙岸，主要位于广鹿岛北海滩、沙尖滩，大长山的三官庙滩、北海滩，小长山乡庙底滩，海洋岛的大滩。沙岸要求海水水质为一类海水，在沙岸上不准排放污水和堆放固体废弃物，在沙岸后 100~200m 范围内不搞永久性建筑物，同一类沙岸一样进行绿化带建设。

3. 三类沙岸保护方案

三类沙岸是指以砾质为主的沙岸，包括一类、二类沙岸以外的沙岸，但生态系统仍十分丰富，是进行生产性活动的优良场所。三类沙岸要求海水水质为二类，在沙岸上不准排放污水和堆放固体废弃物，要鼓励进行绿化带建设，使之成为人们亲近自然海岸的另一种优良场所。

四、海岸线、滩涂资源保护方案

根据第六章生态功能分区和生态保护控制性的结果，长海县海岸线资源的开发利用要充分考虑海岸线所处的生态功能区和控制性规划区的地理位置、自然条件与主要生态系统类型、社会经济发展方向和存在的主要生态环境问题等，进行长海县海岸线、滩涂资源的保护规划。

（一）严格保护区

处于生态功能严格控制保护区范围内的海岸线及滩涂资源主要分布在大长山岛镇的北部、小长山乡的南部和东部、广鹿乡的南部、獐子岛镇的东部和北部、海洋乡的西部和北部。该区域的海岸线及滩涂资源的潜在生态环境问题十分突出，属于生态环境问题高度敏感性区域，水土流失敏感性为极敏感区域。因此，对于处于生态功能严格控制保护区范围内的海岸线及滩涂资源，应禁止一切导致生态功能退化的开发活动和其他人为破坏活动，对已破坏的海岸带要做好生态恢复工作，对已经破坏的海岸重要生态系统，要结合生态环境建设措施，认真组织重建与恢复，尽快遏制生态环境恶化趋势。

（二）限制性开发利用区

对于处于生态功能限制性开发利用区范围内的海岸线及滩涂资源，应对海岸线及滩涂资源的开发利用加以控制，可在保护自然生态环境的基础上，合理引导，适度开展特种养殖基地和旅游观光等活动。

目前，长海县的部分海岸段存在随意乱捕资源、不合理的围垦造田及旅游污染等现象，使沿海滩涂的生态环境不断恶化，导致生物多样性受到严重破坏。因此，在今后的开发利用过程中，应鼓励发展生态渔业，推广生态渔业生产方式，改善海洋生态状况。对于新建、改建、扩建的海水养殖场，应当进行环境影响评价。海水养殖应当科学确定养殖密度，并应合理投饵、施肥，正确使用药物，防止造成海洋环境的污染。对沿海滩涂旅游区进行以生态学为指导的科学合理管理是实现长海县沿海滩涂生态旅游可持续发展的保证措施，能够最大限度减少旅游活动对生态环境的冲击。在旅游规划设计时进行生态管理、统筹兼顾，并贯彻到今后沿海滩涂生态旅游的项目设计和经营活动中，保证生态旅游的开展能促进沿海滩涂旅游区生态旅游资源与生态系统结构和功能的保护。

（三）开发利用建设区

生态功能开发建设区属于抗干扰能力强、敏感性较低、生态条件自然属性较差的区域，可承受一定强度的开发建设。土地可作多种用途开发，包括城镇建设发展用地、港口码头、渔业资源开发和沿海旅游等，这些活动开发强度大，对区域生态安全构成了一定的威胁，应该加强引导和管理。

开发利用建设区的一个主要利用方向就是港口的建设。目前，长海县有23个港口，占据岸线长度约为25.5km，占宜港岸线长度的63.8%。港口作为水陆连接、船舶装卸、中转集疏的枢纽，对废弃物、生活垃圾等的治理直接关系到港口环境质量。如果废弃物直接排入港口水域，必然会导致水质恶化，影响海洋生态环境。因此，在港口建立垃圾回收设施，开展对船舶特别是境外轮船生活垃圾的接收业务，防止船舶垃圾对港区及附近海域的污染。同时，船舶柴油机排放废气也对港口大气环境造成污染，船舶柴油机排放废气的大气污染物主要是烟尘、挥发性物质、氮氧化物、酸性物质，其中以氮氧化物、酸性物质的排放量最为突出，因此要禁止使用劣质的燃料，降低燃油消耗。

在港口建设中，要明确规定环保审查、验收和办理的程序和要求，在工程建设中，将港口污染防治设施、环境绿化等与主体工程设计同时进行，保证环境保护设施与港口主体工程同时施工、同时竣工，以保证港口建成投入使用时，环保设施同时发挥作用，禁止港口无环境保护设施而强行投产的情况。

五、海洋生态环境保护方案

长海县海洋生态环境保护主要是指境内海域的生态环境保护，包括区域性海洋环境保护与海洋资源开发利用的内容，也包括县域范围海洋资源利用与环境保护。从区域角度考虑，在接近大陆的海岛乡镇易于接纳大陆经济发展的辐射作用，交通相对便利，海水养殖潜力较大，同时大长山岛也是长海县社会、经济、文化中心，因此，大长山岛、小长山岛和广鹿岛及其临近海域主要作为生态经济区进行开发利用，当然，该海域范围也是长海县环境污染的重点防范区。对于獐子岛和乌蟒岛临近海域海水营养有所降低，主要作为生态渔业和旅游开发利用，在环境保护工作中，除了控制陆地的污染排放以外，渔业养殖要充分考虑海洋的生态承载能力。对于距离主体大陆更远的海洋岛临近海域将以海洋环境保育和海洋生物多样性保育作为工作重点（图11-9）。县域范围内的海洋环境保护包括海岸带保护、岛屿生态环境保护、渔业资源利用与环境保护规划、生态旅游资源开发与环境保护、县镇区和乡镇区建设中沿岸工业废水和生活污水综合整治管理、近海沿岸海水增养殖环境保护措施、海洋生物多样性保护等。有关内容参阅第八章相关内容。

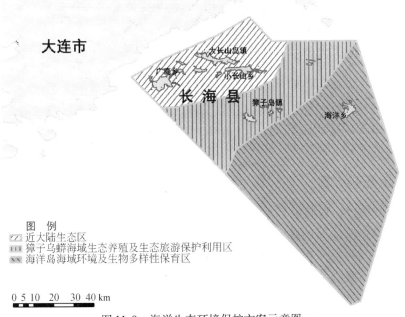

图 11-9　海洋生态环境保护方案示意图

为保护海洋环境，废弃贝壳要做到100%综合利用，水产品加工的废弃水产品去除物等（主要指被加工的水产品生物体内部分未被利用的组织或生物残体等）有机固废物要做到有效处理，一部分可以制成粗饲料喂养家禽家畜，其余部分应送往生活垃圾场处理处置。

实施各项海洋生态环境保护措施，尤其是对乡、镇生活污水的处理，水产品加工废水的处理和海水增养殖业废水的处理给予高度重视，控制其达标排放或中水回用、杜绝低浓度污染物对海域生态系统的慢性或潜在性威胁。

第五节　自然资源保障研究

一、土地资源保护利用与农业生态恢复方案

（一）现状与问题

长海县陆域土地面积119.18km²，其中以林地和草地为主的岗台、丘陵和低山

占 60% 以上，而在为数不多的相对平坦的土地上，目前开垦的农业用地达到 11.28km²，占长海县全部陆域面积的 10% 左右，其中，广鹿岛耕地面积 6.27km²，占海岛面积的比例高达 19.51%，其次为小长山岛，占 10.04%。对这些宝贵的土地资源进行农业开发产生了一系列的生态环境与资源问题，具体包括以下三个方面。

（1）加剧了土地资源的紧张局面，对长海县实施"渔业立县、工业强县、旅游兴县"战略将会产生明显的制约作用。

（2）传统农业对淡水资源消耗严重，大面积的农业开发不利于本已短缺的淡水资源的高效利用。

（3）大面积的农田开垦对生态系统和湿地、水系造成严重破坏，导致大长山岛、小长山岛和广鹿岛的岛域整体生态防护带被隔断，降低了这些海岛生态安全的保障水平（相对而言，农田开垦较少的獐子岛和海洋岛则具有完整的岛域整体生态防护带）。

（二）保护方案

土地资源保护方案主要有以下三方面。

（1）减少长海县传统农业用地面积，通过退耕还林和公共绿地建设，恢复自然生态系统的服务功能，完善大长山岛、小长山岛和广鹿岛的整体生态防护带，满足中心城镇经济发展的用地需要。随着大小长山之间跨海大桥的修建，大长山岛镇和小长山乡合并后将作为长海县政治、经济和文化中心。而海洋资源研究与开发利用基地，水产品生产、加工和育苗基地，海洋食品和海洋制药为主的海洋工业开发区，海洋生态旅游与会议度假区和城镇化的发展将成为该地区的重点建设内容。这些建设项目的稳步推进将导致长海县土地资源紧张的矛盾迅速凸现。因此，大长山岛东部和小长山岛的农业用地除用于完善两个海岛整体生态防护体系建设用地外，将主要用于满足城镇建设用地和上述建设项目用地的需要，与此同时，加强公共绿地建设。而在广鹿岛，一些传统的农业用地也将会逐步让位于计划发展的物流集散传输中心的建设。

（2）将广鹿岛水土条件优越的部分良田改造建设成为高效蔬菜、瓜果种植基地，实现对有限水土资源的高效利用。

（3）要规范畜禽养殖管理，防止养殖产生的污染；合理使用化肥、农药，防止农业面源污染。

二、林业资源开发与天然林保护和生态防护林建设方案

（一）现状与问题

长海县境内自然植被主要为森林植被，属于暖温带夏绿阔叶林地带中的黑松

常绿针叶林亚带，中龄林、成熟林等占17%。树种以黑松、栎树、刺槐为主，森林植被种类较为单一。境内多为天然次生植被和人工次生植被。

（二）保护方案

1. 人工林保护

1）封山育林

封山育林是对被破坏的森林，经过人为的封禁抚育，利用林木天然更新能力促进新林形成和受损林地的恢复。封山育林投入少、收益大，不但可产生多种生态效益，而且能生产多种林副产品，有利于开展多种经营、增加当地群众收益。采取自然更新的方式恢复林木，使次生林的天然树种结构得到恢复。造林树种尽量采用本土树种，适当引进抗旱抗风树种、营造混交林、提高林地组分的异质性，增加生态系统的稳定性。

2）加强"四防"

森林防火、病虫害防治和制止乱砍滥伐是对森林资源保护的基础，要周密布置，群防群治，不断完善各项预防措施。认真贯彻国务院颁布的《森林防火条例》、《森林病虫害防治条例》和《关于保护森林发展林业若干问题的决定》等法规，依法治林，保护林业资源。加强以防火道与隔离带建设、森林火警应急系统建设等为主要内容的"四防"基础设施建设。

3）加强退耕还林

长海县除了建设高效果蔬基地的必要用地，其余所有坡度在15°以上坡耕地和无植被的陡坡难利用地、土质差不易耕种的次耕地要全部退耕还林。通过农业生态恢复工程和退耕还林，完善岛域整体生态防护带的建设。

2. 防护林建设

在全县范围内开展以各类防护林建设为主的植树造林，如农田防护林、道路防护林、海岸防护林、水源涵养林等，建成长海县的生态防护林体系。大力营造、保护沿海防护林，恢复海岸湿地生态系统，增强海岛抵御自然灾害的能力。加快水库库区和坑塘水源涵养林建设，提高森林涵养水源的生态保护功能。结合各海岛自然资源特征和社会经济发展状况，采用封育与改造相结合的方式，建设水源涵养林。通过水源涵养林建设，强化各海岛生态环境的综合治理，丰富和充实各海岛森林生态系统及景观的完整性和多样性。在坡度较陡、植被条件较差、水土流失较为严重的地区，采用封育和改造相结合的方式，逐步恢复区域地带性森林植被，突出森林保持水土的防护功能，强化水土流失的治理。通过建设水源涵养林、水土保持林工程，改造低质林，调整森林结构。

3. 城间绿岛及森林公园工程

统筹规划城镇林业建设，大力推进城乡绿化一体化。建设起以高大乔木为主体，乔、灌、花、草结合的城镇森林生态体系，改善和提高人居环境质量、提高城镇现代生态文明形象。

加快森林公园建设步伐，加强森林公园风景林营造和林相改造，进一步建设、完善森林公园的基础设施和旅游服务接待设施，以满足海岛开放后社会日益增长的休闲度假和开展户外游憩活动的需要，基本形成包括各种不同森林景观类型在内、并与历史遗迹和海岛人文景观相辉映、具有鲜明海岛特色的国家、省和市（县）级不同层次森林公园协调发展的建设管理和开发利用体系。

三、生物多样性资源保护与自然保护区体系建设方案

通过广泛开展基础性科学研究工作，建立起长山列岛珍贵海洋生物物种库。与此同时，建立长海县陆域特殊海岛景观与珍稀物种自然保护区，通过广泛开展国内外交流与合作，努力把长海县建设成为教学海洋生物物种和海岛景观科学研究的天然实验室和宣传教育的天然博物馆，建成高标准、多功能的自然保护区体系。

四、水资源保护体系建设方案

（一）发展海岛水循环经济

1. 水循环经济概念

关于水循环经济的概念，到目前为止学术界并未明确提出，大多数是在循环经济概念的基础上，从城市或产业的角度提出了一些近似的概念。陈锟从实施水循环经济的模式方面，提出水资源循环经济应该至少包括两层内涵：一是在用水环节，实现跑、冒、滴、漏、污最小化，最大限度地实现水的净化、回收、循环利用，达到或接近水的零排放；二是尊重自然界水的循环规律，在区域范围内，通过经济、工程技术、立法等手段调整水的时空合理分布和利用，维护水的自然循环系统，使水资源得以永续利用。张钡（2004）从社会水循环的角度，提出了水产业循环经济的概念，他认为，水产业的循环经济应是一种在对水资源不断循环利用基础上的经济发展模式，其中污水处理资源化、减量化和无害化，是水产业循环经济的一条重要原则和标志。

正确而又合理的水循环经济定义是水循环经济系统分析、核算与制定水循环

经济发展模式的基础。水循环经济首先是一种先进的水资源经济发展模式，它是建立在社会水循环系统分析的基础上，遵循循环经济的思想，按照水资源节约、水环境友好的原则，人们在生产和生活过程中，在水资源开发利用的各个环节，始终贯穿"减量化、再利用、再循环"的"3R"原则，重视采用新技术、新材料、新工艺，并以完善的制度建设、管理体制、运行机制和法律体系为保障，提高水的利用效益和效率，最大限度地减轻和降低污染，实现社会发展的最终可持续性。

2. 水循环经济的特征

根据水循环经济的定义，通过传统水资源利用模式和水循环经济模式的对比分析可以得出，水循环经济作为一种先进的经济发展模式具有如下特征。

1）发展目标上追求效率、效益和可持续的统一性

水循环经济模式在发展目标追求水资源利用的效率、效益和可持续性三者的统一，要求水资源利用模式必须按这三大目标进行重新构建。

效率特征要求水资源利用注重节水，节水应在不降低人民生活质量和经济社会发展能力的前提下，在先进科学技术的支撑下，采取综合措施减少用水过程中的损失、消耗和污染，提高水的利用效率。

效益特征表现为水资源配置的高效益，要构建节水型经济系统和节水型社会系统。例如，非农产业的用水效益大大高于农业，低耗水产业的用水效益高于高耗水产业，经济作物的用水效益高于种植业，这要求通过结构调整优化配置水资源，将水从低效益用途配置到高效益领域，提高单位水资源消耗的经济产出。

可持续性是指水资源利用充分考虑了对生态环境的保护，不以牺牲生态环境为代价，这是水循环经济模式追求的最高目标。可持续性主要体现在宏观层面，要求区域发展与水资源承载能力相适应，塑造持续发展型社会；要求一个流域或地区量水而行，以水定发展，打造与当地资源禀赋相适应的产业结构；要求通过统筹规划、合理布局和精心管理，协调好生活、生产和生态用水的关系，将农业、工业的结构布局和城市人口的发展规模控制在水资源承载能力范围之内。

2）管理环节上追求供水、用水和排水等环节的健康循环

发展水循环经济的最终目的是为人类提供健康的水资源生存环境，水循环经济要求水资源利用的各个环节和途径都应追求健康循环，且贯穿于整个社会的水循环过程中。水循环经济的健康、良性循环特征体现在水资源利用的各个环节中，需要贯彻以下三个基本原则。

（1）输入端的减量化原则。要求在供水环节，减少进入生产和消费流程的水资源量，即用较少的水资源投入满足既定的生产或消费需求，在经济活动的源头就做到节约水资源和减少污染。在生产中，要求采用清洁生产技术、节水技术

和节水实践，从而减少生产过程中对水资源的需求量；在生活中，要求人们使用节水器具和采用节水实践来减少对水资源的过度需求，从而达到减少废水排放的目的。

（2）过程控制的再利用原则。为了提高水资源的利用效率，要求从上一工序或过程排出的水资源能够直接为下一工序或过程所用，水资源在生产过程中尽量多次重复利用。在生产中，要求企业采用清洁生产和先进技术，以便于排出的水能够不经任何处理就能为另一用途所用；在生活中，鼓励人们采取措施将生活水重复使用后用于冲厕、灌溉等用途。

（3）输出端的再循环原则。要求生产和消费过程中的污水重新变成可以利用的资源而不是无用的废水。废水资源化通常有两种方式：一是水资源循环利用后形成与原来相同的产品，二是水资源循环利用后形成不同的新产品，废水资源化后形成不同的产品可用于不同的用途。再循环原则要求水资源管理者将失去功能的废水恢复功能，从而可以再利用，以使水资源整个流程实现闭合。

3）利用手段上追求科学技术、经济与行政手段的一体化

先进的科学技术是循环经济的核心竞争力，如果没有先进技术的输入，水循环经济所追求的经济和环境多目标将难以从根本上实现。水循环经济的技术支持体系由五类构成，包括替代技术、减量化技术、再利用技术、污水资源化技术和系统化技术等。

有效的经济政策是水循环经济发展的重要推动力和必要保障。水循环经济发展模式要求应充分发挥市场机制对水资源配置的基础作用，充分利用价格、税收和财政等各种经济手段，包括建立征收水资源税制度、上下游生态补偿制度、污水资源化税收优惠制度等，从而实现符合水循环经济发展要求的"3R"原则。

法律和法规作为一种强制手段可以有效地推动水循环经济的发展，也是发达国家普遍采用的重要手段。从目前法制建设的需要来看，我国在水循环经济立法中存在着很多立法空白，极大地影响了水资源循环利用的顺利进行，迫切需要制定新的法律法规来规范各种水资源利用的行为。例如：建立《节水型社会基本法》、《污水资源化利用管理条例》等法律和制度是水循环经济发展模式在管理手段上的重要特点。

（二）制定水源保护规定

在饮用水源保护区内，禁止一切可能造成水源污染和破坏水源植被以及破坏生态平衡的活动。建设小龙口水库、三官庙方塘、三官庙地下水水库、广鹿岛仙女湖水区水源涵养林。清理饮用水源保护区、输水管道附近的污染企业，发展庭院和畜牧饲养的沼气工程，防止人畜粪便对水源污染。

按照统一规划、统一调度、统一发放取水许可证等原则，加强全县地下水资

源的统一管理，合理利用地下水资源，严格控制地下水开采，防止海水倒灌。对于地下饮用水源要明确划定水源保护区，设立卫生防护带，确定地下水源的保护范围，防止病原菌和其他污染物对水源的污染。水井周围30m的范围内，不得设置渗水厕所、渗水坑、粪坑、垃圾和废渣堆等污染源，并建立卫生检查制度，加强对海水入侵的监测，加强地下水水位、水质动态监测，建造拦蓄工程和地下水库。

（三）控制人口增长

长海县人均占有水量在全国属于极低水平，是全国严重资源型缺水地区。从水资源角度来看，长海县目前人口已处于饱和状态，必须采取有力措施控制人口的增长。

（四）实施节水措施

实施节水主要从工业、渔农业和生活三方面开展。工业节水要降低工业单产耗水量、加强水循环利用和中水回用。农业节水要调整作物结构和种植布局，减少传统农业种植面积，在高效果蔬基地推广节水灌溉技术，建立健全农业用水、节水管理制度，分期分批搞好渠道防渗工程，提高灌区的渠系利用系数。大力提倡节约生活用水，推广节水型卫生器具，推广生活污水的中水回用技术，新建的住宅小区、宾馆和写字楼要建设中水回用管网，建设生活污水处理回用或分质供水设施。

同时要制定合理的用水政策措施，一是产业政策：调整产业结构，优化水资源配置，使有限的水资源发挥更大的经济效益。建立对高耗水项目的管理制度，禁止上高耗水项目。二是经济政策：发挥经济杠杆的平衡作用，切实调控好水资源的供需矛盾。

适合海岛节水措施（范南屏等，2007）主要有以下三个方面。

1. 拦蓄地表水

拦蓄地表水是解决海岛水源不足的主要途径，它不仅增加地表水的供水量，又是补充地下水资源的主要措施。例如，大长山岛三官庙水库就是采用此种形式拦蓄地表水资源，效果良好。

2. 污水回用

污水回用是将污水或废水进行适当处理，使水质达到不同用水水质标准而重新利用。城镇污水处理厂建设同步配套污水回用设施，污水回用率达到30%以上。污水回用的去向可用于市政浇洒、绿化、景观、消防和建筑内部冲厕、洗车等，对水质要求低的工业企业宜循环使用淡水。

3. 海水冲厕

科学论证海水冲厕在长海县应用前景。中远期（2011～2020 年）在长海县实施海水冲厕的试点工程，试点取得成功后，在全县推行海水冲厕。实施海水冲厕，既可缓解长海县淡水资源紧缺的矛盾，又将推动相关产业的发展，具有重要的社会效益和经济效益。

（五）海水淡化工程

海水淡化技术是指用天然或人工合成的高分子薄膜，以外界能量或化学位差为推动力将海水溶液中盐分和水分离的方法。按分离过程可分为膜法、蒸馏法、结晶法、溶剂萃取法和离子交换法等，而以反渗透膜法、蒸馏法、电渗析法应用较广。反渗透（RO）膜法海水淡化技术是利用选择性半透膜装置，当连通器盐水侧对液体压力大于渗透压时，盐水中的水分子将通过半透膜进入淡水侧而溶质仍被半透膜隔离于盐水侧，致使盐水浓度加大，这个过程与自然界正常渗透过程相反，称为反渗透。由于反渗透装置投资省、能耗低、建设周期短、易于自动控制，因此是海水淡化技术中近 20 年来发展最快的技术。蒸馏法是把海水加热使之沸腾蒸发，再把蒸汽冷凝成淡水的过程。蒸馏法是最早采用的淡化法，工艺简单易于实现，不受水中含盐量的限制，设备容量大，所产淡水水质纯度高，装置进水可不经预处理直接引用海水，但存在能耗多、设备费用高、结垢与腐蚀等问题。蒸馏法种类很多，如多效蒸发、多级闪蒸、压气蒸馏、膜蒸馏等，其中多级闪蒸最具实际应用价值。多级闪蒸是一种在 20 世纪 50 年代发展起来的海水淡化法，其原理是海水经过预热后，进入闪蒸室，该闪蒸室的压力低于将要进入的盐水所对应的饱和蒸汽压力，盐水进入后即因过热而进行闪蒸，闪蒸出的蒸汽冷凝后即为淡水。由于它安全可靠，因此发展迅速。另一种常用蒸馏法是压汽蒸馏法，这种方法利用机械压缩机把蒸汽压缩、升压和升温，并作为加热和使海水蒸发的热源，因此压汽蒸馏在运行后不需外部提供加热蒸汽，靠机械能转化为热能，过程效率高、比能耗低，而且不需冷却水，结构紧凑，但压汽机造价较高，容易腐蚀、结垢难于进一步大型化。电渗析是电解和渗析扩散过程的组合，其原理是在直流电场作用下利用离子交换膜的选择透过性，把电解质从水中分离出来的过程。用电渗析法淡化含盐量 3500mg/l 的海水，制得含盐量小于 400mg/l 的饮用水的吨水耗电量超过 16kW·h，可见此法能耗大、造价高，因而大型的海水淡化装置基本上不采用电渗析法。

长海县大长山岛和獐子岛分别建有海水淡化工程，大长山岛海水淡化工程运行成本约为 6.296 元/m^3（阮国岭等，2002），海水淡化成本中动力消耗占了相当的比重。獐子岛海水淡化工程能够缓解岛上淡水资源缺乏的状况，随着獐子岛工业经济的发展，如果淡水资源出现缺口，可以通过扩建工程提高海水淡化能力。广鹿岛和海洋岛淡水资源相对丰富，考虑到海水淡化成本高的因素，近期不建设海水淡化工程。

海水淡化的供水成本约是传统水资源开发的 2～3 倍（陈康翔和钱德雪，2006），从长远看，随着水资源供需矛盾的加剧、海水淡化技术的进步和制水成本的逐步下降，海水淡化将作为补充水源和应急抗旱水源。

（六）扩大引水力度

2010 年后扩建大长山岛镇跨海引水工程，扩大引水力度，使大长山岛镇日供水能力达到 7000t，必须考虑岛间调水的可能性，随着大长山岛和小长山岛间跨海大桥的建设，大长山岛跨海引水资源可以通过跨海大桥引入小长山岛，用以解决小长山岛淡水资源紧张的局面。

（七）树立新型的水资源管理理念

虚拟水是由伦敦大学的托尼·艾伦（Tony Allan）于 20 世纪 90 年代提出的新概念，并不是真实意义上的水，而是指生产商品和服务所需要的水资源数量，进口虚拟水即缺水国家或地区通过贸易的方式从富水国家或地区购买水资源密集型产品（尤指粮食）。目前大量进口虚拟水的国家有日本、斯里兰卡、意大利、韩国以及中国，世界水资源委员会（WWC）以产品使用地为基础估计了 2000 年全球的虚拟水贸易流量为 13 400 亿 m^3，其中 60% 体现在农作物产品中，14% 体现在鱼类和海洋产品中，26% 体现在动物（包括肉类）产品中。如果每年进口 2000 万～3500 万 t 粮食，相当于进口 200 亿～350 亿 t 的水资源。缺水的海岛地区也可以通过引进虚拟水来节约岛内有限的水资源，缓解水资源短缺状况，对于实现海岛水资源可持续发展具有重大意义。

构筑水资源安全战略体系，通过虚拟水贸易和虚拟水战略缓解长海县水资源紧张的局面。这启示着长海县在制定解决水资源不足的水务政策时，应从经济与贸易的角度来管理水资源，不拘泥于传统的方法与措施，合理分配水资源，提高对水资源的管理能力和使用效益，运用多种途径和方法实现水资源供需平衡。

五、矿产资源保护方案

矿产资源的保护方案主要有以下四个方面。

（1）坚持以科学发展观为统领，以建设社会主义新长海为中心，以保护和可持续利用长海县有限的矿产资源及环境资源为重点，以教育与处罚并重为原则，全面开展矿产资源专项整治工作。

（2）现有采矿点逐渐全部关停，并负责对开采的矿点进行回填及地貌恢复。

（3）对采矿迹地破坏的地表层进行植被恢复，裸岩进行植被喷播，对道路两侧视觉敏感区进行植被遮挡等。

（4）保护沿岸滩涂海沙、海卵石，未经许可不得开采，禁止海水增养殖户非法使用沙石压筏压吊。

六、新能源建设方案

（一）太阳能

在海珍品育苗生产中，推广太阳能热水器为海水加温，保证育苗生产加热需要，节约煤炭和电能。在宾馆、旅店和居民楼中推广太阳能热水器，缓解岛内电力资源紧张的状况。

（二）风能

根据专家的调查研究，长海县海岛上的风能资源得天独厚，风能密度在 $200W/m^2$ 以上，有效风力时数高达 7000h 以上，占总时数的 80%，是我国为数不多的冬春强压型风能丰富区。

国家发展和改革委员会在《可再生能源中长期发展规划》中明确了风力发电是可再生能源发展的主要方向之一。在目前电力紧缺的状况下，借助于国家扶持发展风力发电的优惠政策，利用风能解决长海县目前电力的瓶颈。近期和中远期在广鹿岛、海洋乡建设风力发电场。

（三）海水热泵

海水热泵技术是利用少量电能，从海水中提取热量和冷量，达到制热和制冷的目的。利用这种人工"海水空调"，冬天，热泵为指定区域集中供热；夏天，大型热泵依据类似的原理，又可完成以海水为能源的制冷降温。

充分利用海岛的海水资源优势，大力推广海水热泵技术，逐步取代使用燃煤供暖的传统供热方式。近期在长海县大长山岛和獐子岛率先推行海水源热泵供热供冷，替代锅炉燃煤供暖，中远期在试点示范的基础上，在全县推广应用海水源热泵供热供冷。

（四）农村新能源

长期以来，长海县农村能源主要依靠薪柴，属落后而浪费大的用能方式。应把在农村发展以太阳能为主的可再生清洁能源，作为农村小康环保行动计划和建设社会主义新农村的重要举措，一方面积极争取国家资金支持，另一方面，财政加大对农村能源建设的投入力度，扶持农户建太阳能热水器、太阳灶等，科学论证发展沼气的前景，在适宜发展沼气的海岛和农户建设沼气示范工程。

七、无人居住岛屿的生态环境保护方案

无人居住岛屿的生态环境保护方案（国家海洋局等，2003）如下。

（1）无居民海岛保护与利用实行规划管理。长海县政府应当依据有关法律法规和海洋功能区划，编制长海县地区无居民海岛保护与利用规划，并进行环境影响评价，报省政府批准后施行，作为长海县无居民海岛开发利用项目审批的依据。

（2）建立无居民海岛保护与利用管理信息系统，对无居民海岛基本情况和保护、利用状况进行调查、监视、监测和统计，发布基础信息。

（3）任何单位和个人都要遵守无居民海岛保护与利用等有关法律、行政法规，不得非法侵占和买卖无居民海岛，并对违反本规定的行为提出检举和控告。

（4）领海基点所在无居民海岛及其周围海域，禁止采石、挖砂、砍伐、爆破、射击等破坏性活动；在领海基点周围1km范围内的区域，除可以进行有利于领海基点保护的工程建设项目外，禁止进行其他工程建设项目。

第十二章　环境保护体系研究

第一节　近岸海域环境保护研究

一、近岸海域环境现状与问题分析

（一）近岸海域环境质量现状

1. 海域环境功能区划

根据大连市近岸海域环境功能区划，将长海县辖区内海域定为：三类区（长海县的各港口港区所占海域）；一类区（长海县大坨子、乌蟒岛、獐子岛、南坨、后套周围500m范围海域）；二类区（除上述各类环境功能区外，其余近岸海域均为二类环境功能区）。

2. 评价标准

长海县海域环境质量评价按照《海水水质标准》中对应的第一类、第二类和第三类评价。

3. 监测点位

长海县近岸海域监测点位见表12-1和图12-1。

表12-1　长海县近岸海域监测点位表

编号	位置	所属功能区	经度	纬度
a_1	农机厂南海湾300m	锚泊区	122°38′30″	39°15′45″
a_2	农机厂南海湾1500m	对照区	122°38′30″	39°15′10″
a_3	水产制品厂排污口300m	港湾	122°35′05″	39°16′00″
a_4	军用码头外500m	养殖区	122°35′38″	39°16′55″
a_5	县修造船厂坞道外300m	锚泊区	122°34′20″	39°16′05″
a_6	县修船厂坞道外1000m	养殖区	122°34′24″	39°16′05″
b_1	军用码头外100m	港湾	122°40′43″	39°13′50″
b_2	军用码头外1000m	养殖区	122°41′30″	39°13′50″
b_3	大坨子保护区南300m	养殖区	122°45′10″	39°13′20″

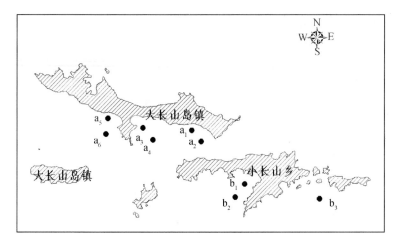

图 12-1　长海县近岸海域监测点位图

4. 重点企业污染物排放

长海县重点企业共计 41 家，其中水产品加工企业 23 家，渔业服务业 12 家，热力生产和供应业 3 家，网绳制造业 1 家，船舶修理及拆船业 1 家，金属制造业 1 家。2006 年各个海域的重点企业 COD、氨氮污染物排放量，见表 12-2。

表 12-2　2006 年长海县近岸海域重点企业污染物排放量

海域名称	污染源排污负荷			
	氨氮排放量		COD 排放量	
	总量/t	比例/%	总量/t	比例/%
大长山岛	1.741	38.4	10.596	24.2
小长山岛	0.869	19.2	10.102	23.1
獐子岛	0.469	10.4	14.082	32.1
广鹿岛	1.302	28.7	7.704	17.6
海洋岛	0.15	3.3	1.337	3.0
合计	4.531	100	43.821	100

污染物排放负荷计算结果表明，现状年全县重点企业入海污染物 COD 排放量为 43.821t，无机氮负荷为 4.531t。从各海域所占污染物比例来看，獐子岛海域 COD 污染负荷最高，其次是大长山岛海域，海洋岛海域污染负荷最小。

5. 各不同功能区海域环境质量现状

1）一类水质污染状况

第一类功能区各项污染物均未超出国家海水水质一类标准（表12-3）。

表12-3　长海县第一类功能水质监测结果

项目	pH	悬浮物	溶解氧	COD	石油类	氨氮	硝酸盐氮	亚硝酸盐氮	无机氮	无机磷
样品数	3	3	3	3	3	3	3	3	3	3
最大值	8.18	5	10.7	1.84	0.03	0.0123	0.026	0.0011	0.044	0.008
最小值	8.00	3	7.0	0.56	0.005	0.005	0.006	0.0057	0.012	0.006
平均值	8.12	4	8.6	1.01	0.015	0.0096	0.013	0.0032	0.025	0.007
超标率	0	0	0	0	0	0	0	0	0	0

2）二类水质污染状况

第二类功能区各项污染物均未超出国家海水水质二类标准（表12-4）。

表12-4　长海县第二类功能水质监测结果

项目	pH	悬浮物	溶解氧	COD	石油类	氨氮	硝酸盐氮	亚硝酸盐氮	无机氮	无机磷
样品数	12	12	12	12	12	12	12	12	12	12
最大值	8.39	7	10.7	0.72	0.048	0.0206	0.006	0.0078	0.057	0.011
最小值	7.99	4	6.6	1.92	0.019	0.0030	0.016	0.0009	0.010	0.006
平均值	8.14	5.7	8.3	1.27	0.034	0.0068	0.013	0.0035	0.023	0.008
超标率	0	0	0	0	0	0	0	0	0	0

3）三类水质污染状况

第三类功能区各项污染物均未超出国家海水水质三类标准（表12-5）。

表12-5　长海县第三类功能水质监测结果

项目	pH	悬浮物	溶解氧	COD	石油类	氨氮	硝酸盐氮	亚硝酸盐氮	无机氮	无机磷
样品数	12	12	12	12	12	12	12	12	12	12
最大值	8.36	12	10.6	2.00	0.066	0.0278	0.046	0.0082	0.082	0.014
最小值	8.03	6	6.4	0.64	0.025	0.003	0.006	0.0011	0.01	0.005
平均值	8.14	8.3	8.2	1.29	0.048	0.0094	0.022	0.0045	0.036	0.01
超标率	0	0	0	0	0	0	0	0	0	0

海域环境质量总体良好，各类海域基本符合控制标准。主要由于海域容量较大，污染物排放量小，对周围海域的影响也较小。

（二）主要问题

近岸海域存在主要问题有以下四个方面。

（1）生活污水的排放是造成近岸海域水质变化的主要因素，全县除县镇区和獐子岛镇建有排水管网和污水处理设施外，其他三个乡污水处理基础设施为空白，没有编制排水管网规划。污水处理率低，对沿岸水域水质变化起主导作用。

（2）重点企业污水排放造成海域污染及生态破坏。长海县企业分布较为分散，污水不易集中处理。据统计，"十五"期间，全县废水排放量为64.51万t，生产废水的排放逐渐改变周围海域的水环境质量，对海洋生物的繁殖和生长产生一定的影响。

（3）重点污染企业对生态环境造成威胁。目前长海县部分行业存在环境风险问题，如修造船业产生的油污对周围海域生态的影响、育苗业的污染和水产加工业的环境风险隐患等，皆对海域生态环境产生影响。

（4）港口锚地的油污水管理需要进一步加强。随着交通出行需求的增加，长海县的船只日益增多，排放的油污水对港口锚地的海域造成了一定的影响。

二、建设方案

1. 加强城市及村镇污水处理

完成县镇区的污水处理厂改造工作，将南海坨子区域并入污水处理厂主管网；做好乡镇中心区域污水处理厂的建设工作，新建小长山岛、广鹿岛、海洋岛三座污水处理厂，扩建獐子岛污水处理厂，将沙包、大板江区并入污水处理厂的主管网；对于集中的村屯通过管网将污水集中，建设小型生活污水处理设施；对于分散的村屯，改造现有的排水沟，采取集中、联户的形式将生活污水与禽畜污水接入化粪池处理。

2. 防治船舶污染，制定船舶突发性污染事件应急预案

各类船舶（货船、客船和渔船等）按照规定装备油水分离装置和吸油剂（如围油栏）等，港口建设含油污水接收处理设施和应急器材，垃圾接收装置，配备船舶压载水外来生物处理装置，港口对船舶压载水进行检测，制定船舶各种突发性污染事件的应急预案。

3. 保护近岸海域生态环境

严格控制滨海生态敏感区海岸线开发，已有工程配套建设环境基础设施。严格控制入海污染物排放，削减入海污染物负荷。合理调整和规划养殖业布局，控

制养殖容量。

4. 农村面源污染控制

实施有机农业，调整、优化农村产业结构，合理配置农业资源，加大科技投入，依靠科技进步，切实降低化肥、农药的使用量。到 2010 年化肥施用强度小于 210kg/hm², 到 2015 年化肥施用强度小于 200kg/hm², 到 2020 年化肥施用强度小于 190kg/hm²。

5. 工业企业污染控制

严格控制拆船、鱼粉加工等污染较大行业的发展。加强工业企业清洁生产，提高工业企业污水处理率及回用率。加强水产品加工含盐废水处理，加工废水须经处理后达标排放。

6. 入海污染物排放总量制度

改变入海污染物排放总量底数不清的现状。单独安排入海排污口的水质、水量监测，确定入海污染物总量，并进行污染物总量控制分配。

第二节 大气环境保护研究

一、大气环境现状与问题分析

（一）大气环境质量现状

1. 工业废气对环境质量的影响

长海县工业企业能源结构以煤炭为主，因此燃煤产生的烟尘是影响长海县环境空气质量的主要原因。

2. 环境空气质量评价

根据大连市环境空气质量功能区划把长海县环境空气质量功能区定为一类区，因此环境空气质量执行一级标准。

3. 工业污染物排放

长海县工业废气排放量为 11 915 万 Nm³/a，主要分布在大长山岛镇。二氧化硫排放量为 296.16t/a，烟尘排放量为 146.0t/a，氮氧化物排放量为 141.93t/a。

各乡镇污染物分布情况见表12-6。

表12-6　2005年长海县各乡镇废气中污染物排放量表

乡镇名称	废气排放量/（万 Nm³/a）	二氧化硫/（t/a）	烟尘/（t/a）	氮氧化物/（t/a）
大长山岛镇	9 101	207.0	120.5	97.19
小长山乡	536	19.2	4.0	8.36
獐子岛镇	1 274	45.6	14.0	20.33
广鹿乡	870	19.56	6.5	13.91
海洋乡	134	4.8	1.0	2.14
合计	11 915	296.16	146.0	141.93

根据大气环境质量现状评价，长海县环境空气中的二氧化硫平均浓度为 $0.005mg/m^3$，二氧化氮均值为 $0.017mg/m^3$，总悬浮颗粒物均值为 $0.069mg/m^3$，上述三项污染物均低于环境空气质量一级标准，自然降尘均值为 $5.04t/（km^2·月）$。在空间分布上，各区域浓度变化很小，均值基本相同；在时间分布上，二氧化硫和总悬浮颗粒物的平均浓度不随季节的变化而变化，二氧化氮浓度按季节污染大小排序依次为：冬季＞春季＝夏季＞秋季；自然降尘按季节污染大小排序依次为：春季＞冬季＞秋季＞夏季。

长海县环境空气污染与工业污染源无较大关系，主要因为其主体是渔业生产和加工及旅游等行业，工业污染贡献率小。

（二）主要问题

大气环境存在的主要问题有以下两个方面。

（1）海水养殖和加工产生的气味污染需进一步加强。随着长海县的开发和旅游业的发展，水产养殖使用的器具和水产加工废料产生的气味污染日显突出。

（2）汽车尾气污染比重逐渐加大，将影响县镇环境空气质量。2005年长海县拥有燃油机动车4586辆，其中县镇所在地1304辆。汽车数量不断增多，车辆尾气对县镇的环境空气造成了影响。

二、建设方案

（一）开发、推广新能源

（1）在现有风力发电的基础上，在全县推广风力发电、引进天然气、开发拓展清洁燃料供应基地、发展生物制气等可再生能源，逐步提高和增加新能源和可再生能源的利用比例。

（2）在规划期内通过改善能源结构，使用清洁能源和可再生能源及有效的治理措施，将使大气污染物排放量得到进一步的削减，达到国家大气环境功能区标准。控制燃煤的使用量，除集中供热和大型工业锅炉之外，限制中小锅炉使用燃煤，强制推广新建项目使用电和气，分期分批淘汰高能耗、重污染的各类工业锅炉。

（3）积极推进太阳能、地热能等清洁能源的普及应用，继续推进城镇集中供热网络化建设，实现供热网络内无分散供热点。

（4）充分利用海岛的海水资源优势，大力推广海水热泵技术，逐步取代使用燃煤供暖的传统供热方式。根据《大连市水源热泵供热供冷"十一五"规划》，在长海县大长山岛和獐子岛实现海水源热泵供热供冷，替代锅炉燃煤供暖。近期在大长山岛和獐子岛率先推行海水源热泵供热供冷，中远期（2011～2020年）在试点示范的基础上，在全县推广应用海水源热泵供热供冷。

（二）严格控制机动车排气污染

制定并实施配套的车用油品计划，提前实施严于国家标准的新车环保目录，及时发布高排放车型目录，实施在用车环保分类标志管理及限行措施。推动车牌号码自动识别系统建设，严格实施在用车排气污染检测合格凭证管理，强化和提升在用车检测与强制维护制度，控制在用车的污染排放。规划近期所有新车达到国Ⅲ排放标准，在用车全部实施检测与强制维护制度，全县供应满足国家第三阶段排放标准的车用燃料，鼓励清洁气体燃料，如液化石油气（LPG）和压缩天然气（CNG）发动机技术的试验和推广，汽车尾气达标率达到95%以上。

为了更好地保护长海县各海岛环境质量，以营造一个"山幽、林绿、水清、气爽"的海岛生态环境，2010年前，在旅游景区和地势平坦的海岛推广环保电瓶车，减少机动车尾气污染，节约能源。

（三）扬尘污染防治

综合整治全县扬尘污染源，控制交通扬尘、料堆和料场扬尘。实行施工工地扬尘排放申报制度，加强施工现场的环境管理，控制施工扬尘。加强城市绿化，减少裸露面，控制自然扬尘。

（四）养殖气味污染防治

水产养殖器具集中堆放。根据长海县地理特点、夏季主导风向，避开旅游景区、居民密集居住区，合理布局水产养殖器具集中堆放地点。水产品加工下脚料禁止随处乱倒，实现海洋生物资源的综合利用。

第三节　固体废弃物污染防治研究

一、固体废弃物现状与问题分析

（一）固体废弃物污染现状

1. 工业固体废弃物

长海县工业固体废弃物污染源主要包括供热公司、大连长海船厂、长海县污水处理厂和水产品加工企业，固体废弃物以贝壳、金刚砂和炉渣为主，产生的固体废弃物基本上全部实现综合利用。

2. 生活垃圾

全县年产生活垃圾约 5.54 万 t。

大长山岛镇共有垃圾倾倒点 245 个，年产生生活垃圾 2.38 万 t，垃圾排放场三处，分布在大长山岛镇范家沟、哈仙岛和塞里岛各一处。大长山岛由永洁公司负责机械清运，哈仙村和塞里村由各村雇用的长期工负责清运至垃圾排放场。

小长山乡共有垃圾倾倒点 129 个，年产生生活垃圾 0.95 万 t，垃圾排放场三处，分布在小长山乡回龙海带湾、蚆蛸岛和乌蟒岛各一处。中心区域有一支环卫队伍为镇区服务，中心区外有各村雇用的长期工负责清运至垃圾排放场。

广鹿乡共有垃圾倾倒点 71 个，年产生生活垃圾 0.86 万 t，垃圾排放场五处，分布在广鹿乡柳条村石板山和大北山、格仙岛、瓜皮岛、洪子东岛各一处。有一支环卫队伍为镇区服务，中心区外有各村雇用的长期工负责清运至垃圾排放场。

獐子岛镇共有垃圾倾倒点 28 个，年产生生活垃圾 0.9 万 t，垃圾排放场四处，分布在獐子岛镇沙包社区南阳东沟、大耗岛、小耗岛和褡裢岛各一处。有一支环卫队伍为镇区服务，镇区外有各村雇用的长期工负责清运至垃圾排放场。

海洋乡共有垃圾倾倒点 15 个，年产生生活垃圾 0.45 万 t，垃圾排放场两处，分布在海洋乡盐场村金家沟山顶和西邦村唾鱼屯山沟。有一支环卫队伍为镇区服务，中心区外有各村雇用的长期工负责清运至垃圾排放场。

3. 禽畜粪便

大连弘达百业养猪场年育猪 8000 头，根据禽畜粪便排泄系数估算，弘达百业养猪场年排放 2400t 粪便。宏兴养鸡场蛋鸡年饲养量 10 000 只，根据禽畜粪便排泄系数估算，宏兴养鸡场年排放 60t 粪便。禽畜养殖场粪便综合利用率为98%。

（二）主要问题

固体废弃物存在的主要问题有以下两方面。

（1）废弃贝壳产生的污染严重。作为以渔业为主的海岛县，全县每年产生大量的废弃贝壳，这些废弃贝壳的产生影响了海域滩涂及生态环境，虽然县政府制定了《长海县废弃贝壳管理规定》，但目前的分散养殖给废弃贝壳的管理增加了难度，产生的环境污染仍然较为突出。

（2）城镇及农村的生活垃圾处理设施不健全。长海县生活垃圾无害化处理率仅为10%。各大岛屿的生活垃圾基本是采用传统方法，即选择一个山沟自然排放和简易填埋。这种方法不仅对填埋场周围的植被破坏严重，所产生的气味和渗滤液对周围的群众、附近的地下水和海域也产生了较大的污染。

二、建设方案

（一）生活垃圾

（1）生活垃圾收集方式要由现状袋装垃圾逐步转变为垃圾分类收集。近期按照村收集、镇处理的原则，在各镇建立垃圾填埋场，各村将收集的垃圾通过垃圾船运往所在镇的垃圾填埋场进行统一填埋。发展密闭化、压缩化、集装化的生活垃圾收运系统。远期实施垃圾转运，将海岛生活垃圾运至大陆处理。

（2）实施垃圾分类收集，逐步实行城区生活垃圾的分类收集，所有公共场所、居住小区、企事业单位都应配备生活垃圾分类投放设施，并做到生活垃圾的分类收集、分类运输、分类处置，农村生活垃圾同时逐步实行分类收集和无害化处理，并配备与分类收集相适应的垃圾运输、转运等设施。

（3）从生活垃圾产生源进行控制，在社会消费环节，实行绿色消费，倡导节约风尚，推行"净菜进岛"、"有偿塑料袋"等措施，减少一次性消费品垃圾产生量，消除白色污染。

（4）建立、完善垃圾收费制度，对餐饮、娱乐、商业、旅游、建筑垃圾排放加强收费管理，减少垃圾产生量。

（二）工业固体废弃物回收利用

长海县的固体废弃物主要是由供热公司、大连长海造船厂、长海县污水处理厂产生的炉渣。

（1）炉渣用作制砖内燃料，作硅酸盐制品的骨架，用于筑路或作屋面保温材料等，也可用于回填及改良土壤或者从中提取有用物质。

（2）炉渣综合利用，建立生产者责任延伸制度，建设可再生废旧物资回收系统，贯彻谁排放谁治理，谁利用谁受益的方针，坚持总量平衡和就近、就地、定点利用的原则。

（3）建立旧货交易市场和物资交换中心，建设再生资源回收体系，促进废旧物资交换以及副产品与废物的处置，提高废旧物资综合利用率。

（4）加强一般工业废物处理，建设废弃物资再生利用产业基地，形成再生资源回收、加工、利用的产业链条，扩大再生资源回收、加工和对工业废物资源化利用的规模。实现废弃贝壳的再利用，将其作为工艺品原料，或作为牡蛎的附着基。

（5）积极推广干式除粪技术，建立粪便加工线，生产有机肥料，用于长海县农业种植业，提高粪便综合利用率。

（6）实现秸秆的综合利用，主要利用方式是秸秆养畜和过腹还田。未经处理的农作物秸秆是一种劣质饲料，需经过青储、微储、氨化、盐化、碱化等技术转化成适口性强、含有丰富菌体蛋白、维生素等成分的生物蛋白饲料。另外，还可以作为有机肥还田，将农作物秸秆堆积沤制成有机肥料，增加土壤肥力和有机质改善土壤结构。

参 考 文 献

卞有生，蔡博峰，赵楠．2005. 3S 技术在区域生态功能区划中的应用——以河南省濮阳市为案例．中国工程科学，7（12）：54～60

蔡博峰．2006. 利用 3S 技术进行小城镇生态功能区划——以北京市怀柔区北房镇为例．环境保护，1：35～39

蔡正云，何建国，周翔．2007. 热泵技术在食品工业中的应用及研究开发．食品研究与开发，28（5）：157～161

曹曦．2009. 海岛旅游开发及生态风险评价研究现状分析．科技信息，（33）：459～517

长海县统计局．2006. 长海县统计年鉴（2005）

陈康翔，钱德雪．2006. 海水淡化在舟山海岛地区的适用性分析．浙江水利科技，147（5）：11～14

狄乾斌，韩增林，刘锴．2007. 海岛地区人口容量与海洋水产资源承载力初步研究——以大连长海县为例．中国渔业经济，2：28～33

范南屏，李军，许建国，等．2007. 海岛非传统水资源的开发利用．浙江建筑，24（4）：56～58

高俊国，刘大海．2007. 海岛环境管理的特殊性及其对策．海洋环境科学，26（4）：397～400

国家海洋局，民政部，解放军总参谋部．2003. 国海发［2003］10 号：无居民海岛保护与利用管理规定

国家环境保护总局环境工程评估中心．2005. 环境影响评价技术方法（2006）．北京：中国环境科学出版社：2

靳慧霞，李悦铮．2009. 辽宁海岛休闲产业 SWOT 分析和发展对策研究．海洋开发与管理，26（1）：81～85

李长松，房斌，王慧，等．2007. 贝类养殖容量研究进展．上海水产大学学报，16（5）：478～482

李江天，甘碧群．2007. 基于生态足迹的旅游生态环境承载力计算方法．武汉理工大学学报信息与管理工程版，29（2）：96～100

李金克，王广成．2004. 海岛可持续发展评价指标体系的建立与探讨．海洋环境科学，23（1）：54～57

李利锋，成升魁．2000. 生态占用——衡量可持续发展的新指标．资源科学，15（4）：379～382

李远志，胡晓静．2000. 热泵技术在食品工业中的应用．广东食品科技，57（2）：39～40

联合国海洋法大会．1992. 联合国海洋法公约．北京：海洋出版社

刘伯恩．2004. 无居民海岛土地资源开发与合理利用的法律思考．国土资源，（1）：28～30

刘博，康绍忠．2007. 虚拟水引入对北京市水资源承载能力的影响研究．中国水利，8：8～11

卢云亭．1996. 生态旅游与可持续旅游发展．经济地理，3：106～112

陆林．2007. 国内外海岛旅游研究进展及启示．地理科学，27（4）：579～586

宁凌．2001. 海岛开发与可持续发展的对策与研究——兼论广东省海岛资源开发．海洋开发，（5）：51～54

彭超，文艳．2005．海岛旅游多元化发展的探讨．中国渔业经济，2：25～26

阮国岭，解利昕，吕庆春，等．2002．长海县反渗透海水淡化工程．海洋技术，21（4）：13～16

佘丽敏，许国强，程川生．2006．海岛国家（地区）的经济增长速度与增长易变性研究．世界地理研究，15（2）：1～9

宋婷，朱晓燕．2005．国外海岛生态环境保护法律制度对我国的启示．海洋开发与管理，（3）：14～19

宋子千，黄远水．2001．旅游资源概念及其认识．旅游学刊，3：46～50

汪永清．2000．论提高立法质量的认识论基础．行政与法制，（8）：4～8

王化波，王卓．2007．吉林省生态人口容量研究——以2002年为例．人口学刊，162（2）：15～19

王明舜．2009．中国海岛经济发展模式及其实现途径研究．中国海洋大学博士论文

王跃华．1999．论生态旅游内涵的发展．思想战线（云南大学人文社会科学学报），6：43～47

魏敏．1987．海洋译．北京：法律出版社：87

伍鹏．2006．马尔代夫群岛和舟山群岛旅游开发比较研究．渔业经济研究，（3）：19～24

肖佳媚，杨圣云．2007．PSR模型在海岛生态系统评价中的应用．厦门大学学报（自然科学版），46：191～196

刑晓军．2005．马尔代夫海岛开发考察．海洋开发与管理，（2）：41～43

薛纪萍，阎伍玖．2008．海岛旅游可持续发展评价指标体系研究．资源开发与市场，24（10）：878～880

杨文鹤，盖广生，刘莉蕾，等．2000．中国海岛．北京：海洋出版社

杨新军，刘家明．1998．论旅游功能系统．地理学与国土研究，14（1）：59～62

杨永强，于新晓，卞有生，等．2007．县域生态功能区划研究——以桐柏县为例．环境科学导刊，26（B06）：39～44

张钡．2004．城乡水务一体化管理研究．天津大学博士学位论文

张广海，王蕾．2008．国内海岛旅游开发研究综述．浙江旅游职业学院学报，4（2）：12～15

张耀光，胡宜鸣，高辛萍．2000．海岛人口容量与承载力的初步研究——以辽宁长山群岛为例．辽宁师范大学学报（自然科学版），23（3）：322～327

章文波，陈红艳．2006．实用数据统计分析及SPSS 12.0应用．北京：人民邮电出版社：9

Daily G C. 1997. Nature's Services：Societal Dependence on Natural Ecosystems. Washing DC：Island Press

Malcolm N S. 2003. International Law. Cambridge：Cambridge University Press：510

William R. 1997. Revisiting carrying capacity：Area-based indicators of sustainability. http：//www. dieoff. com/page/110. htm ［2007-05-25］

"21世纪科技与社会发展丛书"

第一辑书目

《国家创新能力测度方法及其应用》

《社会知识活动系统中的技术中介》

《软件产业发展模式研究》

《软件服务外包与软件企业成长》

《追赶战略下后发国家制造业的技术能力提升》

《城市科技体制机制创新》

《休闲经济学》

《科技国际化的理论与战略》

《创新型企业及其成长》

《劳动力市场性别歧视与社会性别排斥》

《开放式自主创新系统理论及其应用》

第二辑书目

《证券公司内部控制论》

《入世后中国保险业竞争力评价与对策》

《服务外包系统管理》

《高学历科技人力资源流动研究》

《国防科技资源利用与西部城镇化建设》

《风险投资理论与制度设计研究》

《中国金融自由化进程中的安全预警研究》

《中国西部区域发展路径——层级增长极网络化发展模式》

《中国西部生态环境安全风险防范法律制度研究》

《科技税收优惠与纳税筹划》

第三辑书目

《大学－企业知识联盟的理论与实证研究》

《网格资源的经济配置模型》

《生态城市前沿探索——可持续发展的大连模式》

《财政分权与中国经济增长关系研究》

《科技企业跨国并购规制与实务》

《高新技术产业化理论与实践》

《政府研发投入绩效》

《不同尺度空间发展区划的理论与实证》

《面向全球产业价值链的中国制造业升级》

《地理学视角的人居环境》

《科技型中小企业资本结构决策与融资服务体系》

第四辑书目

《工程项目控制与协调研究》

《国有企业经营者激励与监督机制》

《行风评议：理论、实践与创新》

《陕西关中传统民居建筑与居住民俗文化》

《知识型人力资本胜任力研究》

第五辑书目

《中国居民消费需求变迁及影响因素研究》

《法律视域下沿海经济带建设研究》

《典型海岛生态安全体系研究》

《老工业基地振兴中的新型技术改造战略》

《辽宁老工业基地振兴绩效与战略升级》

《行业划转院校发展战略研究》

《区域创新与生态效率革命》

《中国科技崛起的人才优势》